MARION TAUSCHWITZ

Selma Merbaum

Ich habe keine Zeit gehabt
zuende zu schreiben

Biografie und Gedichte

Mit einem Vorwort von Iris Berben

zuKlampen!

www.zuklampen.de

Lektorat: Petra Seitzmayer · Mainz
Umschlaggestaltung: Stefan Hilden · München
www.hildendesign.de
Satz: thielen VERLAGSBUERO · Hannover
Druck: CPI – Clausen & Bosse · Leck

ISBN 978-3-86674-404-2

Bibliografische Information der Deutschen Nationalbibliothek
Die Deutsche Nationalbibliothek verzeichnet
diese Publikation in der Deutschen Nationalbibliografie;
detaillierte bibliografische Daten sind im Internet
über ‹http://dnb.d-nb.de› abrufbar.

»Der Traum
lebt
mein Leben
zu Ende«

Rose Ausländer: Gib auf

Inhalt

I. Biografie
Selma Merbaum

II. Selma Merbaum
Gedichte

Anhang

Vorwort

Seit ich zu Beginn der Achtzigerjahre Selma Merbaums Gedichten begegnet bin, steht sie mit ihrer schreibenden Stimme, mit ihrem Schicksal dicht an meiner Schulter. Selten habe ich eine solche Wortklarheit und Menschenzärtlichkeit wahrnehmen können, mit der ein junges Mädchen seine erwachenden Gefühle umkreist, seine Sehnsucht nach einer Liebe, die zu leben ihr nicht vergönnt war.

Um den ungespielten Ton wirst du nun ewig bangen, bangen um das Glück, das dich nur leicht gestreift in den leisen Nächten.

Selma hatte die Auslese ihrer schönsten Verse ihrem Freund Leiser Fichmann »zum Andenken und zum Dank für viel unvergeßlich Schönes, in Liebe gewidmet« und zu einem kostbaren Poesie-Album gebunden. Die beiden jungen Menschen waren ein kleines Stück ihres kurzen Lebensweges in der politisch linken, zionistischen Jugendgruppe Hashomer Hazair gemeinsam gegangen. Den politischen Turbulenzen setzten beide ihre Träume entgegen: von einem besseren Leben in Frieden, Freiheit und Gleichheit.

Doch »mit kältester Kälte« hatte der »Meister aus Deutschland«, den Paul Celan, Czernowitz' großer Sohn und Selmas Cousin, in seinem erschütternden Poem »Todesfuge« anklagt, alle diese Hoffnungen zunichte gemacht. Selma und mit ihr abertausende Czernowitzer Juden fielen dem Furor des deutschen Naziregimes zum Opfer.

Ich möchte leben.
Ich möchte lachen und Lasten heben
und möchte kämpfen und lieben und haßen
und möchte den Himmel mit Händen faßen,
und möchte frei sein und atmen und schrei'n.

Ich will nicht sterben. Nein:
Nein.

Um solche Lebenshoffnungen scherte sich antisemitischer Terror nicht. Rumänen, Sowjets und Deutsche hatten Selmas kurzes Leben am Ende zur Qual werden lassen und es ihr schließlich genommen. Gerade mal achtzehn Jahre alt war Selma, als sie am 16. Dezember 1942 entkräftet und ausgezehrt, vom Flecktyphus dahingerafft, ihr Leben im deutschen Zwangsarbeitslager Michailowka östlich des Bug lassen musste – die SS vollendete mit deutscher Gründlichkeit, was die rumänischen Verbündeten in die Wege geleitet hatten.

In ihren achtundfünfzig erhaltenen Gedichten entwickelte schon die junge Selma eine unaufdringliche Meisterschaft im Wort und lässt in ihren poetischen Bildern die Grundmelodien ihres Lebens ertönen: Wachheit und Besinnlichkeit, Lebensfreude und heitere Melancholie, Traurigkeit, aber auch Angst. In ihren Versen erfahren Rainer Maria Rilkes Worte »das Schöne sei des Schrecklichen Anfang« ihre tiefe fürchterliche Bestätigung. Wie ein »Wundpunkt« spiegeln sich in Selmas Gedichten die Höllenstürze ihres jungen Lebens. Hinter anfangs noch verspielter Zärtlichkeit ihrer Worte manifestiert sich bald auch die Destruktivität der immer grauenvoller werdenden täglichen Ereignisse. Als wolle Selma nicht länger »zahme« Gedichte schreiben, setzt sie ihre Kunst bewusst dazu ein, die allgegenwärtige Unmenschlichkeit jener Zeit abzubilden und Grausamkeiten aufzuzeigen.

Sieh doch, das Grauen dort in dem Wald –
vielleicht stirbt dein Vater jetzt!
Vielleicht bist du eine Waise bald
und sein Körper ist bald zerfetzt …
Zerfetzt seine Lippen, zerfetzt sein Haar,
zerfetzt seine Hände auch –
und das alles schon nach einem Jahr
und Glück ist verwandelt in Rauch …

Vorwort

Wir lesen heute eine junge Dichterin, deren Worte nicht mehr hauptsächlich als Ausdruck einer unerfüllten Liebe zu einem Freund zu werten sind. Sie sind vor allem kunstvoll verwobene Metaphern für eine Realität, die Trauer, Angst und Schrecken hervorrief.

Dank dieser Biografie, die Selmas Leben, ihr Werk und den komplexen historischen Kontext eng miteinander verknüpft, erfahren ihre Gedichte eine existenzielle Bereicherung und lassen sich umfassender verstehen.

Viel stärker als es bisher gesehen wurde, tritt uns Selma Merbaum als selbstbewusstes, couragiertes Mädchen entgegen. Diese politisch wache junge Frau nahm schon früh und selbstbestimmt ihr Leben in eigene Hände und ließ sich bis zum Ende von Hoffnung auf eine liebevollere Zukunft tragen.

Die Biografie gibt Selma ihre Identität zurück, die die Nazi-Schergen ihr zu nehmen versucht hatten. Selmas Fühlen und Denken, Leben und Sterben werden uns nicht nur durch ihr Werk, sondern nun auch durch den Blick auf ihr Leben für immer in Erinnerung bleiben.

Iris Berben

Einleitung

»Gedichte, zum Weinen schön«

Die Lyrikerin Hilde Domin war tief berührt von den Versen, die ihr die junge Germanistik-Professorin und Celan-Spezialistin Bianca Rosenthal von der California Polytech State University 1976 bei ihrem Besuch in Heidelberg vorstellte. Gedichte – »so rein, so schön, so hell, so bedroht«, Verse – von »frühlingshafter Grazie«. Ein völlig unbekanntes Mädchen hatte sie verfasst: »Selma Meerbaum-Eisinger«. Die junge Dichterin sei mit achtzehn Jahren in einem deutschen Zwangsarbeitslager in Transnistrien umgekommen.

Bianca Rosenthal war eine Cousine zweiten Grades von Selma und auch von Paul Celan. Alle stammten sie aus Czernowitz, »diesem sagenhaften Czernowitz«.

Hilde Domin war fasziniert und machte sich stark für die Verbreitung von Selmas Versen, die sie an den jungen Hofmannsthal erinnerten. Oder an Gertrud Kolmar. Den Brief, den sie im Januar 1979 an den damaligen Redakteur des Süddeutschen Rundfunks, Helmut Heißenbüttel, geschrieben hatte, las ich bei meiner Arbeit zur Biografie Hilde Domins. Sie hatte ihrem Schreiben drei Gedichte von Selma beigelegt: »Sie sehen sofort, ob Sie dies übernehmen wollen.« – Heißenbüttel wollte nicht.

Domin ließ nicht locker. Sie nahm Kontakt mit dem STERN-Journalisten Jürgen Serke auf und drückte ihm im Februar 1980 den Privatdruck mit Selmas Gedichten in die Hand: »Lies mal. Gedichte zum Weinen schön. Mach was draus.« Schon im Mai desselben Jahres machte sich Serke im Auftrag des STERN auf den Weg nach Israel und brachte die »Geschichte einer Entdeckung« nach Deutschland.

Das Schicksal der jungen Dichterin berührte mich tief.

Der Siegeszug von Selmas Gedichten begann, doch die Vernichtungstaktik der Nazi-Schergen schien Erfolg gehabt zu haben: Dünn gesät waren die Erinnerungen der wenigen Überlebenden an das junge Mädchen. So begnügte sich die Literaturwelt mit der Annahme, dass Selmas traurige Lebensgeschichte »zu kurz und zu dürftig schien, um daraus eine spannende narrative Geschichte zu entwickeln«.

Doch es gab noch Klassenkameradinnen und vor allem eine Freundin aus Selmas zionistischer Gruppe Hashomer Hazair, mit denen ich Kontakt aufnehmen konnte. Ich habe mit Bekannten und Verwandten in den USA und in Israel gesprochen und Selmas Verwandte in Deutschland getroffen. Im ukrainischen Regionalarchiv in Czernowitz sah ich Schulunterlagen ein.

Aus den Erinnerungssplittern und dank jüdischer Geburts-, Hochzeits- und Sterberegister sowie der vorhandenen Archivunterlagen konnte ich Selmas Lebensgeschichte zusammensetzen – und Selma ihren richtigen Namen zurückgeben: Sie hieß nie anders als Selma Merbaum.

Selmas Persönlichkeit zeigt sich von einer neuen Seite. Sie war eine politisch engagierte, selbstbestimmte junge Frau. Selmas Gedichte lesen sich neu. Sie sind mehr als »sehnsüchtige Liebesgedichte« einer unerwiderten Liebe zu einem jungen Mann. Sie sind eine Liebeserklärung an die Natur der Bukowina und zeugen von der sensiblen Empfindsamkeit eines erwachenden jungen Lebens. Die Verse erzählen von Glück und Sorge, von Freude und Wehmut, von Aufbegehren und Angst, von Sehnsucht und Trauer. Sie reflektieren aber auch souverän die Turbulenzen der verschlungenen Geschichte einer Landschaft, die – davon war Paul Celan überzeugt – »den meisten von Ihnen unbekannt sein« dürfte. In ihr lebten »Menschen und Bücher«. Menschen, mit denen das Schicksal wenig sanft umgegangen ist und die dem Vergessen entrissen werden müssen.

I.

BIOGRAFIE
SELMA MERBAUM

»Czernowitz, das waren Sonntage, die mit Schubert begannen und mit Pistolenduellen endeten. Czernowitz, auf halbem Weg gelegen zwischen Kiew und Bukarest, Krakau und Odessa, war die heimliche Hauptstadt Europas, in der die Metzgertöchter Koloratur sangen und die Fiaker über Karl Kraus stritten. Wo die Bürgersteige mit Rosensträußen gefegt wurden und es mehr Buchhandlungen gab als Bäckereien. Czernowitz, das war ein immerwährender intellektueller Diskurs, der jeden Morgen eine neue ästhetische Theorie erfand, die am Abend schon wieder verworfen war. Wo die Hunde die Namen olympischer Götter trugen und die Hühner Hölderlin-Verse in den Boden kratzten. Czernowitz war ein Vergnügungsdampfer, der mit ukrainischer Mannschaft, deutschen Offizieren und jüdischen Passagieren unter österreichischer Flagge zwischen West und Ost kreuzte. Czernowitz war ein Traum. Die glückliche Ehe der Habsburger mit dem deutschsprachigen jüdischen Bürgertum, das diesen Außenposten der k. u. k. Donaumonarchie am Rande der bessarabischen Steppe zu einem ökonomischen und vor allem kulturellen Zentrum Osteuropas machte.«*

Kapitel 1

Schritte knirschen in Schneemusik[1]

Der 5. Februar 1924 war ein klirrend kalter Wintertag. In Czernowitz hatten sich die Menschen längst gegen die beißende Kälte gerüstet und eigens angefertigte »Fensterpolster« oder zusammengerollte Handtücher zwischen die Doppelscheiben in ihren Wohnungen geklemmt, um den Frost abzuhalten. Der dennoch durch die Ritzen kroch und seine Eisblumen an die Fensterscheiben hauchte.

Unwirsch rebellierte der nahe Fluss unter seiner eisigen Decke:

Liegt das Eis so schwer und weiß
und es hindert jede Regung.
Ist der Fluß so still – ohne Bewegung,
möchte doch gern schäumen, wild und heiß.[2]

Friederika Merbaum hatte sich an jenem Dienstag auf den Weg in die »Maternitatea« gemacht. Dort sollte ihr erstes Kind zur Welt kommen. Kein leichter Entschluss – denn wer es sich leisten konnte, mied die Gebäranstalt.

Da mochte die Wohnsituation in den eigenen vier Wänden beengt sein, es an Hygiene mangeln und deshalb die Sterblichkeitsrate bei Hausgeburten deutlich höher sein: Wer auf sich hielt, holte sich eine private Hebamme und entband zu Hause. Wer mag Frieda bei der Geburt beigestanden sein? Gebären war Frauensache. Mütter, Cousinen und Tanten hatten mitzuhelfen.

Die Merbaums nannten ihre kleine Tochter Selma. »Selma Merbaum« trug der Angestellte der jüdischen Gemeinde unter der laufenden Nummer 87 auf Blatt 330 des jüdischen Geburtsregisters der Stadt Czernowitz ein.[3]

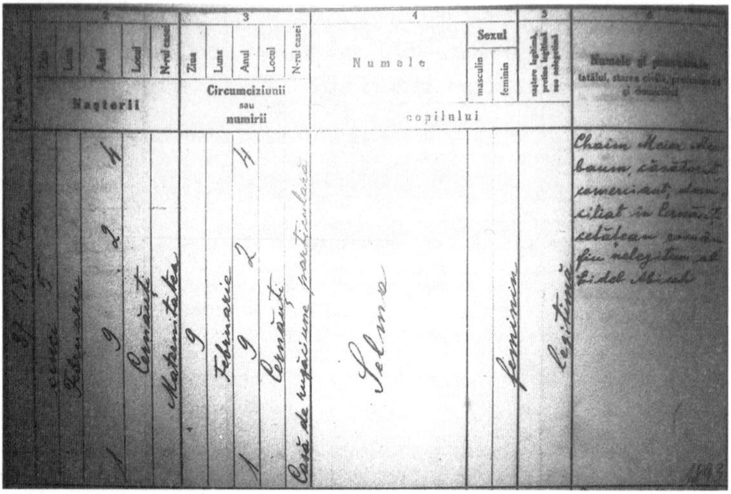

Nașterii | Circumciziunii sau numirii | Numele copilului | Sexul (masculin / feminin)

Selma — Cernăuți — Februarie — feminin — legitimă

Geburtsregistereintrag: Selma

Mit Schwung und Elan setzte er die Anfangsbuchstaben. Merbaum hießen auch Selmas Eltern und dokumentierten mit dem gemeinsamen Namen obendrein, dass ihre Trauung nicht nur nach jüdischem Ritual vollzogen worden war. Selma war »legitimă«, eine eheliche Tochter. Und Selma war rumänische Staatsbürgerin. Das war nicht selbstverständlich.

Czernowitz war bis zum Ende des Ersten Weltkriegs die Hauptstadt der Bukowina[4], des östlichsten Kronlandes der Österreichisch-Ungarischen Doppelmonarchie gewesen. Die Bukowina war 1775 nach Ende des Russisch-Türkischen Krieges in den Besitz Österreichs übergegangen.

Mit dem Ende der k. u. k. Monarchie war diese Region mit seiner wechselvollen politischen Geschichte zum Spielball der Machtpolitik geworden. Russen, Ukrainer und Rumänen stritten um die Vormachtstellung. Rumänien setzte sich militärisch durch. Im Vertrag von St. Germain 1919 und endgültig 1920 wurde Rumäniens eigenmächtige erfolgreiche Besetzung der Bukowina legitimiert – Czernowitz gehörte nun zum Königreich Großrumänien. Wer als rumänischer Staatsbürger gelten durfte, hatte König Ferdinand I., ein Hohenzollernspross, in der neuen rumänischen Verfassung vom 28. März 1923 festgelegt: nur noch derjenige, der schon vor dem 18. November 1908 seinen Wohnsitz in der Bukowina hatte oder »heimatberechtigt« in Rumänien war. Meldegesetze hatte es nicht gegeben, viele hatten deshalb auf eine ordentliche Registrierung verzichtet. Mit einem Federstrich waren sie staatenlos geworden. Zweifelte der Beamte also die Rechtmäßigkeit der Angaben an, so dokumentierte seine dienliche Schrift in den Gemeindebüchern gewissenhaft, dass der Antragssteller »pretins cetatean român« nur angibt, rumänischer Staatsbürger zu sein.[5]

Selma war Jüdin. Jüdin ist, wer von einer jüdischen Mutter geboren worden ist. Selmas Großeltern waren jüdisch-orthodox. Großvater Israel Schrager war obendrein Kantor in der alten orthodoxen Synagoge der jüdischen Gemeinde, der »Alten Shil«. So lag es nahe, dass auch die junge Familie Merbaum die jüdische Religion in ihrer Familie praktizierte.

Das war in Czernowitz nicht ungewöhnlich – zumindest eine »Grundausstattung« der jüdischen Religion hielten selbst assimilierte jüdische Familien parat: eine »Bibel, ein Gebetbuch, Schriften auf Hebräisch und Jiddisch, die Menora, den jüdischen Kerzenleuchter, und einen ziselierten Kidduschkelch, über dem der Segensspruch gesprochen wurde, der den Sabbat einleitete«[6].

So steht er da: so blitzend und so schlank,
wie eine nackte Jungfrau die dem Meer entstiegen
und seine Lichter tanzen, drehen, wiegen
so hell wie Tausendschlittenglöckleinklang.[7]

Der sechzehnjährigen Selma wird der Kidduschbecher ihrer Großmutter ein vertrauter Anblick werden und in einem ihrer Gedichte seinen Platz finden.

Am 9. Februar 1924, am ersten Sabbat nach der Geburt, verkündete Max Merbaum in der »casa de rugaciume particulara«, im »Shtieberl« eines privaten Gebetshauses, den Versammelten den Namen seiner Tochter. Es ist anzunehmen, dass es dasselbe »Shtieberl« war, in dem Selmas Eltern geheiratet hatten.

In diesem Jahr kam der Familienclan von Friedas Verwandtschaft oft in privaten Gebetshäusern zu Namensfesten zusammen – die zahlreichen Hochzeiten des vorangegangenen Jahres hatten Früchte getragen. Auch Edit Rones[8], Selmas Cousine zweiten Grades, wurde 1924 geboren. Selma und Edit werden zusammen aufwachsen, sich bei gegenseitigen Familienbesuchen immer wieder begegnen. Achtzehn Jahre später sollten die Schicksale der beiden Familien unheilvoll verknüpft werden.

In Selmas Geburtsjahr setzte die rumänische Regierung der Verklärung der k. u. k. Doppelmonarchie endgültig ein Ende. Hatte sie bis dahin Deutsch noch als Landessprache anerkannt, so wurde nun Rumänisch in Ämtern und Schulen als Pflichtsprache durchgepeitscht. Durchaus in wörtlichem Sinne – denn oft genug setzten staatliche Kontrolleure dazu die Reitpeitsche ein. Sämtliche Straßennamen änderten sich 1924. Aus der Rapfgasse, in der Familie Merbaum anfangs wohnte, wurde »Strada Rapf« und kurz darauf »Strada Dr. Gheorghe Popovici«. Einzig die Goethegasse hat erstaunlicherweise jedem Namenswandel und allen Turbulenzen der Czernowitzer Geschichte getrotzt. Bis heute. Allen Umbenennungen aber widersetzte sich die jüdische Bevölkerung von Czernowitz und hielt an den deutschen Bezeichnungen fest. Bis heute.

Unsichere Zeiten sollten auf die Merbaums zukommen. Wirtschaftlich und auch privat. Dabei hatte alles so vielversprechend begonnen.

Frieda Schrager und Max Merbaum waren sich nicht innerhalb des Netzwerks jüdischer Kaufmannsfamilien begegnet. Es war eher eine Zufallsbegegnung gewesen. Vielleicht sogar eine echte Liebesheirat?

Frieda Schrager wohnte damals mit ihren Eltern und einem ihrer Brüder in der Rapfgasse 6.

Rapfgasse 6

Im Souterrain des Hauses hatte sich die junge Frau einen kleinen Kramladen eingerichtet, eine sogenannte Greißlerei. Genau wie ihre Cousine Fritzi, die zusammen mit ihrer Mutter solch einen kleinen Laden führte.

Das war in orthodoxen jüdischen Familien durchaus üblich: Die Frau schaffte die materielle Grundlage für das Leben und hielt dem Mann den Rücken für sein Thora-Studium frei. Gelehrsamkeit war eine hochgeachtete Tugend.

Viel anzubieten hatte Frieda in ihrer Greißlerei freilich nicht. Kleine Dinge nur, wie sie Hausfrauen gern einmal schnell zur Hand haben: Nadeln, Zwirn, kleine Utensilien für den Schreibbedarf. Die Hälfte des tiefliegenden Fensters im Untergeschoss genügte ihr deshalb als Auslage.

Das kam den beiden Brüdern Max und Josef Merbaum gelegen, die 1921 eines Tages vor Friedas Laden standen.

Die beiden stammten aus Văşcăuţi, dreißig Kilometer westlich von Czernowitz. Waschkautz hatte das Städtchen zu Habsburger Zeiten geheißen, als Max und Josef dort zur Welt gekommen waren. Max, der Ältere, am 10. Mai 1892. Möglicherweise aber auch erst am 13. März 1893. Beide Daten finden sich in offiziellen Urkunden. Auf alle Fälle drei Jahre früher als sein Bruder Josef. Der k. u. k. Beamte mag die ungenauen Angaben der Mutter nicht übelgenommen haben, als er die Urkunden später übertragen musste. Die einfache Frau wird es nicht besser gewusst haben. Konnte sie doch nicht einmal ihr eigenes Geburtsdatum genau benennen. Nur, dass sie 1870 in Slobozia-Banila als Tochter des Chaim Meier Abisch und seiner Frau Gitel Zloczowez auf die Welt gekommen war, wusste sie mit Sicherheit zu sagen. Aber schon nicht mehr, wann aus ihrem Namen »Edel« dann »Eidel« geworden war. Chaim Meier – die Namen ihres eigenen Vaters wird Eidel Abisch an ihren unehelich geborenen ersten Sohn weitergeben. Das machte man so in Galizien und der Bukowina. Ein persönlicher Rufname kam später dazu. Chaim Meier wurde Max gerufen.

Galizien mit der Bukowina – Quellgebiet der Flüsse Pruth und Sereth –, im Süden des heutigen Polen und der westlichen Ukraine gelegen, hatte schon im 18. Jahrhundert Begehrlichkeiten bei den Großmächten Preußen, Österreich und Russland geweckt. 1772 war Galizien bei der ersten Teilung Polens Österreich zugesprochen worden. »Ich muß bekennen, daß ich nicht weiß, wie wir uns entwirren werden, aber schwerlich auf eine ehrliche Weise und das betrübt mich unendlich viel.«[9] Kaiserin Maria Theresia schien anfangs Skrupel gehegt zu haben. Doch ohne Hemmungen schalteten die drei Großmächte 1779 und 1795 bei zwei weiteren Teilungen Polen endgültig aus. 1848 fiel mit der Aufhebung der Leibeigenschaft in Galizien noch eine weitere Bastion: Die Provinz Bukowina, das Buchenland, 1774 von Österreich besetzt, 1786 aber Galizien zugeschlagen, wurde abgetrennt und erhielt eine autonome Verwaltung. 1867 wurde die Bukowina östlichstes Kronland der k. u. k. Monarchie.

Schon die erste Teilung Polens 1772 hatte die Meiers und die Abischs also zu Österreichern gemacht. Doch wenig strahlte vom Glanz der Habsburgermonarchie in ihre Hütten. Der Kaiser blieb fern, hatte nur vage Vorstellungen von jener Region seines Reiches, obwohl er wusste, dass »die Kenntnis des Localis ein wesentliches Requisitum«[10] war, um den Bedürfnissen seiner Untertanen gerecht zu werden. Galizien und die Bukowina blieben ihm fremd – wie vielen anderen auch. Habsburger Beamte empfanden es gar als Strafe, nach Galizien versetzt zu werden. »Gall-izien«, spotteten seine jüdischen Bewohner, »weil das Leben hier so bitter ist. Bitter wie ein Gallapfel.«[11] Viele träumten deshalb in jenen Tagen den Traum vom besseren Leben in Amerika. Tausende suchten ihn durch Emigration zu verwirklichen und deshalb schossen Schifffahrtslinien aus dem Boden, deren Agenten werbend durch die »Schtetl« zogen. Männer packten Frau und Kinder zusammen – viel mehr Besitz gab es oft nicht zu packen – und hofften auf Glück in unbekannter Ferne.

Die Verwandtschaft von Max hatte keine Wahl – arm wie sie waren, blieb ihnen nur zu bleiben. In Waschkautz. Eingebettet zwischen Fluss und Berg, hineingetupft in blühende Wiesen mit seltenen, wildwachsenden Orchideen, versuchte der kleine Ort wenigstens peripher von der industriellen Revolution zu profitieren. Mit Mühlen, Zuckerfabriken und Destillerien brachten es einige wenige zu Wohlstand.[12] Bei den Bewohnern der verstreuten kleinen »Schtetl« aber ging es oft nur um das blanke Überleben. Meist gab es dort nicht mehr als eine »Handvoll ärmlicher Hütten, die Dächer mit Schindeln oder Stroh gedeckt, das tief über die kleinen Fensteröffnungen herabhing; eine schiefe, vom Wetter dunkel gebeizte Holzkirche oder -synagoge; schilfumstandene Fischteiche; Scharen weißer Gänse. An klaren Tagen reichte der Blick im Süden bis zu den bewaldeten Hängen des vorkarpatischen Hügellandes.«[13]

Der Blick allein machte nicht satt. Deshalb wurde gehandelt mit allem, was entbehrlich schien. Ein paar Eier trugen die einen, ein paar Hühner die anderen zum Markt. Mager war der Erlös, doch immerhin half er, daheim hungrige Mäuler zu stopfen. Schon Max' tüchtige Großmutter hatte zehn Kinder alleine großgezogen, nachdem der Krieg sie zur Witwe gemacht hatte. Frauen hatten oft kein anderes Los und es lag ohnehin in den meisten Fällen an ihnen, ein karges Stück Land zu bewirtschaften – in erster Linie nicht für sich, sondern für einen Großgrundbesitzer. Die Männer zogen unterdessen als Schuster, Schneider oder Bäcker von »Schtetl« zu »Schtetl« und boten ihre Dienste feil. Sesshaft sein war teuer, eigener Grund noch unerschwinglicher. Und weil auch Heiraten eine kostspielige Angelegenheit war, wurde eine Liaison erst besiegelt, wenn sich der Eintrag in das Standesamtsregister lohnte – wenn also schon einige Kinder in die Welt gesetzt worden waren.

Eidel Abisch hatte ihre beiden Söhne Max und den drei Jahre jüngeren Josef, meist Joselu gerufen, nicht durch Heirat legitimieren lassen. Bis zu ihrem zweiundfünfzigsten Lebensjahr blieb Eidel Abisch ledig.

Möglicherweise hatte Max seinen Vater als Kind nie kennengelernt. Deshalb suchte er nach seiner Identität. 1922 wird er seinen Namen »Chaim Meier« um »Merbaum« erweitern.

»Chaim« – »das Leben«. Viel mehr als diesen hebräischen Rufnamen hatte die Mutter ihrem Sohn nicht mitgegeben. Doch für »das religiöse Gefühl der orthodoxen Juden repräsentiert der hebräische Personenname die unsterbliche Seele und soll deshalb von Generation zu Generation weitergegeben werden«.[14] Viele seiner Ahnen trugen ihn, bis das zweite Toleranzgesetz von Kaiser Joseph II. am 23. Juli 1787 damit ein Ende machte und verlangte, dass Juden bleibende, unverwechselbare deutsche Vor- und Familiennamen zu wählen hatten.

Wie hätte der österreichische Monarch sich sonst den Überblick über seine gerade neu einverleibten Untertanen verschaffen sollen, um von ihnen die »Geld- oder Blutsteuer«[15] einzutreiben, oder aber – und das wog wohl genauso schwer – die Männer für sein Militär zu mobilisieren? In Windeseile wurden Galizien und die Bukowina in »Sprengel«, in überschaubare Bezirke, unterteilt und Kommissare von Ort zu Ort geschickt. Sie walteten ihres Amtes streng, willkürlich und hastig: Schließlich hatte der Kaiser ihnen nur achtzehn Tage für die Aktion zugestanden. Dann sollten Akten bezeugen, dass die Untertanen individuelle Vornamen trugen und familiäre Besonderheiten festgehalten worden waren. Jeder Familienname sollte möglichst nur einmal vorkommen, Ableitungen von Wohnorten nicht zugelassen werden.

Woher aber so schnell einen Namen nehmen? Viele Juden waren verzweifelt und die österreichischen Staatsdiener machten sich oft genug einen Spaß daraus, sie mit verunglimpfenden Namen Hohn und Spott auszusetzen. Als »Edmund Bauchgedanken, Saul Afterduft, Sara Woismeingeld, Abraham Leibschmerz, Elias Donnersaft« tauchen die Unglücklichen in österreichischen Gerichtsakten auf. Ganz offensichtlich hatte es ihnen am ordentlichen Bestechungsgeld für einen ehrbaren Namen gemangelt. Ein Dekret vom 5. Juni 1826 öffnete ein gesetzliches Schlupfloch: Mit dem »Uebertritte zur christlichen Religion« war es möglich, seinen Namen zu ändern. Mit List und Schläue trat manch gebeutelter Namensträger vom Judentum zurück, konvertierte zur neuen Religion und wandte sich – kaum das Dokument über die Rechtmäßigkeit des neuen Namens in Händen – wieder dem Judentum zu.[16] Bis dahin retteten sich die einen mit Bakschisch und moderaten Anlehnungen an Berufsbezeichnungen wie Biermann, Goldmann oder Kaufmann. Den anderen kam Bibelkenntnis zustatten: Mordechai, der tapfere Jude aus dem Buch »Ester«, taugte für etliche Ableitungen: »Morgenstern« und »Morgentau« lassen sich darauf zurückführen. Auch Früchte und Pflanzen des Heiligen Landes erntete man ab: Paul Celans Vater Leo entstammte der Familie Teitler – in der Bibel gibt es den Teitel- oder Dattelbaum – und Leo Teitler verdiente seinen Unterhalt als Makler von Brennholz.[17] Durch Handel mit Tropenhölzern konnte man es in Galizien zu Wohlstand bringen: Der Merbau oder Merbaum mit seinem glatten harten Holz und der honigbraunen Farbe war ein gewinnbringender Wertstoff – ein guter Name.

Nur zögerlich identifizierten sich die Menschen mit ihren neuen Namen und entsprechend schwer taten sie sich deshalb mit einer eindeutigen Schreibweise. Selmas Nachname »Merbaum« taucht im Laufe der Jahre in unterschiedlichen Registrierbüchern in zahlreichen Varianten für ein und dieselbe Person auf. Spurensuche wird dadurch nicht einfacher. Im jüdischen Registrierbuch liest sich über Paul Celans Großvater Philipp Schrager: »Feibisch (auch Philipp genannt) Schrager (auch Fichmann) genannt.«

Was aber galt ein Name? Überleben zählte! Max und Josef, Mutter und Verwandte hatten Glück gehabt. Sie hatten den Ersten Weltkrieg überlebt.

Doch schon die Vorkriegsjahre werden für Max entbehrungsreich gewesen sein. Eine Kindheit in einem abgeschiedenen »Schtetl« verlangte Opfer: lange Fußmärsche, um die nächste Schule zu erreichen. Wenn sich in strengen Wintermonaten die Räume gar nicht mehr erwärmen ließen, wurde der Schulbesuch für die Dauer der Kälteperiode ausgesetzt. Geld für Hefte und Schreibmaterial mussten vom Mund abgespart werden. Max wird sich die Frage nach Weiterbildung gar nicht erst gestellt haben.

Mit sehnsüchtigem Blick und Hunger auf die weite Welt verließ er das Heimatdorf, kaum dass er mit sechzehn Jahren der Volksschule entronnen war. Nicht nach Wien zog es ihn wie so viele andere. Max war kein Abenteurer. Er suchte Geborgenheit, Familie und machte sich deshalb auf den Weg nach Berlin. Denn dort lebte ein Onkel, der »ein Geschäft«[18] führte. Bruder Josef konnte es 1980 in Haifa nicht präziser umschreiben. Max wird sich bei seinem Onkel nützlich gemacht haben. Von einer abgeschlossenen Lehre ist nichts bekannt.

Der Ausbruch des Ersten Weltkrieges holte Max und seinen Bruder in die k. u. k. Realität zurück: Auch sie mussten für die Habsburger Monarchie kämpfen. Die »Heimat« verteidigen, auch wenn sie sich eher heimatlos fühlten.

Der Krieg zehrte die Menschen aus. Unter dem Hungerwinter 1916/17 litten nicht nur die Soldaten. Ende 1918 hatte sich Max Merbaum »demobilisiert von der Front nach Leipzig«[19] und war von dort aus gleich weiterverwiesen worden nach Braila in Rumänien. Das lag in der Walachai und war so fremd und weit weg wie der Name vermuten lässt. Aber wenigstens traf Max seinen Bruder Josef wieder, der in Odessa gekämpft hatte. In Braila wurden beide nicht heimisch. Nicht nur der rumänischen Sprache wegen, die sie »nicht beherrscht haben«.[20] Max und Josef beschlossen, nach Czernowitz zu ziehen. Dort wurde noch Deutsch gesprochen und dort sollte Verwandtschaft leben: Abraham und Chaim Merbaum.

Vorher aber schaute Max bei Mutter und Tante vorbei. Und bevor er weiterzog, wurde ein Erinnerungsfoto gemacht.

Max mit Mutter und Tante

Die beiden Frauen sehen verhärmt aus. Wenig Freude hat sich in ihrem Blick erhalten. Doch der Fotograf verstand sein Handwerk und hatte tief in die Requisitenkiste gegriffen. Die einfachen Menschen aus der Provinz sollten ein Erinnerungsfoto haben, das sie für einen Moment lang, eine Momentaufnahme lang, ihre Armut und Einfachheit vergessen ließ. Deshalb schlang er den beiden Frauen üppige Fuchsstolen um die Schultern – die sie nicht zu tragen wussten. Der Fuchs hängt unbehaglich zur Seite und beißt sich traurig in den Schwanz. Die Hände der Menschen auf der Fotografie lassen erkennen, dass sie zupacken müssen. Schmuck war da eher hinderlich. Und deshalb wirken die Ketten und Uhren, die den Frauen um Hals und Handgelenke geschlungen wurden, fremd, ja deplatziert. Pose erstarrt in der Inszenierung: Max thront zwischen den beiden Frauen und weiß nicht so recht, wohin mit seinem Blick. Jung und zerbrechlich wirkt er. Er sieht wesentlich jünger aus als sechs- oder siebenundzwanzig. Das kleine Zweifingerbärtchen ist ein modischer Versuch, mangelnde Männlichkeit zu unterstreichen. Es kaschiert auch nicht die aufgeworfene Oberlippe. Ganz offensichtlich drängen sich die oberen Schneidezähne leicht nach vorn.

Der junge Max

»Liebes Mütterchen, Solst nie traurig sein, weil ich hoffe du wirst mit mir und mit Joselu noch fiel vergnigen haben. dein aufrichtiger Sohn Max. Gewidmet meiner Theueren Mutter. Zum ewigen andenken an das schwere Kriegsjahr 1918.«[21]

Mit Liebe und harmloser Orthografie drückt der Sohn seine Zuneigung zur Mutter auf der Rückseite der Fotografie aus. Max schreibt gerne Widmungen auf die Fotos, auf denen er zu sehen ist. Drei sind erhalten geblieben. Hoffnung und Zuversicht sprechen immer aus den Zeilen. Hoffnung auf eine gemeinsame Zukunft. Auf ein besseres Leben, das er bald in einer fremden Stadt beginnen will. Sobald es ihm möglich ist, verspricht er, die Mutter zu sich zu holen. »Joselu« fehlt auf dem Foto, das auf 1919 datiert ist.

Hatte Max gezögert, nach Czernowitz zu ziehen, so wird Josef seine Bedenken zerstreut haben. Der jüngere Bruder galt als abenteuerlustig, hatte immer schon vieles leichter genommen als Max. Und außerdem standen Slobozia-Banila und Vășcăuți nur noch für die Hässlichkeit des Krieges, waren Inbegriff von Schrecken und Pogromen. Czernowitz dagegen hatte seinen Mythos über den Krieg hinaus gerettet. Czernowitzer zehrten eigentlich ihr Leben lang von dem Bild in ihren Herzen. Nicht nur, weil man dort weiterhin beharrlich Deutsch sprach. Oder weil die Stadt mit üppiger Natur verführte und ihre prächtigen Bauwerke sich weiterhin vor ihrer historischen Vergangenheit aufbäumten. »Cernăuți e cel mai neromânesc orașdin

România.« – Czernowitz war zwar »die nichtrumänischste Stadt Rumäniens«[22], doch sie wurde auch von den Rumänen geliebt.

Czernowitz, die Stadt voller Minderheiten, die angeblich keine bevorzugte – und wo sich doch alle benachteiligt fühlten. Die Juden genauso wie die Deutschen und die Ruthenen, wie sich die Ur-Ukrainer nannten. Fast die Hälfte der Einwohner der Stadt waren Juden. Nicht zu vergessen die bis zu zwanzig kleineren ethnischen Gruppen, die nicht nur Farbe in das Treiben auf dem Marktplatz brachten, sondern auch Probleme in den Behördenalltag. Czernowitz, die dreigeteilte Stadt: unten die Handwerker und Krämer, die Intelligenz in der Mitte, oben die Reichen. Dort hörte man weder ruthenische Flüche noch sah man die »Chniokes«, die orthodoxen Juden, die selbst beim Zeitunglesen im Gebetsrhythmus hin- und her wippten.

Max und Josef sahen Czernowitz nicht als die Stadt voller Widersprüche. Die vertraute deutsche Sprache lockte und die Aussicht, Verwandte väterlicherseits ausfindig zu machen und eigenen Wurzeln nachzuspüren.

Auch Chaim und Abraham Merbaum waren unter Entbehrungen großgeworden. Onkel und Cousin von Max sollten sie sein, so war ihm bisher erzählt worden. Hatte die Mutter Andeutungen über andere, engere verwandtschaftliche Beziehungen gemacht? Waren Chaim und Abraham möglicherweise Vater und Halbbruder von Max? Max und Josef wollten das klären.

Chaim Merbaum hatte mit seiner ersten Frau Galizien verlassen und sich im knapp fünfzig Kilometer entfernten Czernowitz niedergelassen. Sein Sohn Abraham hatte in Czernowitz eine Lehre in einer Molkerei absolviert und nach Abschluss seiner Ausbildung mit Fleiß und dem richtigen Geschäftssinn bald seinen eigenen Betrieb in der Dreifaltigkeitsgasse aufgemacht. Die Qualität der Merbaum'schen Butter war legendär und Abraham ein gewiefter Geschäftsmann. Als Lieferant für die Czernowitzer Krankenhäuser hatte er den großen Coup gelandet und sich beliebt und unentbehrlich zugleich gemacht. Keiner der Direktoren der Hospitäler wollte den großzügigen Merbaum-Präsentkorb missen, den der Molkereichef ihnen alljährlich zukommen ließ. Doch auch seine Angestellten wurden Nutznießer der guten Geschäftslage. Abraham Merbaum hatte nicht vergessen, wie es ist, wenn man Hunger leidet. Er wusste auch, dass Juden mehr als anderen Erfolg geneidet wurde. Ein einladender Korb mit zweihundertfünfzig frischen Brötchen und hauseigener Butter stopfte deshalb täglich hungrige und neidische Mäuler.[23]

Chaim Merbaum hatte alles richtig gemacht. Stetig war er bergauf gezogen. Ein sozialer Aufstieg ließ sich an der richtigen Adresse ablesen: Je höher am Berg die Wohnung, desto wohletablierter sein Bewohner. 1906 hatte Chaim als Tagelöhner noch ganz unten am Ende der Stadt in der im jüdischen Viertel gelegenen Russischen Gasse 145 sein Dasein gefristet, wo Seiler und Tischler, Binder, Kürschner, Uhrmacher, Schuster, Klempner, Barbiere, Kupferschmiede, Schlosser, Kesselflicker, Glaser, Schneider, Gold- und Silberschmiede Geschäft und Wohnung vereinten.

Heimelig war ein Zuhause dort nicht.

... so viele Hühner und ein kleiner weißer Hund
und Himmel der so farbenfroh und bunt –
der kahle Baum wirkt so gespensterhaft
und graue Häuser, wie ganz ohne Kraft ...[24]

Die Armut der Bewohner spiegelte sich in den Häusern und Straßen wider. Im Sommer trieb der Wind gelben Staub durch die engen Gassen, der in den Augen biss und die Kehle rau werden ließ. Im Frühjahr und Herbst machte Regen den Lehm der ungepflasterten Wege weich und schwer. Dann quälten sich die Anwohner durch den knöcheltiefen gelben Morast. Ein trostloser Anblick.

Lichter spiegeln sich in schmutzig-naßen Pfützen,
gelb und fettig, schmutzig auch, und schwer.
Helle Häuserfenster können gar nichts nützen.
Tore hallen hehr und leer.[25]

Frieda Merbaum wird ihrer Selma bei solchem Wetter deshalb später immer ein extra Paar Schuhe für den Schulweg mitgeben:

Die »ganz hohen Galoschen« für den Matsch zog Selma erst kurz vor der Schule aus. In »schöne Halbschuhe mit hohen Absätzen«[26] schlüpfte sie erst, als sie die gepflasterte Straße erreicht hatte.

In den primitiven Häusern jener Gegend drängten sich meist mehrere Familien zusammen. Sie gaben sich mit einfachsten Heizmöglichkeiten zufrieden und beklagten selten, weder fließendes Wasser noch WC oder gar ein Bad zu haben. »Ein weitverzweigtes, sehr gut angelegtes Canalisationsnetz und eine Tiefquell-Wasserleitung haben zur Hebung der sanitären Verhältnisse«[27] nur in der Oberstadt beigetragen. Im Armenviertel versorgten städtische Brunnen die Anwohner mit dem kostbaren Nass, das erst nach Hause geschleppt werden musste. Beißender Salmiakgeruch aus den Plumpsklos in den Hinterhöfen raubte den Atem – ein unwirtlicher Ort, vor allem im Winter.

Doch gerade die kalte Jahreszeit verlieh auch den armseligen Gassen der Unterstadt Charme. Der erste Schnee überdeckte Unrat und Gestank. Czernowitz liebte den Schnee. Schneegedichte hatten im Czernowitzer »Morgenblatt« im Winter ihren festen Platz:

»Schneeflocken wehen um das Haus
Und kleiden Baum und Reis'.
Wie herrlich sieht der Wald jetzt aus
Im Winterkleide weiß.«[28]

Der Winter hatte die Stadt oft von November an fest im Griff, den erst der März lockerte. Unten in der Stadt blieb der Schnee länger liegen, denn dort schaufelte kein Räumdienst die Straßen frei. Kein Kunde der kleinen Kramläden oder Handwerksbetriebe erwartete, dass ihm der Weg zur Eingangstür gebahnt wurde.

Hatten Max und Josef gleich in der Molkerei von Abraham Merbaum in der Bilaergasse 16 vorbeigeschaut? »LĂPTĂRIE MEERBAUM« wird Abraham bald in großen Lettern über den Türstock schreiben und damit ab 1936 dem Hin und Her mit den Merbaum-Schreibweisen für seine Familie ein Ende setzen. Vater Chaim Merbaum hatte sich als »Comerciant«, als Händler, etabliert. Er war inzwischen verwitwet, doch die junge Jente Blasenstein ging ihm im Haushalt zur Hand. Das sollte sich für sie noch auszahlen.

Wir wissen nicht, ob die Verwandtschaft Max und Josef in die Rapfgasse geschickt hatte. Doch dort überraschten sie Frieda eines Tages. En passant kam niemand in diese idyllische Sackgasse, die nur ein paar Schritte entfernt war von der imposanten Anlage der Residenz des katholischen Erzbischofs. Im Frühling lag dort der Duft von blühenden Robinien und tiefdunklem Flieder in der Luft. »Maifliederfülle«[29] zog sich den Hügel hinauf.

Max und Josef schien das genau der richtige Ort zu sein, um ihre Geschäftsidee zu verwirklichen. Im nicht genutzten Teil von Friedas Laden wollten sie ein Schuhgeschäft eröffnen. Und zwar »Standart-Sandalen en Gross u. moderne Schuhe en Detail«[30]. Erstaunlicherweise waren handgefertigte Schuhe erschwinglicher als die Fertigware aus den großen Städten. Die Gegend um die Rapfgasse garantierte finanzkräftige Kundschaft. Und so verpflichteten die beiden Brüder exklusive Marken für ihr Geschäft: »Derby« – ein extravaganter Stadtschuh für den Herrn, nur aus bestem Leder gefertigt. Auch »Buccarest und Baccu« bürgten mit ihrem Namen für Qualität. Der Mietvertrag war schnell geschlossen. Der Laden lief gut.

Frieda sah ihre Mieter Max und Josef zwangsläufig täglich. Sie wurden einander vertraut. Die patente junge Frau, die mit ihrem Laden das Einkommen der Familie aufbesserte, mag beiden imponiert haben. Frieda Schrager aber schien an Max Gefallen gefunden zu haben.[31]

Pragmatisch und wenig romantisch fasst Josef Merbaum sechzig Jahre später zusammen, wie sein Bruder und Frieda zusammengefunden hatten: Die beiden »verliebten sich, heirateten und bekamen Selma«[32].

So schnell ging es wohl nicht. Max hatte vor seiner Heirat noch Familienangelegenheiten ins Reine zu bringen. Als Geschäftsmann wollte er nicht nur eine Familie gründen, sondern als »aufrichtiger Sohn« ein Versprechen einlösen: Hatte er seinem »lieben Mütterchen« nicht versichert, dass sie »nie traurig«

sein und mit ihm noch »fiel vergnigen haben« sollte? Mit ihm und »Joselu«? Die Brüder holten ihre Mutter nach Czernowitz. Nicht in das Haus der Schragers in die Rapfgasse 6. Eidel Abisch kam beim wesentlich älteren, unverheirateten Israel Dauber unter – der bald darauf ihr Ehemann wurde.[33]

Und dann wollte sich Max noch um einen richtigen Familiennamen bemühen. Es werden viele Gespräche mit Chaim und Abraham stattgefunden haben und Verwandtschaftsverhältnisse geklärt worden sein. Hatte sich Chaim zu einer Vaterschaft zu Max bekannt? Auf alle Fälle änderte Max am 3. November 1922 seinen Namen von Chaim Meier in »Chaim Meier Merbaum«. Einer Hochzeit stand nun nichts mehr im Wege: Zwei Monate nach der Namensänderung, am 9. Januar 1923, gab Rabbiner Dr. Kessler dem Brautpaar im privaten Gebetsstüberl der Rapfgasse 6 seinen Segen.[34]

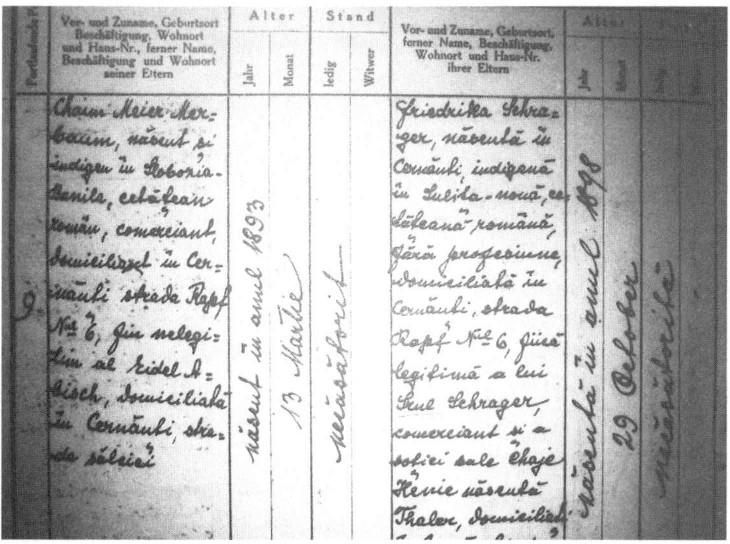
Vor- und Zuname, Geburtsort, Beschäftigung, Wohnort und Haus-Nr., ferner Name, Beschäftigung und Wohnort seiner Eltern	Alter: Jahr	Alter: Monat	Stand: ledig	Stand: Witwer	Vor- und Zuname, Geburtsort, ferner Name, Beschäftigung, Wohnort und Haus-Nr. ihrer Eltern	Alter: Jahr	Alter: Monat	
9. Chaim Meier Merbaum, născut și indigen în Boboria-Banila, cetățean român, comerciant, domiciliat în Cernăuți strada Rapf No 6, fiu nelegitim al Eidel Abisch, domiciliată în Cernăuți strada sălciei	născut în anul 1893	13 Martie	necăsătorit		Friedrika Schrager, născută în Cernăuți, indigenă în Suleta-nouă, cetățeană română, fără profesiune, domiciliată în Cernăuți, strada Rapf No 6, fiică legitimă a lui Seul Schrager, comerciant și a soției sale Chaje Henie născută Thaler, domiciliată	născută în anul 1898	29 Octobar	necăsătorită

Hochzeitsregistereintrag: Friederika Schrager und Chaim Meier Merbaum

Friederika hatte den Namen Merbaum[35] ihres Mannes angenommen und war nun »căsătorită«, ordentlich verheiratet mit Chaim Meier Merbaum.[36]

Hochzeitsfoto: Frieda und Max

Doch eine strahlende Braut ist Frieda nicht, als sie zum offiziellen Hochzeitsfoto Platz nimmt. Der Betrachter der Fotografie kann sich der elegischen Melancholie nicht entziehen, die sowohl Braut als auch Bräutigam umflort. Madonnenhaft entrückt schickt die junge Frau ein Mona-Lisa-Lächeln in eine ungewisse Zukunft. Scheu und innig zugleich schmiegt sie sich an ihren Bräutigam. Zeigten sich bei Max schon Anzeichen seiner Krankheit? Tief drückt das Grün ihres doppelten Myrtenkranzes den dichten, weißen Schleier in ihre Stirn – typisch für Bräute jener Zeit. Das Paar hatte für den hellen Brautstrauß Sommerblumen ausgesucht und Rosen und Margeriten zum lockeren Bouquet arrangiert. Festlich gewandet ist auch der Bräutigam. Zum Frack mit weißer Schleife gehört ein seidig glänzender Zylinder, den der Fotograf effektvoll vor den Brautleuten in Szene gesetzt hat. Auch Max wirkt entrückt. Sein scheuer Blick verliert sich in der Ferne. Mehr als die Andeutung eines Lächelns lässt sich von seinen Lippen nicht ablesen.

Die Jahreszeiten der Bukowina kann die junge Familie Merbaum nur einmal gemeinsam durchwandern. »Schana tova u'metuka« – »Gut und süß« hätte das neue jüdische Jahr 5685 werden sollen. Auch Max und Frieda werden es traditionsgemäß mit Apfelscheiben und Honig begrüßt haben. Doch 1924 sollte eher bitter aufstoßen. Das Schicksal hatte die Tage der Zukunft schon verteilt.

Kapitel 2

Die Luft ist leis und voll von Sehnen,
so daß man wartet auf die blauen Lerchen[1]

Das Jahr 1924 ließ sich alles andere als »gut und süß« für die junge Familie an. Max Merbaum war erkrankt. »An der Lunge« umschrieb die Verwandtschaft es zuerst noch vage, bis Tuberkulose zur Gewissheit wurde. Die Krankheit schwächte Max schnell. Die Leitung des Schuhgeschäftes musste er ganz seinem Bruder übertragen. Frieda Merbaum ließ ihrem Mann beste ärztliche Hilfe zukommen. Die Arztkosten fraßen die finanziellen Rücklagen auf – und Max' Gesundheitszustand verschlechterte sich dennoch zunehmend.

Inspektionsarzt Dr. Saveanu war ununterbrochen im Einsatz. Die »weiße Pest« breitete sich epidemisch in der jüdischen Gemeinde von Czernowitz aus, raffte Alte und Junge gleichermaßen dahin. »Phtisis Pulmonum« trug der Amtsarzt wieder und wieder ins Sterberegister des Jahres 1924 ein.

Max war ein guter Vater, ein begeisterter Vater. Sooft es ging, führte er seine kleine Selma zu Spaziergängen aus. Immer wieder zur Verwandtschaft in die Bilaergasse 16. Dort steckte ihm Abraham jedes Mal hauseigene Milch und Butter aus der Meerbaum'schen Molkerei zu.[2] Max verfiel zusehends, verlor immer mehr an Kraft. Die Verwandtschaft erinnerte sich, wie stolz Max auf seine Tochter war. Doch auch, dass es schlecht um den jungen Vater stand. Sein körperlicher Verfall war nicht aufzuhalten.

Friedas dreiunddreißigster Geburtstag am 29. Oktober 1924 wird von der Krankheit ihres Mannes überschattet gewesen sein. Als der November, der tristeste aller Monate in Czernowitz, mit feuchter Kälte den nahen Winter ankündigte, ging es mit Max zu Ende. Am 9. November, einem Sonntag, kam Dr. Saveanu in die Rapfgasse 6, um nur noch den Tod des Zweiunddreißigjährigen zu konstatieren und die Todesursache festzuschreiben: »Phtisis Pulmonum.« Am Tag darauf wurde Max Merbaum auf dem jüdischen Friedhof von Czernowitz beigesetzt.[3]

Areal 61 A, Plot 32. Jedes Areal fasst mehr als zweihundert Grabstätten. Aufgestellt für alle Ewigkeit. Und doch widerstehen die Grabsteine nicht der Zeit und nicht der Natur: Sie sacken ab. Sie rutschen weg. Neigen sich zur Seite, am Nachbarstein Halt suchend, der doch selbst dem Verfall wenig entgegenzusetzen hat. Die Pflanzenwelt wird nach den Steinen greifen und sie mit ihrem Grün überwuchern. Zögerlich sanft, entschlossener bald und schließlich undurchdringbar. Mannshohe Riesen-Goldruten schlagen über den Grabmalen zusammen, verschlucken sie. Essigbäume bilden wehrhafte Mauern. Ahornschösslinge stellen sich quer. Schlingpflanzende Fußfesseln lassen Besucher straucheln. Dornen stechen. Nesseln brennen. Reife Holunderbeeren geben ihren blauroten Saft dazu. Bienen schwärmen auf. Für das Grabmal hatte die Familie belgischen Marmor ausgesucht. Der es nicht mit der Robustheit seines italienischen Gesteins-Bruders aufnehmen kann. Wind und Wetter werden sich durch die Schichten fressen und abtragen, was für die Ewigkeit gedacht war. Knapp neunzig Jahre später wird die Gravur mehr zu ertasten als zu entziffern sein. »Die Seele muss zum Himmel fliegen« – auch das Epitaph mit den hebräischen Schriftzeichen über dem deutschen Text wird kaum noch lesbar sein.

Grabstein: Max Meerbaum

»Max Meerbaum gest. 9. Nov 1924 im

32. Lebensjahr tief betrauert von seiner Gattin und den Angehörigen« ist in die graue Marmorplatte eingemeißelt worden, die in hellen Sandstein eingelassen ist. Im Tod ist Max Merbaum endgültig in die Familie väterlicherseits aufgenommen worden: »Meerbaum« wurde mit Doppel-e in den Stein eingraviert.

Alles ruhte in den Tagen der Schiwa, der Trauerwoche. Das Merbaum'sche Schuhgeschäft wurde geschlossen. Sieben Tage lang. Sieben Tage lang Schweigen, sieben Tage lang Besinnen. Gemeinsam mit Familie und Freunden verharren, sich bekümmern. Gemeinsam mit Familie und Freunden essen. Kein Spiegel reflektiert den Schein der brennenden Kerze, die zur Erinnerung an den Verstorbenen entzündet wird. Denn die Spiegel werden verhängt: Den Toten will man nicht zweimal sehen, heißt es. Auch Eitelkeit soll außen vor bleiben. Immer wieder gesellen sich neue Besucher zu den Trauernden. Schweigen mit ihnen. Hocken und wippen auf unbequemen Schemeln und richten sich auf das Unabänderliche ein, weil die jüdische Religion nicht auf Verharren im Schmerz, sondern auf das Leben ausgerichtet ist.

Josef nahm die Arbeit im Schuhgeschäft deshalb so schnell wie möglich wieder auf – und zwar gemeinsam mit seiner Schwägerin, die sich in der Pflicht fühlte. Sie hatte in den vergangenen Monaten für die Pflege ihres Mannes keine Kosten gescheut. Nun saß sie auf einem Schuldenberg von fast einer Million Lei, die sie bei den Markenlieferanten »Derby« und »Baku« abzustottern hatte.[4] Frieda war gezwungen, nach und nach selbst das Inventar ihres Ladens zu verkaufen.

Sie war nach dem Tod ihres Mannes mit Selma zu den Eltern in die Franzengasse 46 gezogen, nur einen Steinwurf von der Rapfgasse entfernt. Die freigewordene Wohnung übernahm nun Chaim Merbaum, der mit seiner jungen Frau Jente Blasenstein dort einzog. Friedas kleiner Laden war unabhängig vom dortigen Wohnhaus: Drei Stufen führten von außen zum Eingang hinunter.

Selmas Mutter war mit ihren dreiunddreißig Jahren eine junge Witwe. Schon ihrer kleinen Tochter zuliebe musste sie sich dem Leben zuwenden. Die jüdischen Gesetze hätten einer verwitweten Frau nach drei Monaten eine Wiederheirat zugestanden. Doch der Schloschim, der Trauermonat, war gerade um, als am 13. Dezember 1924 Dr. Scurteanu gegen Abend in das Jüdische Hospital in der Synagogengasse gerufen wurde. Helfen konnte der Arzt auch hier nicht mehr. Selmas Großvater Israel Schrager war den Folgen einer »Arterio Sclerose« erlegen. Dreiundsechzig Jahre alt war der Kantor der jüdischen Gemeinde nur geworden.[5] Selma hatte innerhalb eines Monats Vater und Großvater verloren.

Es war ein Glück, dass Onkel Josef, der vertraute Bruder des Vaters, weiterhin um Selma herum war. Und auch Onkel David mit seiner kleinen Erika, die im selben Alter wie Selma war. Denn mit ihrem Cousin David kam Selmas Mutter bestens aus. Die Familien unternahmen so viel gemeinsam, dass man sagen konnte, dass »Selma und Erika zusammen aufwuchsen«.[6]

»Wenn Brüder beieinander wohnen und einer stirbt ohne Söhne, so soll seine Witwe nicht die Frau eines Mannes aus einer andern Sippe werden, sondern ihr Schwager soll zu ihr gehen und sie zur Frau nehmen und mit ihr die Schwagerehe schließen.«[7] Dieses sogenannte Levirat hätte sich auch für Josef und Frieda angeboten. Waren sie nicht jung genug? Waren sie nicht ein gutes Team? Hatten sie nicht beide mit vereinten Kräften die gemeinsamen Schulden reduziert? Doch selbst der sozialverträgliche Aspekt schien die »Schwagerehe« nicht attraktiv gemacht zu haben. Als 1927 nur noch zwölftausend Lei Restschuld an »Derby« zu bezahlen waren, zog sich Josef aus dem gemeinsamen Geschäft zurück. Er ging weg – nur mit dem, was er auf dem Leibe hatte. War Frieda der Grund für die Trennung? Selmas Mutter wollte wieder heiraten. Doch Josef war nicht der Auserwählte.

1927 stellten sich Josef und Frieda dem Fotografen zu einem Abschiedsfoto.

Die wirtschaftliche Not der vergangenen Jahre hatte Spuren hinterlassen. Beide wirken erschöpft. Frieda ziert die Eleganz ihres spitzenbesetzten Kleides, doch die junge Frau ist dünn geworden. Ihr widerspenstiges dunkles Haar, das sie Selma vererbt hat, bändigt sie mit einer großen Schleife zum Zopf. Josef an ihrer Seite verliert sich in seinem weiten Anzug. Doch er neigte wohl immer schon zum Schlanksein. Als die Zeiten bedrohlich wurden, sah er sich dürr wie »ein Skelett«.[8] Auf dem Foto ähnelt Josef seinem Bruder Max – und dann auch wieder nicht. Josef hat nicht die aufgeworfene Oberlippe des Bruders. Auch in der Augenpartie unterscheiden sie sich. Josef schmückt ein modisches Menjou-Bärtchen. Wer die Fotografie genau betrachtet, empfindet einerseits die Vertrautheit des Paares, kann andererseits die Distanz zwischen ihnen nicht leugnen. Wieder ist die Ernsthaftigkeit der Pose wohl dem Zeitgeist geschuldet. Nicht aber die Melancholie, die Wehmut, die von den beiden ausgeht. Ratlos scheinen sie in eine ungewisse Zukunft zu blicken. Die in sorgsamem Sütterlin verfasste Widmung auf der Rückseite des Fotos soll optimistisch klingen, doch liest sie sich wie ein Seufzer: »Froh gedenket mein. In Lieb und Treu allzeit. Wenn in weiter Fern werd sein umgeb Euch Lust und Munterkeit.« »Bettelstudent« ist noch hinzugefügt worden – dachte die Verfasserin der Zeilen an den armen »Bettelstudenten« Symon, der in der Millöcker-Operette am Ende doch noch sein Glück findet?

Frieda und Josef

Josef und Frieda hatten etliche Abzüge von dem Foto machen lassen und zur Verwandtschaft in alle Welt geschickt.[9]

Am 20. Mai 1927 heiratete die Witwe Frieda Merbaum den geschiedenen, siebenundreißigjährigen Händler Leo Eisinger, Löwi gerufen. Unter diesem Namen wurde er sogar in das jüdische Heiratsregister eingetragen.[10]

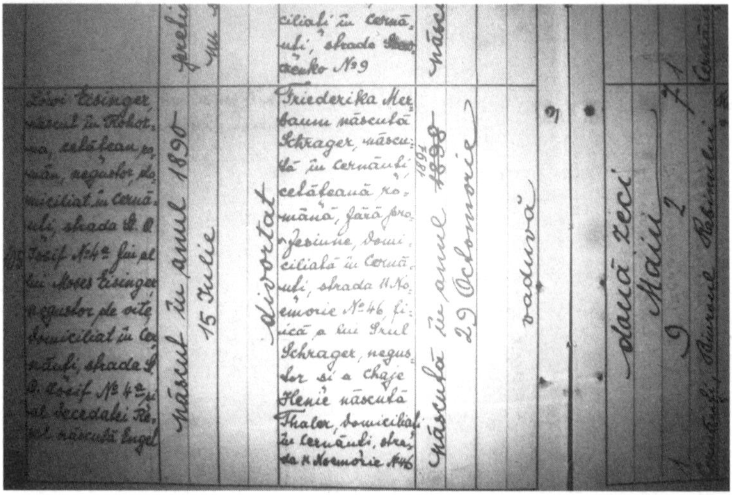

Hochzeitsregistereintrag: Friederika Merbaum und Löwi Eisinger

Über das Zusammentreffen von Leo und Frieda ist nichts überliefert. Auch Josef Merbaum schwieg sich später darüber aus. Hatte ihn die Hochzeit gekränkt? Der Kontakt zu den Meerbaums kühlte mit Friedas Hochzeit ab.

Zu Löwi Eisinger »schweigen die Quellen«[11] nicht. Er war der Sohn des Viehhändlers Moses Eisinger und seiner Frau Rosa, Rosel gerufen. Eisingers und Merbaums mussten sich gekannt haben: Als sich die Eisingers nach dem Ersten Weltkrieg in Czernowitz niederließen, hatten sie mit Chaim Merbaum in der Steingasse jahrelang Haus an Haus gewohnt.

Davor waren Leos Eltern viel herumgekommen. Bis nach Böhmen hatte es Moses Eisinger verschlagen. Seine Frau stammte aus Rohozna im damals Böhmischen Kronland der

Habsburgmonarchie. Dort war Leo am 5. Juli 1890 zur Welt gekommen. Vielleicht auch zehn Tage später. Wieder nehmen es Meldezettel und Gemeindebucheinträge mit den Daten nicht so genau. Doch sie legen Zeugnis ab über die unruhige Wanderschaft der Eisingers: 1910, 1915, 1916, 1917 bewegte sich die Familie rastlos von Ort zu Ort.[12] Erst mit dem Ende des Krieges, als Rohozna der Tschechoslowakei zugeschlagen wurde, hatten sich die Eisingers in Czernowitz niedergelassen. Der deutschen Sprache wegen. Vielleicht auch, weil es Leos Vater Richtung Heimat zog. Er stammte aus dem nahen Sadagora.

»Sadagora« – die russische Übersetzung des Namens »Gartenberg«. Der deutsch-baltische Offizier Peter Nikolaus von Gartenberg hatte 1770 während des Russisch-Türkischen Krieges im Auftrag der Zarin Katharina der Großen eine Münzprägeanstalt am linken Pruthufer nahe bei Czernowitz eingerichtet. Aus dem Metall der erbeuteten osmanischen Kriegswaffen wurden die Münzen für den Sold der Soldaten der russischen Armee geprägt.

Viele Juden hatte von Gartenberg in Lohn gehalten. Nach der österreichischen Annexion der Bukowina 1774 waren sie mit Privilegien und Landbesitz erst gelockt, dann mit bürokratischen Zwängen vertrieben worden, als sie nicht länger dienlich waren. Erst als sich 1842 Israel Friedmann, der Führer der Chassidim, der Wunderrabbi, in Sadagora ansiedelte, stieg die Zahl der Juden wieder. Vor allem galizische Juden ließen sich vom Chassidismus und Prunk des Rabbis faszinieren – auch wenn die verwinkelten, kotbedeckten Straßen Sadagoras mit ihren kleinen schindelgedeckten Holz-Häuschen, in die niemals ein Sonnenstrahl drang, im krassen Gegensatz zum Prachtbau standen, in dem der Rabbi Hof hielt.

»Am Hof des Wunderrabbi von Sadagora lernte der Vater die schwierigen Geheimnisse [...] Von Sadagora nach Czernowitz und zurück zum Heiligen Hof gingen die Wunder [...]«[13] – auch Rose Ausländer hatte der Wunderrabbi beeindruckt. Der in Russland eingebürgerten Czernowitzer Dichterin Klara Blum war dieser Paradiesvogel ebenfalls ein Gedicht wert.

»Man raunt: er kann Geburt und Tod erzwingen,
Auf einem Tüchlein fährt er übers Meer,
Sein Lächeln wird dir Glücksgeschäfte bringen,
Sein Zornesblick macht deine Taschen leer.

Man geht zu ihm mit Klagen und Beschwerden,
Verlassne Fraun und Händler vorm Bankrott.
Es ist nicht leicht: von ihm empfangen werden.
›Ein andermal, der Rabbi spricht mit Gott.‹«[14]

Doch vielen blieb der Chassidismus fremd. Mehr noch, er stieß sie ab. Da tanzte einer in goldenen Pantoffeln, während andere hungerten. Paul Celan assoziierte mit Sadagora, wie andere Czernowitzer auch, Gauner und Ganoven[15], selbst wenn es der Geburtsort seiner Mutter war.

Leo Eisingers Mutter Rosa wurde 1925 in Sadagora beerdigt, nachdem sie an den Folgen einer Tuberkulose und Unterzuckerung gestorben war. Der Tod seiner Mutter könnte Leo bewogen haben, seine Wohnung in der armseligen Sterngasse aufzugeben und wieder zu seinem Vater Moses in die Steingasse zu ziehen. Als später in direkter Nachbarschaft zum Vater eine Wohnung in der Steingasse 6 frei wurde, zog er dort ein. Möglicherweise schon mit Frieda und Selma?

Ob Löwi Eisinger Selma ein guter Vater wurde, wissen wir nicht. Doch von der Nestwärme einer Großfamilie mit Brüdern der Mutter und zahlreichen Cousinen und Cousins wird Selma in ihren ersten Lebensjahren profitiert haben. Die Berufstätigkeit von Mutter und Stiefvater hat der Kleinen sicher schon früh Selbstständigkeit abverlangt. Unterstützung der Mutter bei hausfraulichen Tätigkeiten wird Selma eine Selbstverständlichkeit gewesen sein – in Handarbeit und Hauswirtschaft gehörte Selma später in der Schule immer zu den Besten.

Eine von Selmas wichtigsten Bezugspersonen war wohl Großmutter Henriette »Henie« Schrager, die Mutter von Selmas Mutter Frieda. Und das nicht nur, weil sie immer schon vertrauter

Teil der Familie gewesen war, sondern auch, weil die Großmutter die Kultur in Selmas Elternhaus geprägt hatte. Selmas Cousine Edit in Israel erinnerte sich noch im hohen Alter an die würdevolle Eleganz der Großmutter, die selbst im Alltag nie ihre lange Perlenkette abgelegt hatte.[16] Großmutter Henie hatte Stil und den verdankte sie ihrem guten Elternhaus. Ihr Vater Abraham Thaler war ein vermögender »Eigenthümer« und hatte ihr offenbar die Erziehung angedeihen lassen, die jüdische Bildungsbürger für ihre Töchter vorsahen: Haushaltsführung, Belesenheit und Klavierspiel mit Gesang. Selmas Großmutter war belesen. Und sie spielte auch Klavier. Selma wird jede Gelegenheit genutzt haben, der Großmutter dabei zuzuhören. Ihre Musikalität wurde im Hause der Großmutter gefördert und geprägt. Stundenlang konnte das kleine Mädchen lauschen, wenn jemand Klavier spielte, und war nachhaltig fasziniert davon, wie Finger dem Ebenholz und Elfenbein der Tastatur Töne und Klänge entlockten. Die ihre Fantasie beflügelten, für sie Gestalt annahmen und zu religiösen Bildern führten: zum Beispiel zu Szenen des Kampfes, den der Engelfürst Michael ausfocht, als er den Drachen niederzwang; Szenen, die Selma später in ihrem Gedicht *Der Kelch* verarbeiten wird:

… Frauenhände,
die, über Tasten schwebend, spielen die Legende
vom Prinzen, welcher mit dem Drachen rang.[17]

Musik verband oft mehr als Worte. Musik war für Selma mehr als bloßer Hörgenuss. Musik führte Menschen zusammen, schuf dauerhafte Vertrautheit. In Selmas einzigem erhaltenen Brief von 1942 aus dem Lager im Steinbruch an ihre Freundin Renée ruft sie sich in den wohl verzweifeltsten Momenten ihres Lebens diese Innigkeit ins Gedächtnis. Sie schöpft Kraft und Trost aus der Erinnerung an die Nachmittage, als die beiden Mädchen »zusammengesessen sind ohne zu reden. Nachmittage, an welchen Du gespielt hast, und ich zugehört habe«[18]. Musik, »muzică vocală«, gehörte auch in der Schule zu Selmas Lieblingsfächern, in denen sie mit guten Noten glänzte.

Wenn Großmutter Henie Klavier spielte, durfte der Gesang der Kinder nicht fehlen. Deshalb kam auch die Familie von Philipp Schrager, dem Bruders ihres verstorbenen Mannes, gern zu der alten Dame. Vorzugsweise, um gemeinsam den Sabbat zu feiern. Und dann war natürlich auch Cousin Paul mit von der Partie. Selma und Paul haben offenbar mehr Zeit gemeinsam verbracht als bisher angenommen.

Pauls Musikalität wurde in den höchsten Tönen gerühmt, seine schöne Singstimme gepriesen. Kein Wunder also, dass der Junge dieses vielgelobte Talent kultivierte und in das Erwachsenenalter hinüberrettete: Den Rhythmus der jüdischen Gebetsstimme beim Rezitieren seiner Gedichte behielt er bei, was viele Jahre später zu einer großen Demütigung führen sollte.

Der erste öffentliche Auftritt in Deutschland des damals noch weitgehend unbekannten Dichters Paul Celan fand im Mai 1952 auf der Tagung der Gruppe 47 in Niendorf an der Ostsee statt. Die Wiener Freunde um Ingeborg Bachmann hatten ihren Einfluss spielen lassen. Dass die Gruppe nicht zimperlich mit Kritik umging, war bekannt. Doch Paul Celan wurde dort wegen seiner Vortragsweise richtiggehend ausgelacht. Bemerkungen wie »Der liest ja wie Goebbels« oder »Singsang wie in einer Synagoge« verletzten ihn tief. Die Verhöhnung seines Gedichts »Todesfuge« aber riss eine immer schwärende Wunde auf. Hatte er doch darin nicht nur die bittere Erfahrung der schlimmsten Verfolgung, die »schwarze Milch der Frühe«, thematisiert, sondern auch versucht, dem traumatisierenden, nie verarbeiteten Schmerz über den gesichtslosen Tod seiner Mutter im Arbeitslager Michailowka Gestalt zu geben. Der von Hans-Werner Richter »herbergsvatermäßig geführte Haufen«[19] beschwieg die Existenz von Juden ohnehin. Weder kam der Holocaust im Allgemeinen, noch die persönlichen Schicksale der Einzelnen je zur Sprache.

Bei seinen Großeltern hatte Paul Kritik dieser Art nicht zu fürchten und seinen jüngeren Cousinen Edit, Erika und Selma wird er ohnehin Vorbild gewesen sein und in ihnen willige Zuhörerinnen für seine selbsterdachten Märchen gefunden haben.

Selma wird ihm bald nacheifern und ihm auch in ihrer Verbundenheit mit der Natur in nichts nachstehen.

Diesen Wochenenden mag Selma auch deshalb entgegengefiebert haben, weil sich dann die Großfamilie versammelte und die orthodoxe Großmutter die religiösen Riten zelebrierte, als ob der Großvater noch mit dabei wäre. Und wenn die Sabbatkerzen entzündet wurden und einer der Alten den Segen sprach, kehrte mit der Stille die Erinnerung an die Verstorbenen, den Vater und Großvater, ein.

Im Zimmer schwebt die Stille und die Wärme,
ganz wie ein Vogel in durchglühter Luft,
und auf dem schwarzen kleinen Tische
liegt still das Deckchen, dünn und zart wie Duft.[20]

Von Düften geprägt ist die Hawdala, die Abschiedszeremonie, die mit Liedern den Sabbat von der kommenden Woche scheidet. Die Dose mit den wohlriechenden Gewürzen durfte nicht fehlen.

Als Selma mit ihren fünfzehn Jahren diese Stimmungen des Sabbats einfing, verfügte sie noch nicht über die Abstraktion, mit der Paul Celan später in seinem Gedicht »Hawdalah« die Atmosphäre der Kindheitserinnerung ästhetisch umgesetzt hat:

»von unten her, ein
Licht geknüpft in die Luft –
matte, auf der du den Tisch deckst, den leeren
Stühlen und ihrem Sabbatglanz zu –
zu Ehren.«[21]

Doch geprägt hatten die Abende im Hause der Großmutter offenbar beide. Dann konnte sich Selma in Geborgenheit wiegen und die Wohnung der Großmutter zu ihrer Märchenwelt machen:

… betäubend süßer Duft lullt ein,
als wollt' er aus dem Märchenschlaf Dornröschen rauben.[22]

Selmas Gedicht *Stille* wurde bisher nur in Bezug auf die Beschreibung gesetzt, die ihre Freundin Renée Abramovici in der späten Erinnerung über die ärmlichen Wohnverhältnisse abgab, in denen Selma groß wurde.

Doch ist das Gedicht wirklich Spiegel einer armseligen Wohnsituation? *Stille* stimmt eher auf feierliche Ruhe und Reinheit ein. Selma schien beim Schreiben ihrer Verse festlich gestimmt gewesen zu sein. Glanz und Duft hat die Fünfzehnjährige in ihre Zeilen eingeflochten und sich aus der kümmerlichen Realität tragen lassen. Mag die Wohnung der Großmutter auch bescheiden gewesen sein – sie gab Selma Raum für ihren *Kindertraum*: der *die rote Nelke* zum *Kleid der Engel*, zum *Kleid aus Goldstaub* werden ließ.[23] 1939 wird Selma zur Großmutter ziehen.

Die Trennung von der Großmutter musste Selma deshalb mehr Verlust gewesen sein als der Tod ihres Vaters, an den sie sich wenig erinnern konnte. Der Umzug der Großmutter in die Judengasse 22 nach dem Tod ihres Mannes und nach Friedas Hochzeit mit Löwi Eisinger sollte sich dennoch als Segen erweisen – wenn auch leider nicht als Rettung. Vorübergehend aber konnte Not gelindert werden und Hoffnung aufflackern.

Wenn die Wohnsituation einengt, verbringen Kinder jede freie Minute in Wald und Flur, zumal, wenn eine Stadt wie Czernowitz mit Parkanlagen und Grünflächen gesegnet ist.

Der Volkspark versprach neben Natur immer auch noch Amüsement: Brezelmänner boten ihre Backwaren an. Ein holzgeschnitzter Musikpavillon lockte zum Toben, selbst wenn keine Kapelle spielte. Imbissbuden machten Kindern mit bunten »Kracherln« – »kleine Flaschen mit süßen, moussierenden Getränken«[24] – den Mund wässrig. Wenn dann beim sonntäglichen Aufmarsch die Militärkapelle aus der nahegelegenen Kaserne aufspielte, bevölkerten selbst Kindermädchen der gutgestellten Familien den Park. Den Nachwuchs der Arbeitgeber als Alibi fest an der Hand, hoffte wohl jede der jungen Damen insgeheim, einem der feschen Soldaten bei vaterländischen Klängen näherzukommen.[25]

Die Liebe zum Volksgarten wurde und wird einem Czernowitzer in die Wiege gelegt. Bei Selmas Cousin Paul war das nicht anders. Schon als Kind verfiel er dem besonderen Zauber dieses Parks, in dem er endlich der Enge der elterlichen Wohnung seines Geburtshauses in der Wassilkogasse[26] entkam. Lieber wollte Paul Prügel einstecken, als sich den Park verbieten zu lassen!

Wenn es ihn dorthin zog, nahm er gar nicht erst die Türe, sondern stieg durch die tiefen, ebenerdig gesetzten Fenster der Wohnung direkt auf den Hof hinaus. Seine kleinen Cousinen Selma und Edit brauchte er bei sonntäglichen Besuchen nicht lange zu diesem Kletterspaß zu überreden: hinaus in die Freiheit auf diesem ungewöhnlichen Weg. Hin zu den enormen Kastanienbäumen. Schon in der Josefsgasse um die Ecke säumten Kastanien den Weg und wuchsen sich in der Siebenbürgerstraße zu prächtigen Alleen aus.

»Erst jenseits der Kastanien ist die Welt.
Von dort kommt nachts ein Wind im Wolkenwagen
und irgendwer steht auf dahier.«[27]

Der Volkspark grenzt auch heute noch an den Botanischen Garten, dessen Pracht legendär war. Czernowitzer stellten den exotischen Pflanzengarten gern auf eine Stufe mit den weltberühmten Londoner Kew Gardens. Selma hat ihn auch gekannt. Hat dort »Fremdländische Orchideen« und »Nachtschatten« kennengelernt, mit denen sie später die Kapitel ihrer Gedichtsammlung *Blütenlese* überschreiben wird.

Nachwuchs von wohlhabenden Eltern traf man in den öffentlichen Parks eher selten an. Sie besuchten sich gegenseitig in ihren Privatgärten. Hauptsache aber war hier wie dort: draußen zu sein. Das Leben der Kinder spielte sich unter freiem Himmel ab. Draußen wurde gespielt und vorgelesen: klassische Märchen, deren Stimmung Selma in ihren Gedichten aufnahm *wie ein altes Bild aus einem Märchen*[28]. »Märchen und Mythen lagen in der Luft«[29], erinnerte sich Rose Ausländer. Märchen der Gebrüder Grimm waren den Kindern die liebsten, vertraut auch die von Bechstein, Andersen und Hauff. Mütter, denen Bildung höchstes

Gut war und die Wert auf die deutsche Sprache legten, lasen daraus vor: meist abends, die Familie um sich geschart – und vorgelesen wurde natürlich auf Deutsch.

Deutsch sprach Selma zu Hause. Deutsch sprach Selma mit ihren Freunden. Gutes Deutsch, wohlgemerkt. Nicht das Bukowiner Deutsch, das stark vom Jiddischen geprägt war und von den Wienern nicht nur wegen seines Nigun, seines Singsangs, verspottet wurde, sondern auch seiner Syntax wegen. Im Czernowitzer Deutsch sagte man zum Beispiel nicht »Ich bin hingegangen«, sondern »Ich bin gegangen hin«. Wer gutes Deutsch sprach, vermied das Perfekt, wenn man sich der Vergangenheitsform bedienen wollte: »Ich las, ich ging« statt »Ich habe gelesen, ich bin gegangen.« »Gejiddeltet« werden sollte bitteschön auch nicht. Und keine doppelten Verneinungen!

Doch spöttelten die einen, so schätzten die anderen die schöpferische Inspiration, mit der das Jiddische die Sprache bereicherte. »Denn unter der Oberfläche des Sprechbaren lagen die tiefen, weitverzweigten Wurzeln der verschiedenen Kulturen.«[30]

Alle Sprachgruppen – das Rumänische, Ruthenische und auch das Russische machten da keine Ausnahme – peppten die eigene Sprache mit jiddischen Wörtern auf. Ukrainisches und Ruthenisches wurde germanisiert und fügte sich dann neu und interessant: »Dill mich bitte nicht mit diesem pisten Gerede« war damals eine gebräuchliche Wendung unter den Jugendlichen: »piste« hatten sie im Sinne von »langweilig« dem ukrainischen Wort »pusto« (leer, hirnlos) entlehnt, »dillen« stand für ellenlanges, sinnloses Gerede. Manche dieser Worte haben sich in unsere Zeit hinübergerettet: Aus dem Jiddischen »rewach« – »Vorteil« oder »Zins« – ist »Raibach« übernommen. »Koscher« hat sich von seiner religiösen Bedeutung »recht, rein« gelöst. Ist etwas »nicht koscher«, so ist es »nicht ganz geheuer«. Zocken, Mischpoke, Meschugge, Ramsch, Maloche – die Liste lässt sich beliebig fortführen.

Nicht zuletzt dieser multikulturellen Sprachvielfalt verdanken Dichter wie Paul Celan und Rose Ausländer ihren Mut zu extravaganten Sprachartefakten. Selma hatte nicht genug Zeit gehabt, diesen Mut für Sprachakrobatik zu entwickeln.

Aber selbst die, die das Jiddische im Alltag ablehnten, begeisterten sich in seiner Kunstform dafür. Für die jiddischen Fabeln des zeitgenössischen Dichters Elieser Steinbarg zum Beispiel. Cousin Paul konnte die Fabeln Steinbargs bald auswendig vortragen, obwohl er kein Jiddisch gelernt hatte. Die vom Spieß und der Nadel gehörte zu seinen Favoriten:[31]

»[...]
›Verzeiht‹, spricht die Nadel, ›ich mein's ja nicht schlecht,
doch möchte ich wissen, was ihr denn stecht?‹
›Ich? – Menschen, Menschen steche ich‹,
spricht der Spieß, ›das weißt du nicht?‹
Da aber lachte die Nadel, (vielleicht lacht sie noch!)
›Menschen sticht er, hört es doch!
Wie lächerlich und ohne Sinn,
so wahr ich eine Nadel bin, sticht man Stoffe mit Bedacht,
entstehn nützlich feine Sachen,
doch Menschen? – stecht ihr sie auch Tag und Nacht,
was wollt ihr dann aus ihnen machen?‹ «[32]

Selma konnte jiddisch lesen, verstehen und schreiben. Sie übersetzte Gedichte aus dem Jiddischen und nahm sie in ihren Gedichtschatz auf. Die dem hebräischen Alphabet angepassten Schriftzeichen beherrschte Selma perfekt und brachte sie flüssig zu Papier.

An Steinbargs Fabeln wird Selma das Unkonventionelle geliebt haben. Sie waren ungewöhnlich, originell und lebensnah. Hatten Pfiff. Dafür war Selma immer zu haben. Ihr gefiel, dass ihnen der lehrhafte Dünkel der althergebrachten Tierdichtungen fehlte.

Elieser Steinbarg war ein »kleiner Mensch, dicklich, mit einem runden Kopf, wenigen Haaren, einer blassen, breiten, feucht-schimmernden Stirn, mit einer runden Brille auf der flachen, drolligen Nase, wo sie sich gerade noch halten kann. Ein merkwürdiger Mensch, ein Gnom.« Mit den »ernsten, kurzsichtigen Augen eines Kindes«.[33] Steinbarg hatte sich den Blick der Kinder bewahrt. Sicherlich nicht nur, weil er von seiner Statur her kaum mehr als Kindergröße erreicht hatte.

Wurden Steinbargs »Lebende Bilder« im jüdischen Kulturhaus aufgeführt, schnappten sich Mütter und Väter ihren Nachwuchs, denn Alt und Jung ließen sich von den Aufführungen gleichermaßen begeistern. Außerdem hatte Elieser Steinbarg einen Riecher für Talente. Mütter vor allem hofften, dass Steinbarg die schlummernden Begabungen ihrer Sprösslinge entdeckte. So wie bei Joseph Schmidt. Der weltberühmte Tenor hatte als Kind bei Steinbarg gespielt und gesungen, bevor seine Lieder schließlich »um die Welt« gingen. Auch wenn der Barde des Jiddischen in Czernowitz nur kurz seine Wirkung entfalten konnte – er erreichte dort Unsterblichkeit.

Grenzenlos war die Trauer, als Steinbarg 1932 überraschend an den Folgen einer Blinddarmoperation starb: die Menschenmenge, die den Sarg begleitete – unüberschaubar. Rose Ausländer schrieb anlässlich der Gedenkfeier im Czernowitzer »Morgenblatt« über den Dichter, »... der allen Wesen und stummen Dingen die verborgenen Zungen löste und sie uns durch eine Sprache und einen Rhythmus nahebrachte, der uns den Atem raubt und in uns Visionen von unendlichen Lebendigkeiten und Märchengestalten erweckt«.[34]

Und weil er eine geradezu »mystische Begabung« gehabt hatte und Kind unter Kindern geblieben war, wurde Steinbarg auf dem jüdischen Friedhof inmitten der Kindergräber beigesetzt. Auch im Tod sollte er Kindern nahe bleiben.

Sprachvielfalt gehörte für Selma also zum Erwachsenwerden, auch wenn der Alltag Rumänisch forderte.

> »Eins, zwei, drei, vier, fünf, sechs, sieben – Eine alte Frau kocht Rüben – Eine alte Frau kocht Speck – Und du musst weg!«[35],

zählten sie beim »Fangerl-Spielen« auf Deutsch. Und wechselten ungeniert zur snobistischen, dem Französischen entlehnten, rumänisierten Variante:

»Un Dum Dri / Gardez les mezi / Les mezi / Les meseaux / De capelle san-ti-mo / Santimo Teperi / Un Dum Dri.«[36]

Je nach Anlass schlüpfte Selma in die jeweilige Sprache wie in ein bereitliegendes Kleid. Sie hatte keine Wahl – die Geschichte erzwang das jeweilige Sprachkostüm. Doch darin bewegten sich Kinder ohnehin ungehemmter.

Französisch, Rumänisch, Latein und Deutsch waren Selma als Unterrichtsfächer aus der Schule vertraut. Hätte sie mehr Zeit zum Schreiben gehabt – ihre Dichtung hätte sich mit der Rose Ausländers messen können: beide geprägt von Sprachvielfalt, beiden war Deutsch ihr »Mutterland Wort«, in das sie immer zurückfanden. Es gab aber auch Stimmen, die genau diese Mannigfaltigkeit für den Verlust ihrer Sprachidentität verantwortlich machten und sich letztlich in jeder Sprache fremd blieben: »In welcher Sprache liebe ich, fluche ich, träume ich, klage ich und bete ich – in welcher Sprache wird der Tod mir kommen?«[37]

Dass die deutsche Sprache ihren Eltern mehr als bloßes Mittel zur Kommunikation bedeutete, wird den Kindern nicht verborgen geblieben sein. Deutsch blieb die Brücke zur alten Habsburger Herrlichkeit. Wenn also Eltern ihre Zöglinge mit deutscher Lektüre ausrüsteten, liebäugelten sie stets auch mit dem dahinterliegenden Bildungsauftrag. »Kultur-Kult« auch bei den Kindergeburtstagen. Lehrreiche Spiele und Geschenke wie Quartette und Sachbücher schätzten die Eltern sehr. Mochten Wochenheftchen wie »Schmetterling«, »Papagei« oder »Kiebitz«[38] pädagogische Ziele verfolgen und den Nachwuchs für die Natur sensibilisieren – die Kinder erwarteten sie dennoch sehnsüchtig. Struwwelpeter, Rübezahl, Till Eulenspiegel, Münchhausen und Wilhelm Busch werden Selma wie allen jüdischen Czernowitzer Kindern vertraut gewesen sein. Jungs begeisterten sich für Tarzan und Karl May, die Mädchen wuchsen mit den »Nesthäkchen«-Büchern der jüdischen Schriftstellerin Else Ury auf. Und wenn kleine Mädchen das Glück hatten, in einem begüterten Elternhaus groß zu werden, eiferten sie der

Protagonistin Annemarie auch mit Dienstpersonal, Kindermädchen, eigenem kleinen Hund und Singvögeln auf dem Balkon nach. So wie Margit Bartfeld, die später Selmas Klassenkameradin im »Hofmann-Lyzeum« werden wird. Noch im hohen Alter schwärmte Margit von Urys Büchern. Ihre Eltern hatten wie viele andere auch mit dem renommierten Berliner Meidinger Verlag ein Abonnement abgeschlossen: Jede Neuausgabe der »Nesthäkchen«-Bände wurde umgehend frei Haus geliefert.[39]

Vom Schicksal der Autorin Else Ury wussten die Czernowitzer Kinder damals nichts: dass für eine der erfolgreichsten Schriftstellerinnen der Weimarer Republik mit Hitlers Machtergreifung alles vorbei war. Dass Ury mit Schreibverbot belegt und 1935 aus der Reichsschrifttumskammer ausgeschlossen wurde – was das Ende jeglicher Veröffentlichung bedeutete. Enteignet, geknechtet und 1943 nach Ausschwitz deportiert, wurde Else Ury dort unmittelbar nach ihrer Ankunft ermordet.

Selma wird nicht mit teuren Abonnements verwöhnt worden sein. Nach den Schuldenkrisen musste Frieda Eisinger mehr denn je mit ihrem Geld haushalten. Deshalb gab es für Selma weder nachmittäglichen Privatunterricht noch ein eigenes Klavier. Im Gegensatz zur verschwägerten Familie Antschel. Zu einem Klavier für Cousin Paul hatte das Geld zwar auch nicht gereicht, doch auf ein Instrument verzichten wollte seine ehrgeizige Mutter Fritzi dennoch nicht. Und so quälte der kleine Paul sich und die Verwandtschaft einige Monate lang mit einer Geige.

Weil Selmas Elternhaus auch nicht mit einer eigenen Bibliothek aufwarten konnte, stöberte Selma schon früh im Bücherschatz ihrer Freundinnen – und wird das Kulturangebot der »Toynbee Halle« geschätzt haben. Dieses jüdische Volkslehrhaus lieferte jüdischen Kindern jeden Alters Bildung und Lesestoff, bot Lehrlingen Ausbildung und Unterkunft. Es organisierte Vorträge, Kurse und Theateraufführungen. Gastschauspieler aus Bukarest wurden für Opernaufführungen verpflichtet. Purim- und Chanukkafeiern wurden für Kinder jener Familien ausgerichtet, die sich die teuren privaten Feiern in den edlen

Czernowitzer Cafés nicht leisten konnten. Sonntags lockte die »Toynbee Halle« mit Märchenaufführungen: »Rotkäppchen« und Andersens »Prinzessin auf der Erbse« waren 1937 der Schlager.[40] Selma wird sie gesehen haben. Mit berühmten Ausländern wurden auch weniger Kulturbeflissene gelockt: Als »Pat und Patachon« in Czernowitz auftraten, waren »Stolz und Freude grenzenlos«[41].

Die Idee der englischen »Toynbee Halls« hatte der Wiener Philologe Leon Kellner 1900 von England aus erst nach Wien und dann nach Czernowitz exportiert. Kellner lehrte Anglistik an der Universität in Czernowitz und war ein enger Vertrauter von Theodor Herzl, dessen zionistische Ideen er teilte. Die Ideale der englischen Settlement-Bewegung deckten sich mit seiner Weltanschauung.

Wohlhabende Studenten und Graduierte der renommierten Elite-Universitäten Oxford und Cambridge hatten sich Ende des 19. Jahrhunderts in sogenannten »Settlement Houses« zusammengetan, um mit Menschen aus den ärmsten Bevölkerungsschichten im Osten Londons zu leben und zu arbeiten und ihnen so Zugang zu Bildung zu ermöglichen. So waren die »Toynbee Halls« als Kultur- und Begegnungshäuser mit vielgestaltigen Angeboten für die Unterprivilegierten entstanden. Mit der Namensgebung wurde dem Nationalökonom Arnold Toynbee ein Denkmal gesetzt, der einer der ersten gewesen war, der sich für die Verbesserung der Lebensbedingungen in Londons Elendsquartieren einsetzte.

Im Herbst 1910 gründete Leon Kellner mit der akademischen Verbindung »Hebronia« die Institution »Toynbee Halle« in Czernowitz, die ihr eigenes Haus der Stiftung des jüdischen Czernowitzer Ehepaars Markus und Anna Kisslinger verdankte. Die Crème de la Crème aus Kultur und Verwaltung hatte sich zur großartigen Einweihung am 15. November 1913 eingefunden. Festreden und Gebete huldigten immer auch dem Habsburger Kaiser. »Allgütiger, erhalte und beschütze deinen Gesalbten, der uns Bekenner des Judentums zu treuen Bürgern dieses Staates gemacht, gib, o Herr, langes glückliches Leben, Friede und

Freude unserem erhabenen geliebten Kaiser Seiner Majestät Franz Josef I. Amen! Amen!«[42]

Selma konnte schon von der gut bestückten Bibliothek in der »Toynbee Halle« profitieren, die 1923 mit Spenden eröffnet worden war. Cousin Paul verdiente sich als Gymnasiast und Student dort sein Taschengeld.[43]

Möglicherweise hielt Selmas Mutter bei diesem Kulturangebot und bei den Begegnungen mit den zahlreichen Cousinen und Cousins einen Kindergarten für überflüssig.

Czernowitz verfügte über mehr als dreißig Volksschulen. Kleine, schmucke Häuschen im Habsburgerstil. Oft aneinandergereiht wie Perlen an der Schnur, oft alle in derselben Straße, etliche in der Landhausgasse.

Selma wird ab 1930 eine Volksschule besucht haben. Zeugnisse aus dieser Zeit ließen sich nicht finden.

Doch die Schulunterlagen des »Liceul Particular de fete« in der Str. Cuza Vodă 8, der Althgasse, sind erhalten geblieben. 1924 war auch dieses Lyzeum, das vorwiegend jüdische Mädchen besuchten, mit allen Czernowitzer Schulen gleichgeschaltet und somit ein staatlich anerkanntes Mädchengymnasium geworden – das fünfte in der Auflistung, »LPF 5«, »Liceul Particular de Fete cu drept de publicitate«. Eltern und Schülerinnen sprachen weiterhin vom »Hofmann-Lyzeum«. Direktor Hofmann hatte die Schule gegründet, sie mit seinem Namen und seinem pädagogischen Konzept geprägt. Bis die rumänische Regierung ihm nicht nur die Leitung seiner Schule entzog, sondern ihn auch seines Amtes als Geschichts- und Erdkundelehrer enthob.[44]

Denn längst richtete sich der rumänische Nationalismus ganz offen vor allem gegen Juden. Die 1932 gegründete Czernowitzer Tageszeitung »Der Tag« warnte nahezu in jeder Ausgabe vor den Folgen der nationalsozialistischen Machtergreifung in Deutschland und seinen Auswirkungen auf Rumänien, das in ihren Augen »Führer und Förderer der Hitlermannschaft« war. »Aus dem Hitler-Würmchen Rumäniens kann ein Wurm werden, der sich in den Organismus einfrißt und Verheerungen anrichtet. Die

Gefahr ist endlich erkannt. Nur die Regierung doktort noch zuviel herum«[45], schrieb sie am 7. Mai 1933. Vier Tage zuvor hatte die Zeitung über den Selbstmord eines jüdischen Professors der Marburger Universität berichtet, der elf Sprachen beherrschte. Er hatte sich vor einen Schnellzug geworfen, nachdem er seines Amtes enthoben worden war.[46]

Der aggressiven Rumänisierungspolitik setzte König Carol II. nichts entgegen. Erst im Juni 1930 war der Sohn des 1927 verstorbenen Königs Ferdinand aus dem Exil nach Rumänien zurückgeholt und zum König ausgerufen worden. Unrühmliche Liebschaften hatte man ihm übel genommen. Nach dem Tod seines Vaters war er deshalb vorübergehend von der Thronfolge ausgeschlossen und verbannt worden.

Bis dahin hatten ein Dutzend Regierungen mit staatlich gefördertem Antisemitismus und einem extremen Nationalismus »auf die Marginalisierung der Minderheiten im Wirtschaftsleben und in der letzten Phase auch auf die Enteignung der Juden«[47] gesetzt und faschistischen Bewegungen wie der »Eisernen Garde« Vorschub geleistet.

Den meisten Menschen ging es wirtschaftlich immer schlechter. Im Mai 1937 setzte eine künstlich provozierte Teuerung ein. Der Preis für Butter verdreifachte sich. Brennholz war bald unerschwinglich. Man war dankbar, dass der Brotpreis wenigstens noch konstant blieb. Ein Sündenbock war schnell gefunden: Die Ultranationalisten machten die jüdische Dominanz für die desolate Lage verantwortlich. Der König musste handeln. Und so setzte Carol II. im Dezember 1937 mit den beiden Politikern der »National-Christlichen Partei« Octavian Goga und Alexandru Cuza – ein Dichter der eine, ein Universitätsprofessor der andere – eine faschistische Regierung ein, die Antisemitismus unverhohlen als Teil ihres Regierungsprogramms proklamierte. Die Hakenkreuzfahne, die unmittelbar nach ihrem Regierungsantritt am Czernowitzer Rathaus wehte, signalisierte die Sympathien für den deutschen Nationalsozialismus. Juden wurden nicht länger unterschwellig diskriminiert, die »Eiserne Garde« machte regelrecht Hatz auf sie. Juden wurden aus ihren Dörfern vertrieben, ihr Eigentum beschlagnahmt, ihre rumänische Staatsbürgerschaft aberkannt. Ungeniert hetzte Goga in öffentlichen Reden gegen die »Judenheit« und sprach ungestraft von »Saujuden«[48] – die Rumänisch-Orthodoxe Kirche hatte ihren Segen dazugegeben.

Im Februar 1938 setzte Carol II. der Goga-Cuza-Regierung und den Gewalttätigkeiten der »Eisernen Garde« ein Ende. Er entließ die Regierung und machte sich selbst zum Diktator. Ganz offen suchte er die Nähe zu Hitler und dem nationalsozialistischen Deutschland.

Als Rumänien 1940 in den Strudel der Auswirkungen des »Hitler-Stalin-Paktes« hineingezogen wurde und seine nach dem Ersten Weltkrieg dazugewonnenen Gebiete durch die neuen Machtkonstellationen wieder verlor, musste Carol abdanken und die Regierungsgeschäfte ab September 1940 General Ion Antonescu überlassen. Besetzung, Krieg und Shoah sollten bald schon Rumäniens Geschichte bestimmen.

Auch Selma und ihre Freundinnen wussten, dass sie schleunigst das Weite suchen mussten, wenn der warnende Ruf »Die Cuzisten kommen!«[49] durch die Czernowitzer Straßen hallte. Die Vertreter der Goga-Cuza-Regierung hatten vor allem im Schulwesen hart durchgegriffen und vollendet, was in den Zwanzigerjahren begonnen worden war: die Rumänisierung der jüdischen Minderheitenschulen. »Juden und Hunden ist der Eintritt verboten« – auch die rumänischen Universitäten wurden zu willigen Vollstreckern dieser Politik.[50]

Unvergessen blieb die Affäre um den Studenten David Fallik, die 1926 die Diskriminierung jüdischer Schüler auf die Spitze getrieben hatte: Professor Diaconescu vom renommierten Czernowitzer Aron-Pumnul-Gymnasium – Emil Franzos war dort Schüler gewesen – hatte sämtliche jüdischen Schüler wegen mangelnder rumänischer Sprachkenntnisse bei der Abiturprüfung durchfallen lassen. Mit »ganz ungenügend«[51] war einem gesamten Jahrgang der Zugang zu den Universitäten verwehrt worden! Lang angestaute Empörung entlud sich, als die betrogenen Jugendlichen samt Eltern ihren Prüfer auf der Straße abpassten: »Nieder mit dem Bakschisch« skandierte die aufgebrachte Menge und bedrängte den Vertreter der Schulbehörde so massiv, dass die Polizei einschritt, sich junge Leute wahllos herausgriff und festnahm. Dem Studenten David Fallik sollte exemplarisch der Prozess gemacht werden. Noch vor der Urteilsverkündung aber wurde er von einem rumänischen Studenten erschossen. Der Täter wurde freigesprochen. Zwanzigtausend Czernowitzer Juden blieb als Zeichen ihrer Machtlosigkeit nur, ihre Solidarität zu bezeugen und den Sarg des Ermordeten zu begleiten.[52]

Als die Rumänin Vera Brateanu zum Schuljahr 1937/38 die Leitung des »Hofmann-Lyzeums« übernahm, wurde zeitgleich eine weitere Stufe der Rumänisierung umgesetzt: »Liceul Particular de Fete ›Iulia Haşdeu‹ Cernăuţi« hieß Selmas Schule nun. Ein Affront. Nicht, weil Iulia sich in jungen Jahren als Dichterin einen Namen gemacht hatte und 1888 achtzehnjährig an Tuberkulose gestorben war. Sondern weil sie die Tochter des Schriftstellers Petre Haşdeu war – einem ausgewiesenen rumänischen Antisemiten.

Wie jedes kleine Mädchen, dem ein Schulwechsel bevorsteht, wird sich Selma gefreut haben, dass sie im September 1934 in das Lyzeum aufgenommen wurde und die gefürchtete anspruchsvolle Aufnahmeprüfung bestens gemeistert hatte: mit 8,6 Notenpunkten von 10 möglichen! Doch vorher war noch eine unangenehme Bedingung für die Aufnahme in die weiterführende Schule zu erfüllen – die Impfung. Den Pocken-Epidemien, die in Rumänien in den vergangenen Jahren immer wieder Tote gefordert hatten, wurde mit Massenimpfungen begegnet, die im letzten Schuljahr an der Volksschule von einer robusten Krankenschwester vorgenommen wurden. Mit Serum, Spirituslampe und einer Schreibfeder, die in einem Gänsekiel steckte, leistete sie Fließbandarbeit: die spitze Feder in der Flamme desinfizieren, in das Serum tunken, Oberarm damit ritzen. Ein und dieselbe Feder für alle. Bis ein Jahrgang durchgeimpft war. Und weil 1928 eine Masernepidemie in Czernowitz gewütet und Kinder und Erwachsene dahingerafft hatte, gab es noch eine zweite Impfung. Wochenlang waren damals die Schulen geschlossen geblieben, Masern-Impfungen für Schulkinder seitdem Pflicht. Ihre Einhaltung kontrollierte die Schulbehörde penibel.[53] Auch bei Selma ist im Zeugniskopf »vaccinată în anul 1934« vermerkt – die Schule konnte beginnen.

Selma musste sich von Anfang an auf die rumänische Sprache einlassen. Rumänisch war Pflichtfach und stand im Zeugnis an erster Stelle aller Sprachen. Auf Rumänisch waren Vorträge zu halten. Nur auf Rumänisch durften Wortmeldungen eingebracht werden. »Vorbiţi româneşte«[54] – Sprecht Rumänisch! Auf Korridoren und in Klassenzimmern forderten überdimensionale Plakate die Einhaltung des Gebots ein. Eigens dafür eingesetztes Personal patrouillierte während der Pausen mit kleinen Reitgerten durch die Gänge, um notfalls mit Gewalt durchzusetzen, was das Wort nicht erreicht hatte. Mit Fantasie und Einfallsreichtum schafften die Mädchen sich kleine Fluchten und übertölpelten die Kontrolleure: Sie hängten deutschen Wörtern kurzerhand rumänische Endungen an und hatten eine Sprache, die nur sie verstanden.

Lehrer, die sich der Rumänisierung widersetzten, wurden entlassen. Im »Hofmann-Lyzeum« wurden jüdische Lehrer mehr und mehr durch rumänische ersetzt. Auch wenn der Anteil der jüdischen Schülerinnen 1934 noch überwog, so hatte die Schule ihren jüdischen Charakter verloren, seit sie sich allen Konfessionen geöffnet hatte. Von den vierundvierzig Mädchen in Selmas Klasse waren achtunddreißig mosaischen Glaubens. Fünf Mädchen besuchten den römisch-orthodoxen Religionsunterricht. Eugenie Merdinger war als einzige evangelisch.

Frieda Eisinger hatte bei der Anmeldung Selmas wohl persönlich in der Schule vorgesprochen. Im unhandlichen, übergroß dimensionierten Klassenregister des neuen Schuljahres 1934/35 waren anfangs von den Neuankömmlingen nur die Familiennamen eingetragen worden. Ein schwungvolles »Eisinger« stand noch über Selmas Halbjahresleistungen, doch war im Endzeugnis des ersten Schuljahres 1934/35 schon korrigiert auf »Selma

Merbaum« ausgestellt worden.[55] Und dabei blieb es: Selma hieß nie anders als »Selma Merbaum« – von der ersten bis zur letzten Klasse. Bis die Politik dem »Hofmann-Lyzeum« 1940 den Garaus machte.

Selmas Stiefvater Leo Eisinger trat namentlich nicht in Erscheinung. Der Name »Eisinger« spielte während Selmas Schulzeit erstaunlicherweise keinerlei Rolle mehr. Dafür mutet die Eintragung im Feld mit den persönlichen Angaben über Selmas Eltern kurios an:

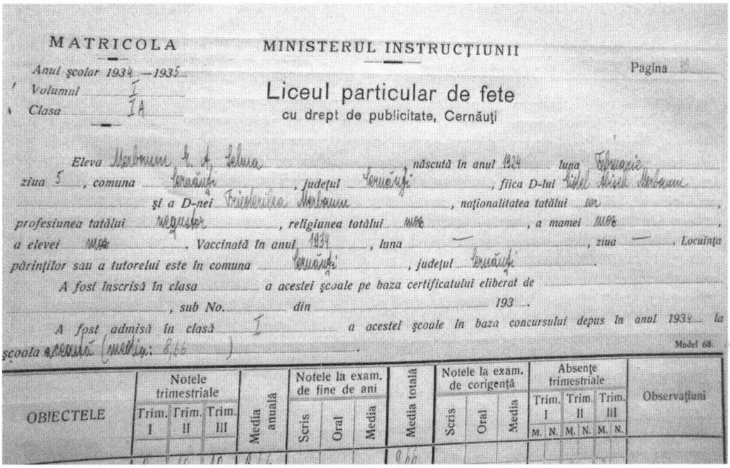

MATRICOLA

MINISTERUL INSTRUCŢIUNII

Anul şcolar 1934 – 1935
Volumul I
Clasa I A

Pagina

Liceul particular de fete
cu drept de publicitate, Cernăuţi

Eleva Merbaum S. A. Selma, născută în anul 1924 luna Februarie ziua 5, comuna Cernăuţi, judeţul Cernăuţi, fiica D-lui Eidel Abisch Merbaum şi a D-nei Friederika Merbaum, naţionalitatea tatălui evr., profesiunea tatălui [illegible], religiunea tatălui mos., a mamei mos., a elevei mos. Vaccinată în anul 1934, luna —, ziua —. Locuinţa părinţilor sau a tutorelui este în comuna Cernăuţi, judeţul Cernăuţi.

A fost înscrisă în clasa ___ a acestei şcoale pe baza certificatului eliberat de ___, sub No. ___ din ___ 193_.

A fost admisă în clasă I a acestei şcoale în baza concursului depus în anul 1934 la şcoala [illegible] (media: 8,66).

Model 68.

OBIECTELE	Notele trimestriale			Media anuală	Notele la exam. de fine de ani			Media totală	Notele la exam. de corigenţă			Absenţe trimestriale						Observaţiuni
	Trim. I	Trim. II	Trim. III		Scris	Oral	Media		Scris	Oral	Media	Trim. I		Trim. II		Trim. III		
												M.	N.	M.	N.	M.	N.	

Kopfzeile in Selmas Zeugnis

Als »Vater« von Selma fungierte all die Jahre hindurch Selmas Großmutter väterlicherseits unter »Eidel Abisch Merbaum«. Selmas Mutter ist in den Zeugnissen stets nur mit »Friederika Merbaum« und nie mit ihrem Namen »Eisinger« eingetragen, den sie 1927 nach ihrer Hochzeit mit Leo Eisinger doch angenommen hatte.

Erklärungen dazu finden sich aus heutiger Sicht nicht. Doch es erübrigen sich damit bisherige Spekulationen, ob Leo Eisinger Selma adoptiert hatte oder nicht: Leo Eisinger hatte Selma nicht adoptiert. Selma hatte nie einen Doppelnamen getragen. Weder in ihren Schuldokumenten noch in den jüdischen

Gemeinderegistern, die jede Familienstandsänderung (Namensänderung, Scheidung, Adoption) sorgfältig festgehalten haben.

Auch in den Deportationslisten von 1942, als Selma ihren letzten Schicksalsweg antreten musste, wird sie ohne Doppelnamen als »Zelma Meerbaum« erfasst, direkt hinter ihrer Mutter »Frieda Eisingher« und Stiefvater »Leo Eisingher«. Das schwungvolle »S« der rumänischen Eintragung mutierte unter deutschem Überschwang zu einem »Z«.

Der Maler Arnold Daghani, der das Arbeitslager Michailowka überlebte, in dem Selma umkam, zeichnete aus den Namen der im Lager getöteten und gestorbenen Insassen einen Frauenkopf. Darin nahm er auch »Selma Meerbaum« auf. Ohne Doppelnamen, allerdings mit »ee«.

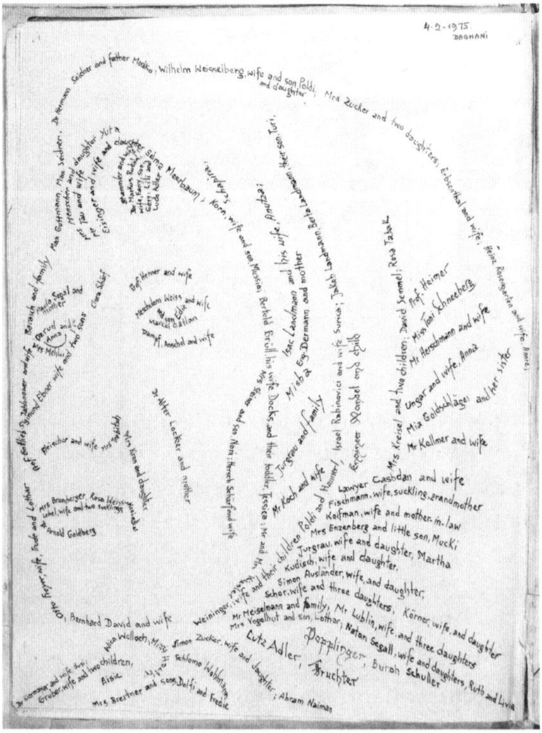

»Eisinger and wife and daughter Meerbaum«

Wie konnte es zu dem Doppelnamen kommen? Er wurde 1976 von Hersch Segal, Selmas ehemaligem Lehrer an der jiddischen Schule, in die Welt gesetzt. Segal wurde 1976 in Israel von Paul Celan-Biograf Israel Chalfen zu Pauls Cousine »Selma Meerbaum« befragt. Der alte Klassenlehrer gab Chalfen den Rat, Selma mit »Selma Meerbaum-Eisinger« zu benennen: »Sie schreiben Selma Meerbaum, sie hiess aber Selma-Meerbaum-Eisinger. ... ich glaube am besten Sie schreiben Selma Meerbaum-Eisinger.«[56] Zeitgleich edierte Segal Selmas Gedichte im Eigenverlag unter dem Namen »Selma Meerbaum-Eisinger«.

Am Tag ihrer Einschulung im September 1934 wohnte Selma schon in der Bilaergasse 34 (Strada Bilei 34), die nichts mehr vom Charme der Rapfgasse hatte.

Die Mieten stiegen in diesen Jahren rasant. Wenn die Mieter auch noch Juden waren, wurde die Pacht künstlich hochgeschraubt, so dass eine Flut von Kündigungen jüdische Familien aus den guten Wohnungen der besseren Wohngegend in immer billigere Unterkünfte drängte, immer weiter aus der Stadt heraus, immer tiefer den Hügel hinunter, dem Fluss und dem Armenviertel entgegen. Bis Selma und ihre Mutter in der Bilaergasse 34 gelandet waren – einer Verlängerung der feineren Franzengasse, in der Nähe des Güterbahnhofs.

Dort unten am Fuße der »Habsburghöhe« und nur durch die Brücke über den Pruth von den Czernowitzer Vororten getrennt, war Wohnen billig, denn der Grund war günstig. Besitzer von Zucker- und Textilfabriken, Brauereien und Molkereien profitierten davon. Viele Gerber und Schuster hatten sich in ehemaligen Streuobstwiesen angesiedelt. Auch Abraham Meerbaum hatte dort gewohnt, bevor er sich in der Bahnhofstraße ein größeres Haus leisten konnte. Seine Molkerei stand weiterhin auf der grünen Wiese Bilaergasse 16. Den Handeltreibenden war die gute Anbindung an den Güterbahnhof im Norden der Stadt wichtig. Die Eisenbahnstation »Volksgarten«, die den Personenverkehr abwickelte, lag im Süden von Czernowitz.

Das Haus, in dem Selma wohnte, lag direkt im Knie der Straßenbiegung der Bilaergasse – ein imposanter Bau, der mit seinem Jugendstil-Zierrat eigentlich nicht ärmlich wirkte. Von der Straße aus gesehen zumindest nicht. Doch viele Czernowitzer Häuser verfügten über kleine einfache Wohnungen ohne Komfort im Parterre oder Hinterhof. Und so hausten Selma und ihre Mutter in einer Einzimmerwohnung, die »[...] bestand aus einer Küche und einem großen Zimmer. Man ist reingekommen durch einen langen Gang, ein paar Stiegen führten in den ersten Stock direkt in die Küche. Elektrisches Licht gab es nicht. Im großen Zimmer standen die Ehebetten. Am Fußende ein Sofa, auf dem Selma schlief; dann zwei Schränke und dazwischen ein kleiner Schreibtisch für Selma. Kein fließendes Wasser, kein Bad.«[57]

Wenigstens war ein öffentlicher Brunnen unmittelbar gegenüber der Bleibe, sodass Selma und ihre Mutter keine langen Wege in Kauf nehmen mussten, um Wasser zu beschaffen. Solche armseligen Wohnverhältnisse, wie sie Selmas Freundin Renée beschrieben hat, ergaben sich, wenn Witwen nicht länger beanspruchte Zimmer ihrer großen Wohnung abtrennten und untervermieteten. Vor allem, wenn sie über eine zweite Küche verfügten, die ehemals zu einer Dienstpersonalwohnung gehörte.

Lebte Selma in der kleinen Wohnung in der Bilaergasse möglicherweise nur mit ihrer Mutter? Laut Adressbuch war Leo Eisinger auch 1936 noch in der Steingasse 6 gemeldet in direkter Nachbarschaft zu seinem Vater Moses.

Selmas Wohnhaus Bilaerstraße mit Plakette

Gedenktafel in der Bilaerstr. 38

»In diesem Haus wohnte die Dichterin Selma Meerbaum-Eisinger. Czernowitz 5. 2. 1924 – Lager Michailovka 16. 12. 1942.« Auf Deutsch und Ukrainisch informiert heute eine Gedenktafel über die Lebensdaten der so jung umgekommenen Dichterin der Bukowina. Die ehemalige Bilaergasse heißt jetzt Tschernischewskoho-Straße und das Haus trägt nicht mehr die Nummer 34, sondern die Nummer 38. Es präsentiert sich in feschem Orangerosa und Weiß – Farben, die in Czernowitz gerne für Renovierungen von Gebäuden mit Denkmalpotenzial eingesetzt werden. Der Putz bröckelt – die Spuren der Vergangenheit wurden zu hastig übertüncht.[58]

Selmas Schulweg verlangte gute Kondition. Dass Mirabellen-, Nuss-, Holunder- und Kastanienbäume ihn säumten, wird ihn ihr nicht schmackhafter gemacht haben: Der Anstieg war steil und beschwerlich und im Winter sicherlich eine Herausforderung. Ein Ansporn war, dass Renée oben in der Rapfgasse 4 schon vor der Haustüre wartete – immer geduldig, selbst wenn sich Selma verspätete. Und das passierte oft genug. Dann kam Selma abgehetzt, atemlos und verdrossen bei Renée an. Wieder einmal hatte sie mit ihrer Mutter einen Kampf um ihre Zöpfe ausgefochten. Jeden Morgen dieselbe Prozedur. Jeden Morgen derselbe Ärger, wenn die Mutter das dichte krause Haar der Tochter bändigen und für die Schule zu ordentlichen Zöpfen flechten wollte. Selma zeigte sich dann so widerborstig wie ihre Haare. »Die Prozedur war zeitraubend.«[59] Und schmerzhaft. Immer wieder wird Selma deshalb ihrer Mutter damit in den

Ohren gelegen haben, dass alle Klassenkameradinnen schon den modischen Bubikopf trugen. Selma hasste diese Zöpfe und würde gegen sie aufbegehren. Bis zur Pubertät. Dann hatte sie den Kampf um ihre Haare gewonnen: Die Zöpfe fielen.

Selma und Renée waren für die Klasse 1A eingeteilt worden, die damit eine Klassenstärke von vierundvierzig Schülerinnen erreichte. Zehn Mädchen weniger machte die Parallelklasse schon übersichtlicher.

Klassenfoto 1935. Selma, 1. Reihe, 1. von rechts. Letzte Reihe: Margit, 3. von links; Renée, 4. von links

Zum Schuljahresende scharten sich die Mädchen zum obligatorischen Klassenfoto wie Küken um drei ihrer Lehrer: Streng und scharf gescheitelt thront Selmas Klassen- und Rumänischlehrerin Alma Bogdan in der Mitte. Ihr Selbstbewusstsein und ihre Dominanz manifestierte sie mit jeder ihrer Unterschriften. Bogdan wird flankiert von Professor Schulman, den die Mädchen liebten. Der Fachlehrer für Biologie war gutmütig und ausgeglichen und brachte ihnen die Natur nahe. Selma wird ihn auch verehrt haben.

Selma war nicht nur eine der Jüngsten in der Klasse, sondern gehörte auch zu den Kleinen und sitzt deshalb in der ersten Reihe auf dem Boden. Sie hat das zaghafte Lächeln ihrer Mutter und ist eine der wenigen, deren Haar zu strengen Zöpfen geflochten ist. Margit und Renée waren nicht nur ein Jahr älter als Selma, sondern auch größer und stehen auf Klassenfotos immer in der letzten Reihe. Renée und Margit wurden Selmas Freundinnen. Renée ihre liebste und vertrauteste.

Dieses Klassenfoto des Schuljahres 1934/35 nimmt Strenge und Tristesse von Selmas Schulalltag auf. Ausgerechnet vor der unschönen Fensterfront mit schweren Eisengittern im Hof ihrer Schule wurden die Mädchen aufgenommen. Dabei war das Lyzeum ein imposantes klassizistisches Gebäude mit großzügiger Außentreppe und Grünanlage.

Drei Jahre später bietet das aktuelle Klassenfoto keinen neuen Aspekt. Wieder wenden sich die Mädchen wenig heiter dem Fotografen zu. Immerhin ist die hässliche Wand des Innenhofes diesmal mit einem großen Wandteppich verhängt. Selma sitzt wieder in der ersten Reihe vor ihren Mitschülerinnen auf der Erde. Ihre Haare sind immer noch zu Zöpfen nach hinten geflochten. Die dunkle Schuluniform dämpft jeden Ansatz von Fröhlichkeit: schwarz die Röcke und die Blusen. Schwarz die Strümpfe und die Schuhe. Aufpeppen konnten die Mädchen die Schulkleidung mit den weißen Kragen – runde Ecken, spitz auslaufende, geklöppelte, mit Knöpfen verzierte – oder den Pepita-Schleifen. Mal groß gebunden, mal klein geschlungen. Die Fantasie stieß schnell an kleinkarierte Grenzen. Koketterie war

Selmas Klasse 1937/38. Selma, 1. Reihe, 4. v. rechts; letzte Reihe: Erna Isser, 1. v. rechts; Blanka End, 3. v. rechts; Renée Abramovici, 6. v. rechts

eben verpönt: Selmas Klassenkameradin Margit vergaß ihr Leben lang nicht, wie eine Schulinspektorin sie zum Waschbecken zerrte und ihren Kopf grob unter das Wasser tauchte: »Wollen wir doch einmal sehen, ob Deine schönen Locken auch wirklich natürlich sind.«[60]

Der Schulalltag war bedrückend und da war es schwer, leicht zu sein. Unangekündigte Prüfungen von externen Kommissionen drangsalierten die überwiegend jüdischen Schülerinnen in besonderem Maße. Bei diesen sogenannten »Extemporalen« erschienen die Lehrer morgens mit einheitlichen Fragebögen und hörten ab. Auf Rumänisch, was für viele Mädchen schon schlimm genug war. Doch dass diese Prüfungen vorzugsweise samstags stattfanden, war eine gezielte Diskriminierung: Orthodox erzogene Jüdinnen schrieben am Sabbat nicht – und ernteten zur Häme noch schlechte Noten.

Nicht alle verweigerten sich der Rumänisierung. Margit und Renée zeigten sich auf Fotos schon mal in der rumänischen Nationaltracht: in feinen »ie«, den aufwändig bestickten Trachten-Blusen, zu denen bunte Röcke getragen wurden. Nur wenige

Jahre später wird sich Margit erneut einer fremden Kultur beugen müssen, in die sie wieder ungefragt hineingestoßen worden war. Sich beugen heißt nachgeben, um nicht zu zerbrechen. Deshalb spielt Margit 1954 in »moldauischer« Tracht mit ihrem Akkordeon zum Tanz auf, als sie das sibirische Wassjugan nach der Deportation als Heimatersatz annehmen musste.[61]

Selma sperrte sich nicht gegen die rumänische Kultur. Sie suchte die Begegnung mit deren Literatur, denn offensichtlich beherrschte sie die rumänische Sprache gut. Und zwar so gut, dass sie im Schulfach »limba română« fast durchweg gute bis sehr gute Noten erreichte: 9,4 von 10 möglichen Punkten im Endzeugnis von 1936/37. Das war beachtlich. Selma las Romane und Gedichte von zeitgenössischen rumänischen Schriftstellern.

Die Verse des Dichters Discipol Mihnea erschienen 1940 in Czernowitz. Selma wird sie übersetzen. Ihrem Gedichtband *Blütenlese* wird sie Worte des rumänischen Schriftstellers und Anwalts Ionel Teodoreanu als Motto voransetzen. Dass Selmas Rumänisch-Zensuren 1940 abrupt absackten, war den politischen Umständen geschuldet.

Französisch war Selmas erste Fremdsprache und wurde mit Rumänisch ab der ersten Klasse im Lyzeum unterrichtet. Doch »limba franceză« gehörte wohl nicht unbedingt zu Selmas Stärken. Andererseits drohte sie auch nie unter die magische Marke »5« zu rutschen, die eine Sonderprüfung erforderlich machte. Bei Latein war das schon eher der Fall, das ab der dritten Klasse dazukam und in der sechsten Klasse tatsächlich nachgeprüft werden musste. Die »Situaţia în Iunie« 1940 bedeutete für Selma »corig. Latina, Matematica«.[62] Doch im Juni 1940 war sowieso alles in Auflösung begriffen.

Selma wird bedauert haben, dass »Limba germană« erst 1938, im fünften Jahr auf dem Lyzeum als Fach dazukam. Denn Deutsch war ihre Stärke. Endlich konnte sie die Sprache, in der sie sich wirklich zuhause fühlte, auch in der Schule anwenden. In allen schriftlichen Deutsch-Prüfungen hatte Selma die Bestnote erreicht. Dass ausgerechnet in der mündlichen Prüfung eine »9« ihr im Zeugnis die volle Punktzahl 10 verhagelte, wird Selma geärgert haben.

Unbehaglich blieb die ganze Schulzeit. Die Lehrer fühlten sich nicht besser. Selma und ihren Mitschülerinnen entging nicht, dass einige der verbliebenen jüdischen Lehrer übertriebene Anpassung und Strenge an den Tag legten, um der rumänischen Führung ihre Loyalität zu demonstrieren.

Uneingeschränkte Sympathie brachten alle Mädchen Panja Butschakowska entgegen. Sie war der pittoreske Lichtblick im düsteren Schulalltag. Die Schuldienerin hatte ihre dicken Zöpfe mit einem Kopftuch festgezurrt, das doppelt unter ihrem Kinn verknotet war. Drei bis vier farbenprächtige Röcke trug die füllige Polin stets übereinander, die sich vielschichtig über ihren Knien bauschten und den Blick auf derbe Hosen freigaben, wenn Panja breitbeinig am Ende der großen Aufgangstreppe des »Hofmann-Lyzeums« thronte, ja, dort regelrecht Hof hielt. Eine entwurzelte Vertreterin der »Rzeczpospolita«, der polnischen Adelsrepublik, die die Bukowina – vor der Habsburgischen Monarchie – hundertfünfzig Jahre lang geprägt hatte. Panja – die Herrin der Zeit. Mit einer schweren Messingglocke läutete sie die Schulstunden ein und beendete damit auch den Unterricht. Panja – die Herrin für süße Momente. Jeden Morgen schoben sich die Mädchen zwei und zwei durch den engen Toreingang an Panja vorbei und hatten schon das selbstgezimmerte Holzkistchen auf ihrem Schoß im Blick. Denn dort lagen die runden Himbeerbonbons, die sie den Mädchen zusteckte. Jedem nur eines. Ausnahmen machte sie nicht.[63]

Später, in der großen Pause, baute sich Panja im Foyer des Eingangsbereiches auf. Die Fenstersimse zweckentfremdete sie als Auslage für ihre hausgemachten »Leberknödelchen« und platzierte darauf die scharf gewürzten Fleischbällchen auf kleinen Papieruntersetzern. Für einen Lei war diese Herrlichkeit zu haben.[64] Eigentlich nicht überteuert, denn schon eine Kugel Eis kostete einen Lei. Für Margit waren die Fleischknödelchen die Würze im fad gewordenen Schulalltag des »Hofmann-Lyzeums«.

Der in den meisten Fällen aber eine Qual blieb. Selma war nicht die einzige, die sich in den höheren Klassen dem Unterricht entzog, indem sie sich in ihre eigene Welt flüchtete. Jüdischen Schülerinnen erging es an anderen Schulen ähnlich. Auch Liane Schindler, die sich später Ilana Shmueli nannte, verdämmerte ihre Schulzeit mit einem »phantasiereichen Halbschlaf«[65]. Und erzählte man nicht auch von Cousin Paul, dass er einfach geistig abtauchte, um sich der missliebigen Realität zu entziehen? Selma machte es ihm gleich: Sie rutschte während des Unterrichts einfach unter die Schulbank. Nicht, weil sie schüchtern war, sondern weil sie dort ihre Ruhe hatte und lesen konnte, was ihr behagte. Sehr früh schon begann sie mit »Heinrich Heine, Rainer Maria Rilke, Paul Verlaine und den damals populären indischen Weisheiten des Rabindranath Tagore«[66]. Renée erinnerte sich noch viele Jahre später, dass sie dabei Schützenhilfe leistete und die Lehrer so gut sie konnte von Selmas Versteck ablenkte.

Renée und Selma hatten die gemeinsamen Schuljahre zusammengeschweißt, sie zu besten Freundinnen gemacht. Die beiden Mädchen hatten den gleichen Schulweg. Im Unterricht saßen sie in derselben Bank. Ob auch der Verlust eines Elternteils die beiden Mädchen von Anfang an so schnell zueinanderfinden ließ? Renée hatte eine Stiefmutter, nachdem ihre leibliche Mutter an Blutvergiftung gestorben war.[67]

Die rumänischen Pädagogen nahmen wenig Anteil am Schicksal ihrer Zöglinge. Auch ihrem Lernverhalten standen sie eher gleichgültig gegenüber. Nur Fehlzeiten vermerkten sie penibel in den Klassenlisten. Doch sie scherten sich wenig darum, dass sich die Mädchen stunden- und tagelang dem Unterricht entzogen. Fast schien es dem Lehrpersonal entgegenzukommen, dass jüdische Schülerinnen durch Leistung nicht hervorstachen. Deshalb wurde keine neue Klasse eingerichtet, sondern der Klassenteiler angehoben, als ab 1937 immer mehr jüdische Mädchen aus rumänischen Gymnasien ins »Hofmann-Lyzeum« drängten. Im antisemitischer werdenden Klima schien es Eltern noch ein geschützter Hort zu sein. Im Schuljahr 1937/38 – im für Juden so dramatischen Goga-Cuza-Jahr – saßen in Selmas Klasse schließlich achtundfünfzig Schülerinnen. Doch das Lerntempo wurde der erschwerten Unterrichtssituation weder angepasst noch wurde den ungenügenden rumänischen Sprachkenntnissen vieler Mädchen Rechnung getragen: Die rumänischen Lehrer erklärten grundsätzlich nur ein einziges Mal. Wer nicht verstanden hatte, musste zu Hause eben nacharbeiten. Vierteljährliche Zeugnisse kontrollierten den Lernerfolg.[68] Reichte die Notenskala auch von 1 bis 10, so waren viele jüdische Schüler, die die rumänischen Gymnasien besuchten, überzeugt: »10 kriegt nur der liebe Gott.«[69] Juden erreichten dort selten mehr als 7, auch wenn sie sich noch so sehr bemühten. Einzig der Rabbi, der die Mädchen in jüdischer Religion unterrichtete, unterlief das System: Alle Mädchen mosaischen Glaubens bedachte er die Schuljahre hindurch mit der Bestnote 10. Andere Fachlehrer schmälerten gute Leistungen, indem sie den Schnitt ungeniert drückten. Kurz und gut: »Das jüdische Schulkind zog durch die Schule wie durch die Hölle.«[70]

Dagegen konnten sich rumänische Mädchen im Himmel wähnen: Bei ihnen drückten die Lehrer beide Augen zu. Die aufreizende Graziella Barbuzza in Selmas Klasse war ein Paradebeispiel dafür. Die Tochter eines rumänischen Offiziers war 1937/38 neu in die Klasse gekommen, nachdem die Goga-Cuza-Regierung verstärkt regimetreue Landsleute in die Bukowina versetzt hatte, deren Kinder die Czernowitzer Schulen bevölkerten. Graziella hatte schon Klassen wiederholt und war zwei Jahre älter als Selma. Dass sie römisch-katholisch war, demonstrierte ein großes silbernes Kreuz an ihrer Halskette, das wenig unschuldig in den tiefen Ausschnitt ihres körperbetonten Kleides rutschte. Denn Graziella blieb die Schuluniform erspart: Sie kam in Seidenstrümpfen und auf extravaganten Pumps zur Schule gestöckelt. Ihr Kleid hatte einen durchgehenden Reißverschluss – und mit einem Ruck konnte Zuki, so ihr Kosename, zur Verblüffung ihrer Klassenkameradinnen entblößt vor ihnen dastehen. Mit diesem Auftritt hatte Zuki auch manch jungem Offiziersanwärter den Kopf verdreht. Gegen entsprechendes Entgelt bot Graziella ihren Mitschülerinnen an, ihre Tête-à-Têtes mit jungen Offizieren zu belauschen.[71] Mit Wissen punktete die kokette Rumänin eher weniger, aber mit ihren legendären Liebesabenteuern blieb sie ihren Mitschülerinnen trotz des kurzen Gastspiels im Gedächtnis. Denn mit dem Ende der Goga-Cuza-Regierung wurde Vater Barbuzza aus Czernowitz abgezogen und Graziella hatte die Schule verlassen.

Zur Schuluniform gehörte ein Barett als Kopfbedeckung. »LPF« – »Liceul Particular de Fete« prangte auf der Stirnseite in goldenen Lettern. Golden schimmerten auch die Nummern auf den Ärmelaufschlägen der Uniformen. Fadenscheiniger Glanz. Die Ziffern dienten in erster Linie dazu, Bespitzelung zu erleichtern, die die Inspektoren auch außerhalb des Schulbereiches fortsetzten. Selbst vor dem Privatleben der Mädchen machten sie nicht halt. Wer ohne Uniform auf der Straße ertappt wurde, musste Strafe befürchten. Wer in der Öffentlichkeit Deutsch sprach, musste Strafe befürchten. Zu den Kardinalsünden zählte, sich ohne Uniform in Gesellschaft eines Jungen erwischen zu lassen. Eine Möglichkeit, die Strafe abzuwenden, fand sich dennoch immer: »Bakschisch« hieß das Zauberwort, das nachsichtig stimmte. Diese lukrative Möglichkeit der Nebeneinkünfte machte Schulkontrolleure und selbst Polizisten blind gegenüber Verfehlungen.

Leistung und Bildung – für die Freizeit blieb den meisten Mädchen nicht viel Luft. Vor allem nicht, wenn sie aus besseren Kreisen stammten: Französischunterricht bei Fräulein Harnik. Sportunterricht im Makkabi-Turnverein. Musikunterricht, Kunststunden. Die Nachmittage waren ausgefüllt. Bereits ab dem fünften Lebensjahr fingen Kinder des wohlhabenden Bildungsbürgertums mit dem Privatunterricht in Französisch an.

Selma zählte nicht zu den besseren Kreisen. Von teuer bezahltem Privatunterricht ist nichts bekannt. Selma ist auch nie auf den Fotos der feinen Kindergeburtstage ihrer Klassenkameradinnen zu sehen.

Man blieb auch bei Ausflügen in die nähere Umgebung unter sich, wenn es zum Schwimmen an den Pruth ging oder wenn Margits Mutter eine Kinderschar mit Picknick-Korb zum Fluss begleitete. Umso wichtiger wurde Selma ihre Freundschaft zu Renée. Mit ihr tauschte sie auf dem gemeinsamen Schulweg Privates aus. Da mussten sie nicht die Kontrolle der rumänischen Schulinspektoren fürchten. Liane Schindler beneidete Klassenkameradinnen um diese Intimität. Sie wurde jeden Morgen mit dem »Sandläufer«, einem eleganten Einspänner, zur Schule gebracht und auch wieder abgeholt, was sie nicht nur »stets aufs Neue in Verlegenheit brachte«[72], sondern eben auch ausgrenzte. Liane sollte erst im sogenannten »Russenjahr« in der Jiddischen Schule mit Selma und anderen gleichaltrigen Mädchen intensiveren Kontakt aufnehmen. Ohne die Wirren der Zeitgeschichte wären sich Selma und Liane wohl nicht begegnet.

Doch Selma genügte Renées Gesellschaft. Weil Selma wohlerzogen und belesen war, hatte die Familie Abramovici sie gerne zu Gast. Selma verkroch sich dann in der üppig ausgestatteten Bibliothek, las, was ihr in die Finger kam, oder saß Renée zu Füßen, wenn die Freundin Klavier spielte. Zusammensitzen ohne zu reden, Nachmittage lang. Vertrautheit ohne Worte. Selma und Renée wussten auch im Schweigen, wie es jeder von ihnen zumute war.[73]

Margit konnte sich nicht in den Schulweg der beiden einklinken; er lag in der entgegengesetzten Richtung. Gemeinsame Unternehmungen zu dritt blieben Margit dennoch im Gedächtnis. So wie das »Striezelchen-backen«. Das war Thema der morgendlichen »gospodăriă«, der Hauswirtschaftslehre, gewesen. Die drei Mädchen hatten am Nachmittag bei Margit zu Hause in die Praxis umgesetzt, was ihnen vormittags in der Schule als Theorie serviert worden war. Wirkliche Back-Kunst kam an jenem Nachmittag nicht recht zum Einsatz, die fertigen Striezel hatte Margit beim Bäcker gekauft. Die Mädchen höhlten dann nur noch die Teigtaschen aus und füllten sie mit »Zwiebelchen und Kräutern«, um sie anschließend im Ofen zu überbacken.[74] Hauswirtschaft und Handarbeit – »gospodăriă« und »lucrul de mănă« – schien Selma gerne gemacht zu haben. Dass sie 1938 laut ärztlichem Attest verletzt und ausgerechnet von diesen beiden Fächern befreit gewesen war, musste sie betrübt haben.

Margit hat etliche Schnappschüsse aus ihrer Kindheit und Jugend von gemeinsamen Ausflügen mit Freundinnen gerettet: Mal ist sie mit fein herausgeputzten Mädchen in rumänischer Nationaltracht zu sehen, mal inmitten einer fröhlichen Mädchenschar in einem der Strandbäder am Pruth. Selma ist nie dabei, Renée hin und wieder. Zu Margits festem Freundeskreis gehörten aber Livia und Ruth Segal. Schon allein weil die Familien eng befreundet waren. Nathan Segal, der Vater der beiden Mädchen, war der Geschäftspartner von Margits Vater Moritz. Die Mütter fuhren mit den Kindern regelmäßig zur Sommerfrische in die nahen Waldkarpaten. Selma hat Ruth gekannt, ein Jahr lang waren die beiden Klassenkameradinnen, davor hatte Ruth Selmas Parallelklasse besucht. Auch Ruths Schwester, die zwei Jahre jüngere Livia, wird Selma zumindest vom Sehen vertraut gewesen sein, denn auch sie war Schülerin des »Hofmann-Lyzeums«. Selbst wenn Ruth, Livia und Selma während der Schulzeit eher getrennte Wege gegangen waren – das Jahr 1942 wird sie unter den unglücklichsten Umständen zusammenführen.

Kapitel 3

Und dann – in unsrem Liebeszelt, o dann, dann werfen wir der Welt das hellste Lachen zu [1]

»Alles muss hier mit Vernunft geschehen, lernen, zuhören, Mund halten, helfen, lieb sein, nachgeben und was weiß ich noch alles!«[1a]

Ob Selma ähnlich aufbegehrte wie Anne Frank, die diesen Tagebucheintrag schrieb? Denn auch in Selma brodelte es. Sie war in der Pubertät. Sie suchte Orientierung und ihren Platz in der Welt. Schulische Leistungen blieben da schon mal auf der Strecke – sie hatten ab dem Schuljahr 1937/38 deutlich nachgelassen. Der Jahres-Notendurchschnitt war auf magere 6,3 abgerutscht. Offenbar ließ auch Selmas Betragen zu wünschen übrig: nur mehr 6 oder 7 Notenpunkte in »purtarea«. Das wird zu Hause zu Diskussionen geführt haben. Selma klagte bei Freundinnen immer häufiger über die Kämpfe, die sie im Elternhaus auszufechten hatte. Mangelndes Verständnis lastete sie vor allem ihrer Mutter an: »Immer öfter klagte Selma über das schlechte Verhältnis zu ihrer Mutter.«[2]

»Ich dampfe vor Wut und darf es nicht zeigen. Ich würde am liebsten mit den Füßen aufstampfen, schreien, Mutter gründlich durchschütteln, weinen und was weiß ich noch alles wegen der bösen Worte, der spöttischen Blicke, der Beschuldigungen, die mich jeden Tag aufs Neue treffen wie Pfeile von einem straff gespannten Bogen und die so schwer aus meinem Körper zu ziehen sind.«[3]

Anne Frank und Selma: zwei seelenverwandte Mädchen, die sich nicht nur ähnelten, sondern denen beiden die Flügel gestutzt wurden, bevor sie fliegen lernen durften.

Gefangen im Käfig ihrer Gefühle. Da öffnete Schreiben die Tür in die Freiheit, um in einer Welt zu bestehen, die für

Träume junger Menschen wenig Raum ließ. Den Zwängen des Elternhauses entfloh Selma zu Mutter Natur. Dort verlor sich die heimische Enge. Dort konnte Selma sein wie sie war, wurde bedingungslos angenommen und fand zu innerer Ruhe, bis sie *die Veilchen wachsen hören*[4] konnte. Bis Seele und Natur sich im Gleichklang fanden – auch wenn es oft *ein Lied in Moll*[5] blieb. »Es ist keine Einbildung, dass die Betrachtung des Himmels, der Wolken, des Mondes und der Sterne mich ruhig und abwartend macht. Dieses Mittel ist besser als Baldrian und Brom.«[6] Als ob Anne Frank sich diesen Rat für Selma aufgespart hätte: »Geh hinaus in die Felder, die Natur und die Sonne. Geh hinaus und versuche, das Glück in dir selbst zurückzufinden. Denke an all das Schöne, das noch in dir und um dich ist, und sei glücklich!«[7]

Glücklich zu sein fiel in jenen Tagen nicht leicht. Die wirtschaftliche Not bedrückte Selmas Familie. Juden fanden als Händler keinen Wirkungskreis mehr. Leo Eisinger verdingte sich als Weber. Dennoch bot das Einkommen kein Auskommen mehr, auch wenn Selmas Mutter mit ihrem kleinen Kramladen weiterhin nach besten Kräften half, die Familie über Wasser zu halten.

Gutgehende Czernowitzer Industriezweige – die Eisenwaren-, Holz-, Textilien-, Bier- und Seifenbetriebe – waren ab 1937 systematisch eingegangen. In vielen Fällen hatten ihre zumeist jüdischen Besitzer nur noch Selbstmord als Ausweg gesehen. Vor allem, nachdem die Regierung in Bukarest die Steuern für die Bukowina immer drastischer hochgeschraubt hatte und die Preise für Lebensmittel daraufhin fast täglich stiegen. Dass gerade auch Zwiebeln und Kukuruzmehl davon betroffen waren, machte vor allem der armen jüdischen Bevölkerung zu schaffen. Zwiebeln und Mais – zwei ihrer Grundnahrungsmittel. »Mamaliga« kam täglich auf den Tisch: Der feste Maisbrei wurde zum Frühstück mit Milch übergossen, mittags mit Schafskäse bestreut und in der Pfanne ausgebacken, abends mit Zwiebeln und Sauerrahm serviert. Vielfältig kredenzt, nie mit einem Messer geschnitten, immer nur mit festem Zwirn zerteilt. Und nun war selbst Mais unerschwinglich geworden.

Sie wurden die »verschämten Armen« genannt, die nicht um Almosen betteln wollten, stattdessen lieber darbten. Die jüdischen Kultusgemeinden halfen, so gut sie konnten. Dafür wurden immer neue Hilfsvereine ins Leben gerufen: der Buchhalterverein, der Allgemeine Frauenverein, der Tuberkuloseverein, der Talmud- und Thoraverein – jeder versuchte, die Not seiner Interessengruppe zu lindern. Wer keine Lobby hatte, bekam ein Armutszeugnis, das »certificate de cetăţenie şi paupertate«, damit wenigstens der Anspruch auf Unterstützung oder Behandlung im Krankenhaus gewährleistet war.[8] Mehr denn je diskutierten Familien leidenschaftlich die Frage, ob es unter diesen Umständen nicht besser wäre, nach Palästina auszuwandern. Doch mit Blick auf die unerschwinglichen Kosten für eine Einreiseerlaubnis wurden solche Überlegungen schnell wieder verworfen.

Besonders aufmerksam verfolgten die Czernowitzer die Ergebnisse des Zionistenkongresses in Zürich vom August 1937: Würde die Balfour-Deklaration vom November 1917 jetzt endlich den Weg zum selbstständigen Judenstaat ebnen? Hoffnung erlauben auf Flucht aus dem Elend?

Die rumänische Regierung hielt aufgrund ihrer radikalen judenfeindlichen Einstellung die Auswanderung der Juden nach Palästina nicht nur für wünschenswert, sondern für unumgänglich. Doch in einem unabhängigen Judenstaat sah Minister Alexandru C. Cuza nur »eine Leiche, die noch ihrer feierlichen Bestattung harre«[9].

Die Angst vor Pogromen wuchs und im Februar 1938 gerieten Selma und die Nachbarschaft in unmittelbare Gefahr, als Hunderte ruthenischer Bauern aus den Bergen in Czernowitz einfielen. Ausgerechnet in Selmas Straße, in der Bilaergasse, formierten sie sich zum großen Plünderungszug. Zwar hatten sie es in erster Linie auf die Textilfabrik der jüdischen Familie Zucker in der Bahnhofstraße abgesehen, doch wohnte dort auch die Familie von Abraham Meerbaum, Selmas Verwandtschaft väterlicherseits. In Windeseile hatte sich die Nachricht verbreitet, dass die Polizei nicht einschreiten würde, um die jüdische Bevölkerung zu schützen.[10] Deshalb stellte sich niemand den Bauern in den

Weg. Bewohner weit außerhalb des Zentrums waren Überfällen noch schutzloser ausgeliefert, selbst wenn es in einem solchen Viertel eigentlich wenig zu holen gab. Die Erleichterung war groß, als noch im gleichen Monat das Ende der Regierung Goga-Cuza besiegelt war. Die Kinder hatten einen Tag lang schulfrei. Die Hakenkreuzfahne am Rathaus wurde wieder eingeholt. Die jüdische Bevölkerung schöpfte neue Hoffnung.

Und so schien allen widrigen Umständen zum Trotz die allgemeine Stimmung zuversichtlicher zu werden. Die Freude über den Sturz der verhassten Regierung verdrängte zunächst selbst den Schrecken über Hitlers Einmarsch in Österreich im März 1938 oder die Sorge über das »Münchner Abkommen« vom 29. September, mit dem Chamberlain gehofft hatte, »Peace for our time« zu schaffen, doch den Krieg nur hinauszögern konnte.

Die Berichte über die Pogromnacht vom 9. November handelte die Czernowitzer Presse fast nachsichtig ab. Hitlers Visionen offenbarten sich in seiner Rede vom 30. Januar 1939 vor dem Deutschen Reichstag: »Wenn es dem internationalen Finanzjudentum in und außerhalb Europas gelingen sollte, die Völker noch einmal in einen Weltkrieg zu stürzen, dann wird das Ergebnis nicht der Sieg des Judentums sein, sondern die Vernichtung der jüdischen Rasse in Europa!«[11]

Dieser Ton drang bis nach Czernowitz. Der Bruch des »Münchner Abkommens« war besiegelt, als – nach der Annexion der sudetendeutschen Gebiete – im März 1939 auch die »Rest-Tschechei« von der deutschen Wehrmacht besetzt und das Protektorat Böhmen-Mähren errichtet wurde, während die Slowakei gleichzeitig eine eigenständige Republik und ein mit dem nationalsozialistischen Deutschland verbündeter Satellitenstaat wurde. Plötzlich lag Czernowitz nur noch wenige hundert Kilometer von den durch die Deutschen besetzten Gebieten entfernt – und der Weltfrieden bröckelte.

Auch Selmas Welt war brüchig geworden. Alles engte ein. Die Fünfzehnjährige suchte neue Räume zur persönlichen Entfaltung. Und dafür standen zionistische Jugendgruppen bereit. Sie hofften, die Orientierungslosigkeit der Heranwachsenden aufzufangen, zumal sich angesichts »der antisemitischen Alltagspraxis [...] vermehrt Kinder aus liberalbürgerlichen Familien [...] linken und kommunistischen Gruppierungen zu[wandten], da sie von der Utopie der klassenlosen Gesellschaft auch das Ende des Rassismus erhofften«[12]. Gezielt umwarben sie die Fünfzehn- bis Neunzehnjährigen, lockten mit einem neuen Gefühl der Zusammengehörigkeit. Im Zusammenhalt der Gruppen sahen sie die Möglichkeit, auch national zu erstarken: Gemeinsam sind wir stark. »Chasak« – »Sei stark«, riefen sie sich deshalb bei jedem Abschied zu. »Chasak, Chasak Vernitchasek« – »sei stark, sei stark, erstarken wir«[13] singt der Vorleser in der Synagoge am Ende eines jeden Thora-Abschnittes. In einer starken Gruppe konnte sich die jüdische Jugend gegen antisemitische Angriffe wehren. Denn mittlerweile stand die rumänische Hetzpolitik der des verbündeten Nazideutschlands in nichts nach. Willkür und Gewalt der Rumänen gegen Juden nahmen unverhohlen zu. Nicht mit der Systematik wie beim »Meister aus Deutschland«, sondern als individueller Sadismus.

Selmas Freundin Renée wurde Zeugin, wie ein Student gezwungen wurde, sich aus dem Fenster zu stürzen. Für den kleinen Julius, den Bruder von Selmas Freundin Berta, war der Heimweg von der Schule längst zum Spießrutenlauf geworden. Immer seltener entkam er seinen Peinigern. Doch niemand schritt ein, wenn jüdische Schüler in der Schule gemobbt und auf dem Nachhauseweg verprügelt wurden.

Auch in Selmas Klasse machte sich die Unruhe bemerkbar. Viele Eltern handelten. Sie verließen Czernowitz: »retrasă« – »Rückzug« vermerkten die Schulbücher dann hinter dem Namen der Mädchen, die mit ihren Eltern auswanderten. Sechs von ihnen hatten im Schuljahr 1938/39 die Klasse verlassen. Auch Margit Bartfeld und Ruth Segal wechselten die Schule. Ihre Eltern wollten den Töchtern in diesen unsicheren Zeiten kaufmännisches Rüstzeug mit auf den Weg geben. Auf dem Klassenfoto vom Ausflug, den Margit und Ruth mit ihrer neuen Klasse zum Franz-Josef-Felsen auf der Habsburghöhe machten, ist Selma schon nicht mehr dabei.[14] Dafür rückten neue Schülerinnen von anderen Gymnasien nach – wie Miriam Bockelmann. Mag sie mit Selma auch nicht viel zu tun gehabt haben – mehr als dreißig Jahre später wird sie ihre Gedichte illustrieren.

Selma, Renée und Margit hatten noch gemeinsam in die verschiedenen zionistischen Gruppen hineingeschnuppert: neugierig, unvoreingenommen und mit jugendlichem Enthusiasmus. Von allen Seiten wurden sie umworben. Im Freizeitangebot unterschieden sich die einzelnen Organisationen kaum: Ausflüge, Wanderungen, sportliche Wettkämpfe boten die linke »Hashomer Hazair« und die orthodoxe »Blau-Weiß« genauso wie die marxistisch-orientierte »Poale Zion« oder die militante »Betar« an.[15] Doch bei Vorträgen und Diskussionen trennten sich Wege und Inhalte.

Im Frühling 1939[16] machten sich acht Jungen und drei Mädchen auf den Weg in die Cecina-Berge. Sie wollten es einer Jugendgruppe gleichtun, besonders aber den Frühsommertag unbeschwert genießen. Wandern, singen und tanzen. Die Rucksäcke waren gut gefüllt mit Proviant. Selma trug den Ball zum Spielen. Sechs Kilometer zu Fuß waren für die geübten Wanderer keine Herausforderung.

Von links: Selma (mit Ball), Renée (verdeckt), Isiu Weidberg, Margit Bartfeld, Freddy Sternberg, Muniu Singer, Milou Stamler, Babi Stamler, Sami Schäfler, Gugu Weidberg

Hugo Taussig hatte sich als Fotograf zur Verfügung gestellt und ärgerte sich viele Jahre später, dass er deshalb nicht mit auf dem Foto war, das er so sorgfältig arrangiert hatte – und das Selma in ihrem Übermut fast vermasselt hätte: In dem Moment, als Hugo abdrückte, zielte sie mit dem Ball nach ihm. Sie waren alle übermütig gewesen – auch Isiu Weidberg hatte sich noch im letzten Moment in Pose gestellt. Selmas beste Freundin Renée war die Leidtragende: Von dem aparten dunkelhaarigen Mädchen ist auf dem Foto nur ihre geblümte Bluse und ihre Hand in Isius Ellenbeuge zu erahnen. Dabei hatten sich die Mädels schick gemacht. Selmas feine Chiffonbluse mit den Puffärmeln ist zart bestickt. Margit Bartfeld führt zum ersten Mal ihren Hosenrock aus. Nur Freddy, den Margit kokett untergehakt hat, trägt ein legeres Turnhemd. Weil darin seine Muskeln besonders gut zur Geltung kamen. Freddy Sternberg, der Vorzeigeathlet vom »Muskeljudentum«. Freddy, der Mädchen-Schwarm. Wenn er für den Zehnkampf trainierte, pilgerten die jungen Mädchen scharenweise zum Makkabi-Sportplatz. Freddy wurde Margits erster »richtiger Freund«.[17]

Muniu Singer und Milou Stamler nehmen sich neben Freddy bescheiden aus. Wenig Aufhebens von sich machen auch Milous älterer Bruder Babi und Sami Schäfler und Gugu Weidberg, Isius jüngerer Bruder. Sie kauern vor den Freunden. Keiner dieser Jungs gehörte Hashomer Hazair an. Aus der bunt gemischten Truppe wurde auch keine neue zionistische Gruppe. Muniu Singer und Isiu Weidberg aber übernahmen wenig später die Führung der gemäßigten zionistischen Gruppe »Hanoar Hazioni«.

Margit zog sich schnell zurück. Sie schreckte vor allem der ideologische Überbau dieser Vereinigungen. Zu radikal, zu verpflichtend empfand sie die Zielsetzungen der zionistischen Gruppen. Ohnehin interessierte sie sich weniger für Politik und mehr für Sport. Sie schloss sich der Makkabi-Turngruppe an – das Gefühl der Zughörigkeit zu einer Gemeinschaft ließ sich auch dort ausleben. Auch die Makkabi-Sportler wollten überkommenen Klischees entgegenwirken: Juden ließen sich eben nicht auf Handel, Banken und Bücher reduzieren! Körperlich gestählt, entwickelten sie ein neues Selbstbewusstsein. Der von Max Nordau 1900 geschöpfte Begriff des »Muskeljudentums« war wieder in aller Munde.

Selma war mit fliegenden Fahnen zur Gruppe Hashomer Hazair übergelaufen. Zusammen mit Renée, die von Silva Reiter der Gruppe empfohlen worden war. Silva war die Eifrigste, wenn es darum ging, Mitglieder zu werben. Sie hatte auch Berta Scherzer überzeugt. Renée hatte Selma mitgebracht, die regelrecht »hingerissen« von der Bewegung war und auch vor anderen mit ihrer Begeisterung nicht hinter dem Berg hielt. Mit dem ein Jahr jüngeren Nachbarsjungen Zvi Yavetz, der später Professor für Alte Geschichte an der Universität von Tel Aviv werden sollte, verband Selma der morgendliche gemeinsame Schulweg. Zvi wartete immer schon an der Einbiegung der Ziegeleigasse in die Bilaergasse auf Selma. Und die ließ dann keine Möglichkeit unversucht, auch Zvi für die Gruppe zu gewinnen. Er hätte sich schon von ihrer Begeisterung anstecken lassen. Selmas Enthusiasmus überzeugte ihn – nicht aber Zvis Mutter: »Von Herzl a Leck – von Marx a Schmeck.«[18] Da konnte Selma wohlerzogen sein und mit klugen Zitaten von Trakl und Rilke der Mutter bisher imponiert haben: Selmas Überschwang für die linke Gruppierung erteilte Mutter Yavetz eine klare Absage – und damit war die Angelegenheit auch für ihren Sohn Zvi erledigt. Gegen die gemäßigte Hanoar Hazioni hatte die Mutter keine Einwände. Zvi trat bald dieser Gruppe bei.

Junge Juden, die sich während des Ersten Weltkrieges nach Wien geflüchtet hatten, brachten die Bewegung Hashomer Hazair nach ihrer Rückkehr nach Czernowitz. »Junger Wächter« – »Hashomer« hatten sich die genannt, die während der Zweiten Aliyah die jüdischen Siedlungen in Palästina gegen Angriffe bewachten. Die »Aliyah«, die Rückkehr in das gelobte Land, war der Traum, dem das Volk Israel seit Babylonischen Zeiten nachhing. Zwei große Wellen dieser Heimkehrbewegung hatte es gegeben. Der Hashomer Hazair wurde eine Nähe zur deutschen »Wandervogel«-Bewegung nachgesagt, von der Juden aber ausgeschlossen waren. Beide formten sie Geist und Körper und wandten sich der Natur zu. Hier wie dort einte sie die deutsche Sprache. Aber politisch lag Hashomer Hazair links. Antisemitismus lasteten sie dem Kapitalismus an. Nicht wenige unter ihnen liebäugelten mit dem Kommunismus. Doch im Allgemeinen blieb es eher bei harmlosen idealistischen Anschauungen vom Sozialismus: Soziale Gleichheit würde sich in einem einfachen Leben im Kibbuz in Palästina schon einstellen.

Für Jugendliche in Rumänien waren solche Anschauungen seit den Dreißigerjahren nicht mehr ungefährlich. Die Regierung verfolgte jeden Ansatz kommunistischer Umtriebe, verhängte hohe Gefängnisstrafen, schreckte immer häufiger auch vor Folter und selbst Verurteilung zum Tod nicht zurück.

Je kälter das politische Klima für Juden wurde, desto mehr suchten die Mitglieder von Hashomer Hazair Nähe zueinander und verbrachten bald jede freie Minute miteinander. Angesichts der neuen Verbundenheit verlor die Gemeinschaft der Schulklasse für Selma noch mehr an Gewicht.

Schule schien überhaupt nebensächlich geworden zu sein. Selmas Fehlzeiten im Unterricht fallen ab 1938 deutlich ins Auge. Doch sie setzte sich immer nur stundenweise ab. In den Fächern Rumänisch, Chemie und Mathematik fehlte sie am häufigsten, die verzeichneten enorme Fehlzeiten. Religion hielt Selma die Treue und auch ihren Lieblingsfächern Handarbeit, Zeichnen und Sport. Sie fehlte dort im Schuljahr 1938/39, weil es äußere Umstände erzwangen. Direktorin Brateanu hatte im Zeugnis vermerkt, dass Selma von diesen Fächern aufgrund eines ärztlichen Attests vorübergehend dispensiert worden war. Doch wenn die neuen Freunde und der Cecina-Wald lockten, verlor alles andere an Bedeutung. Dann gab es kein Halten mehr.

Der nahe Wald wurde im Sommer 1939 der Lieblingstreffpunkt der Gruppe. Den Fußmarsch in die lichten Buchenwälder nahmen alle gerne in Kauf, denn dort waren sie weit genug weg von der Stadt und konnten sich unbeobachtet und sicher vor rumänischer Bespitzelung fühlen. Endlich durften sie sich ungestraft auf Deutsch unterhalten. Durften überhaupt all das tun, was strenger rumänischer Administration ein Dorn im Auge war: wild und ausgelassen sein. Unbeschwert singen und tanzen. Und einander wie Bälle verwegene Gedanken zuwerfen über Zionismus, Kapitalismus, Philosophie, Sozialismus, Literatur – Themen so vielgestaltig wie die Jugendlichen selbst und genauso idealistisch. Immer wieder wurden auch Auswanderungspläne durchgespielt. Und immer wieder verworfen. Doch jede Versammlung mündete in den einen Wunsch, den sie alle gemeinsam hegten, der ihnen heilig geworden war: »Freiheit.« Das war ihre Losung. Die durchzog auch die abschließenden Tänze. Ungeduldig schienen die jungen Leute nur darauf zu warten, dass ihr Wortführer die hitzigen Diskussionen mit einem Schlusswort beendete und sie sich endlich bei den Händen fassen und mit den Füßen stampfen konnten. »Gilu! Freut Euch! Gilu!« Einer nach dem anderen fiel in den Ruf ein. Stimmte ihn noch lauter an. »Gilu! Gilu!« Sich anfeuern, sich in Begeisterung und Leidenschaft übertrumpfen. Singen. Tanzen. Unterdrückten Gefühlen freien Lauf lassen. Freiheitstaumel. Immer entfesselter wirbelten die Jungen und Mädchen im Kreise. »Hava Nagila! – Lasst uns glücklich sein!« Sie verschlangen ihre Arme, um mehr Stand bei den ungestümen Schrittfolgen zu finden. Trampeln, sich drehen, sich tranceartig erschöpfen. Bis zur Atemlosigkeit. »Hava neranenah! – Lasst uns singen!« Man hätte an chassidische Gesänge und Tänze denken können, wären die Gefühle nicht zu ungeordnet, zu ungezügelt, zu wild gewesen.

Eine Kette von glühenden, hingerissenen Menschen, die
nichts wollen als sich austoben –
Gilu …
Alle in uns aufgespeicherten Energien verausgaben wir in
diesem Jauchzen, Singen, Stampfen …
Für den Außenstehenden mag dieser Tanz nichts mehr als ein
ungeordnetes Schreien und
Trampeln bedeuten – für uns ist es das Symbol unseres Lebens,
unserer Wünsche:
»Freiheit auf allen Gebieten!«

Und wie sich aus dem anfangs sanften Wiegen – hin und her,
hin und her – plötzlich der Tanz
löst, stürmisch alles mit sich fortreißend …
Alle lachen wir und alle singen und jubeln wir mit – und
tanzen, tanzen – als gälte es unser
Leben …
Endlich löst sich die Verschlingung und wir sind müde und
heiser und atemlos – aber wir sind
glücklich![19]

Gilu ist das früheste Gedicht, das von Selma Merbaum erhalten ist. Auf »Mai oder Juni 1939« datierte sie es, als sie später mit ihrer kleinen selbstbewussten Schrift den Zeitpunkt der Entstehung bei der Reinschrift daruntersetzte. Genau schien Selma das Datum nicht mehr festlegen zu können, als sie ihre besten Gedichte im Winter 1941 für einen Gedichtband zusammenstellte. Mit sehr viel Sorgfalt, denn es sollte ein kostbares Geschenk werden.

Das Gedicht *Gilu* liest sich so konkret wie ein Tagebucheintrag. Möglicherweise waren die Zeilen ursprünglich auch als nichts anderes gedacht, denn Selma hatte sicherlich nicht die »eigene Unsterblichkeit«[20] im Sinne gehabt, als sie diese Verse schrieb. Doch als sie später ihre Worte las, musste ihr bewusst geworden sein, dass sie damit ihre Begeisterung, die unbändige Freude und den Enthusiasmus der Freunde bei jenem unbeschwerten Treffen im Wald wieder heraufbeschwören konnte, heiser und atemlos – aber glücklich.

Im Frühsommer 1939 war die Dichterin in Selma Merbaum erwacht. Ihr war bewusst geworden, dass sie zu ihren Worten Zuflucht nehmen konnte. Dass Lyrik ein Bollwerk gegen die so schwer erträglich gewordene Wirklichkeit war. Selma führte kein Tagebuch. Sie vertraute sich ihren Gedichten an. Machte Cousin Paul es nicht genauso? Hatte er nicht ähnlich empfunden, wenn er im Cecina-Wald ihr und ihrer Freundin Else seine Gedichte vorgetragen hatte? Beide waren Paul aufmerksame Zuhörerinnen gewesen oben auf der Habsburghöhe. Dort hatte er sie miterleben lassen, wie »aus den Verzweiflungen Gedichte«[21] geworden waren. Und sie hatten lange nicht gewagt, ihm ihre eigenen Gedichte zu zeigen.

Die Landschaft der Bukowina hat die Lyrik jedes Einzelnen aus dem poetischen Dreigestirn geprägt: die Lyrik Selma Merbaums ebenso wie die von Rose Ausländer und Paul Celan. Natur war zuverlässiger Trost, gab selbst dann noch Stabilität, wenn Politik und veränderte Lebensumstände zur Verunsicherung, ja sogar zum Identitätsverlust zu führen drohten. Die Lyrik, die daraus erwuchs, schuf eine harmonisierende geistige Gegenwelt.

Der Franz-Josef-Felsen auf der Habsburghöhe war Selmas persönlicher Lieblingsplatz. Dort konnte sie sich am besten in diese Welt flüchten und zu sich selbst finden. Dort, wo die *alte Akazie* [...] *ihr Schweigen* verrieselte *in zitterndem Blättergewirr. Die Düfte der Erde erheben sich, steigen und fallen dann nieder zu mir.*[22]

Natur wird Selma zur Metapher ihrer Sehnsucht. Wird Musik, die den Ton ihrer Gedichte liefert, aus deren Einzeltönen sie Klänge komponiert, die zum Konzert anschwellen. Die junge Selma verfügte über jedes Stimmungsrepertoire. Sie zog alle Register, stimmte jede Tonart an und variierte die Vortragsarten:

mal in Moll, lamentoso –

Der Regen der eintönig rauscht, begleitet meinen Sang. Und wer
dem Regenliede lauscht und wer sich an dem Weh berauscht,
der hört auch meines Liedes Klang.[23]

mal in Dur, leggiero –

Gleich einer Symphonie in Grün
durchpulst von Licht und Duft und Glanz,
ziehn Wiesen sich und Hügel hin
erfüllt von buntem Blumentanz.[24]

Im packenden furioso, wenn ihre Gefühle brodeln –

packt dich und hält dich und sprudelt dich an
Sturzflut erfaßt dich und rast mit dir fort –
was kein Wildbach, kein Wirbel, kein Hochwaßer kann

hat dies Atmen vieltausende Mal schon getan,
dieses heiße, verzerrende, glasklare Wort.[25]

oder auch impettuoso, wenn der Gesang des Regens anschwillt und Selma die Worte aufruft wie Goethes Zauberlehrling. Dann wird der Regen

… zum Rauschen,
Das voller und voller erklingt.
Es schweigt selbst der Wald um dem Liede zu lauschen,
Das der strömende Himmel ihm singt.

Es schäumen mit wuchtendem Anprall die Wasser
Vom Himmel zur Erde herab.
Es rasen die Ströme des Regens in naßer
Wild stürzender Wut, die der Blitz ihnen gab.

Es duckt sich und beugt ihren Rücken die Erde
Unter dem peitschenden Sausen.
Wie vom Hufschlag einer hinrasenden Herde
Ist die Luft erfüllt von dem Brausen.

Dann wird das Rauschen zum raunenden Schallen
Zum Murmeln von müder Süße.
Auf die Dächer vereinzelte Tropfen fallen,
Wie ferne, glückstrunkene Küße.[26]

Pianissimo, wenn sich die Worte in leisen Tönen erschöpfen –

Der Wind singt sein Schlaflied
mit träumendem Rauschen,
die Blätter umschmeichelt er weich.
Ich laß' mich verführen dem Liede zu lauschen
und fühl' mich den Gräsern gleich.[27]

Selma stellte die Schöpfung in den Dienst ihrer Dichtung. Poesie war inneres Exil. Dann konnte sie die Sprache als schützendes Tuch um sich ziehen und sich in ihre Sehnsucht hüllen: *Ich bin in Sehnsucht eingehüllt.*[28]

»Wohnen in Traumworten« hatte Rose Ausländer diese Zuflucht genannt. Wenn Cousin Paul den Freundinnen und Selma seine selbst geschriebenen Gedichte vorlas, war es für die Mädchen tröstlich, dass auch ein junger Mann sich in seine Traumwelt einspinnen konnte, wenn die Realität ihn zu erdrücken drohte.

Mit anderen Augen betrachtete Selma ab diesem Sommer ihre Umgebung. Alltägliches ordnete sie mit den Farben der Poesie neu ein:

Die rote Nelke dämmert in den Raum
als ob sie wäre dort die Königin.[29]

Das Leben wurde bunter.

... so viele Hühner und ein kleiner weißer Hund
und Himmel der so farbenfroh und bunt.[30]

Farben lieferten Kontraste:

So blau liegt es über dem schneeweißen Schnee
und so schwarz sind die grünen Tannen,
daß das ganz leise hinhuschende Reh,
so grau ist wie nie beendbares Weh
das man doch so gern' möchte bannen.[31]

Gefühle wurden in neu geschöpfte Worte gegossen:

Heute warst Du mir ein Schmerz.[32]

Bald sollten abstraktere Sprachbilder Raum einnehmen.

Aus dem Schicksalsjahr 1939 sind sieben Gedichte erhalten, die Selma später ihrem Gedichtband *Blütenlese* zuordnen wird. Doch ist anzunehmen, dass in jener Zeit viel mehr Gedichte entstanden sind, die nach Selmas Tod niemand retten konnte.

Den Sommer 1939 lebten Selma und ihre Freunde intensiv. Mit Ausflügen, Diskussionen, Tanzen und Singen wappnete sich die Gruppe gegen den zunehmenden Antisemitismus.

Einer der jungen Leute war Abraham Gimpelmann. Er hatte die Gruppe gegründet. Die Leitung der »Kwuzah«, der Kleingruppen innerhalb der Organisation, war ihm anvertraut worden. Er hatte das Zeug zur Führungspersönlichkeit. Abrasha riefen ihn vertraute Freunde, denn wie fast jeder Jugendliche in Czernowitz hatte auch er einen Kosenamen. Abrasha war groß und kräftig. Die dunkel umrandete Brille unterstrich seine Intellektualität. Außerdem sah er einfach gut aus – kein Wunder also, dass er der Liebling der Mädchen wurde. Abrasha hatte sich Selmas Freundin Renée zur Freundin auserkoren.[33]

Mit seinem Charisma zog Abrasha alle in seinen Bann. Es fiel ihm nicht schwer, die Freunde für seine zionistisch-sozialistischen Ideen zu begeistern. Denn er stellte die Fragen, die alle bewegten: Wieso hatten Juden als Prügelknabe für alle herzuhalten? Wie konnten sie Kapitalisten und Kommunisten gleichermaßen ein Dorn im Auge sein? Wieso verübelte man ihnen Stammeszusammenhalt und Assimiliertsein in einem Atemzug? Weshalb schimpften die Reichen sie Bettler und gleichzeitig neideten die Armen ihnen ihren vermeintlichen Reichtum? Für alle waren sie Feind. Abrasha war es leid, dass Juden für jedes Übel verantwortlich gemacht wurden. Er wollte Veränderungen und war bereit, dafür zu kämpfen.[34] Wenn sich Abraham in Rage redete, dann tanzten ungestüme Locken zu enthusiastischen Worten. Dann hing die Gruppe an seinen Lippen. Abrasha stand hinter dem, was er sagte, da waren sie sich einig. Hatte er doch dieser Ideale wegen sogar die Schule zwei Jahre vor Abschluss abgebrochen. Eine landwirtschaftliche Ausbildung schien ihm die ideale Vorbereitung zu sein für die Ausreise nach Palästina. Dort hoffte er, seinen Traum von einem Leben in Gerechtigkeit und Gleichheit verwirklichen zu können.[35] Dieser Sommer 1939 schweißte die Gruppe zusammen.

Doch auch vor dem kommenden Winter war den jungen Menschen nicht bange: Sie trafen sich auch bei Wind und Eis und Schnee weiterhin im Freien. Abhärtung gehörte zur Ideologie der Gruppe Hashomer Hazair und sollte der Vorbereitung auf ein karges Leben in Eretz Israel dienen. Deshalb trotzten gerade viele Jungs aus ihrer Gruppe winterlicher Kälte in kurzen Hosen und offenem Hemd. Für die langen kalten Winterabende sahen sich Selma und die Freunde dennoch nach einer festen Bleibe um und hatten im jüdischen Viertel ein heruntergekommenes

Haus günstig angemietet. Das gemeinsame Renovieren der Räume wurde ein Gruppenerlebnis. Die Wände schmückten Fotos und Bilder von zionistischen Führern wie Theodor Herzl und Josef Trumpeldor. Sonnengebräunte »chalutzim«, Farmarbeiter, rochen nach Freiheit und verkörperten die Leichtigkeit eines neuen Lebens im verheißenen Land. »Man muss nur wollen, dann bleibt es kein Traum.« Theodor Herzls Worte prangten in großen Lettern über der Eingangstür. Genau diesen Traum wollten Selma und ihre Freunde leben.[36]

Selmas Gruppe Hashomer Hazair: 1 = Renée Abramovici; 2 = Yuda Wasser; 3 = Selma Merbaum; 4 = Abraham Gimpelmann; 5 = Berta Scherzer; 6 = Leiser Fichmann; 7 = Else Schächter; 8 = Silva Reiter

Berta Scherzer, Else Schächter, Silva Reiter, Leiser Fichmann, Yuda Wasser, Selma und Renée hatten schnell zueinander gefunden und enge Freundschaft geschlossen. Sie teilten ihre Lese-Leidenschaft und die Liebe zu Rilke und Trakl, Romain Rolland und Rabindranath Tagore, Tolstoi und Thomas Mann – Persönlichkeiten der Weltliteratur, Dichter mit Visionen. Selma fühlte sich vor allem dem bengalischen Dichter und Philosophen Tagore seelenverwandt, auch wenn der Philosoph Constantin Brunner der unbestrittene Held in Czernowitz war und dort seine glühendsten Anhänger fand. Selma schätzte Tagores Roman »Das Heim und die Welt« über alles, zählte ihn zu ihren absoluten Lieblingsbüchern. Sie las ihn so oft, dass sie seine schönsten Sentenzen bald auswendig kannte.

Den indischen Mystiker, Dichter und Philosophen Rabindranath Tagore hatte die Verleihung des Nobelpreises für Literatur 1913 populär gemacht. Mit seinen sanften Augen, wallendem Bart und lockigem Haar war er 1921 wie eine gottähnliche Erscheinung in die deutsche Öffentlichkeit getreten, die nach der Niederlage im Ersten Weltkrieg nach einem Messias lechzte, der das deutsche Volk trösten und aufrichten konnte. Tagore »bekräftigte häufig die besondere Affinität der deutschen Kultur mit der indischen, womit er auch sein tiefes Mitgefühl für das geschlagene und gedemütigte deutsche Volk erklärte«[37]. Seine Visionen und Worte waren Balsam für geschundene Seelen.

Selma würde sich um nichts in der Welt von Tagores Buch »Das Heim und die Welt« trennen – und rettete es sogar in die Deportation.

Renée und Berta waren leidenschaftliche Klavierspielerinnen und hatten in Selma ihre passionierte Zuhörerin gefunden. Immer häufiger suchte Selma den Austausch mit der zwei Jahre älteren Berta, fühlte sich zu ihr besonders hingezogen. Berta wurde neben Renée Selmas engste Freundin. Das Mädchen mit den grünen Augen und der hohen Stirn bestach mit Wissensdurst, Belesenheit und Ernsthaftigkeit. Immer hatte sie ein Buch in der Hand. Ihre Gradlinigkeit war sprichwörtlich: »Eher konnte man einen Hund zum Muhen bringen«[38], als Bertas Überzeugung ändern. Bertas kleiner Bruder haderte gerade dieser Stärke wegen mit seiner älteren Schwester: Hatte sie ihre Meinung gefasst, so gab es daran nichts mehr zu rütteln. Ihre scharfe Zunge war im selben Maße gefürchtet, wie ihr scharfer Geist bewundert wurde und so gehörte sie bald zu den Wortführerinnen der Gruppe. Dass Selma und Berta gute Freundinnen wurden, beruhte durchaus auf Gegenseitigkeit. Berta schätzte Selmas reife Persönlichkeit. Ihre geistige Unabhängigkeit imponierte ihr genauso wie ihre Selbstständigkeit und vor allem ihre dezidierte Vorstellung von Politik. »Was Selma sagte, hatte Sinn oder bekam Sinn, nichts war banal oder belanglos.«[39] Da lagen die beiden auf gleicher Wellenlänge. Weniger allerdings in ihrer Einstellung zur Poesie. Gefühlsstürme waren sowieso nichts für Berta. Vor allem war das nichts, über das man viele Worte verlor. »Selmas Gedichte schienen romantisch. Sie nahm keine politische Haltung darin ein.«[40] Die kritische Sicht auf Selmas Verse hatte sich Berta auch als Neunzigjährige noch erhalten. Der Tenor der Gruppe musste damals ähnlich gewesen sein. Selma hatte einmal bei einer der Hashomer Hazair-Zusammenkünfte eines ihrer Gedichte vorgetragen – und verlegenes Lachen geerntet. Dabei rezitierte sie ihre Verse eher unprätentiös, mit leiser Stimme. Fast so, als ob sie zu sich alleine spräche.[41] Selma hatte daraufhin ihren Vortrag vor der Gruppe sofort abgebrochen. Else glaubte, trösten zu müssen und versicherte der Freundin, dass ihr die Gedichte gefielen. Schrieb sie doch selbst und wusste um die Fragilität der Verse. Doch brauchte Selma wirklich diesen Trost? Hatte sie nicht eher genug Selbstbewusstsein, um mit der Reaktion der Zuhörer fertig zu werden? Denn die Widmung, die die junge Dichterin unter die Zeilen von *Welke Blätter* setzte, die sie Else just in jenen Tagen zum Geschenk machte, klingt sehr souverän: »Es ist jetzt Herbst u. ich habe nichts beßeres zur Hand gehabt«, schrieb sie. »Meinen Freunden schenke ich meißtens meine eigenen Arbeiten. Und darum – nimm, u. nimm es als ein Zeichen meiner Freundschaft.«[42] Das Gedicht hatte Selma im September 1939 gerade fertiggestellt.

Plötzlich hallt mein Schritt nicht mehr,
Sondern rauschet leise, leise,
wie die tränenvolle Weise,
die ich sing, von Sehnsucht schwer.
Unter meinen müden Beinen,
die ich hebe, wie im Traum,
liegen tot und voll von Weinen,
Blätter von dem großen Baum.[43]

Möglicherweise hatte sich Selma aber doch – entgegen ihrer sonstigen Art – zu einem pathetischen Vortrag hinreißen lassen und so gesprochen, wie sie und Cousin Paul es zelebriert hatten, wenn sie sich auf der Habsburghöhe, in der Natur, unbeobachtet wussten und ihre Gedichte gegenseitig vortrugen. Meist bei der einsamen Bank, die Selma so liebte, weil dort »der Ausblick in die ferne Umgebung frei blieb«[44] und der Blick unverstellt war. Und weil von dieser Bank aus »Pfade den bewaldeten Abhang hinab bis zum Haus von Selma führten«[45]. Sie musste nur den kleinen Trampelpfad am Ziehbrunnen vorbei nehmen, die Straße überqueren und war daheim.

Von dort oben aus legt sich Czernowitz dem Blick des Betrachters zu Füßen: Massige Kuppeln, verspielte Türmchen, schlanke Zinnen durchstechen die Silhouette der Stadt – zu Selmas Zeit Sinnbild für das friedliche Nebeneinander der Religionen. Zu Recht trägt die St. Nicholas Kathedrale ihren Spitznamen: »Betrunkene Kirche«. Trunken schief recken sich die vier blauen Türme in den Himmel. Stadt und Land, Seele und Natur fanden im »Spiel der grünen Kräfte«[46] Zuflucht bei der »Grünen Mutter Bukowina«, die dort wild und ungezähmt auftrumpfte. Mit Birken, Buchen, Pappeln und Kastanien. Das waren die Bäume, die Selma liebte. Vor allem im Herbst, wenn das Laub aufflammte und die Kastanien die Kinder erfreuten. Doch dann zerstörte der Sommer 1939 den unverstellten Blick auf die Natur.

Es war heiß. Seit Wochen hatte es nicht geregnet. Jeder Schritt wirbelte gelben Staub auf. An der Hitze des Tages lag es nicht, dass die Luft an jenem 23. August 1939 in den staubigen Gassen von Czernowitz unruhig flirrte und flimmerte. Gerüchte kursierten in den belebten Straßen; seit dem Nachmittag schien die Stadt elektrisiert. Die wenigen, die heimlich ein Radio abhören konnten, waren auf die Straße geeilt – ihre Meldungen hatten sich wie ein Lauffeuer verbreitet: »Nazis und Bolschewiken sollen sich verbündet haben! Großbritannien und Frankreich sind geschockt.« Menschentrauben hingen vor den Zeitungskiosken, wogten in den Gassen, verstopften die Straßen. »Albo gehen Sie, albo stehn Sie, aber machen Sie keine Kupkes nicht« – Ordnungskräfte konnten auch mit dem Czernowitzer Deutsch die »Kupkes«, die Menschenansammlungen, weder zum Gehen noch zum Stehen bewegen und schon gar nicht zerstreuen. Mitten unter ihnen harrten auch Selma und Freunde aus der Gruppe mit angespannter Ungeduld aus – bis die ersten endlich die Abendzeitung aufgeregt in den Händen schwenkten. »Deutschland und Sowjetrussland unterzeichnen Nicht-Angriffs-Pakt.« Die schwarzen Schlagzeilen klangen beunruhigend. Viele sahen das Menetekel. Waren Nazis und Bolschewiken nicht wie Feuer und Wasser? Was konnte dieser Pakt verheißen?

Eine Woche später schon gab Hitler die Antwort: Die Wehrmacht überfiel Polen und besetzte den westlichen Landesteil, sowjetische Truppen den östlichen. Der Spruch »Pakt schlägt sich, Pakt verträgt sich«[47], der nun die Runde machte, war nichts als ein fatalistischer Versuch, drohendes Unheil zu verdrängen.

Schien im Sommer 1939 in Czernowitz ein Krieg noch fern, so schürte der Beginn der Kriegshandlungen in Polen die Ängste in der Bevölkerung. Geflüchtete Polen kamen zuhauf nach Czernowitz, fanden Unterschlupf im »Polnischen Haus« und berichteten von Gräueltaten Deutscher gegen Juden. Würde Rumänien nicht doch noch der Willkür Hitlers und Stalins ausgesetzt werden, selbst wenn es sich dem nationalsozialistischen Deutschland zugewendet hatte? Die Sowjetunion hatte ihre Ansprüche auf Bessarabien und die Nordbukowina, die sie 1918 an Rumänien abtreten musste, nie aufgegeben. Wann würde sie diese geltend machen?

Die Bevölkerung ahnte zu diesem Zeitpunkt nichts von den geheimen Abmachungen im deutsch-sowjetischen Nichtangriffspakt, dem »Hitler-Stalin-Pakt« vom 23. August 1939: dass bei der Abgrenzung der Interessensphären beider Staaten die Annexion Bessarabiens und der nördlichen Bukowina in das Staatsgebiet der Sowjetunion festgeschrieben worden war. Im Sommer 1940 marschierten dann auch sowjetische Truppen in Czernowitz ein.

Noch belastete der Krieg den Alltag in Czernowitz wenig. Denn Krieg herrschte vorerst woanders. »Wir dachten, das hat die anderen getroffen, uns trifft das nie.«[48] Selmas Freundin Renée Abramovici wird mit ihrer Ansicht nicht allein gewesen sein.

Die Sorglosigkeit des Frühsommers war dahin. Vorbei die unbekümmerte Lebensfreude, mit der Selma und ihre Freunde jubelnd, jauchzend und singend enthusiastischen Wünschen Ausdruck verliehen hatten. *Gilu* – hatte sich verausgabt, die Sehnsucht danach blieb und manifestierte sich in Selmas Gedichten:

Im Herbst hallte der Schritt nicht mehr, sondern

rauschet leise, leise,
wie die tränenvolle Weise,
die ich sing, von Sehnsucht schwer.[49]

Die Wehmut der Sternen-Arie aus Carl Maria von Webers Oper »Freischütz« klingt aus Selmas Versen:

»Leise, leise, fromme Weise, schwing Dich auf zum Sternenkreise …, zu dir wende ich die Hände, Herr ohne Anfang ohne Ende.«

Voll von Weinen war die Zeit. Selbst den reifen Kastanien schien ihr Glanz abhanden gekommen zu sein:

Und die eine hier in meiner Hand,
ist nicht braun und glänzend wie die andern
sie ist matt und schläfrig wie der Sand,
der mit ihr durch meine Finger rollt.[50]

Doch nicht nur Wehmut über Unabänderliches beherrschte Selma. Auch neues Verlangen war in ihr erwacht. Renée hatte mit Abrasha eine Liebelei begonnen. Und Selma schien zumindest das Objekt gefunden zu haben, auf das sie ihre erwachende Sexualität projizieren konnte – Selmas Freundinnen waren sich im Nachhinein in ihrem Urteil einig: Selma musste Leiser Fichman verehrt haben, ja, in ihn verliebt gewesen sein. Man sah die beiden schließlich oft zusammen beim Spazierengehen. Leiser kam aus wohlhabendem und liebevollem Elternhaus. Sein Vater belieferte eine große Ölfirma. Leiser gehörte zu den attraktiven Jungs aus der Gruppe, auch wenn er sich seines guten Aussehens nicht recht bewusst zu sein schien. Offenbar stand er ganz im

Schatten seines selbstbewussten älteren Bruders Arye und seines Cousins Yuda.[51] Die wenigen erhaltenen Fotos zeigen einen ernsten und verschlossen wirkenden jungen Mann – der nie in Selmas Nähe zu sehen ist. Ruhig und introvertiert wirkte er auf andere. Das junge Mädchen mochte ihn anfangs mit ihrem burschikosen Ungestüm verstört haben. Doch in den kommenden zwei Jahren sollte sich zwischen Leiser und Selma eine solide Freundschaft entwickeln. Auch wenn Selma innerlich vor zärtlicher Sehnsucht brannte.

Komm zu mir, dann wieg ich dich,
Wiege dich zu Ruh.
Komm zu mir und weine nicht,
Mach die Augen zu.
[…]
Meine Augen sollen dir,
Blinkend Spielzeug sein.
Meine Lippen schenk' ich dir –
Trink dich in sie ein.[52]

Leiser hegte ernsthafte Auswanderungspläne: Wäre ein verliebter junger Mann nicht bei seiner Freundin geblieben, anstatt von Palästina zu träumen?

Wie viele seiner männlichen Altersgenossen hatte Leiser der erzwungenen Rumänisierung vorerst innere Emigration entgegengesetzt: Widerstand zerfloss in Träumen von einem Leben in Freiheit in Palästina. Selbst assimilierte Juden wandten sich in jenen Tagen dem Zionismus zu und erhofften sich von dem britischen Mandat für Palästina die Erfüllung der »Aliyah«, die Heimkehr und damit endlich die versprochene »Nationale Heimstätte für Juden«.

Leiser schien immer entschlossener umsetzen zu wollen, was er anfangs als bloßen Traum gehegt hatte. Er lernte Hebräisch. Er fieberte der Emigration nach Palästina geradezu entgegen. Seine Tante mütterlicherseits lebte schließlich schon lange dort. Sie würde seine erste Anlaufstelle sein, bei ihr könnte er unterkommen.[53] Auswanderungspläne werden deshalb auf Selmas und

Leisers gemeinsamen Spaziergängen immer wieder Gesprächsgegenstand gewesen sein – möglicherweise auch zu Diskussionen geführt haben, wenn der junge Mann deutlich zeigte, dass er nicht gewillt war, sich durch Liebe zu einem Mädchen an die Heimat zu binden. Für die Erfüllung seiner Träume musste er frei sein.

Ob Selma Leiser je Zuneigung offenbart hatte? War Leiser nicht eher bloße Projektion, das »ewige Du«, »das Gegenstand der allumfassenden und zartfühlenden Bewunderung« ist? Denn es gab in der Gruppe offenbar jemanden, der für Selma entflammt war. Der ihr Bild immer in sich tragen würde, weil er Selma geliebt hatte »mit der Tiefe und Andacht der ersten Erschütterung«[54]. Der sich auch Jahrzehnte später noch nach ihrem »lachenden, lebensfrohen Gesicht« sehnen würde und unter der Sehnsucht litt, »die bohrt, unverschämt und unbekümmert um Zeit, Distanz und Mädchenherzen«[55]. Selma könnte in ihren Gedichten einen Dialog mit »Jemanden« geführt haben, der »verborgen in den geheimsten Winkeln ihrer poetischen Seele«[56] lebte. Wer immer dieser »verborgene Fremde« war – Selma suchte nach einem Ausweg aus dem Strudel von Sehnsucht und Verlangen und fand ihn im Schreiben. Flucht in die Worte garantierte ihr das Weiteratmen in der Atemlosigkeit.

Wieder bietet sich der Vergleich mit Anne Frank an: »Glücklicherweise merkt niemand etwas von meinen Gefühlen, [...] ich bin völlig zugeknöpft. Ich muss vor allem meine äußere Sicherheit bewahren, niemand darf wissen, dass in mir noch immer Krieg herrscht. Krieg zwischen meinem Verlangen und meinem Verstand. [...] Es fällt mir schwer, all die Gespräche und Handlungen, die ich in meinen Träumen mit ihm erlebt habe, tagsüber wieder als nicht geschehen zu betrachten.«[57]

Möglicherweise offenbarte sich Selma auch deshalb nicht in einer Schwärmerei für Leiser, weil ihre Freundin Else für ihn schwärmte. Hatte Selma aus Solidarität zu der Freundin ihre eigene Liebe hintangestellt?

»Was Selma sagte, hatte Sinn oder bekam Sinn, nichts war banal oder belanglos.«[58] Selma hatte ihrem einzigen Gedichtband *Blütenlese* außer einer Widmung für Leiser auch ein rumänisches Motto vorangestellt: einen Auszug aus Ionel Teodoreanus Roman »Lorelei«, einer tragischen Dreiecksbeziehung um unverstandene Liebe: Zu spät erkennt der Angebetete, dass er die wahre Liebe verschmäht und sich der Falschen zugewandt hat. Dass Else viele Jahre später in einem Widmungsgedicht von Leiser tatsächlich als »Geliebter«[59] spricht, hat Selma nicht mehr erlebt. Das Motto musste einen Sinn gehabt haben, sonst hätte Selma es nicht gewählt. Erstaunlicherweise ist dieses Leitwort schon in der zweiten überarbeiteten Ausgabe von Adolf Rauchwerger einfach weggelassen worden. Weil es nicht in das Bild passte? So blieben Selmas Gedichte nur auf Leiser bezogen und wurden gelesen als Ausdruck einer unglücklichen »Liebesgeschichte zwischen einem jungen Mann, der sich zielbewusst auf seine Auswanderung nach Palästina vorbereitete und einem Mädchen, das bei aller Träumerei das Glück in Czernowitz wollte, das greifbare Glück«[60].

Dabei hingen die Mitglieder von Haschomer Hazair ohnehin mehr ihren Sehnsüchten nach, als dass sie diese auslebten. Schließlich hatten sie alle gelobt, die zehn Grundsätze der Schomer einzuhalten: Wahrheitsliebe, Treue zum Volk, Hilfsbereitschaft, Mut, Munterkeit und Optimismus. Liebe zur Natur. Vor allem aber: kein Alkohol, kein Tabak, kein Sex. Gegen Flirts war nichts einzuwenden – sie blieben auch nicht aus. Undenkbar aber war vorehelicher Geschlechtsverkehr.[61] Selma musste also ungestillte Sehnsüchte weiter in ihren Gedichten ausleben, selbst wenn Sexualität immer wieder Thema in der Gruppe gewesen war. Bertas kleinem Bruder war nicht entgangen, dass seine Schwester unter dem Lesestoff, den sie ihm aus der Bibliothek der »Toynbee-Halle« mitbrachte, ein Buch vor ihm verstecken wollte: Hendrik van de Veldes »Die vollkommene Ehe. Eine Studie über ihre Physiologie und Technik«. Der vorwitzige Kleine erinnerte sich daran, dass dieses Buch so aussah, als ob es schon durch viele Hände gegangen war,[62] in der Gruppe Hashomer Hazair wohl die Runde gemacht haben musste. Es ist also nicht verwunderlich, dass Selma keimende Lust in leidenschaftlichen Versen auslebt und reife Sinnlichkeit thematisiert:

Schau mich doch an. Ist wohl mein Bild noch da in deinem fernen Blick? Ich will dich, wie die Traube will, daß man sie, wenn sie reif ist, pflückt.

Mein Haar, es wartet. Und mein Mund will daß du wieder mit ihm spielst. Sieh – meine Hände bitten dich, dass du sie in die deinen hüllst.

Sie sehnen sich nach deinem Haar und sehnen sich nach deiner Haut, wie nach dem Traum sich sehnt ein Kind, das ihn auch nur einmal geschaut.

[…]

Ich bin noch hier. Der Traum ist aus. Ich bin allein – wie roter Wein, so kocht mein heißes Blut. Du bist nicht da – und warst so nah, und warst so süße, wilde Glut.[63]

Mit ihrem Gedicht *Rote Nelken* überschreitet Selma die Schwelle zur Lust. Die Sinnlichkeit entfaltet sich körperlich erfahrbar und das junge Mädchen entkam beim Schreiben dem Käfig der Konventionen. Auf wen projizierte Selma ihre Sehnsüchte? Denn dieses Gedicht schrieb Selma im Frühjahr 1941. Sowjetische Soldaten waren in Czernowitz einmarschiert. Viele Mädchen aus Selmas Umfeld schwärmten für die sowjetischen Besatzer. Nicht wenige hatten sich auf intime Freundschaften mit ihnen eingelassen.

Die rote Nelke steht für ungestillte Leidenschaft. Sie ist das Symbol der Proletarierbewegung. In Portugal wurde das faschistische Regime 1974 mit der »Nelkenrevolution« entmachtet. Die politische Entwicklung ließe also auch eine andere Deutung zu.

Hersch Segal hatte das Gedicht in seinem ersten Privatdruck von 1976 mit »Rote Wolken« betitelt. Tatsächlich könnte man Selmas schwungvolles, handgeschriebenes »N« leicht für ein »W« nehmen und in dem energischen »e« ein »o« lesen.

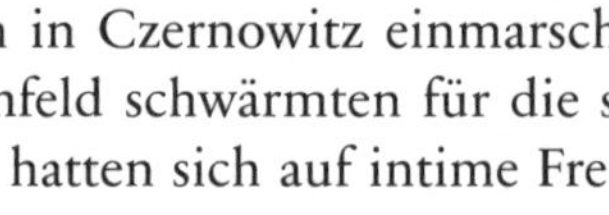

In der zweiten Auflage der Tel Aviv University von 1979 waren Segals Abschriften mit Selmas Originalen verglichen und der

Titel daraufhin geändert worden. *Rote Nelken* heißt das Gedicht nun, so wie seine Verfasserin es vorgesehen hatte.

Rote Nelken greift Frühlingsszenen auf. *Schau, es ist Frühling.*[64] Möglicherweise ist das Gedicht kurz nach dem jüdischen Frühlingsfest entstanden. Dem fieberte vor allem die Jugend entgegen. Glücksbringer wurden ausgetauscht und guten Freunden kleine Anhänger geschenkt, die man mit Fäden umspannt hatte:

> *Sieh – unsre Schnur, sie wartet noch. Ich hab sie zärtlich aufgehoben.*
> *Es fehlt auch nicht ein einz'ger Stern und s'ist kein fremder mit verwoben.*
> *Wir müßen nicht um neue Schnüre fragen. Die alte ist noch schön und lang.*[65]

Mit wem Selma Freundschaftsbänder ausgetauscht hatte, können wir nicht beantworten, wohl aber, dass Selmas Verse an die Sprache der frühen Rose Ausländer erinnern. Nicht nur weil »Fäden ins Nichts gespannt« worden sind – bei beiden klingt ähnliche »leidenschaftliche Weiblichkeit« an.

Rose Ausländers Gedichte waren lange Zeit nur in Zeitungen veröffentlicht worden. Als Selma 1939 ihr Gedicht *Gilu* verfasste, war gerade Ausländers erster Gedichtband »Der Regenbogen« im Czernowitzer Verlag »Literaria« in einer Auflage von vierhundert Exemplaren erschienen. Der Band wurde euphorisch in Bukarester Zeitungen besprochen, die auch in Czernowitz auslagen. Ausländers Gedichte wurden als »Ausdruck eines intensiven Erlebens, einer tiefen seelischen Erfahrung« gewertet. Die Rezensenten hoben die »leicht zu verstehende Einsamkeit« hervor und führten die »poetische Inspiration« auf die Sehnsucht nach einem »Du« zurück, das Gegenstand einer »allumfassenden und zartfühlenden Bewunderung ist.« »Musikalität«, »tiefes Naturgefühl und eine von Leid geprägte [...] Vision des Lebens und des Schicksals« bestimmten ihre Gedichte.[66] Die frühen Verse der jungen Rose Ausländer hatten noch nicht die Dichte ihrer späteren Werke. Empfindungen waren noch in große Wortgewänder gekleidet, zu wenig entindividualisiert, zu viel Atem noch. Die Zeit, die Rose Ausländer zur Perfektion all dessen geblieben ist, war Selma nicht gegeben.

Und doch hatte Selma ihre Vision vom Leben.

> *Dir macht es nichts, wenn jeder Baum mitleidig fleht: so hör! Du gehst vorbei und siehst mich kaum, als wüßtest du*
> *nicht meinen Traum, und 's fällt dir nicht mal schwer. –* [67]

Verletzungen vertraute sie ihren Versen an:

> *Heute tatest du mir weh.*
> *Rings um uns war Schweigen nur,*
> *Schweigen nur und Schnee.*
> *Himmel war, nicht wie Azur,*
> *blau jedoch und voll mit Sternen.*
> *Windeslied erklang aus fernsten Fernen.*
> [...]
> *Heute tatest du mir weh.*
> *Heute sagtest du mir: geh.*
> *Und ich – ging.* [68]

Wieder ist auch Selmas Gedicht *Lied* bisher nur in Bezug auf eine Beziehung zu Leiser gelesen worden. Als Selma dieses Gedicht im Dezember 1939 niederschrieb, lag ein Sommer hinter ihr, den viele Auseinandersetzungen mit ihrer Mutter getrübt hatten. Das gemeinsame Gespräch mit ihr war nahezu erstickt:

> *Rings um uns war Schweigen nur,*
> *Schweigen nur und Schnee.* [69]

Hatte Selmas Großmutter interveniert und Selma deshalb einen Vorschlag von ihr angenommen? Oder hatte sie den Entschluss aus eigenem Antrieb gefasst?

> *Heute sagtest Du mir: geh.*
> *Und ich – ging.* [70]

Aufbegehren und Selbstbestimmtheit manifestieren sich in diesem Satz – ganz gleich, an wen sich das lyrische Ich wendet. Doch belegt ist, dass Selma von ihrer Mutter wegzog zu ihrer geliebten Großmutter in die Judengasse 22.[71] Zur Großmutter, die so herrlich Klavier spielen konnte und die Stil hatte. Henie

Schragers Haus lag am Anfang des Judenviertels. Nimmt Selmas Gedicht *Stille* die Atmosphäre der Wohnung der Großmutter auf, dann war es dort behaglich.

Im Zimmer schwebt die Stille und die Wärme,
ganz wie ein Vogel in durchglühter Luft,
und auf dem schwarzen kleinen Tische
liegt still das Deckchen, dünn und zart wie Duft.
Das Glas mit klarem Wasser, wie ein Traum,
wacht, daß das Glöckchen neben ihm nicht lärme
und wartet scheinbar auf die kleinen Fische.
Die rote Nelke dämmert in den Raum

als ob sie wäre dort die Königin.
Die ganze Stille scheint für sie zu sein,
und nur die Flasche mit dem süßen Wein
blinkt still und wie befehlend zu ihr hin.
Sie aber schwebt auf ihrem grünen Stengel,
dünn wie im Kindertraum das Kleid der Engel
und ihr betäubend süßer Duft lullt ein,
als wollt' er aus dem Märchenschlaf Dornröschen rauben.

Die Fenster blicken auf die Straße und sie glauben,
daß dort sei alles nur für sie getan.
Der Spiegel glänzt und in ihm tickt die Uhr,
ganz weit im fernen Dorfe kräht ein Hahn,
und die Gardinen bändigt eine blaue Schnur.
Die Nelke mit den zarten roten Spitzen
harret des Sonnenstrahls, der durch die Ritzen
ihr heut' ein Kleid aus Goldstaub angetan.[72]

In der Zwei-Zimmer-Wohnung der Großmutter hatte Selma ihr eigenes kleines Zimmer.[73] Hatte sich in der Bilaergasse ihr Blick aus dem Fenster in dem gegenüberliegenden Wald verloren, so war sie in der Judengasse dem Treiben auf der Straße nah. Von der Judengasse aus konnte Selma schnell bei den Freunden im Stadtzentrum vorbeischauen, ohne einen halbstündigen Fußmarsch in Kauf nehmen zu müssen. Berta wohnte in der Poststraße gerade einmal einen Steinwurf weit entfernt. Zwei Ecken die Straße hoch. Und Onkel Josef konnte sie besuchen, den Bruder ihres verstorbenen Vaters, der in der nahen Enzensberger Hauptstraße wohnte. Auch die Wohnung des Großvaters von Cousin Paul in der Hormuzakigasse lag in nächster Nähe.

Die zurückhaltende Selma, an die sich Klassenkameradinnen erst viele Jahre später in der Rückschau erinnerten, die sich in der Schule unter der Bank verkrochen hatte, um erste Gedichte zu schreiben, die sie in der Einsamkeit der Wälder nur flüsternd vorgetragen hatte – diese Selma gab es zumindest ab 1939 nicht mehr. Selma hatte sich zu einer beherzten jungen Frau gemausert. Adoleszenz und Pubertät waren Hand in Hand gegangen.

Deshalb schätzte Leiser Selma, selbst wenn sie unterschiedliche Träume lebten und vor allem auch äußerlich ein ungleiches Paar abgaben. Der junge Mann war hoch aufgeschossen, Selma maß gerade mal einen Meter sechzig. Seinem äußeren Erscheinungsbild widmete sich Leiser mit Sorgfalt, seine Frisur saß immer tadellos. Während Freundinnen bei Selma Nachlässigkeit bemängelten. Den ärmlichen Aspekt ihrer Kleidung wollten Klassenkameradinnen aus großbürgerlichen Elternhäusern gern mit Selmas einfacher Herkunft entschuldigen – aber nicht, dass sie ihre Garderobe unglücklich und ganz und gar wenig mädchenhaft zusammenstellte. Sie schätzten Selma wohl falsch ein und wussten obendrein wenig von den Prinzipien der Hashomer Hazair. Selmas Freundin Else lag mit ihrer Einschätzung richtig: dass Selma sogar »viel auf Äußeres« gab. Dass Kleidung für sie »eine besondere Bedeutung« hatte.[74] Else war überzeugt, dass Selma eine gewollte Nachlässigkeit richtiggehend zelebrierte. Mit der einzwängenden rumänischen Schuluniform hatte Selma offenbar auch Konventionen abgelegt. Übermütig experimentierte sie mit Unkonventionellem und kombinierte unbekümmert: Kariertes und Gestreiftes! Ihrer Freundin Margit Bartfeld blieb das unvergesslich. Als sich die Freundinnen Else und Selma im Sommer 1940 einmal für einen Stadtbummel herausputzten, blieb Selma ihren Grundsätzen treu. Der erhalten gebliebene Schnappschuss zeigt zwei vergnügte Mädchen.

Else und Selma beim Stadtbummel

Selma besticht durch ihr Lachen und ihre natürliche Fröhlichkeit. Beides war Freundinnen in Erinnerung geblieben. Ihr Lachen war ihr Markenzeichen. Selma wusste genau um ihre Stärke, andere mit ihrer Lebensfreude mitzureißen:

Ich will dann lachen. Und dann klingt die ganze Luft – die Sonne klingt. Das Wasser klingt, es klingt die Nacht – so hör, ich hab für dich gelacht! [75]

Bei diesem Stadtbummel im Sommer 1940 sehen Selma und Else sehr adrett aus. Ob Selmas Armbanduhr ein Geschenk ihrer Großmutter war? Selma hat ihre weiße Bluse mit einer Satinschleife aufgepeppt. Ihr hell gestreifter Rock ist sportlich, zu weißen Sportsöckchen trägt sie derbe dunkle Schuhe – mädchenhaft sportlich eben, nicht damenhaft elegant. Letztlich befolgte Selma einen unausgesprochenen Grundsatz von Hashomer Hazair: nämlich sich von den »Gigerls« und »Dämchen«[76], die in Eleganz auf der Herrengasse, der Prachtmeile von Czernowitz, lustwandelten, auch in dieser Hinsicht abzusetzen.

Spaziergängern auf der Habsburghöhe war deshalb der Anblick des jungen Mädchens vertraut, das ihnen in großen flachen Sportschuhen mit ausholenden Schritten in seiner viel zu weiten karierten Sportjacke entgegenkam. Selma schien ganz bewusst auch einen jungenhaften Gang zu kultivieren. Else dachte, dass Selma sich über ihre großen Füße ärgerte. Doch darauf angesprochen, erwiderte Selma: »Sie sind groß, jedoch schmal wie die Füße eines Jungen, so schön wie die eines Jungen, sie sind schmal und schön.«[77] Diese Worte klingen nicht nach Verärgerung, sondern provozieren die Vorstellung, gegen Klischees aufzubegehren, Schönheitsideale in Frage zu stellen und aufgezwungener Mädchenhaftigkeit Widerstand entgegenzusetzen. Weg mit den Konventionen! Her mit der Freiheit! Möglicherweise setzte sich Selma in dieser Phase ihrer Entwicklung auch mit dem herkömmlichen Frauenbild auseinander und verlieh dieser Haltung mit ihrer Frisur Nachdruck: Ihre Haare waren »nicht ganz in Ordnung« – Lehrer Hersch Segal bemühte sich um eine nachsichtige Formulierung.[78] Doch kraus und lockig und kaum zu bändigen waren sie. Aufbruchsstimmung eben. Bis in die Haarwurzel. Sollte ihr blasses rundes Gesicht mit den zarten Sommersprossen über der Nase ruhig flächiger und eckiger erscheinen, als es war! Selma musste nicht auf Äußerlichkeiten setzen, sondern bestach durch ihr Wesen und »durch ihr Lächeln, das Freie, Befreiende in diesem Lächeln«[79].

Das war die eine Selma. Es gab aber auch noch eine andere Selma: die Einsamkeit suchte. Die sich selbst genug war und – in sich gekehrt wie Leiser – selbstversunken durch den Wald streifte. Auf den wenigen erhaltenen Fotos wirkt der junge Mann ernst. Aufbruchsstimmung signalisierte er nicht mit seinem Äußeren. Leiser schätzte gute Gespräche und Selma mochte ihm nicht nur mit ihrer unbändigen Lust am Leben imponieren. Auch mit ihrer ansteckenden Lebensfreude, der sich kaum jemand entziehen konnte. Mit ihrer Emotionalität: »… wenn sie lachte, da fühlte man ihren Frohsinn und freute sich mit ihr.«[80] Doch war sie traurig, dann auch so abgrundtief, dass alle aus der Gruppe bereit waren, »mit ihr Trübsal zu blasen«[81]. Dazu gab es reichlich Anlass.

Die Czernowitzer Zeitungen berichteten mittlerweile unverhohlen von Gräuel und Schrecken des Krieges – ganz im Gegensatz zur deutschen Illustrierten »Signal«, die auch an Czernowitzer Kiosken verkauft wurde und mit Abbildungen von strahlenden deutschen Soldaten Optimismus beim rumänischen Verbündeten verbreiten sollte. Zu Optimismus hatten die Juden, die in der Bukowina lebten, wenig Anlass. Die offizielle staatliche Politik ließ inzwischen öffentlich verlauten, dass in Rumänien viel zu viele Juden lebten, die nicht länger als rumänische Staatsbürger betrachtet werden sollten.[82]

Die Freunde aus der Gruppe Hashomer Hazair saßen in jenen Tagen bis in die Nachtstunden beisammen. Sie wussten, dass Auswanderungspläne mittlerweile kaum noch zu realisieren waren. Entsprechend trüb war die Stimmung im langen dunklen Winter vor allem im jüdischen Viertel von Czernowitz, wo es ohnehin düsterer war als in der Oberstadt. Wo der Schnee höher lag als in den eleganten Gassen den Hang hinauf.

Du, weißt du, wie ein Rabe schreit[83]

Das klare tiefe »Klonk Klonk« oder schrille »Kroah Kroah« der schwarzen Raben gehörte unten zum Alltag. Selma waren Raben und ihre Stimmen vertraut. Die großen schwarzen Vögel hüpften durch die Gassen am Fuße der Habsburghöhe in der Gewissheit, dort auf fressbare Abfälle zu stoßen, die die Wege bedeckten und nicht nur die gefiederten Gesellen anlockten.

Wölfe wurden in jenem harten Winter gesehen, die der Hunger aus den Karpaten in die Gassen des jüdischen Viertels getrieben hatte. Brennholz war rar geworden und nur noch auf Zuteilung zu erhalten. Die Rationen für Juden waren obendrein kleiner als die für Rumänen. Eisig die Stimmung, eisig auch die Wohnungen. Wenn es allen gar zu »öd« zu werden drohte, riss Selma die Gruppe aus ihrer Lethargie: Hinaus in die Natur! Hinauf zur geliebten Habsburghöhe! Lasst uns etwas Verrücktes tun!

Und tatsächlich schlossen sich ihr alle an und »wateten singend in tiefem Schnee, zu ganz späten Abendstunden«[84].

Du bist so stark. Ich möchte mich so gern in deine Arme lehnen. Wenn du mich führst so geh ich schnell.
Entsinnst du dich noch jener Nacht, der Schnee war weich und klingend hell, in der dein Arm mich stark umfing und ich so schnell und sicher ging, als wär ich groß, wie du?
[…][85]

Mit wem hat Selma die Winternächte durchgewandert? Das angesprochene Du scheint wesentlich älter zu sein als das lyrische Ich. Ein richtiger Mann, dessen Arm stark umfangen konnte. Und dem sie sich ebenbürtig fühlte: *als wär ich groß, wie du.* Dem Selma sich nahe fühlte, doch dessen Verlangen sie sich nicht hingab.

Und du rührst und rührst die Taste –
frägst dich, wo hier wohl die Hemmung liegt,
suchst, ob nicht doch deiner Hände Weiche siegt,
deine Augen betteln voll Verlangen.
Kein Ton kommt. Einsamkeit bleibt nun zu Gaste
in dem Lied, das dir so schwer und süß gereift.
[…][86]

Kam es je zu Zärtlichkeiten bei diesen nächtlichen Ausflügen? Selmas letztes schriftliches Dokument, der einzige erhaltene Brief vom Sommer 1942 aus dem Steinbruch am Bug, drei Monate vor ihrem Tod, lässt den Leser wieder nur an wehmütiger Sehnsucht nach allem Unerfüllbaren in ihrem Leben teilhaben.

»Es gibt Augenblicke in welchen ich versuche, irgendein besonders heißes, lebendiges Bild heraufzubeschwören u. es mir nicht gelingt. Höchstens einmal ein flüchtiges Vorbeistreifen an einem Gesicht od. an einem Wort, ohne es aber zu erfaßen od. zu vertiefen. Ich denke manchmal – Berta. Od. – Leiser. Od. – ein Kuß.«[87]

Lust auf nächtliche Spaziergänge hatte Selma regelrecht überfallen. Sie tauchte dann einfach vor der Haustür einer Freundin auf und pfiff sie heraus: »Der Tag ist doch so groß, warum müßt ihr abends so spät spazieren gehen?«[88] Elses Mutter war in großer Unruhe, doch setzte sich mit ihrer Sorge nicht durch. Selma lachte und umtänzelte die Freundin ausgelassen: »Lassen Sie uns doch.« Und dann machten die beiden Mädchen allen Verboten zum Trotz einen Abendspaziergang durch den Wald. Ertönte ein bestimmter Pfiff, so wusste man Freunde in der Nähe. »Ha Shrika shel ha tnua« – mit dieser Liedsequenz verständigten sich die Mitglieder von Hashomer Hazair untereinander.

Mit fortschreitendem Winter wurde das Brennholz immer knapper und die angemieteten Räume in der Judengasse selbst den hartgesottensten Jugendlichen zu ungemütlich. Rettung boten Bertas Eltern, die die jungen Leute zu sich nach Hause einluden, auch wenn sie dem Engagement ihrer Tochter in der linken Gruppierung weiterhin skeptisch gegenüberstanden. Denn den Zusammenkünften der Hashomer Hazair wurden immer häufiger kommunistische Aktivitäten unterstellt und das war gefährlich. Fanden die Gruppentreffen innerhalb der heimischen Wände statt, wussten die Eltern ihre Tochter wenigstens in Sicherheit. Die Gruppe hatte das Angebot dankbar angenommen: Bei Scherzers war es nicht nur warm. Bei Scherzers servierte die Mutter Tee und Selbstgebackenes und bereitete damit den Versammlungen auch schon mal eigenmächtig ein süßes Ende. Wenn Berta dann endlich Klavier spielte – am liebsten Beethovens »Appassionata« oder die »Mazurka« von Chopin[89]

– verwandelten sich selbst harsche Töne vorangegangener Diskussionen in wohlklingende Melodien.

Die Melodie des Alltags aber spielte weiterhin *in Moll*[90]. Neun Gedichte aus dem Jahr 1940 sind erhalten, die Selma von Februar bis Dezember geschrieben hatte. Ihre Verse nehmen die Traurigkeit jenes besonders bitteren und »öden« Winters auf. Nie zuvor hatten Wetteraufzeichnungen in Czernowitz einen kälteren Winter registriert.[91] Mit der sibirischen Kälte schienen alle Hoffnungen auf einen milden Fortgang der Geschichte zu ersterben. Zurück blieb *ein Tränenblick ins Weite*[92] und drängte das lyrische Ich in die Rolle eines hilflosen Kindes, *das traurig ahnt, daß es krank ist und bald sterben soll* [...].[93]

Dazu aber fühlten sich Selma und ihre Freunde dann doch zu jung. Der nahende Frühling mobilisierte neue geistige und körperliche Kräfte und machte dem Winterblues den Garaus. Verschüttete Leichtigkeit des Lebens bahnte sich seinen Weg: weil der Mantel wieder offen wehen konnte. Weil Frühling in der Luft lag: *Und morgen kehren Schwalben auch zurück.*[94] Die Schwalbe kündet von dem *neuen Glück* und ist der lebensbejahende Hoffnungsträger, der verlässliche Frühlingsbote, der den Neubeginn der Jahreszeiten und den Fortbestand garantiert.

Selmas Überlebenswille schöpfte seine Kraft aus der Beständigkeit der Natur. Wenn Natur und Mensch in Einklang zueinanderfanden, wurden Geist und Körper leicht und dann vibrierten Sprachbilder wie der Flügelschlag des gelben Falters, dem die Schmeißfliege seinen Sonnenplatz nicht gönnt.

[...] *Und ein jung erblühter Baum*
ist so, als ob die Erd' er neu erschließe.

Grüne Gräser sprießen kaum.
Alle Tannen sind ganz neu ergrühnt
und ein dünner, gelber Falter sich erkühnt
sich auf eine sonnentrunk'ne Bank niederzulaßen.
Einer grünen Fliege will das gar nicht paßen:
ist die Sonne nicht für sie allein?
Nur die Schlehdornspitzen wispern leise: Nein.[95]

Das Licht nach dem Dunkel des langen Winters verdüsterten die Radiomeldungen vom Mai und Juni 1940 und schürten neue Ängste: Belgien und Frankreich von Deutschland besetzt!

Selmas Gedicht *Regen* ist auf Mai 1940 datiert und greift Verunsicherung und Zweifel auf: Würde der Krieg auch sie in die Knie zwingen? Könnten die, *welche staubig, müd und matt sich bis zur Erde hingebeugt* hatten, je wieder hoffen, *plötzlich stolz zu sein*? Und weil kaum einer zu wissen schien, ob er *lachen oder weinen* sollte, wurde das Bedrohliche am besten ignoriert. Man hielt an der Hoffnung fest und orientierte sich an den *Sonnenstrahlen welche scheinen, als ginge sie der Regen gar nichts an.*[96]

Die Aussichten konnten nicht sonnig sein, denn längst hatte sich die rumänische Regierung in die Abhängigkeit der Deutschen begeben. Die Bevölkerung wusste nichts von den Vorbereitungen, die getroffen worden waren, Hitler in der »Judenfrage« entgegenzukommen. Behörden hatten offenbar die Adressbücher gezielt nach jüdischen Bürgern durchforstet, Listen angelegt, Familienverhältnisse registriert. Sie mussten dabei auch auf Selma gestoßen sein: Nachdem Großmutter Eidel Abisch Merbaum in Selmas Zeugnissen sechs Jahre lang als Selmas »Vater« geführt worden war, fand sich im Abschlusszeugnis 1939/40 unter den Familienangaben zum ersten Mal »Chaim Meier Merbaum« als Vater von Selma. Friederika Merbaum wurde weiterhin nicht als Frau Eisinger geführt.

In dieser Zeit hatte Selma längst alles andere als Lernen im Kopf. Das belegen die hohen Fehlzeiten in jenem Schuljahr. Denn in den späten Junitagen verbreiteten sich wieder abgehörte Meldungen verbotener Radiosender in Windeseile und riefen die Mitglieder der Hashomer Hazair zu Beratungen zusammen: Von einem geheimen Zusatzprotokoll des Hitler-Stalin-Abkommens wurde gemunkelt und auch, dass das Innenministerium in Bukarest Warnungen an die rumänische Verwaltung in Czernowitz ausgesprochen habe. Anlass für Unruhe und Verunsicherung.

Hektische Betriebsamkeit ergriff auch die Schulen. Höchste Eile machte sich breit: In den Abschlusszeugnissen fehlt der sonst so penibel festgehaltene Leistungsvergleich innerhalb der Klassengemeinschaft. Beschränkung auf das Allernötigste. Pauschal-Beurteilungen bei den musischen Fächern statt exakter Noten mit zwei Stellen hinter dem Komma: »suficient« oder »bine« – »genügend« oder »gut«. Selmas letztes Zeugnis im »Liceul Particular de Fete ›Iulia Haşdeu‹ Cernăuţi« trägt weder Unterschriften noch Schulstempel. Aber den Vermerk, Nachprüfungen in Mathematik und Latein bestehen zu müssen, um versetzt zu werden. Soviel Ordnung musste sein. In beiden Fächern hatte Selma nicht die geforderten fünf Punkte erreicht. Dann wurden die Schülerinnen vorzeitig in die Ferien geschickt.

Ganz Czernowitz war voller Sorge – und wartete.

Kapitel 4

Die Sehnsucht blaut
Mir nah' vertraut
Und bekannt[1]

Selma, Berta und ihre Freunde zog es nicht an den Pruth, selbst wenn die hellblauen Tage im Juni 1940 für Badeausflüge an die Strände des Flusses wie geschaffen waren. Die Sandbänke blieben verwaist. Weder stürzten sich junge Halbstarke waghalsig in die gefährlichen Wirbel unter den Brückenbögen, noch kuschelten sich Liebespaare in den verschwiegenen Buchten am »Afrika«-Strand. Auch die lokalen Fußballgrößen ließen sich nicht blicken, die an solchen Tagen normalerweise ihre durchtrainierten Körper beim Volleyballspiel am »Venezia«-Strand neben dem Freikörperareal zur Schau stellten.

Stattdessen bevölkerten die Czernowitzer Straßen und Plätze. Seit dem 26. Juni war die Unruhe greifbar. An jeder Ecke wurden hitzige Diskussionen geführt. Wie üblich machten Gerüchte schnell die Runde. Von einem Ultimatum der Sowjets hatten die einen erst gehört, als die anderen schon Genaueres wussten: Russland hatte Rumänien am 24. Juni aufgefordert, die Provinzen Bessarabien und Nordbukowina innerhalb von vier Tagen bedingungslos zu räumen. Ungarn und Bulgarien setzten mit Gebietsansprüchen hinterher. Auf die Hilfe der Weltmächte konnte Rumänien zu diesem Zeitpunkt nicht mehr hoffen – die rumänische Regierung gab deshalb zwei Tage später den sowjetischen Forderungen nach.

Schon vierundzwanzig Stunden nachdem die Sowjetunion ihr Ultimatum formuliert hatte, sah auch Selma den Zug der Fliehenden. Überhastet und ungeordnet schleppten Soldaten davon, was nicht niet- und nagelfest war: »Waffen, Munition, Kisten voller Papiere, Bündel mit Uniformen und Militärwäsche,

Konservenbüchsen, Säcke mit weißen Bohnen und goldgelbem Kukuruzmehl …«[2] Soldaten und ranghohe Offiziere waren in der Nacht aus ihren Betten und Kasernen geholt worden: Raus aus der Stadt, raus aus der Bukowina lautete der Befehl. Sie hatten ihm umgehend Folge zu leisten. Nichts sollte dem Feind überlassen werden, nichts den Sowjets das Regieren erleichtern. Die Verwaltung der Provinz sollte ihnen so schwer wie möglich gemacht werden. Pferdewagen, »klapprige Autos[ ], ein paar Maschinengewehre [ ] und ausgediente [ ] Feldhaubitzen« reihten sich deshalb in die Kolonne ein.[3] Rumänische Beamte hetzten mit Fuhren voller Aktenbündeln hinterher, ihre Familien im Schlepptau. Verwaltungsangestellten und Militär mussten Transportmittel vorrangig zur Verfügung gestellt werden. Züge, Busse, Fuhrwerke waren heillos überfüllt.

Die Dramatik des Aufbruchs beunruhigte die rumänische Zivilbevölkerung und mobilisierte sie, sich dem Treck der Fliehenden anzuschließen. Lieber gleich als zu spät – wer weiß, wie lange Flucht noch möglich sein würde! Bauern vermieteten ihre Pferdefuhrwerke zu Bestpreisen, Rumänen verstauten darauf ihr Hab und Gut, um es über die neue Staatsgrenze zu retten. Ihre Wohnungen ließen sie verwaist zurück. Unterlagen, die nicht weggeschafft werden konnten, wurden verbrannt. Und so fraßen sich bald lodernde Flammen durch die aufgeschichteten Papierstöße am Pruth. Feiner Ascheregen ergoss sich über die Stadt.

Fast dreihunderttausend Menschen aus der Nordbukowina setzten sich schließlich in das Altreich Rumänien ab. Die rumänischen Truppen hinterließen auf ihrem Fluchtweg »eine Blutspur durch sämtliche Städtchen und Ortschaften. In Czudin wurden die Führer der Gemeinde mit ihren Frauen und Kindern im Zentrum versammelt und erschossen, nachdem man den Arzt der Gemeinde, Dr. Konrad Kreis, zuerst zerstückelt hatte«[4]. Aus Sicht der rumänischen Regierung in Bukarest blieben in der Bukowina nur die Minderheiten zurück, die nicht mit Rumänien sympathisierten. Kommunisten und Juden scherte man dabei über einen Kamm und lastete ihnen die Schmach über den Gebiets- und Gesichtsverlust an. Ein Jahr später begründete Rumänien damit seine brutale, aggressive antijüdische Politik.

Selma, Berta und die anderen aus der Gruppe Hashomer Hazair erwarteten mit denen, die geblieben waren, den Einzug der Roten Armee. In freudiger Erregung. Die jungen Leute setzten wie alle aus der linken jüdischen Jugend große Hoffnung in diese politische Entwicklung. Schluss mit dem Antisemitismus. Gleiche Freiheiten für alle. »1940, als die Russen kamen, wurden wir irgendwie von vielem erlöst. Es war eine Befreiung.«[5] Wie Matthias Zwilling dachte anfangs auch Alfred Kittner: »Wir waren als Juden damals schon sehr verfolgt und empfanden diese Abtretung daher als Befreiung.«[6] Berta hatte ihren Freunden mit einfachen Worten erklärt, was es mit diesem Ultimatum der Sowjets auf sich hatte: Die Provinz Bessarabien im östlichen Rumänien hatte bis zum Ende des Ersten Weltkrieges zu Russland gehört. Und Russland hatte nie vergessen, dass die Rumänen sich diese Provinz damals kurzerhand einverleibt hatten. War es nicht legitim, dass sich die Sowjets nun Verlorenes zurückholten? Die Bukowina mit Czernowitz wurde als Kompensation für die Schmach von damals verlangt.[7]

Die knappe Zeit zwischen dem Abzug der Rumänen und dem Einmarsch der Sowjets wollten die kommunistischen Kräfte in Czernowitz nutzen, sich bei den neuen Machthabern einzuschmeicheln: Eine geordnete Stadt wollten sie den Sowjets übergeben. Czernowitz sollte nicht den Anblick eines maroden Haufens bieten. Deshalb riskierten sie Kopf und Kragen, um Plünderungen entgegenzuwirken und die abziehenden rumänischen Truppen daran zu hindern, Produktionsanlagen zu zerstören. Linke politische Gefangene wurden aus den Gefängnissen befreit, der Tod eines Wachhabenden in Kauf genommen. Den euphorischen Versuch, noch vor Einzug der sowjetischen Armee eine rote Flagge am Rathaus zu hissen, bezahlte ein jüdischer Jugendlicher mit seinem Leben. »Und diese Brut habe ich jahrelang an meinem Busen genährt.«[8] Die abziehenden Rumänen quittierten hasserfüllt die offensichtliche Freude der jüdischen kommunistischen Jugend, mit der auch Selmas Cousin Paul sympathisiert hatte.

Die spannungsgeladene Erregung entlud sich endlich am frühen Morgen des 28. Juni: Dröhnende Flugzeuge über dem Czernowitzer Flugplatz kündigten den sowjetischen Einmarsch an. Alt und Jung war auf den Beinen. Berta, Selma, Renée und die anderen aus der Gruppe hatten sich verabredet. Diesen historischen Einmarsch wollten sie sich nicht entgehen lassen. Euphorisch sahen sie dem Neuen entgegen.

und plötzlich ist das Grün der Bäume neu
und ein Geruch wie von ganz frischem Heu,
schlägt dir in dein Gesicht, das, heiß und blaß,
auf diesen Regen wohl gewartet hat.[9]

Irgendjemand hatte Fähnchen aufgetrieben. Damit wollten sie die russischen Soldaten willkommen heißen. Sehr zum Missfallen ihrer Eltern. Die wirtschaftliche Situation war unsicher und bereitete Kopfzerbrechen. Hoffnung auf Verbesserungen durch den Einzug der Russen hegten sie nicht mehr.

Der Anblick der ersten russischen Panzer flößte aber auch Selma Furcht ein: Mit geschlossenen Kommandantenluken donnerten sie Funken sprühend über das Kopfsteinpflaster. Ihre Geschütztürme rotierten in den Lafettenringen drohend von einer Seite zur anderen. Doch die Menge jubelte den Soldaten zu. Und so wurden die Luken geöffnet, Soldaten schauten heraus, hockten sich dann auf ihre Panzer und winkten freundlich in die Menge zurück. Selma und Berta fielen in die allgemeine Euphorie ein, schwenkten übermütig ihre Fähnchen und jubelten. Berta würde dieses Gefühl ihr Leben lang nicht vergessen. Noch im hohen Alter erinnerte sie sich beglückt und voller Leidenschaft an diesen Tag, in den sie so viel Hoffnung gesetzt hatten. Blumen wurden auf die Panzer geworfen. Tollkühne Jugendliche kletterten gar hinauf und versuchten voller Überschwang die Soldaten zu umarmen und ihnen die Blumen persönlich zu überreichen. Blütenumkränzt fuhr die Kolonne schließlich auf dem zentralen Ringplatz ein, gefolgt von Fallschirmjägern zu Fuß: Stolz und in braune Lederoveralls gekleidet, zogen die schmucken Burschen die Blicke der Mädchen auf sich. Als die Soldaten das Rathaus eingenommen und die rote Fahne gehisst hatten, brandete Jubel auf.[10]

Selma und ihre Freunde ließen sich voller Zuversicht auf die Umstrukturierung durch die kommunistische Verwaltung ein. Die neuen Machthaber versprachen bisher nicht gekannte Freiheiten. Gleichheit für alle! Berta zögerte nicht und nahm das Angebot zur Kooperation an. Es ging schließlich um ihre Zukunft. Berufsfindung stand bei ihr ohnehin an – sie hatte gerade die Schule am rumänischen Gymnasium abgeschlossen – und deshalb meldete sie sich mit Erfolg am russischen Lehrerseminar an. Dort wollte sie sich zur Mathematik- und Naturkundelehrerin ausbilden lassen. Den Anforderungen ihrer Lieblingsfächer zu genügen, war kein Problem, doch Russisch und Ukrainisch zu lernen, verlangte enormen Einsatz. Den alle aufbringen mussten, die sich mit Sprache und Schrift auf die neuen Machthaber einlassen wollten.

Die setzten gezielt auf die Jugend: Junge Freiwillige wurden als Vermittler zwischen sowjetischen Offizieren und der Bevölkerung von Czernowitz rekrutiert. Ob Selma sich einspannen ließ, wissen wir nicht. Doch zum Gedichteschreiben schien ihr jener Sommer keine Zeit gelassen zu haben. Von Juni bis Oktober 1940 sind keine Verse erhalten.

Paul Celan dachte wie Selma: Nur mit der Sprache der Besatzer konnte man überleben. Er lernte Russisch und beherrschte die Sprache bald so gut, dass die Sowjets seine Dolmetscherdienste gern in Anspruch nahmen. Er sollte für gute Stimmung zwischen Bevölkerung und den neuen Machthabern sorgen. Kein leichtes Unterfangen: Mit Rechtfertigungen von Zwangseinquartierungen bei Familien mit großen Wohnungen machte man sich keine Freunde.

Mit kostenloser Kultur für jedermann dagegen schon: Ballettaufführungen in den Parks, Open-Air-Kinoveranstaltungen, ukrainische und russische Volkstanzaufführungen, Konzerte – die Czernowitzer wurden von den Sowjets mit Kulturangeboten regelrecht überschüttet. »In den ersten Wochen nach der sowjetischen Machtübernahme sah ich mehr Aufführungen und Filme als bisher in meinem Leben.«[11] Wie Bertas kleiner Bruder empfanden viele. War die Sprache auch fremd und Verstehen nicht leicht – positive Eindrücke stimmten wohlwollend auf die russische Besatzung ein. Obendrein klangen die rosigen propagandistischen Schilderungen über ein Leben in der Sowjetunion vielversprechend: ein Leben ohne Armut. Glück für alle. Auch für Juden.

»Da, wo die Gäßchen sich zusammenzogen,
Der Witz das eigne Unglück höhnte wild,
Wo sich der Armen Rücken keuchend bogen,
Die Not sie an den Schläfenlocken hielt –

Wo ich einst stand in tobenden Gedanken,
Die Stirne angepreßt dem Mauerstein,
Wirr, achtzehnjährig, doch schon ohne Wanken,
Entschlossen, mir zu folgen ganz allein –

Da steht nun, achtzehnjährig, eine zweite,
(Ich sah sie nie und seh sie dennoch gut.)
Ihr Auge überglänzt die freie Weite,
Der Weite Glanz auf ihrer Stirne ruht.

Schlank die Gestalt und stürmisch die Gebärde,
Die Brauen grüblerisch, gebräunt die Hand.
Aus ihrer Stimme tönt die Heimaterde,
Befreites, völkerbuntes Buchenland.

Du hörst darin der Doina Wohllaut klingen,
Treuherzig summt dazu ein Schwabenlied,
Es rauschen der Ukraine Sturmesschwingen,
Indes der Judenscharfsinn Funken sprüht.

Da, wo die Armen einst in Ghettogassen
Dem Brot nachspürten, listig, ängstlich-dreist,
Da greift sie heut zur Arbeit, stolz gelassen
Und ruhig, stolz entfaltet sich ihr Geist.

Wo im Kasino bunte Lichter lohten:
›Ihr seid zur Schmach bestimmt, drum haltet still‹,
Wo mich der Heiratsmarkt einst feilgeboten,
Da wählt sie heut zum Gatten, wen sie will.

Die Buchen wiegen ihre Vogelnester,
Der frische Pruth die freie Stadt umfließt –
Gegrüßt sei, schöne unbekannte Schwester
Du junges Czernowitz, sei mir gegrüßt.«[12]

Aus der Ferne euphorisierte die gebürtige Czernowitzer Dichterin Klara Blum ihre Landsleute – und rannte bei der Jugend offene Türen ein. »Die sowjetische Besetzung entlastete aber uns junge Menschen auch vom ›groß-kleinbürgerlichen‹ Druck, der uns gehemmt hatte.«[13] Selbst behütete Mädchen wie Liane Schindler (Ilana Shmueli), »Kind aus guter Familie« und großbürgerlichem Elternhaus, griffen zügellos nach den neuen Freiheiten. Nicht wenige junge Frauen ließen sich zum Entsetzen ihrer Eltern auf intime Freundschaften mit sowjetischen Soldaten ein – die in einer Katastrophe endeten, wenn die jungen Czernowitzerinnen schwanger wurden. Die Mädchen sahen dann oft keinen anderen Ausweg, als sich das Leben zu nehmen – so wie Lianes Schwester Olga Ruth, genannt Puppe.

»Als die Rumänen Czernowitz an die sozialistische Sowjetunion abtreten mussten, haben wir zuerst gedacht, jetzt wird alles besser. Wir haben ja an den Sozialismus geglaubt. Der Enthusiasmus beim Einmarsch der russischen Truppen war groß.«[14] Selmas Freundin Renée sprach aus, was alle dachten. Konventionen schienen aufgehoben. Aufbruchsstimmung. Umschwung und Neubeginn. Wie lange schon hatten Selma und ihre Freunde Sehnsucht nach Freiheit in sich getragen! Von Sehnsucht sangen auch die jungen russischen Soldaten, wenn sie abends an den Straßenecken hockten und im Chor wehmütige Lieder zu Akkordeonklängen anstimmten. Mit ihren tiefen Stimmen, mit der Melancholie ihrer Lieder erzählten sie von Heimat und priesen die Weiten der russischen Steppe. Damit lockten sie die Mädchen an. Selma berührte vor allem das Volkslied »Polyúshka Polye«:

»Mädchen, wischt die Tränen fort!
Umso stärker soll unser Lied erklingen«[15]

»Polyushka Polye«, das die Heimat mit zärtlicher Inbrunst besingt, die Landschaft rühmt und der Kraft huldigt, die die sowjetischen Soldaten zum Kampf gegen den Feind mobilisiert. Für Selma wird »Polyushka Polye« Inbegriff heißer Sehnsucht bleiben.

Hat sich Selma auch vom Charme russischer Soldaten einfangen lassen? Mit den Worten des ersten Gedichtes aus jenen Monaten der Besetzung zaust sie verliebt das Haar eines lyrischen Gegenübers. Eines Geliebten? Die Rezeption hat die Verse einer Verehrung Leisers zugeschrieben. Doch möglicherweise galten sie einem der jungen Russen. Hatte Selma wie viele andere Mädchen auch an einem der Soldaten Gefallen gefunden? Die Gedichte, die Selma in den Monaten der russischen Besatzung schrieb, tragen slawische Melancholie in sich. Und sie sind sinnlich. Die Wehmut russischer Weisen klingt in Selmas Gedicht *Sehnsuchtslied* an und lässt den Zwiespalt ahnen, in den die jungen Mädchen gerieten, die sich mit sowjetischen Soldaten einlassen wollten. Sie konnten nicht auf Erfüllung des erträumten Glücks hoffen. *Ganz von fern sieht's aus, als ob das Glück dir weht.*[16] Weil sich ihre Träume von Freiheit und Gleichheit in einer friedlichen Heimat glichen, kamen sich die jungen Soldaten und jungen Mädchen nah – doch offenbar blieb der letzte Ton ungespielt:

Um den ungespielten Ton wirst du nun ewig bangen,
bangen um das Glück, das dich nur leicht gestreift,
in den leisen Nächten, wenn der Mond dich wiegt
und die Stille deine Tränen nicht begreift.[17]

In den kommenden Wintermonaten setzte die Ernüchterung über die Unlebbarkeit der kommunistischen Träume und Ziele ein. Nicht nur Selmas Erwartungen hatten sich nicht erfüllt: Kaum einer der Freunde hatte bei den neuen Machthabern beruflich Fuß fassen können. Nicht einmal die, die schon lange heimlich in kommunistischen Jugendgruppen aktiv gewesen waren. Wünsche und enttäuschende Erfahrungen lagen im Widerstreit. Immer zweifelhafter schien die Erfüllbarkeit der Sehnsüchte.

Ich wiege und wiege und wiege mich ein,
mit Träumen bei Tag und bei Nacht
und trinke denselben betäubenden Wein,
wie der, der schläft wenn er wacht.

Ich singe und singe und sing' mir ein Lied,
ein Lied von Hoffnung und Glück,
ich sing es wie der, der geht und nicht sieht
daß er nimmermehr gehn kann zurück.

Ich sage und sage und sag' mir die Mär,
die Mär vom Liebesgeflecht,
ich sage sie mir und glaub doch nicht mehr
und weiß doch: das Ende ist schlecht.[18]

Die sowjetischen Soldaten fühlten sich eben nicht seelenverwandt mit den jungen Juden. Da mochten die sich noch so links und solidarisch mit ihren Besatzern geben. Anfangseuphorie bröckelte innerhalb Selmas Gruppe Hashomer Hazair. Denn als alle politischen Organisationen außer der kommunistischen verboten wurden, gab es für die zionistischen Gruppen keine Ausnahme. Abrasha scharte seine Anhänger deshalb wieder im Wald um sich – doch der frühere Enthusiasmus war dahin. Abrasha konnte den Zerfall der Gruppe nicht verhindern. Schließlich gehörten nur noch Berta, Renée und Selma zum harten Kern.[19] Die Tage der Hashomer Hazair waren schließlich gezählt, nachdem sich ein junger Mann aus der Gruppe in einem leidenschaftlichen Brief für den Zionismus eingesetzt und gleich an die höchste Stelle der kommunistischen Regierung adressiert hatte. Weil er der Geheimniskrämerei ein Ende setzen wollte und überzeugt war: Die sowjetischen Machthaber würden ihre Gruppe nicht mit Verbot belegen, wenn sie nur ausreichend über die Ziele von Hashomer Hazair informiert wären. Zu seinem langen Brief an Stalin wird auch Selma in der Gruppe Stellung bezogen haben. Der Freund verglich darin die Ideale von Hashomer Hazair mit Stalins Vorgaben und kam zu dem Schluss, dass es doch kaum einen Unterschied zwischen einer Kolchose und einem Kibbuz gäbe. Beide lehnten schließlich Privateigentum ab. Hier wie dort bauten sie auf ein Volk der Landarbeiter, in dem niemand ausgebeutet werden sollte. Voller Naivität und Gutgläubigkeit hatte der junge Shomer verkannt, dass längst alles, was mit Zionismus zu tun hatte, den Sowjets ein Dorn im Auge war. Zu Stalin ist dieser Brief nie vorgedrungen. Der sowjetische Geheimdienst, der NKWD (das Volkskommissariat für Innere Angelegenheiten), kontrollierte inzwischen jeglichen Postverkehr in Czernowitz und hatte den Brief abgefangen. Der Adressat war schnell ausgemacht, der junge Mann verhaftet worden. Bei Verhören waren die Sowjets nicht zimperlich – der Freund belastete seinen Gruppenführer Abraham Gimpelmann und ein weiteres Gruppenmitglied und allen dreien wurde ein kurzer Prozess gemacht: Schuldig befunden, einer verbotenen Organisation anzugehören, wurden sie verurteilt und nach Sibirien deportiert – zur »Umerziehung«. Ein Euphemismus für Verbannung und Deportation. Von Abraham Gimpelmann hat man nie wieder etwas gehört.[20]

Damit war mehr als nur Selmas Gruppe Hashomer Hazair zerschlagen. Verbündete, beste Freunde waren verloren. Vor allem Renée muss verzweifelt gewesen sein, denn ihr war der Freund unwiederbringlich entrissen worden.

Die Begeisterung der ersten Stunden ertrank allmählich in der Flut der Unzulänglichkeiten, die den Alltag schwer und unerträglich machten – auch wenn Selma und ihre Familie nicht zu denen gehörten, die von der dramatischen Umstrukturierung der Gesellschaft getroffen wurden. Das mussten die befürchten, die in den Augen der Sowjets zur Bourgeoisie zählten: Fabriken und Handwerksbetriebe mit mehr als zwanzig Arbeitern wurden nationalisiert, ihre Besitzer enteignet, ihre Häuser beschlagnahmt, die Familien in kleine Wohnungen umgesiedelt. Auch die Familie Schindler musste mit Liane ihre Villa am Hang verlassen und in eine Zwei-Zimmer-Wohnung ziehen. Verstaatlicht wurden kurz darauf: das Bankwesen, Druckereien, Elektrizitätswerke, Transportmittel, Apotheken, Sanatorien, Krankenhäuser, Hotels. Und damit brach die Infrastruktur zusammen. Die Sozialisierung ging Hand in Hand mit einer Verhaftungswelle: Viele der rumänischen Verwaltungsangestellten, die nicht vor den Sowjets geflohen waren, wurden nun inhaftiert. Ab August 1940 wurde zwangsenteignet. Dabei fielen selbst kleinere Betriebe der Sozialisierung zum Opfer und ihre Besitzer wurden als »Burjuis« registriert.

Es stellte sich bald heraus, dass die Endziffern »39« in den neu ausgegebenen Pässen ihre Besitzer als Ausbeuter und Kapitalisten brandmarkte, deren Wohnungen konfisziert und sie selber zu Berufen gezwungen werden konnten, die sie vorher nie ausgeübt hatten. Rechtsanwälte, Apotheker, Kaufleute waren darunter – eben alle, die in den Augen der Sowjets als »gefährliche Elemente«[21] einzustufen waren oder der Gesellschaft keinen Gewinn brachten. Die Identitätsnummern aller anderen endeten auf die Ziffern »40«. Im Folgejahr sollten diese Kennzeichnungen sich verhängnisvoll für viele Czernowitzer auswirken.

Derweil wurden immer neue Listen mit Namen von sogenannten, vorwiegend jüdischen, »Volksfeinden« angelegt: »ehemalige Unternehmer, Immobilienbesitzer, Beamte, Fabrikanten, Polizisten, Gutsbesitzer und sogar Prostituierte.«[22] Schon 1940 wurden insgesamt zweitausendsiebenundfünfzig Personen deportiert, die Aussonderung 1941 noch intensiviert.[23] Beklemmung und Unruhe machten sich im Alltag breit.

Moritz Bartfeld, Margits Vater, versuchte seine Familie zu beruhigen: »Wer redlich ist und gut arbeitet, dem kann nichts passieren.«[24] Doch auch er wurde eines Besseren belehrt. Die Schlüssel zu seinem Kontor wurden konfisziert und der Tuchhändler als Hauptbuchhalter an eine Schule für Taubstumme geschickt.[25]

Jeder Arbeitsfähige in Czernowitz suchte mittlerweile fieberhaft nach einer Aufgabe, die ihn als vollwertiges Mitglied der neuen Gesellschaft qualifizierte. Der Vater von Selmas Freundin Berta war ein angesehener Rechtsanwalt gewesen. Auch er musste sich nach einer anderen Tätigkeit umsehen, nachdem ihm seine Anwaltskonzession entzogen worden war. Zum Arbeiter taugte er nicht, scheiterte kläglich mit seinen Versuchen, aus dem Verkauf von getrockneten Tabakblättern ein einträgliches Geschäft zu machen. Bertas Mutter, die bisher ihrem großbürgerlichen Haushalt vorgestanden hatte, verdingte sich als Arbeiterin in einer Salamifabrik: Bloß nicht als »Burjuis« klassifiziert werden![26] »Burjuis« waren sogar Buchhändler, wenn sie nur eine Verkäuferin beschäftigten. So wie Günther Niedermayer, Inhaber der traditionsreichen Czernowitzer Buchhandlung »Literaria«, bei dem Alfred Margul-Sperber, Alfred Kittner und Rose Ausländer ihre ersten Bücher verkauft hatten. Auch er wurde zur Umerziehung nach Sibirien deportiert.[27] Niedermayers Bücher und die aus anderen Czernowitzer Buchhandlungen und gut bestückten Privatsammlungen kamen in eine Bibliothek, die die Sowjets im ehemaligen »Polnischen Haus« einrichteten und Ende September eröffneten. Viele Intellektuelle, wie die Dichter Alfred Kittner und Immanuel Weißglas, fanden dort Arbeit. Sie sortierten, registrierten, stapelten Bücher – erwiesen sich als »nützliches Glied« der Gesellschaft, denn: »Kto ne rabotayet tot ne yest! – Wer nicht arbeitet, der ißt nicht!«[28]

Für Selma und ihre Familie änderte sich der Alltag kaum. Selmas Mutter führte ihren kleinen Laden in der Rapfgasse weiter wie bisher – da sie ihn allein bewirtschaftete, beutete sie niemanden aus. Leo Eisinger war als Weber ohnehin ein »nützliches Glied« in der Kette der Volkswirtschaft. Die karge Einzimmerwohnung der Familie in der Bilaerstraße konnte bei den Sowjets nicht auf Missfallen stoßen. Doch die Maklertätigkeit des Vaters von Cousin Paul wurde als Ausbeutung verdammt und Leo Teitler im Bauamt zu einer niederen Arbeit abkommandiert.[29]

Über Barvermögen werden die Eisingers nicht verfügt haben, sodass die Verluste durch Einführung von Rubel und Kopeken Selmas Familie wohl nicht in dem Maße zusetzten wie Begüterten: Mit willkürlich festgesetztem Wechselkurs schmolzen Sparguthaben von heute auf morgen. Enteignet, ohne Möglichkeit, ihre Berufe auszuüben, blieb vielen nicht einmal die Möglichkeit, wenigstens verbliebenes Hab und Gut heimlich auf dem Schwarzmarkt auf dem Austriaplatz zu verhökern. Wurden sie dort erwischt, drohten hohe Strafen wegen Schwarzhandels. Oft auch Deportation.

Russisch wurde als Amtssprache festgesetzt, doch Moldawisch (so nannte man Rumänisch jetzt) und Jiddisch waren zugelassen. Alte Feiertage wurden abgeschafft, neue eingeführt. Lenin schaute nun statt des unbekannten rumänischen Soldaten auf den Ringplatz hinunter und wies mit herrischer Geste den Weg zur Herrengasse. Den Austriaplatz überragte ein überdimensionierter roter Stern auf einem wuchtigen Holzpodest.[30]

Dass Straßennamen umbenannt wurden, nahm die jüdische Bevölkerung von Czernowitz gelassen hin – sie benutzten einfach die deutschen Namen weiter. Hatten sie doch seit k. u. k. Zeiten daran festgehalten und waren gut damit gefahren. Doch kaiserliche Zeiten waren vorbei. Was zweiundzwanzig Jahre rumänische Regierung nicht erreicht hatte, gelang Stalin in einem Jahr: Relikte auszumerzen und Kultur eindimensional sozialistisch auszurichten.

Zeit zum Klagen blieb nicht – die Organisation des Alltags erforderte alle Energie. Und so blieb, nachdem das Verbot, sich außerhalb von Czernowitz aufzuhalten, aufgehoben worden war, trotz eines heißen Sommers keine Zeit für Ausflüge an den Pruth oder für Wanderungen in die nahen Cecina-Berge.

Auch Selma war enttäuscht. Was war von den Versprechungen und Zusicherungen, Gleichheit für alle zu schaffen, übriggeblieben? Was konnte sie noch für die neuen Machthaber einnehmen? Beim Anblick der einfachen sowjetischen Menschen in ihren armseligen Kleidern dachte kaum ein Czernowitzer an ein paradiesisches Leben in der Sowjetunion. Und obendrein fielen immer mehr Sowjets regelrecht in ihre Stadt ein. Kauften Geschäfte leer und schleppten nach Russland, was sie ergattern konnten. Oft genug wurde nicht gekauft, sondern einfach konfisziert. Der aus Russland gelieferte Ersatz war dürftig: Die sowjetischen Seifen waren unansehnlich dunkel und rau wie Schmirgelpapier, das Leder der Schuhe derb und wenig geschmeidig, sodass es selbst nach längerem Tragen noch Blasen verursachte. Kleider hatten andere Größen, ihre Stoffe waren grob gewebt, unattraktiv. Mit Nachschub kamen die Sowjets ohnehin nicht nach. Selbst Grundnahrungsmittel wurden rar. »Стойте в очереди« – »Stoyte votchered«[31] – »Stellen Sie sich in der Schlange an« – ein Satz, den bald jeder in Czernowitz beherrschte. Angestanden wurde für alles: Brot, Bratfett, Gemüse. Oft genug vergeblich. Beschwerden über diese Unzulänglichkeiten konnten fatale Folgen haben, ein falsches Wort in der Schlange, beiläufig zum wartenden Nebenmann geäußert, Verhaftungen nach sich ziehen: Verhetzung der Volksmoral – Denunzianten lauerten überall und hatten Hochkonjunktur. Angebliche Systemkritiker anzuprangern zahlte sich aus, gereichte zum eigenen Vorteil. Den Czernowitzern blieb der Anblick leerer Geschäfte, in denen inzwischen oftmals wieder die ehemaligen Besitzer arbeiteten, um den Betrieb einigermaßen aufrechtzuerhalten. Bezahlt wurden sie mit einem Hungerlohn. Hinter vorgehaltener Hand munkelten die Czernowitzer, dass die sowjetische »Befreiung« wohl darin bestand, den Menschen ihren Besitz wegzunehmen und außer Landes zu schleppen.[32] Die Menschen litten. Not herrschte überall. Vor allem, als der Winter kam. Selma verschloss ihre Augen nicht vor dem Elend.

Stehen dürre hungerige Pferde
dampfend da, mit müden Augen.
Ganz durchweicht, verstreut auf naßer Erde,
kann der Hafer nicht mehr taugen.

An der moderigen Mauer,
eine naße Katze schleicht.
Mit hervorgekehrtem Pelz ein Bauer,
schaut ob ihm das Geld noch reicht.[33]

Resignation und Unzufriedenheit auch unter Selmas Freunden. Selma war regelrecht erbost, dass die Sowjets Hoffnungen und Erwartungen so vieler enttäuscht hatten. Sie hätte sich vor allem gerne mit den sowjetischen Frauen solidarisiert. Unkonventionell hätten sie sein sollen, Normen der Bourgeoisie aufbrechen müssen. Stattdessen machten sie sich zum Gespött, wenn sie in den geraubten Kleidern aus den Wohnungen, die sie mit Hab und Gut konfisziert hatten, durch Czernowitzer Straßen stolzierten. Nicht nur, dass sie elegante Roben nicht zu tragen wussten. Es waren Russinnen gesehen worden, die in bestickten Nachthemden und seidenen Hauspantöffelchen durch die feine Herrengasse flanierten – in der Annahme, Festtagsgewänder zur Schau zu tragen.[34] Die »Art, wie sich die russischen Frauen kleideten«, blieb nur eine der »großen Enttäuschungen«[35], über die sich Selma mit ihrer Freundin Else austauschte. Selma hatte wohl eine Schwäche für schöne Hände. Sie achtete sehr darauf und sprach ihnen auch im Gedicht eine ästhetische Komponente zu:

Kraftvoll schön, gemeißelt wie aus weißem Stein
dem ein Sonnenstrahl hat Leben eingehaucht
und der von den schönsten Rosen zarte Blätter hat geliehen,
sprechen sie im schlanken Spiel der Finger,
mit den Händen die sich ihnen anvertraut.[36]

Selma nahm den Russinnen ihre ungepflegten Hände übel.

Angesichts des Stimmungsumschwungs und der einsetzenden wirtschaftlichen Not zögerten deutschstämmige Bukowiner nicht, Hitlers Ruf »Heim ins Reich« zu folgen. Die gewaltige Umsiedelungsaktion war geheimer Bestandteil des Hitler-Stalin-Abkommens gewesen. In der Bukowina verbliebene Deutsche waren unmittelbar nach dem sowjetischen Ultimatum vom 26. Juni 1940 über entsprechende Pläne informiert worden und hatten schon am 28. Juni 1940 Papiere erhalten, die sie vor der Enteignung durch die Sowjets bewahren und als Angehörige der »Deutschen Volksgruppe des besetzten Gebietes« ausweisen sollten: »Die russischen Besatzungstruppen werden ersucht, Leben, Hab und Gut unserer Volksgenossen zu schonen und zu sichern.«[37] Der Ansturm auf die Ausweise mit dem begehrten Stempel über die deutsche Abstammung war angesichts der eskalierenden politischen Unsicherheit überwältigend. Doch nur Deutsche ab dem 14. Lebensjahr waren angesprochen. Mit der Umsiedelungsnummer auf der Kennkarte, die sie sichtbar um den Hals tragen mussten, traten die Ausreisewilligen am 15. September 1940 die Reise heim ins Reich an. Vierundvierzig Sonderzüge standen für die 44.577 Bukowinadeutschen und Personen deutscher Herkunft sowie ihre Familienmitglieder[38] bereit und deshalb war die Mitnahme von Hab und Gut beschränkt: Nur ein Koffer pro Person war erlaubt. Der Hoffnung auf die Erfüllung der Versprechungen, die sie gelockt hatten, folgte in der »Heimat« kolossale Ernüchterung: Die meisten männlichen Jugendlichen wurden umgehend zur Waffen-SS eingezogen, Alte und Frauen vereinsamten in der neuen Umgebung.

Das kulturelle Zentrum der Deutschstämmigen in der Bukowina aber war durch die Umsiedelung zerstört, ihre zurückgelassenen Häuser von den Sowjets verstaatlicht worden. Dass Listen über alles Zurückgelassene angelegt wurden, war bloßes Alibi für eine scheinbar rechtmäßige Abwicklung.

Die Zurückgebliebenen schauten voller Sorge in die Zukunft.

Doch dann ließ sich der Herbst 1940 für Selma und ihre Freunde doch sehr positiv an: Die Schulen wurden wieder geöffnet. Selma und ihre Klassenkameraden hatten die Wahl zwischen moldawischen (»rumänischen«), ukrainisch-russischen und sogar zwei jiddischen Schulen – die Nr. 5 am Austriaplatz und die Nr. 26 in der Schulgasse. Das war erstaunlich, denn die Vorkämpfer für eine jiddische Kultur waren von den Sowjets von Anfang an verfolgt worden. Selma und ihre Freundin Renée schrieben sich in der jiddischen Mittelschule Nr. 5 am Austriaplatz ein und trafen viele ihrer ehemaligen Klassenkameradinnen aus dem »Hofmann Lyzeum« wieder. Auch Margit Bartfeld. Und Selmas Cousine Edit Rones ging jetzt mit ihr in dieselbe Klasse. Neue Gesichter kamen hinzu, Menschen, mit denen Selma ohne die Irrwege der Geschichte nicht zusammengetroffen wäre – wie Liane Schindler.

Die jiddische Schule bescherte Selma und ihren Klassenkameraden das beste Jahr der gesamten Schulzeit. Schule wurde zum

Bollwerk gegen die historische Orientierungslosigkeit. Schule schweißte Lehrer und Schüler gleichermaßen zusammen. Selbst für Liane Schindler, die Jiddisch nur aus Protest gegen ihre Eltern gewählt hatte, war dieses Jahr in der jiddischen Schule »wie ein Erwachen«. Sie begann »zu schauen und zu hören; Dichtung, Musik und Natur wurden für [sie] lebendig«[39].

Selma und ihre Klassenkameraden ließen sich begeistert auf die Neuerungen ein: Zum ersten Mal in Selmas Schulleben wurden Jungen und Mädchen gemeinsam unterrichtet.

Selma in der jiddischen Schule: 1 = Simcha Schwartz, 2 = Dr. Chaim Ginninger, 3 = Hersch Segal, 4 = Renée Abramovici, 5 = Leibu Levin, 6 = Edit Rones, 7 = Selma Merbaum

Alle waren gleichermaßen hungrig auf Bildung und dürsteten nach Wissen. Als ob sie ahnten, dass ihnen nicht viel Zeit für diesen Genuss bleiben würde, verschlangen sie, was ihre Pädagogen ihnen vorsetzten: Leibu Levin, Hersch Segal und Chaim Ginninger – drei außergewöhnliche Lehrer, ein fabelhaftes Gespann. Sie waren mehr als nur Kollegen, waren freundschaftlich verbunden und ergänzten sich aufs beste in ihren pädagogischen Konzepten. Gemeinsam war ihnen ihre Liebe zu Menschen und ihre Leidenschaft für die jiddische Sprache. Unter der Ägide von Levin, Segal und Ginninger wandte sich Selma intensiv dem Jiddischen zu. Die Lehrer waren unkonventionell und entschlossen, die Dürre des Alltags mit der Fülle ihres jiddischen Wissens zu befruchten. Weil sie auf keine Schulbücher zurückgreifen konnten, stellten sie ihr Unterrichtsmaterial selbst zusammen. Der vermeintliche Mangel schaffte Freiräume. Einfallsreichtum und außergewöhnliche Unterrichtsmethoden müssen Selma begeistert haben: Wann immer es möglich war, wurden Unterrichtsstunden nach draußen verlegt. Naturkunde fand im Spazierengehen statt – der Botanische Garten bot unerschöpfliche Vielfalt mit seinen »fremdländischen Orchideen«. Literatur wurde intensiv und individuell in den verbliebenen privaten Bibliotheken unterrichtet, die von den Sowjets nicht ausgeplündert worden waren. Hersch Segal und Chaim Ginninger luden ihre Schüler zu sich nach Hause ein, stellten ihnen ihre Bücher zur Verfügung und übertrugen die eigene Lektüreleidenschaft auf ihre Zöglinge: vor allem Rilke. Immer wieder Rilke.

Alle Fächer wurden auf Jiddisch unterrichtet. Selma und die, die in den zionistischen Verbindungen schon Hebräisch gelernt hatten oder wie Selma durch ihre orthodoxen Großeltern mit dem Jiddischen vertraut waren, hatten damit wenig Probleme. Auch das Jiddische benutzt das hebräische Alphabet. Selma brachte die hebräischen Zeichen flüssig und mit persönlichem Schwung zu Papier, als sie ihre Übersetzungen in das Jiddische aufschrieb.

Für manch anderen blieb Jiddisch eine Herausforderung. Doch Segal, Levin und Ginninger gelang es immer wieder, auch die skeptischen Schüler zu begeistern – weil sie humane und künstlerische Vorbilder waren. Selma schien sich vor allem mit Leibu Levin identifiziert zu haben. Von seinen Gedichten ließ sie sich ebenso inspirieren wie von der Art und Weise, sie vorzutragen.

Dass sich der Leiter der jiddischen Schulen, Lehrer Michail Doktorovič, den Ausbau des jiddischen Theaters und Pressewesens auf seine Fahnen geschrieben hatte, kam Levin für sein Schulprojekt zupass: In seinem »dramatischen Zirkel«[40] entfalteten seine Schüler Hingabe und Begeisterung für die jiddischen Lieder und Verse. Levin weckte schlummernde Talente, lockte Schüler aus der Reserve. Mit Augen wie »brennende Kohlen«

entfachte der hagere junge Mann bei jedem Gegenüber Feuer. Mit sanfter Stimme machte er Worte zu Gesang. Mit ausdruckstarken Gesten verlieh er Versen Gestalt. Margit sang für Levin mit Leidenschaft, Renée begleitete dabei auf dem Klavier und Selma sang und brachte sich mit ausgelassenen Tanzeinlagen ein und blieb Levin so im Gedächtnis.[41] Dass Levin gerade einmal nur zehn Jahre älter als seine Schüler war, wird Nähe gefördert haben.

Wenn Levin öffentlich auftrat, waren auch die anderen Kult-Barden des Jiddischen zur Stelle. Dazu gehörte Itzig Manger – einer der jungen Wilden, ein Paradiesvogel, dieser ehemalige Schneidergesell, dieser »wildromantische, passioniert lyrische Itzig Manger«[42], »finster, mit verstrubbeltem Ringelhaar, hängendem Kopf und im dunklen Hemd«. Diesem »Anarchisten, dem wilden Poeten, dem Troubadour, dem undisziplinierten, göttlichen Manger …« entstieg eine besondere Faszination. Er verkörperte »Chaos und ungestüme Begeisterung, Unordnung und Angriffslust«[43]. Der »Prinz der jiddischen Ballade«[44] muss ein Mensch nach Selmas Geschmack gewesen sein, seine »berauschte, nicht geradlinige, spontane Genialität«[45] sie begeistert haben. Kongenial ist Selmas Übersetzung von Mangers Gedicht »Ech bin der weg ken marev« – »Ich bin der Weg ge'n Untergang«. Selmas Fassung besteht neben der von Rose Ausländer.

Selma Merbaum	Rose Ausländer
Ich bin der Weg ge'n Untergang.	*Folge mir nicht nach mein Bruder*
Ich bin der Weg ge'n Untergang, der blonde Sonnentod, der braune Hirtenpfeifenklang, das müde Abendrot.	Ich bin der Weg ins Leere, das blonde Sonnensinken, die braune Hirtenflöte, das müde Abendwinken.
Mein Bruder, geh' du mir nicht nach, mein Geh'n ist nur Vergeh'n – häng deinen jungen Glauben nicht an meine blaue Trän'.	Folge mir nicht nach, mein Bruder – mein Gehen ist Vergehn! Es wird dein junger Glaube an meinem Weh verwehn!

Meine Schönheit ist ein Meßer,
sie stößt dir durch das Herz.
In Wein getaucht, zwei Lippen:
mein ewig blauer Schmerz.

Meine Sehnsucht – ein Zigeuner
in wildem Wind-Gebell –
eine tote weiße Mutter
auf dunkler Abendschwell’.

Mein Bruder, geh du mir nicht nach,
mein Geh’n ist nur Vergeh’n –
häng deinen jungen Glauben nicht
an meine blaue Trän’.

Meine Lust – eine junge Nonne,
sie steht nackt beim Altar,
und ihre heißen Brüste
blühn ihrem blonden Narr.

Mein Glück – ein Regenbogen,
der im Sonnengolde blitzt
und immer bereit ist zu sterben,
noch eh’ man ihn besitzt.

Mein Haß – ein wilder Reiter
der hält in der Hand ein Seil.
Nur, statt des Feindes würgt er
das eigene Glück in der Eil’.

Mein Bruder, geh du mir nicht nach,
mein Geh’n ist nur Vergeh’n –
häng deinen jungen Glauben nicht
an meine blaue Trän’.[46]

Ein Dolch ist meine Schönheit,
der tief sich gräbt ins Herz.
Zwei blaue Lippen über
dem Kruge Wein: mein Schmerz.

Mein Sehnen: ein Zigeuner
in windgepeitschter Steppe.
Eine tote, bleiche Mutter
Auf dunkler Abendtreppe.

Folge mir nicht nach, mein Bruder –
mein Gehen ist Vergehn!
Es wird dein junger Glaube
an meinem Weh verwehn!

Meine Gier: eine nackte Nonne,
vor dem Altar gebeugt,
die ihre heißen Brüste
dem blonden Narren neigt.

Meine Luft: ein Regenbogen,
der an der Sonne reift
und in der Hand verflüchtet,
die gierig nach ihm greift.

Mein Haß: ein wilder Reiter,
in seiner Hand ein Strick,
statt den Feind erwürgt er
im Wahn sein eignes Glück.

Folge mir nicht nach, mein Bruder –
mein Gehen ist Vergehn!
Es wird dein junger Glaube
an meinem Weh verwehn![47]

Leibu Levin, Hersch Segal, Chaim Ginninger – eine geniale Truppe jiddischer Lehrer, die das Leben ihrer Schüler nachhaltig bereicherten. Sie machten den Alltag in diesem grauen Jahr der sowjetischen Besatzung bunt.

Alle Zeitzeugen, die sich an ihre Zeit in der jiddischen Schule erinnerten, waren sich darin einig, Selbstvertrauen gefasst und zu ihren Wurzeln gefunden zu haben. Auch Selma hat mehr als zuvor in dieser Zeit ihren jiddischen Wurzeln nachgespürt. Sie nutzte die dunklen Abende des Herbstes und des bitteren Winters 1940/41 intensiv zum Schreiben. Ab Oktober 1940 sind wieder Gedichte erhalten. Selma setzte sich mit Mangers Balladen und Levins Versen auseinander. Und sehr intensiv wohl auch mit Mordechaj Gebirtigs Liedern.

Der Sohn einfacher Kaufleute aus Krakau ernährte seine Familie als Tischler, doch seine Passion galt der Literatur. »Am Tag hobelte Gebirtig an den Möbeln und abends am jiddischen Lied.«[48] Freunde schrieben die pfiffigen Melodien für ihn auf, die er auf seiner kleinen Hirtenpfeife komponiert hatte – denn Noten lesen konnte er nicht. Durch die Dramatik der politischen Entwicklung wurden seine Verse kritisch, politisch. Sein Lied »Undser schtetl brent«, in dem er zum Widerstand gegen die Hitlerokkupation aufrief, wurde die »Hymne der jungen jüdischen Partisanen«[49]. Im März 1941 kam Gebirtig ins Lager von Podgórze. Auf offener Straße wurde er am 4. Juni 1942 von deutschen Soldaten erschossen. Sein Liedgut aber nahmen jüdische Auswanderer mit in ihre neue Heimat und verbreiteten es.

Ihrem *Schlaflied für die Sehnsucht* stellte Selma die Anweisung voraus, es sei »zu singen nach der Melodie von ›di zun iz fargangen von M. Gebirtig‹ «[50].

Gebirtigs Original ist in A-Moll gehalten, »moderato« vorzutragen. Beeindruckend ist die Sprach-Harmonie, mit der sich Selma auf Gebirtigs Melodie eingelassen hat. *Schlaflied* steigert sich in einer zu Herzen gehenden Dramatik und lässt den Leser allein mit ihrer Wehmut zurück, deren Klang im *wild-heißen Weh* verweht.

Selma ließ sich von den jiddischen Dichtern beeinflussen – inspirierend, nicht epigonal, sondern mit eigener Sprachästhetik.

Selma Merbaum

Du, weißt du, wie ein Rabe schreit
Und wie die Nacht, erschrocken bleich,
nicht weiß, wohin zu fliehn?
[…]

Du, weißt du, wie der Wind schrill heult
Und wie der Wald, erschrocken bleich,
nicht weiß, wohin zu fliehn?[51]

Itzig Manger

Und weißt du, wer die Wolke ist?
Der fremde Wandersmann,
der hier vor einer Woche war:
Nur anders angetan.
[…]

Und weißt du, wer der Vogel ist?
Der fremde Wandersmann,
der gestern erst hier bei uns war:
Nur anders angetan.[52]

Elemente ihrer Übersetzung von Mangers »Ech bin der weg ken marev« nimmt Selma in ihr Gedicht *Ich bin die Nacht* auf.

Selma Merbaum

Ich bin die Nacht

Ich bin die Nacht. Meine Schleier sind
viel weicher als der Tod.
Ich nehme jedes heiße Weh
mit in mein kühles, schwarzes Boot.[53]

Itzig Manger
(in der Übersetzung von Selma Merbaum)

Ich bin der Weg gen Untergang

Ich bin der Weg gen Untergang,
der blonde Sonnentod, der braune
Hirtenpfeifenklang, das müde
Abendrot.

Sehnsuchtsvolle Ruhe tragen Selmas »Schlaflieder« und wiegen die aufgescheuchte Seele in die Barmherzigkeit des Schlummers. Wiegen sie in das Vergessen durch die Gnade der Nacht.

Im Schlafe da gibt es nicht Haß, nicht Hohn,
im Schlafe, da ist es nicht kalt.
[…]
Schlafe mein Kind und vergiß was dich schmerzt,
dunkel ist für dich der Tag.
Hell ist die Nacht wenn der Traum dich herzt,
so schlafe mein Kindchen, so schlaf.[54]

Hier berührt auch die Nähe zu frühen Gedichten Paul Celans:

»Mit den Faltern, mit der Nacht laß mich ein in deinen Schlummer: über dir bin ich ein stummer Atemzug der wacht.«[55]

Welche zarte Liebe wiegte Selma in der Nacht? Mit wem flüchtete sie sich in ihre Träume? Träume, die vergessen machten, dass Krieg tobte und Hunderttausende Juden schon auf dem Weg in Konzentrationslager waren.

Bereits in den Dreißigerjahren, besonders aber seit der Machtübernahme Ion Antonescus im September 1940, hatte sich Rumänien dem nationalsozialistischen Deutschland zugewandt, in dem es ein »Schutzschild« für eigene Pläne sah. Umgekehrt brauchte Hitler den Partner für seine Kriegsvorhaben. Rumänien trat zwei Monate später an der Seite der verbündeten Mächte Deutschland, Japan und Italien in den Krieg ein und der rumänische Führer forcierte seine Absichten gegen die jüdische Bevölkerung: Enteignung der Juden, um eine »Rumänisierung« des Wirtschaftslebens in Gang zu setzen.[56] »Wiedererlangung der ›verlorenen‹ Gebiete und ethnische Säuberung, Eliminierung der Juden – durch welche Mittel auch immer.«[57]

Antonescu konnte seine Bevölkerung intensiv auf den bevorstehenden Krieg gegen die Sowjetunion vorbereiten, weil Hitler ihn schon im Januar 1941 darüber informiert hatte, dass »der Krieg gegen die Sowjetunion bald beginnen werde«[58]. Antonescu baute deshalb über die Presse das »Feindbild der ›Judeo-Kommunisten‹«[59] in Rumänien auf und zog mit Restriktionen den Strick systematisch immer enger um den Hals der jüdischen Bevölkerung: Im September 1940 hatte die Vertreibung der Juden aus den ländlichen Gebieten Rumäniens eingesetzt und ging mit Mord und Raub einher. Im Oktober wurde ländlicher jüdischer Grundbesitz enteignet, Juden verloren ihr Eigentumsrecht an Wald und Schiffen. Ab Dezember 1940 konnten Juden zum Arbeitsdienst gezwungen werden, im März 1941 wurde auch städtischer Besitz beschlagnahmt.[60] Juden durften nicht mehr zu anderen Konfessionen konvertieren und damit war dieses Schlupfloch des Entkommens verbaut. Derweil ermittelte eine Volkszählung die genaue Zahl der jüdischen Bevölkerung, erstellte Namenslisten, die an die rumänischen Befehlshaber im Aufmarschgebiet der Armee verteilt wurden, um »Aushebungen« jüdischer Familien zu gegebener Zeit zu erleichtern.

Die Aktivitäten blieben den Sowjets nicht verborgen. Sie waren auf der Hut und fertigten nun ihrerseits Listen über unliebsame Personen in der Bukowina an. Damit war das Schicksal derer besiegelt, die in ihren Ausweisen die verhängnisvollen Endziffern »39« trugen. Am Morgen des 13. Juni 1941 hatte die sowjetische Nachrichtenagentur TASS noch beschwichtigt, hatte Nachrichten über eine Konzentration deutscher Truppen an der deutsch-sowjetischen Grenze dementieren lassen.[61] Der großangelegte sowjetische Einsatz in der Bukowina zur Deportation aber war beschlossene Sache und für die Nacht jenes Freitags geplant gewesen.

Er konnte auch für die Czernowitzer nicht völlig unerwartet gekommen sein, weil wieder Gerüchte seit Anfang Juni für Beunruhigung gesorgt hatten. Einige wussten, dass schon Namenslisten mit den Unglücklichen bereitlagen, die es treffen sollte. Doch alle Warnungen wurden in den Wind geschlagen. Auch von Margits Vater, der einen Hinweis erhalten hatte, dass er mit Familie auf einer der Deportationslisten stehe. Moritz Bartfeld beschwichtigte wieder. Was sollte ihm passieren? Hatte er seine Tauglichkeit als nützliches Glied der Gesellschaft nicht längst durch seine Arbeit an der Taubstummen-Schule bewiesen?[62]

Danach fragte in der Nacht zum 13. Juni 1941 niemand mehr, als Lastwagen durch die Straßen von Czernowitz preschten. Immer wieder machten sie unvermittelt Halt vor ausgewählten Häusern. Die Sichel des zunehmenden Mondes warf ausreichend Licht auf die bewaffneten Soldaten, die in Wohnungen stürmten und überrumpelte, fassungslose Menschen, Familien, ganze Sippschaften aus ihren Betten zerrten und wie Vieh auf die Ladeflächen der Fahrzeuge trieben. Kaum, dass ihnen Zeit gegeben worden war, sich anzuziehen oder das Nötigste zusammenzuraffen, geschweige denn Wertgegenstände zusammenzusuchen.

Selmas Klassenkameradin Margit war mit Bruder und Eltern weit nach Mitternacht aus den Betten gerissen worden. »Dawai! Dawai!« Die Soldaten trieben zur Eile. Da blieb keine Zeit für den kleinen Pekinesenhund oder den Kanarienvogel. Hündchen Hang Shang in seinem Gestell, das er wegen eines Rückenleidens tragen musste, blieb ebenso zurück wie Kanari Hansi.[63] Der junge Soldat, der die Bartfelds aus ihrer Wohnung scheuchte, drängte Margit noch schnell zu ihrem Schrank, riss scheinbar willkürlich und hastig warme Kleidungsstücke aus den Fächern, schlang alles in ein großes Tuch und drückte Margit das Bündel in die Hand.[64] Akt verschämter Barmherzigkeit? Der Soldat wusste, dass die bevorstehende Umsiedelung in die eisige Weite Sibiriens führte. Gepolter, Schreien, Weinen, Wimmern – verschreckte und verängstigte Nachbarn verfolgten hinter verdunkelten Fenstern den Spuk, hoffend, dass es sie nicht treffen würde. So schnell wie die Soldaten gekommen waren, so schnell waren sie wieder weg. Ihre menschliche Fracht entluden sie am Güterbahnhof, wo Viehwaggons für die Ausgesonderten bereitstanden, ihre Schiebetüren weit geöffnet. Ein Loch im Boden in der Mitte des Waggons diente als Toilette und gab den Inhaftierten eine Ahnung von kommenden Erniedrigungen.

»Wen es trifft, der wird aufgehoben wie von einem riesigen Kran und abgesetzt wo nichts mehr gilt und keine Straße von Gestern nach Morgen führt.«[65]

Drei Nächte lang wiederholten sich die Aktionen. Immer mehr Menschen wurden in die Waggons gepfercht, hineingeprügelt, wenn sie sich sperrten. Jeweils mehr als vierzig pro Güterwagen. Drei Tage lang warteten sie auf Weitertransport. Drei Tage lang schmorten sie in brütender Hitze in den eisernen Käfigen. Freunde und Verwandte zogen trotz Verbot zum Bahnhof, verzweifelt auf der Suche nach Angehörigen, denen sie wenigstens tröstliche Worte mitgeben oder Essbares zustecken wollten, falls sich die Schiebetüren öffneten. Sie gingen von Waggon zu Waggon. Sie hämmerten gegen den Stahl, riefen Namen durch die kleinen Luftluken am Kopf der Türen. Einmal am Tag erlaubten die Wachen einigen Kindern, die Waggons zu verlassen und Wasser aus dem nahen Brunnen zu den Eingeschlossenen zu schleppen. Ein paar Minuten Freiheit für die Kinder, deren eingekerkerte Eltern das Pfand für ihre Rückkehr in die Waggons waren.

Hersch Segal, Margits und Selmas Mathematiklehrer aus der jiddischen Schule, lief in ohnmächtiger Verzweiflung die Waggons am Güterbahnhof ab – ausrichten konnte er nichts, doch Margit wenigstens noch ein paar Rubel durch den Spalt in der Tür zustecken.

Auch Liane Schindler und ihre Mutter hatte es getroffen. Obwohl sie gewarnt worden waren. Obwohl sie sich versteckt hatten. Sie wurden entdeckt, abgeführt und zu den gefangenen Schicksalsgenossen in die heillos überladenen Waggons gesteckt.

»Manchmal jedoch wenn er Glück hat, aber durch kein kennbares Verdienst, wird er von der unbekannten allmächtigen Instanz begnadigt solange noch Zeit ist. [...] Es ist als würde eine Weiche gestellt: sein Nirgendwo wird angekoppelt an die alte Landschaft, wie man einen Wagen von einem toten Gleis an einen Zug schiebt.«[66]

Lianes Vater war nicht entdeckt worden. Er setzte alle Hebel in Bewegung: Bakschisch und Beziehungen. Und so öffneten sich in der dritten Nacht die Schiebetüren des Waggons, in dem Tochter und Frau gefangen waren. Beide wurden »kurz vor der Abfahrt des Zuges durch eine überraschende Intervention entlassen«[67]. Maßlos die Erleichterung. Maßlos die spätere Depression: Als Liane sich schon Ilana Shmueli nannte, empfand sie immer noch »dieses ›Gerade noch Entkommen‹ [...] als Verrat an denen, die fort mußten«[68] und konnte mit dieser Last kaum weiterleben.

Die jiddischen Schulen hatten nach diesen dramatischen Entwicklungen ihren Schülern schnell noch Zeugnisse ausgestellt und sie dann vorzeitig in die Ferien entlassen. Selma schloss mit der mittleren Reife ab.

Nahezu fünftausend Menschen verschleppten die Sowjets. Zweitausendachthundert davon waren Juden. Auch Selmas Freundin Margit war darunter.[69]

Die Sowjets hatten letztes Vertrauen verspielt. Doch noch waren sie an der Macht und so versuchte die Bevölkerung von Czernowitz mit dem Alltag wieder Schritt zu halten. Selmas Verhältnis zu den sowjetischen Soldaten war freundschaftlich gewesen, vielleicht sogar mehr als das. Die politische Entwicklung musste sie in eine Krise gestürzt haben.

Das Wochenende zum 22. Juni lockte mit herrlichstem Sommerwetter Selma und die Freunde nach draußen. Auch sie ahnten schon, dass dieser Junisonntag eine trügerische Beschaulichkeit bot. Hier und dort war der britische Rundfunk verbotenerweise abgehört worden und deshalb kursierten seit dem frühen Morgen Gerüchte über Truppenbewegungen an der deutsch-sowjetischen Grenze, bis Ansagen aus den öffentlichen Lautsprechern sie bestätigten: Die Deutschen hatten die Sowjetunion ohne Kriegserklärung überfallen! »Unternehmen Barbarossa« hatte begonnen.

An den 22. Juni 1941 werden sich die Menschen vermutlich wie an einen der historischen »Meilensteine erinnern, welche den Lauf der Geschichte verändert und ihn mit dem Blut von Dutzenden Millionen Opfern beschrieben haben«[70].

Es dauerte nicht lange, dann waren an diesem Sonntag erste Bombenexplosionen vom Czernowitzer Flugplatz auszumachen. Die Deutschen schossen in einem Überraschungsangriff die dort stationierte sowjetische Luftflotte kampfunfähig. So hatten sie es auch schon in Lemberg und Kiew gemacht. Anschließend wurde der Czernowitzer Bahnhof bombardiert. Ganz gezielt sollten Verkehrswege zerstört werden. Ein Teil der sowjetischen Soldaten flüchtete Hals über Kopf aus Czernowitz, andere brachten Flak-Geschosse auf den zentralen Plätzen in Position. Die Unruhe in der Czernowitzer Bevölkerung wuchs.

Jeder kaufte in den kommenden Tagen Lebensmittel ein, hamsterte, was erhältlich war. Geschäfte und Marktstände waren schnell leergekauft. Bombenalarm riss die Einwohner in den folgenden Nächten immer wieder aus dem Schlaf. Wer konnte, flüchtete sich in den Schutz von Kellerräumen. Meldungen aus den öffentlichen Lautsprechern überschlugen sich: Lemberg besetzt von den Deutschen. Kiew besetzt.

Der Rückzug der Sowjets aus Czernowitz setzte am 30. Juni ein. Endlos schien die Kolonne der durchnässten, verdreckten Soldaten, die zur Brücke über den Pruth marschierten, die dann gesprengt wurde. Strömender Regen hatte die Straßen in tiefen, schweren Morast verwandelt. Der Regen war so stark, dass er in die historische Chronik der Kriegsereignisse aufgenommen wurde.[71]

An diesem 30. Juni 1941 hat Selma fieberhaft Gedichte geschrieben. Sie muss aufgewühlt gewesen sein. Von keinem anderen Tag sind ähnlich viele Gedichte erhalten. Regen beherrscht alle Verse. Regen und immer wieder Regen.

Regen weint und weint[72]
Regen spinnt sein graues Lied[73]
sie blicken durch den Regen hell mich an[74]
so wie ich den Regen seh'[75]

Regen – Sinnbild von Selmas Tränen:

Der Regen weint
Mit mir vereint.[76]

Ganz offensichtlich hatte der Abzug der sowjetischen Soldaten bei Selma ein Ventil geöffnet, Trauer und Verzweiflung ausgelöst. Voller Wehmut starrte sie den abziehenden Mannschaften hinterher, als sie Richtung Volkspark, dem Bahnhof entgegenzogen.

Ich starr hinaus
Und seh' – versteh'! –
Dabei der Trauer in's Gesicht.
Und so wie ich den Regen seh' –
Oh, so siehst du ihn nicht.[77]

Selma war verzweifelt. Sie rettete sich, indem sie schrieb. Die Gedichte vom 30. Juni 1941 stimmen einen Trauergesang an. Sie sind Klagelieder, in denen sich Wehmut wiegt. Selma ordnete diese Gedichte später ihrem Zyklus *Nachtschatten* zu. Waren Nachtschattengewächse möglicherweise ihrer Liebe vergleichbar?

Oder den Soldaten? Kurzlebige, doch robuste Pflanzen, aus der Fremde eingeschleppt. Gewächse, die im Verborgenen blühen und nur nachts duften. Schädliche Gewächse? Nicht für Selma. »Das Jahr der sowjetischen Besatzung war unser bestes Jahr überhaupt.« – Selma war sich mit Berta darin einig gewesen, dass es eine *helle Zeit* gewesen war, *die Lachen uns gelehrt*.[78]

In ihren Gedichten vom 30. Juni lehnt sich Selma nicht gegen Unabänderliches auf, doch sie empfindet Wehmut beim Abzug der Soldaten. Wie stummes Aufschluchzen lesen sich ihre kurzen kleinen Sätze in dem Gedicht *August*:

Der Regen weint
Mit mir vereint
Fern und nah.

Die Sehnsucht blaut
Mir nah' vertraut
Und bekannt

Sie ist in mir
Und blickt zu dir,
Wie gebannt.[79]

Mit *August*, *Herbst*, *Herbstregen* überschrieb Selma diese Gedichte, die mitten im Sommer, im Juni, in der Hochzeit des Jahres verfasst worden sind. In den Überschriften lastet Doppeldeutigkeit: Erinnern sie an Vergangenes, an die Zeit, in der im Jahr zuvor Liebe erblüht war? Im August und im Herbst? Oder greifen sie voraus auf das Zukünftige, auf die Zeit, in der unbeschwertes Glück nicht mehr möglich sein kann und schon verblüht ist?

Es ist vorbei
Die helle Zeit,
Die lachen uns gelehrt.[80]

Selma blieb *verlosch'nes Gold und toter Traum von Liebe*[81] als bloße Erinnerung an etwas, das *verrann*.

Wer hatte Selma die gelben Astern geschenkt, denen sie auch an jenem 30. Juni ein Gedicht widmete? Bei allem Entsetzen über die politische Entwicklung hatten ihr diese Blumen dennoch *Freude heut' bereitet* und konnten ihr kurzzeitig sogar die *Sonne ersetzen*, so dass *garnichts von des Regens Trauer kann die leuchtend gelbe Freude*[82] vergällen. Gelbe Astern, die im Juni überall in Czernowitz gedeihen. Gelbe Astern, die bis in den Herbst hinein blühen. Und damit die Schwelle überschreiten, die sie zu Totenblumen werden lässt, die dann den Verstorbenen auf ihre Gräber gelegt werden. Selma legte ihrer verblichenen Liebe ihr *Lied zu Füßen*.[83] Ein Akt der Weihe. Den Leser lässt Selma an ihrem verlorenen Glück teilhaben:

Und wer es liest,
der sagt: Ich seh's.
Und meint damit das Glück.[84]

Glück, das sie in diesen Gedichten ein letztes Mal ersehnte, ein letztes Mal heraufbeschwören wollte.

Der unbeschwerte Sommer ließ sich nicht zurückholen. Die Ereignisse ließen kaum Zeit zum Atemholen. Dem Tross der abziehenden Soldaten schlossen sich wieder viele Czernowitzer an. Sie hatten die Wahl zwischen Pest und Cholera.

Du, weißt du, wie der Regen weint,
Und wie ich geh', erschrocken bleich,
und nicht weiß, wohin zu flieh'n?
Wie ich verängstigt nicht mehr weiß:
Ist es mein Reich, ist es nicht mein Reich,
gehört die Nacht mir, oder ich, gehör' ich ihr,
und ist mein Mund, so blass und wirr,
nicht der, der wirklich weint …?[85]

Viele Bauern und kommunistische Sympathisanten zogen mit den sowjetischen Soldaten ab. Und auch die, deren Furcht vor kommenden Schrecken überwog. Oft wurde es eine panische Entscheidung im letzten Augenblick: Dann rannten Frauen den abziehenden Soldaten hinterher. Leichtsinnig in ihrer Angst und Verzweiflung. Waren sie jung, zogen hilfreiche Männerhände sie auf die Lastwagen. Die Frauen glaubten sich dort oben in Sicherheit, ließen ihre verzweifelten Mütter am Wegrand zurück. Die Reise vieler Frauen endete am nächsten Wald. Dort wurden sie von Soldaten vergewaltigt und – erschossen.

Nachrichten über die Gräuel der abziehenden Sowjets verbreiteten sich genauso rasend schnell wie die Schrecknisse der herannahenden rumänischen Truppen, die mordend und plündernd Richtung Bukowina zogen. Iaşi – die Heimatstadt von Selmas Opa Schrager wurde zu einem großen Schlachtfeld: Ende Juni 1941 hatte dort das Morden begonnen. Ausschreitungen der Bevölkerung gegen Juden waren gezielt provoziert worden, indem man Juden zu Sündenböcken für die Bombardierung des Ortes durch sowjetische Kampfgeschwader gemacht hatte. Tausende wurden wahllos abgeschlachtet, hingemetzelt, mit »Maschinengewehrsalven niedergemäht«[86]. Tausende kamen in zwei Todeszügen um, die mit ihrer menschlichen Fracht in brütender Hitze tagelang im Schneckentempo hin- und herfuhren. Nicht sinnlos. Nicht planlos. Sondern einzig mit dem Ziel der Vernichtung.

Bei ihrem Rückzug aus Czernowitz verminten und sprengten die Sowjets, was den Rumänen hätte von Nutzen sein können. Die Post mit ihren Kommunikationssystemen, ihren Telefon- und Telegrapheneinrichtungen gehörte dazu. Die Post lag in der Poststraße, in der Selmas Freundin Berta mit ihrer Familie wohnte. Am 1. Juli loderten Flammen aus dem Gebäude. Das danebenliegende Börsengebäude war auch gleich in Brand gesteckt worden, denn dort hatten die Sowjets die konfiszierten Radiogeräte gehortet und die sollten den Rumänen nicht in die Hände fallen. Die Poststraße war ein gefährliches Pflaster geworden, sodass sich Bertas Familie entschloss, zur Schwester der Mutter in die Hormuzakigasse zu ziehen, nur eine Parallelstraße von der Judengasse entfernt, in der Selma mit ihrer Großmutter wohnte. Selma mag die Aussicht behagt haben, ihre Freundin in nächster Nachbarschaft zu wissen. Die Hormuzakigasse war ihr vertraut, weil dort viele ihrer Verwandten wohnten. So war Selma schnell zur Stelle, als Bertas Familie umzog, und schleppte Kisten und Wäschebündel zu Bertas Tante.

Als das Feuer weiter um sich griff und sich von Haus zu Haus fraß, wurden Evakuierungskommandos eingesetzt, um die bedrohten Wohnungen in der Poststraße zu räumen. Vom marodierenden Mob waren sie kaum noch zu unterscheiden. Jeder schien zu plündern. Jeder schien bewaffnet zu sein. Vor allem aber schien jeder gegen Juden zu sein. Immer unverblümter, immer lauter hallten die hasserfüllten Rufe durch die Gassen: »Moartea jidanilor!« – »Tod den Juden!«[87]

Bertas Vater mobilisierte dennoch eine letzte Rettungsaktion: Bertas Klavier sollte dem Mob nicht in die Hände fallen und aus der Wohnung der Poststraße gerettet werden. Und wieder war Selma zur Stelle, als sich Familie Scherzer auf den Weg in die Postgasse machte, gefolgt von angeheuerten Trägern mit einem großen, zweirädrigen Holzkarren. Das Klavier hatte den Transport durch das Treppenhaus unbeschadet überstanden, war auf dem Holzkarren positioniert worden, den Vater Scherzer vorsichtig über das Kopfsteinpflaster der Poststraße bugsierte. Selma hatte den schweren hölzernen Notenständer geschultert. Es war nicht weit zur Tante, doch der Weg nicht kurz genug, um randalierendem Mob auszuweichen. Der hatte die kleine Truppe als Juden ausgemacht und verstellte ihnen den Weg. Provozierte. Rempelte. Bertas Vater versuchte, die Rumänen zu ignorieren, einfach aus dem Weg zu schieben. Doch die rammten ihm den Holzkarren gegen die Brust. Der Wagen kippte, das Klavier rutschte und begrub Bertas Vater unter sich. Einer der Rumänen hatte sich Selma vorgenommen, ihr den Notenständer entrissen und mit solcher Wucht gegen ihren Kopf geschmettert, dass er zerbrach. Selma strauchelte, fiel zu Boden und tastete fassungslos nach der großen Platzwunde auf ihrer Stirn, aus der das Blut über ihr Gesicht lief und auf die weiße Bluse tropfte. Berta stand Selma bei, versuchte zu trösten, wischte ihr immer wieder das Blut vom Gesicht. Doch Selma war völlig aufgelöst, kaum zu beruhigen. Bertas Vater war ein Bein zertrümmert worden. Seine Frau schleppte ihn zur Wohnung ihrer Schwester. Ein herbeigerufener Arzt versorgte dort den Bruch. Selma legte er einen großen Kopfverband an.[88]

So bedrohlich dieser Zwischenfall gewesen war – er war nur ein harmloser Auftakt zu dem, was Czernowitz in den kommenden Tagen bevorstand.

Am Samstag, dem 5. Juli, stocherten verzweifelte Bewohner noch in den völlig ausgebrannten Gebäuden der Poststraße nach Verwertbarem, als die rumänische Vorhut einmarschierte.

Kapitel 5

Ein Leben
kann Schatten werfen
über den
Mond[1]

Am Sonntag, dem 6. Juli 1941, kamen die Rumänen nach Czernowitz zurück. Unterwegs hatten sie sich regelrecht in einen Blutrausch gemordet. Lokale Täter machten mit, missbrauchten das »machtpolitische Vakuum zwischen dem Abzug der sowjetischen Truppen und dem Einmarsch der Rumänen«[2]. Dorfbewohner in den ländlichen Gebieten um Czernowitz zerrten die jüdischen Nachbarn aus ihren Häusern. Steinigten und erschossen sie. Zersägten sie. Vergewaltigten Frauen und Mädchen. Zettelten hemmungslos Pogrome an, um Plünderungen Vorschub zu leisten, nachdem sich herumgesprochen hatte, dass ihre Raubzüge ungestraft bleiben sollten. Der individuelle Sadismus war grenzenlos.

Selma und ihre Familie mussten besonders entsetzt über die Massaker in Nowosielitza gewesen sein. War das kleine »Schtetl« auf der linken Pruthseite im Osten von Czernowitz doch der Geburtsort von Selmas Oma Chaje Henie Schrager und von Pauls Großmutter. Überlebende berichteten von 900 ermordeten Juden. Und dass die Massengräber eilig mit Erde zugeschüttet worden waren: Tagelang noch hatte sich die Erde bewegt.[3]

Die Bestialität, mit der die rumänischen Soldaten in Czernowitz auftraten, überstieg die schlimmsten Befürchtungen. Für die Gräuel hatte die Fantasie gefehlt. Drei Tage lang war die jüdische Bevölkerung vogelfrei. Nach Ansicht des Militärs konnten nach der rumänischen Kapitulation vom Juni des vergangenen Jahres nur Kollaborateure oder Juden und Kommunisten in Czernowitz geblieben sein. Feinde eben. Unterstützt wussten sich die

Rumänen vom deutschen Einsatzkommando 10b, das zeitgleich in Czernowitz einmarschiert war. Ein Vorauskommando hatte tags zuvor das noble Hotel »Schwarzer Adler« am Ringplatz zum Hauptquartier der Deutschen und später zum »Hausgefängnis« erklärt.

Während noch Fahndungslisten mit den Namen von vermeintlichen Kommunisten und Juden erstellt wurden, begannen die Rumänen mit der »Überholung«[4] der Stadt. Marodierende Horden zogen durch die Straßen und »begannen im jüdischen Viertel in der Bahnhofsgegend zu morden. In den ersten beiden Tagen kamen dort etwa 2000 Juden um«[5]. »Dort« – das war in unmittelbarer Nähe zur Bilaergasse und damit zur Wohnung der Merbaum/Eisingers. Schüsse peitschten durch die Straßen. Tagelang, nächtelang. Dazwischen zeugten immer wieder Salven aus Maschinengewehren von Massenexekutionen. Leichen säumten die Straßen. Wer aus dem Haus trat, stieß auf Ermordete. Tote türmten sich auf, doch niemand gab Anweisungen zum Abtransport. Die Leichen sollten zur Abschreckung liegen bleiben. Wer Tote zu beklagen hatte, schleppte sie eigenhändig zum Friedhof, um wenigstens ein Begräbnis zu veranlassen. Die jüdische Tradition sieht vor, die Toten möglichst am Tag nach dem Tod zu beerdigen. Auf dem jüdischen Friedhof herrschte Hochbetrieb.

Am 7. Juli 1941 setzte die »Großaktion« gegen die »jüdische Führungsschicht«[6] ein, in der »führende Juden, z.B. auf religiösem, [sic], wirtschaftlichem Gebiet, Kommunisten, Kommissare und glaublich auch Zigeuner liquidiert«[7] werden sollten. Rumänische und deutsche Soldaten schürten mit Bedacht antisemitische Stimmung, steckten die Synagoge der fortschrittlichen Juden, den Tempel, in Brand, der in der Nähe zum Gestapo-Hauptquartier »Schwarzer Adler« lag. Oberrabbiner Dr. Mark sperrten sie mit seinen Kantoren und dem Tempeldiener in den Lichtschacht des Aufzugs und marterten die Gefangenen tagelang mit ihrer Angst, zerquetscht zu werden. Die anschließenden Anklagen gerieten zur Farce: »Verhaftung, ein sogenanntes Verhör, das in Wahrheit eine stundenlange, oft die ganze Nacht dauernde qualvolle Tortur war, im Morgengrauen Genickschuß!

Ihr Grab mussten sich die Opfer am Pruth selbst schaufeln.«[8] Oberrabbiner Dr. Mark wurde am 9. Juli erschossen, Unzählige mit ihm. Heute erinnert ein großer Gedenkstein an diese Opfer der Gewalt und des Mordens am Schießstand am Fluss.

Mehr als fünfhundert Juden fielen noch am selben Tag dem grauenvollen Gemetzel des rumänischen Militärs zum Opfer – das den Deutschen nicht straff genug organisiert war. »Vorgehen gegen Juden bis Eintreffen des EK planlos. [...] Rumänen begnügen sich mit restloser Ausplünderung. Pogrom bisher nicht zu erzielen«[9], missbilligt die deutsche Ereignismeldung die rumänische Vorgehensweise.

Selma erlebte die bedrohliche Situation aus nächster Nähe, als am 8. Juli Sicherheitskommandos das Judenviertel durchkämmten, in dem sie mit ihrer Großmutter lebte. Hunderte wurden aus den Häusern gezerrt, verhaftet und ohne Anklage oder Prozess erschossen.

Unter dem unmittelbaren Eindruck von Morden und Gräueltaten entstand schon am 7. Juli 1941 Selmas Gedicht *Poem*.

Der Leser wird Zeuge von Selmas Angst und ihrem Entsetzen über das Erlebte. Selmas Worte taumeln auf der Suche nach einem Weg aus dem Grauen und dem Wunsch nach Unversehrtheit. *Poem* beginnt mit sanfter Naturbeschreibung, zeichnet eine scheinbar intakte Landschaft in zartem Pastell und bleibt doch nur ein hilfloser Versuch, die Poesie rein zu halten. Unschuld des Wortes gegen den Schmutz der Wirklichkeit.

Zaghaft, fast flüsternd setzt das Gedicht ein.

Die Bäume sind von weichem Lichte übergoßen,
im Winde zitternd, glitzert jedes Blatt.
Der Himmel, seidig-blau und glatt,
ist wie ein Tropfen Tau, vom Morgenwind vergoßen.

Noch beugt sich die Natur *vor seiner Majestät, dem Wind*. Der Mond stand an diesem Montag schon seit dem Nachmittag fahl und fast voll am Himmel. Abends warf er ein gespenstisches Licht. Der Mond ist verlässlich, steigt auf wie eh und je. Groß ist er und greifbar nah.

Angesichts der Erhabenheit der Natur wird das lyrische Ich wieder zum Kind, zum staunenden Kind.

Hinter den Pappeln blickt der Mond auf's Kind,
das ihm den Gruß schon zugelächelt hat.

Der Wunsch des Kindes klingt angemessen, bescheiden.

Ich möchte leben.
Schau, das Leben ist so bunt.

Fast scheu klingt seine Bitte, die es dem imaginären Du offenlegt – erfüllt von Sehnsucht, die *schluchzt und geigt*.

Demütigen Fürbitten gleichen auch die weiteren Verse, in denen sich Selmas Wunsch nach Leben in Freiheit schließlich durchsetzt.

Ich möchte leben.
Ich möchte lachen und Lasten heben
und möchte kämpfen und lieben und haßen
und möchte den Himmel mit Händen faßen
und möchte frei sein und atmen und schrei'n.

Schrei'n! Der Schrei macht sich Luft. Unvermittelt. Unkontrolliert. In seiner Vehemenz entsetzte er wohl selbst Selma, die angesichts der Gräuel traumatisiert zu sein schien.

Der Schrei zerreißt die Idylle und zerrt das Hier und Jetzt ans Tageslicht. Wort wird Tat. Die Schöpfung verweigert sich als Verbündete und lange Verdrängtes bricht sich Bahn. In seine Natur-Metaphern kann sich das lyrische Ich nicht länger einspinnen. Angesichts des blutigen Mordens versagt sich die Sprache der Bildhaftigkeit. Selma hat Angst.

Dann …
Sie kommen dann
und würgen mich.
Mich und dich
Tot.

Todesangst manifestiert sich in jedem Wort, wird wahrhaftig benannt.

Ich will nicht sterben. Nein:
Nein.

Das aufbegehrende *Nein* erstirbt im blutlosen *Nein.*
Antworten fordert das lyrische Ich auf seine Fragen:

Warum brüllen die Kanonen?
Warum stirbt das Leben

Die Antwort ist bekannt, doch nicht nachvollziehbar: *für glitzernde Kronen?*
Um Gewinn geht es, um *glitzernde Kronen*.
Selma geht es um den Menschen und damit auch um sich selbst. Ihre Schuld konnte doch nicht darin bestehen, als Jüdin auf die Welt gekommen zu sein?

Du willst mich töten.
Weshalb?

Es gibt keine Antwort. Und das ist das Schlimmste: nicht um die Antwort zu wissen.

's ist der bitterste Lohn,
nicht zu wissen: warum? [10]

Also bleibt wieder nur Umkehr zur Natur.

Der Mond ist lichtes Silber in Blau.
Die Pappeln sind grau.
Und Wind braust mich an.
Die Straße ist hell.
Dann …

Dann – versagt die Wirksamkeit des Wortes als heilender Balsam, weil die Realität neue Wunden reißt, immer tiefer verletzt. Verse im Gedicht sind schließlich bloßes Stammeln:

Sie kommen dann

und würgen mich.
Mich und dich
Tot.
Das Leben ist rot
braust und lacht.
Über Nacht
bin ich
Tot.

Auflehnung erstirbt. Worte tropfen von den Lippen. Verstummen. Ersterben.

Hauff um Hauff
sterben sie.
Steh'n nie auf.
Nie
und
Nie.

Der Atemlosigkeit folgt Ruhe.

Möglicherweise hat Selma ihr Schreiben bis zum Abend unterbrochen. Erwartete sie jemanden?

Ich muß warten.
Worauf?

Als sie sich wieder ihrem Gedicht zuwendet, ist der Mond aufgegangen.

Dort ist der Mond.
Er ist da.
Nah.
Ganz nah.

Das sprechende Ich steht vor der Entscheidung: sich dem Schicksal ergeben oder sich ihm widersetzen. Die Antwort ist eindeutig:

Ich will leben.

Mit *Poem* hat Selma Virtualität bewiesen. Die junge Dichterin hatte zu sich selbst gefunden, Realität ästhetisch umgesetzt und dem Wort mehr Aufgabe zugewiesen, als bloßer Fluchthelfer vor der Realität zu sein. Selma hatte als Künstlerin Verantwortung übernommen: *Poem* legt Zeugnis ab, dokumentiert.

Auch hier berührt die Seelenverwandtschaft zu Anne Frank, die nach der Rede des niederländischen Erziehungsministers Gerrit Bolkestein im März 1944 den dokumentarischen Wert ihrer Tagebücher erkannte.

Ob Selma so weit dachte, wissen wir nicht. Angesichts der unmittelbaren Bedrohung beherrschte sie der Wille zum Überleben. Der Wille zum Leben, zum eigenen Leben.

Das Leben ist rot.
das Leben ist mein.
Mein und dein.
Mein.[11]

Poem – Schlüsselgedicht für die veränderte Wahrnehmung in Selmas Dichtung? Zum zweiten Mal hatte sich die Dramatik der Geschichte unverschlüsselt Einlass in ihre Gedichte verschafft.

Außerordentliche Unruhe hatte Selma schon im Januar 1941 erfasst. Im Altreich Rumänien hatte die »Eiserne Garde« mordend und mit massiven Ausschreitungen gegen Juden versucht, die Macht an sich zu reißen. Ihr Sieg hätte sich auch auf die Bukowina verheerend ausgewirkt. Hitler hatte Antonescu im Januar 1941 freie Hand gegeben – zur Durchsetzung seiner Interessen auf dem Balkan brauchte er klare Verhältnisse in Rumänien. Antonescu ließ neuntausend Anhänger der Garde verhaften »und 2707 wegen Rebellion vor Kriegsgerichte«[12] stellen und töten.

Damals hatte Selma ihre »Schlaflieder« geschrieben. Auch wenn sie wusste, dass sie sich nicht aus der Realität träumen konnte. Immer wieder hatten Selma und ihre Freunde über die politische Lage diskutiert. Alle wussten: *das Ende ist schlecht*[13]. Mochte Selma auch tun, *als wäre [sie] blind*[14], das Grauen war unübersehbar, drängte sich in ihren Alltag und auch in ihr *Wiegenlied*. Das Gedicht lässt den Leser an Goethes »Erlkönig« denken, denn die unglückselige Konstellation – Vater, Kind, das Böse – ist auch in Selmas Gedicht präsent. Jung und Alt sind ohne Zukunft, gleichermaßen bedroht.

In Selmas Freundeskreis wurden weiterhin Möglichkeiten diskutiert, dem Schrecken zu entfliehen. Leiser beharrte auf seinen Auswanderungsplänen, sah Rettung im Neuanfang in Palästina. Doch wenn Selma Bilanz zog, hatte keine Alternative Bestand. Der Krieg an sich war absurd. Schutzlos und verloren waren die einen wie die anderen: die, deren Väter sich nicht mehr schützend vor ihre Kinder stellen konnten, weil sie schon tot waren, genauso wie jene, die noch lebten und auch dem Verderben anheimgegeben waren.

Zerfetzt seine Lippen, zerfetzt sein Haar,
zerfetzt seine Hände auch – [15]

Die Destruktivität manifestiert sich im Wort. Das lyrische Ich schont nicht, benennt das Grauen und spart Brutalität bewusst nicht aus. Schon aus diesem Gedicht liest sich Selmas veränderte Sicht auf das Wesen der Kunst. Eineinhalb Jahre später, im Zwangsarbeitslager Michailowka, wird sie mit dem Maler Arnold Daghani in einen Disput über Sinn und Aufgabe von Kunst treten und ihm vorwerfen, dass seine Kunst zu »zahm« sei. Dass seine Aquarelle »nicht genug Grausamkeiten«[16] zeigten. Selma vertrat die Meinung, dass der Künstler voreingenommen sein müsse, um Unmenschlichkeit überzeugend darstellen zu können.[17] Damit ist sie mutig und modern: »Kunst darf und soll Zumutung sein.«[18]

In dem Gedicht *Wiegenlied* kommt Selmas persönliche Betroffenheit über den Verlust des Vaters zum Ausdruck. Nicht einmal ein Jahr lang hatte sie einen Vater gehabt. Vorbei war

… das alles schon nach einem Jahr
und Glück ist verwandelt in Rauch … [19]

Die vieldiskutierte Zukunft in Palästina schien wenig verheißungsvoll. Auch dort wartete der Tod und garantierte Juden nicht die erstrebte Freiheit. Grauen hier wie dort:

Sieh die Araber in weißem Gewand –
sie schleichen von Rückwärts sich an.
Bald steht das Zelt, bald die Wiege in Brand,
bald schrieen Kranke im Wahn! – [20]

Was bleibt? Enttäuschung, die in Sarkasmus umschlägt. Die letzten beiden Strophen von *Wiegenlied* lesen sich bitter. Der Kampf der Väter scheint sinnlos und Selma beendet die Sinnsuche mit beißendem Hohn.

Doch nein. Dein Vater und viele mit ihm,
sie hüten ja dein Glück.
Sie geben für dich ihr Leben hin
und ihren letzten Blick. [21]

Der 7. Juli 1941 beendete abrupt jegliche Diskussionen über mögliche Auswanderungspläne.

Hatte Selma ihr Gedicht *Poem* ihren Freunden gezeigt? Hatte sie es vervielfältigt und verschenkt? So wie sie ihre Verse gerne Freunden schenkte »als Zeugnis ihrer Freundschaft«? *Poem* nahm einen eigenen Weg, überlebte auf wundersame Weise und bewahrte Selma vor dem Vergessen. Das Gedicht hatte eine Odyssee hinter sich. Fünfunddreißig Jahre lang war es im Verborgenen geblieben.

Erst 1968 kam *Poem* ans Licht, als der DDR-Schriftsteller Heinz Seydel angesichts des Schweigens der Deutschen über die unbewältigte Nazi-Vergangenheit eine Anthologie zusammenstellte aus »moralischer und geistiger Verpflichtung«[22] gegenüber den Juden. »Im In- und Ausland, in Ost und West« rief er zu Beiträgen auf, die die »Judenverfolgung des Dritten Reiches im Gedicht« dokumentiert hatten. Verse, die in »der faschistischen Nacht geschrieben wurden, umgeben vom eisigen Hauch des Grauens: Welch Wort in die Kälte gerufen!«[23] Die Resonanz übertraf Seydels Erwartungen. Kollegen lieferten.

Lieferten Eigenes, aber reichten auch Werke von Verschollenen ein, wie der Schriftsteller Alfred Kittner aus Czernowitz. Kittner hatte mit Selma Merbaum 1942 drei Monate lang im Lager »Steinbruch am Bug« verbracht, doch Michailowka, das Todeslager, in dem Selma Merbaum umkam, war ihm erspart geblieben. Kittner gelang die Flucht nach Obodowka, ein Getto, in dem er Selmas Freundin Renée Abramovici traf, die mit ihren Eltern im Herbst 1941 dorthin deportiert worden war. Alfred Kittner und Renée mussten sich über Selma ausgetauscht haben, denn Renée übergab ihm zwei Gedichte von Selma: zwei bleistiftbeschriebene Blätter, die Kittner so wertschätzte, dass er sie viele Jahre lang in Bukarest aufbewahrte, wohin er 1946 geflüchtet war. Kittner wertete *Poem* als authentisches Zeugnis unmittelbarer historischer Betroffenheit, denn er hatte den blutigen Juli 1941 in Czernowitz erlebt und überlebt. Seine biografischen Angaben über Selma blieben vage: »etwa 1926 in Czernowitz«[24] geboren, dort ein Gymnasium besucht. Kittner erinnerte sich aber, dass Selma »ein heiteres, aufgeschlossenes Mädchen, geistig und literarisch in hohem Maße interessiert« gewesen war. Auch ihren Namen hatte er sich gemerkt: »Selma Meerbaum«.

Nach dem Aufschrei *Poem* wurde es leiser in Selma. Versagten ihre eigenen Worte angesichts des Schreckens? Ihre nächsten erhaltenen Werke sind Übersetzungen. »Fremdländische Orchideen«, nichts Heimisches. Übertragungen, denen sie Farbe, doch keinen eigenen Duft geben konnte. Erstaunlicherweise übersetzte Selma auch das Gedicht *Dämmerung* des Rumänen Discipol Mihnea, den die politische Rechte in Rumänien protegiert hatte. Ob Selma Dichtung werkimmanent, ohne Ansehen des Dichters beurteilte oder ob sie damals noch nichts über Mihneas politische Haltung wusste – müssen wir als Frage stehen lassen.

Mit ihren eigenen Gedichten aus jenen Tagen lullte Selma sich ein: mit Kinderliedern, mit Versen wie *Schlaflied* versuchte sie sich in eine heile Welt zu träumen. Doch beim Erwachen war das *wild-heiße Weh* wieder da. Grauenvoll:

Doch dann – das Erwachen
Geliebter ist Grauen –
ach alles ist leerer als je –
o, könnten die Träume mein Glück wieder bauen,
verjagen mein wild-heißes Weh![25]

Strenges Ausgehverbot für Juden erschwerte Selma die Treffen mit ihren Freunden. Kamen sie zusammen, suchten sie verzweifelt Antworten auf ihre Fragen: Konnte es angesichts des Elends der vergangenen Tage einen Gott geben? War das erlebte Grauen mit einem gütigen Gott vereinbar? Hilflos blieben selbst Bertas Antworten: Der Mensch erstarke am Leid. Aus Leid erwachse Weisheit. Möglicherweise bestehe das Los der Menschheit im Leiden. Berta führte Hiob als Beispiel an, der im Leiden noch seinem Glauben treu geblieben war. Auch der mittelalterliche jüdische Denker Maimonides wurde für eine Antwort bemüht: Gottes Wege erschließen sich dem Menschen nicht unbedingt. Die Freunde waren sich einig: Leben sollte der Mensch mit den göttlichen Geboten – und nicht an ihnen zugrunde gehen.[26]

Zugrunde gingen viele, nachdem die Restriktionen gegen Juden immer einschneidender wurden. Die rumänische Verwaltung orientierte sich bei ihren antisemitischen Verfügungen mittlerweile einfach an den Nürnberger Rassengesetzen: Ausgehverbote für Juden zwischen 6 und 20 Uhr legten soziale Begegnungen lahm. Generelle Reiseverbote unterbanden verwandtschaftliche Begegnungen und schränkten weiter ein. Radios und Telefone wurden konfisziert – Kontakt zur Außenwelt systematisch erdrosselt.

Wirklich unbeschwert zusammengesessen hatte Selma mit ihren Freuden zuletzt in jenem Sommer 1940, als die Sowjets ihnen wie Heilsbringer erschienen waren. Mittlerweile waren alle »weit voneinander entfernt«[27]. Berta lebte nicht mehr bei der Tante, war mit ihrer Familie in ihre alte Wohnung in die Poststraße zurückgekehrt. Auch wenn sie von Vandalen verwüstet und geplündert worden war, so war sie doch ein Zuhause in der trostlosen Heimatlosigkeit. Für Selma war der Weg zur Freundin wieder weiter geworden.

Ab dem 10. Juli 1941 wurden arbeitsfähige männliche Juden zur Zwangsarbeit herangezogen. Leiser und die anderen aus der Gruppe waren nicht verschont geblieben. Gekappt waren damit gemeinsame Gespräche mit Leiser, die Selma so wertvoller Austausch waren, die ihr so »viel unvergeßlich Schönes«[28] beschert hatten. Selmas Cousin Paul war zum Arbeitsdienst für Aufräumarbeiten verpflichtet worden, um die gesprengte Brücke am Pruth wieder instand zu setzen: Schutt abtransportieren, Lasten schleppen. Kein Lohn, Schläge dafür umso mehr. Die »Seufzerbrücke«[29] zehrte ihre Arbeiter aus. Psychisch und physisch.

Laut Verordnung Nr. 1344 vom 30. Juli 1941 hatten Juden dann »ein Kennzeichen anzubringen, das aus zwei gleichschenkligen Dreiecken aus gelbem Leinen mit einer Basis von je 6 Zentimetern gebildet wird, die so übereinanderzulegen sind, dass sie den Judenstern bilden.«[30] Per Dekret waren Größe, Farbe und Material mittlerweile vorgeschrieben worden, nachdem sich vor allem Frauen mit individuellen Strass besetzten Sternen geschmückt hatten, trotzig und stolz wie ein Schmuckstück getragen. Nun war sogar die Stelle vorgeschrieben, an der der Stern zu tragen war: links. Auf Herzhöhe.

Wenn der Stern Selma gar zu unerträglich auf Herz und Gemüt drückte, widersetzte sie sich allem. Sie holte Else zu nächtlichen Spaziergängen ohne verräterischen Judenstern ab. Die berechtigten Sorgen der Mutter ignorierten die Mädchen: »Lassen Sie uns doch.«[31] Cousin Paul hatte sich doch auch hin und wieder mit Liane Schindler ohne Stern in Parks geschlichen und Freiheit gekostet.

Gefährliche Genüsse – deshalb blieben sie rar. Die Abende waren lang und öd. Die Tage dafür eher zu kurz, um den Alltag zu organisieren, weil der jüdischen Bevölkerung die Zeit beschnitten wurde: Einkaufen durften Juden »nur zwischen 9.30 – 11 Uhr«. Dann waren die ohnehin dürftigen Waren ausverkauft und die Bauern machten sich von den Märkten schon wieder auf den Heimweg. Brot durften Juden gar erst nach 6 Uhr abends kaufen – selten ergatterten sie dann noch einen Laib. Die Geschäfte in Czernowitz waren ohnehin »fast durchwegs geschlossen – entweder weil sie bei der Plünderung zerstört wurden, oder weil die bisherigen Geschäftsführer der nationalisierten Betriebe sich nicht hervortrauten, da sie ja durch ihre Stellung als kommunistisch zuverlässig gekennzeichnet sind. Hinzu kommt noch, daß die meisten von ihnen Juden sind, denen die rum. Behörden die Erlaubnis zum Handeln verwehren«.[32] Ohne die Möglichkeit, Geld zu verdienen, mussten Juden für Lebensmittel obendrein den doppelten Preis aufbringen. Juden mussten sich in gesonderten Schlangen anstellen. Juden mussten sich mit kleineren Rationen zufriedengeben als ihnen laut Lebensmittelkarten zustanden. Juden mussten dankbar sein, überhaupt Bezugsscheine zu erhalten, denn bald schon bekamen sie keine mehr. Juden konnten glücklich sein, wenn sie noch Hab und Gut zum Verkaufen hatten.

Ab September 1941 drangsalierten Meldepflichten und auch Selma wird von Amt zu Amt gehetzt sein: Juden hatten bei der Polizei vorzusprechen, mussten sich im Krankenhaus registrieren lassen, wurden in das Rathaus zitiert – immer neue Listen wurden angelegt. Alles war auf lückenlose Registrierung zur systematischen Erfassung angelegt. Dann erst wurde die begehrte »L-Karte« ausgegeben, die zivilen Gehorsam bescheinigte und ohne die sich niemand auf der Straße sehen lassen durfte. Das Netz sollte engmaschig geknüpft sein, den geplanten Deportationen niemand entschlüpfen.

Wo die enden sollten, hatten Rumänen und Deutsche schon festgelegt: in Transnistrien – eine geopolitische Neubezeichnung für die »Region zwischen Dnjestr, Bug und dem Schwarzen Meer, die Adolf Hitler im August 1941 an seinen Verbündeten Marschall Ion Antonescu als Kriegsbeute abgetreten hatte«[33], sozusagen Hitlers »Geschenk« an die Rumänen für ihre Unterstützung in seinem Kampf. Seit dem 30. August 1941 war dieses Territorium unter rumänische Verwaltung gestellt, doch schon seit Juli 1941 waren Juden aus den ländlichen Bereichen systematisch über den Dnjestr dorthin getrieben, ganze Dörfer entvölkert worden. Trostlosigkeit überall.

Selma suchte Trost im Lesen. Shakespeares Sonette hatte Cousin Paul empfohlen, seine Übersetzungen den Mädchen schon auf der Habsburghöhe vorgetragen. Die Verse schienen genau den Ton getroffen zu haben, den die jungen Menschen in jenen Tagen suchten.[34]

Auch Selma übte sich an dieser Sonett-Versform. Vom 18. August 1941 datiert ihr *Sonett*. Einfach *Sonett* nannte sie es und demonstrierte ihre Freude an dieser Kunstform, die ihr von der Lektüre Rilkes und Rimbauds bekannt gewesen sein muss.

Lesen, Schreiben, im Alltag bestehen – träge Tage, angstdurchsetzt. Drohte sich Selma in ihnen zu verlieren, dann durchwanderte sie die Natur wie in Trance. Fiebrig. Zermartert vor Sehnsucht. Klärte sich ihr Blick, nahm sie die Schöpfung entfesselt, rasend, wütend wahr:

Es schäumen mit wuchtendem Anprall die Wasser
Vom Himmel zur Erde herab.
Es rasen die Ströme des Regens in naßer
Wild stürzender Wut, die der Blitz ihnen gab.[35]

Die Bewältigung des Alltags erschöpfte. Selma erschöpfte sich. Immer neu thematisierte sie ihre Müdigkeit und wiegte das lyrische Ich.

Schlafen möcht ich,
Der Wind wiegt mich ein
Und die Sehnsucht singt mich zu Ruh[36]

Sehnsucht verlangte nach *Regengeräuschen* und Verlaine lieh ihr väterlich seine Worte dazu.

S'weint der Regen in mir	Il pleure dans mon coeur
Wie er weint auf die Stadt.	Comme il pleut sur la ville;
Ist's die Sehnsucht, die irr	Quelle est cette langueur
Weint, verlaßen in mir?	Qui pénètre mon cœur?

Süßes Regengeräusch,
Über Dächer und Welt
Für ein Herz das enttäuscht.
Süßes Regengeräusch.

Es weint ohne Sinn
Mir im Herzen der Tod.
Jede Tollheit ist hin
Und das Lied ohne Sinn.

S'ist der bitterste Lohn,
Nicht zu wissen: warum?
Ohne Liebe und Hohn,
S'ist der bitterste Lohn [37]

Ô bruit doux de la pluie
Par terre et sur les toits!
Pour un cœur qui s'ennuie
Ô le chant de la pluie!

Il pleure sans raison
Dans ce coeur qui écœure.
Quoi! nulle trahison? …
Ce deuil est sans raison.

C'est bien la pire peine
De ne savoir pourquoi
Sans amour et sans haine
Mon cœur a tant de peine!

Väterlichen Beistand wird Selma in jenen Tagen der Angst mehr denn je vermisst haben. Ihren leiblichen Vater kannte sie nur aus Erzählungen und von Fotos. Nur Bilder waren ihr geblieben: die eines jungen, gutaussehenden Mannes, der den Blick voller Sehnsucht in die Ferne richtet und ein kleines Zweifingerbärtchen trägt, das kaum mehr ist als ein *leichter, schwarzer Flaum*. Hinter der aufgeworfenen Oberlippe drängen sich ganz offensichtlich die oberen Schneidezähne leicht nach vorn. *Ich bin in Sehnsucht eingehüllt, ich sehne mich nach dir.*[38] Galt Selmas Sehnsucht nicht eher ihrem leiblichen Vater als Leiser? In ihrem Gedicht *Bleistiftskizze* arbeitete Selma das Wesen genau dieser Fotografie heraus. Als ob ihre Finger zärtlich den Konturen auf dem Papier nachspürten:

> *Der Mund – ein trutz'ges Zeugniß stolzer Kühle,*
> *betont durch leichten, schwarzen Flaum.* […]
> *Die Zähne scheinen stark und weiß nach vorne sich zu drängen* […][39]

Augen, die *in die Ferne schauen* und in deren Blick sich *ein Zug von Sehnsucht* mit Stolz mengt. Alles in allem: *ein starker Dur-Akkord*.[40] Vater und Tochter auf derselben Wellenlänge.

Bange Tage folgten, die Selmas Gefühle in Wechselbäder stürzten: Mal waren sie *schwül und schwer, voll wildem, bangem Weh*. Dann war es *in [ihr] so kalt und leer, daß [sie] vor Angst* verging.[41]

In dieser gesetzlosen Zeit konnte auch ein Vater seinen Kindern keinen Schutz mehr garantieren. Das Morden ging weiter. Juden waren nach wie vor vogelfrei. Verunsicherung zerstörte Lebensmut. Der weiter schrumpfte, als Anfang August 1941 mit Corneliu Calotescu ein Hardliner als neuer Gouverneur der Bukowina an die Macht kam, der unerbittlich über das Schicksal der Czernowitzer Juden richtete und antisemitische Maßnahmen vorantrieb.

Im Herbst 1941 gab es in Czernowitz wohl nur einen Ort, wo Juden wie Menschen behandelt wurden: das Rathaus. Dort setzte sich Bürgermeister Dr. Trajan Popovici für seine jüdischen Mitbürger ein. »Das Volk von Trajan« spotteten die Rumänen in Czernowitz bald. Schon früh versuchte Popovici die jüdische Bevölkerung zu warnen: Ende August hatte er in einem Interview mit der Zeitung »Bucovina« verlauten lassen, dass in Czernowitz noch vor Wintereinbruch mit einem Getto gerechnet werden müsse. Da waren diese Pläne von offizieller Seite noch geheim gehalten worden. Popovici ließ kein Argument unversucht, um General Calotescu die Einrichtung eines Gettos und vor allem die drohenden Deportationen auszureden. Sein apokalyptisches Szenario über fatale Folgen für die gesamte Stadt durch katastrophale sanitäre Zustände in solch einem Getto – wurde belächelt. Den wirtschaftlichen Kollaps durch den Zusammenbruch der Infrastruktur ohne jüdische Bevölkerung – nahm Calotescu nicht ernst. Sein Beschluss stand fest: großflächige Deportation der Juden aus der Bukowina nach Transnistrien und »wenn die Bedingungen es erlauben, hinter den Ural«[42]. Popovici, der »Schindler von Czernowitz«, konnte sich nur gegen das Rad der Geschichte stemmen, anhalten konnte er es nicht mehr. Am 10. Oktober 1941 informierte Gouverneur Calotescu den Bürgermeister darüber, dass in Czernowitz nun Züge mit jeweils fünfzig Waggons für den Abtransport der Juden bereitgestellt worden waren. Bei der »Einwaggonierung« sollte jeder

Deportierte vier Brote erhalten, damit der Transport nach Osten in die dortigen Lager überstanden werden konnte. Ab dann – waren sie auf sich allein gestellt. Hausrat, Wohnungen, Besitz der Deportierten fielen an den Staat. Wertobjekte wurden einbehalten, Geld musste im Getto umgetauscht werden. Die Bäckereien legten Sonderschichten ein.

Als zwei Bataillone Gendarmen aus Bukarest zur Unterstützung der lokalen Polizei einmarschierten, wusste ganz Czernowitz, dass jetzt Ernst gemacht wurde. Am Abend des 10. Oktober 1941, einem Freitagabend, Sabbatbeginn, wurden Abgesandte der jüdischen Gemeinde ins Rathaus einberufen und ihnen mitgeteilt, was bisher als Gerücht für Unruhe gesorgt hatte: Bis 18 Uhr des kommenden Tages hatten sich alle Juden der Stadt in dem ausgewiesenen Getto-Bezirk einzufinden. Wer dann noch außerhalb des Gettos angetroffen wurde, musste mit Erschießung rechnen. Wohl dem, der bei Freunden und Verwandten innerhalb der Gettogrenzen Zuflucht nehmen konnte.

Die ausgewiesenen Straßen lagen im alten Judenviertel zu Füßen des Hügels. Von dort war der Weg zum Güterbahnhof, wo die Viehwaggons schon zur Deportation bereitstanden, kurz.

Die Anweisungen waren nicht schriftlich formuliert worden, die Juden hatten selbst für die Verbreitung und Durchführung der Order zu sorgen. Die Kunde fraß sich wie ein Lauffeuer durch die jüdische Gemeinde. Im Hospital wurden Aufrufe vervielfältigt und überall in der Stadt angeschlagen. Und hilflos, kopflos wurde Gehorsam geleistet. Warum muckte niemand auf? Wäre es nicht »Pflicht der jüdischen Vertreter gewesen, die Durchführung dieser Aktion, wenn sie sie schon nicht verhindern konnten, abzulehnen und es der Behörde zu überlassen, die Juden ins Ghetto zu treiben?«[43] Isak Weißglas begehrte erst im Nachhinein mutig auf. Am 11. Oktober 1941 hoffte er wie alle anderen, sich durch Gehorsam das Überleben zu sichern. Und sei es im Getto.

Seit dem frühen Samstagmorgen glich das Judenviertel einem aufgestörten Ameisenhaufen. Tausende eilten im trüben Nieselregen durch die Gassen auf der Suche nach Unterschlupf in den ausgewiesenen Bezirken. Der kalte Ostwind fegte über die Plätze, zerrte an den Menschen in der nicht enden wollenden Schlange, die sich Richtung Getto schob. Die meisten von ihnen waren im Morgengrauen von Freunden mit der unglückseligen Meldung aus dem Schlaf gerissen worden. Bertas Mutter war auf dem Weg zum Einkaufen auf den Markt gewesen, als sie die Order aufschnappte. An Einkäufe war nicht mehr zu denken. Frau Scherzer eilte nach Hause, so schnell sie konnte.

Selma wusste schon früh Bescheid. Die Wohnung ihrer Großmutter lag in der Judengasse innerhalb der Gettogrenzen. Menschenmassen drängten sich unter den Fenstern vorbei. Selma musste nicht packen oder Zuflucht suchen. Sie war deshalb Berta zu Hilfe geeilt. Pakete schnüren, Rucksäcke packen und Hab und Gut zu Bertas Tante in die Hormuzakigasse schleppen.[44] Wie sie es im Sommer schon gehandhabt hatten, als die Postgasse ein Flammenmeer war. Dieses Mal stellte sich ihnen kein rumänischer Mob in den Weg. Aber Kälte und einsetzendes Schneegestöber nahmen ihnen den Atem.

Auch die Wohnung von Selmas Onkel Josef, dem Bruder ihres Vaters, lag im Bereich des Gettos und deshalb musste auch er sich nicht nach einer Unterkunft umschauen. Für die anderen war die Bedrängnis groß. »Unbeschreiblich der Zug der Ausgestoßenen, furchtbar die Tragik dieser rund 50.000 Seelen ausmachenden jüdischen Bevölkerung, Bürger und Kinder dieser Stadt, zu deren Entstehung und Entwicklung sie seit Jahrzehnten in vornehmstem Maße beigetragen haben, die plötzlich Heim und Hof und Vermögen zurückließen und als Gezeichnete sich durch die Reihen der ihnen zum Teil verwundert, zum Teil aber schadenfroh nachblickenden christlichen Bevölkerung, bis gestern noch Mitbürger und Freunde, dem Ghetto zu schleppten. Aber kein Klagelaut kam von ihren Lippen. Schweigsam und aufrecht marschierten sie mit ihren Bündeln, Intellektuelle und Arbeiter, Reiche und Arme, Frauen und Kinder, Alte und Kranke von ihren Nächsten geführt oder getragen, dem Ghetto zu [...].«[45] Dort wurde alles zum Unterschlupf: Brücken, Arkaden und Balkone. Treppenhäuser und Flure, Höfe und Gärten. Überall drängten sich Tausende schutzsuchend zusammen und waren dankbar, dass sie bleiben durften. Hauptsache weg von der Straße. Unmöglich, inmitten dieses Wirrwarrs von Menschen und Verzweifelten Angehörige zu finden. Selma hatte viele ihrer Freunde aus den Augen verloren. Von Renée hatte sie weder gehört, noch wusste sie, wo die Freundin untergekommen war. Klar war nur, dass Renées Wohnung in der Rapfgasse ebenso wenig zum Getto zählte wie die Bilaergasse. Auch Selmas Mutter und Stiefvater mussten sich also um ein Notquartier bemüht haben. Ob Selma Kontakt mit ihrer Mutter und ihrem Stiefvater aufgenommen hatte? Selmas Freundin Else glaubte, Selma, ihre Mutter und Stiefvater unter einem Arkadengang, »der notdürftig mit Decken verhängt war«[46], gesehen zu haben. Sie ahnte nicht, dass Selma längst bei der Großmutter sichere Unterkunft gefunden hatte. Selmas Mutter und Stiefvater aber mochten unter Arkaden Zuflucht gefunden haben, denn Selmas Großmutter Henje Schrager in der Judengasse hatte sie nicht aufgenommen. War das Zerwürfnis zwischen Selma, Mutter und Großmutter so wenig überbrückbar, dass Fronten selbst in dieser Notsituation noch verhärtet blieben? Die Beobachtung von Selmas Lehrer Hersch Segal könnte diese These unterstreichen. Er hatte Selma im Getto getroffen: »Sie war ein wenig nachlässig im Äusseren, die Haare nicht in Ordnung, verzweifelt wegen ihres Zustandes zu Hause.«[47]

Vierzig Jahre später ließen sich Erinnerungen von Selmas Freundin Else an diese Zeit nicht mehr von Gerüchten trennen: Selma wäre damals aus dem Getto geflohen und als Jüdin erkannt worden, hatte Else gehört. Auf der Flucht hätte sich Selma ein Bein gebrochen und wäre dennoch wieder in das Getto zurückgekehrt.[48] Selmas Hilfe für Berta bei dem Angriff in der Poststraße, der Beinbruch von Bertas Vater, Selmas Verletzung durch den Notenständer – unter der Dramatik der Geschichte hatten sich Nachrichtenfetzen offensichtlich zu einem neuen Ganzen verfilzt.

Am 11. Oktober 1941 um sechs Uhr war es vollbracht. Aus- und Eingänge des Gettos wurden mit hohen Brettern verbarrikadiert und zusätzlich mit Stacheldraht gesichert. Ausgang war verwehrt, doch skrupellos verschafften sich jene mit entsprechendem Bakschisch Zugang, die eine Chance witterten, jetzt billig an Schmuck und Wertgegenstände zu kommen. Mit falschen Versprechungen auf mögliche Freiheit handelten sie Verzweifelten ihr letztes Hab und Gut zu Spottpreisen ab. Die ließen sich in ihrer Not auf den unchristlichen Handel ein. Gold und Wertgegenstände mussten ohnehin abgeliefert werden. Und wieder wurde Geld entwertet: Im Getto wurden für fünfundzwanzigtausend Lei pauschal sechshundertfünfundzwanzig Rubel ausgegeben, die für Transnistrien in Reichskassenscheine getauscht werden mussten; sechshundertfünfundzwanzig Rubel entsprachen dort zehn Mark – dem Preis für ein Brot.

Czernowitz' Bürgermeister Trajan Popovici hatte das Getto, das bisher nur fünftausend beherbergt hatte, schon mit zehntausend Menschen für völlig überfüllt gehalten. Jetzt waren dort fünfzigtausend Juden ohne ausreichend Wasser, Versorgung oder Hygiene zusammengepfercht worden. Die meisten Brunnen waren zerstört, die Ausbreitung von Seuchen eine Frage der Zeit.

Gouverneur Calotescu handelte nicht nur deshalb rasch: Innerhalb von vier Tagen, bis zum 15. Oktober 1941, hatte er etwa sechstausend Menschen aus dem Getto deportieren lassen. Es hatte die zuerst getroffen, die in nächster Nähe zum Bahnhof wohnten. Tausende wurden aus ihren Wohnungen gezerrt, zum Bahnhof getrieben und in Viehwaggons geprügelt, nach Transnistrien »verbracht ins Gelände«[49], »auf schwärzlichem Feld« Kälte und Verderben ausgesetzt. Dort, wo die »Nacht [...] keine Sterne«[50] mehr hatte. Tausende hielten den Strapazen nicht stand: weder physisch noch psychisch. Täglich wurden neue Suizide gemeldet.

Zu jenen ersten Deportierten hatte nicht nur Selmas Freundin Renée gehört, sondern auch Selmas Onkel Josef mit Frau und Tochter. Alle würden im Lager Obodowka überleben.

Auf dem Transport nach Transnistrien rafften Hunger und Seuchen die Menschen hin. Leichen säumten die aufgeweichten

Wege: Entkräftete, Verhungerte, Erschossene, Alte, Kinder. Sie wurden den Tieren zum Fraß überlassen. Bei jedem verordneten Stopp, bei jeder willkürlichen Überprüfung waren die Überlebenden unterwegs weiterer Habseligkeiten beraubt worden. Sie verloren auch noch das Wenige, das sie bis dahin gerettet hatten, wenn sie den Dnjestr durschwimmen mussten, um am anderen Ufer Transnistrien zu erreichen. Immer wieder wurden dort Gruppen mit Machinengewehrsalven empfangen und beim Versuch, an Land zu klettern, niedergemäht. Tod, Verwesung, Kot und Schlamm. Die Ankömmlinge trafen grauenvolle Zustände an in den eilig geschaffenen Gettos, die bestenfalls verlassene, zerstörte Dörfer waren, Häuser ohne Fenster und Türen, ohne Infrastruktur. Meist jedoch waren sie nur mit Stacheldraht umgrenzte Areale. Mehr als hundert dieser Todesnester waren in Transnistrien eingerichtet worden. Die Mär vom friedvollen Leben in Transnistrien hatte sogar etliche dorthin gelockt, die nicht auf den Deportationslisten gestanden und an den Vorteil der Erstankommenden geglaubt hatten. Vor Ort entlarvte sich die Lüge schnell. Dass sie nicht nach Czernowitz drang, dafür sorgten Poststellen, die Briefe aus Transnistrien abfingen. Hilferufe an die Verwandten in Czernowitz verhallten ungehört, Schmiergelder wanderten in falsche Taschen. Warme Kleidung, Geldzuweisungen und Lebensmittelpakete wurden unterschlagen.[51] Und doch hatten diese ersten Deportierten wenigstens die Möglichkeit, Unterschlüpfe und Räumlichkeiten zu übernehmen, die noch einigermaßen bewohnbar waren. Die später Hinzugekommenen mussten sich mit dem begnügen, was ihnen zugewiesen wurde.

Nach den Deportationen zog die rumänische Verwaltung neue Gettogrenzen: Der Radius wurde verkleinert. Die dezimierte jüdische Bevölkerung hatte vierundzwanzig Stunden Zeit, sich nach neuen Schutzräumen umzusehen. Diesmal waren auch Berta, ihre Familie und Verwandtschaft verzweifelt – die Wohnung der Tante lag nun in der Tabuzone für Juden. Wohin mit Sack und Pack?

Selma hatte mit ihrer Großmutter verhandelt, und noch während Bertas Familie in ratloser Verzweiflung packte, überraschte sie die Scherzers: Sie sollten zur Großmutter kommen. Dort durften sie Hab und Gut vorerst auf dem Balkon abstellen. Ohne Ballast ließe sich einfacher nach einer Unterkunft suchen. Doch nichts war einfach: Überall drängten sich schon mehr Menschen als Winkel, Nischen, Unterschlüpfe aufnehmen konnten. Familie Scherzer verbrachte die kalte Oktobernacht schließlich inmitten ihres Gepäcks auf dem Balkon von Selmas Großmutter. In großer Angst, verzweifelt. Selma musste unglücklich gewesen sein, ihre Freunde in diesem erbärmlichen Zustand zu sehen. Sie überzeugte Henie Schrager, die Scherzers bei sich aufzunehmen: Selma zog in das Zimmer zur Großmutter, die Scherzers in Selmas Zimmer. Gerettet fühlen konnten sie sich nicht. Neue Bestimmungen verschreckten und weckten Hoffnungen zugleich: Gettobewohner könnten möglicherweise einer Deportation entgehen, wenn sie in den Besitz einer Aufenthaltsgenehmigung kämen. Wer würde zu den Privilegierten zählen? Wer stellte die Bedingungen für die Autorisationen? In wessen Verantwortung lagen die Genehmigungen?

Bürgermeister Popovici persönlich überbrachte die Antwort ins Getto: Er hatte Gouverneur Corneliu Calotescu letztendlich doch davon überzeugt, dass die Infrastruktur zusammenbrechen würde, sollten alle Juden deportiert werden. Vier Tage Zeit gewährte Calotescu dem Bürgermeister, um Listen zu erstellen mit den Namen der Juden, die schutzwürdig seien und den Dank der Nation verdienten. »Ärzte, Advokaten, Architekten, Angestellte, Kaufleute, Handwerker […] Wer von der hierzu berufenen Kommission für die Wirtschaft der Stadt als notwendig befunden würde, sollte eine Autorisation erhalten, die ihn zum Bleiben in der Stadt berechtigen wird, alle anderen würden deportiert.«[52] Jeden einzelnen Namen auf der Liste musste Popovici begründen. Jede einzelne Begründung würde Calotescu überprüfen, bevor er seine Unterschrift unter die Autorisation setzte.

Zwanzigtausend Juden wurde Hoffnung auf Bleiben gemacht. Die grenzenlose anfängliche Euphorie der Gettobewohner erstarb angesichts der unüberschaubaren Schlangen von Menschen, die die Verwaltung stürmten, um sich ihre Unentbehrlichkeit bescheinigen zu lassen. Listen wurden erstellt, verworfen, erweitert. Schmiergelder wanderten von Hand zu Hand und spielten genauso eine Rolle wie vorteilhafte Beziehungen. Auch wenn achtundvierzig Offiziere Popovici zur Hand gingen und Tag und Nacht Listen schrieben – die Zeit spielte gegen ihn. Eigenmächtig setzte Popovici deshalb Macht und Stadtsiegel ein und stellte Zusatz-Autorisationen aus. Viertausendfünfhundert Popovici-Genehmigungen ergänzten schließlich die fünfzehntausend von Gouverneur Calotescu.

Auch Bertas Vater hatte alle Möglichkeiten seiner Verbindungen zur Verwaltung ausgeschöpft, in den Schlangen ausgeharrt und schließlich mit Erfolg persönliche Beziehungen spielen lassen. Am zweiten Abend kam er abgekämpft, doch überglücklich zur Wohnung in die Judengasse. »Ich habe die Genehmigung!« Er schwenkte das begehrte Dokument vor Selma und Berta. Und zwar keine Popovici-Autorisation, sondern eine der letzten, die Gouverneur Calotescu persönlich ausgestellt hatte.[53] Für den Moment bedeutete die eine wie die andere: bleiben zu dürfen. Der eklatante Unterschied zwischen den Popovici-Autorisationen und den Calotescu-Genehmigungen stellte sich ein halbes Jahr später heraus.

Selma zählte nicht zur geistigen Elite. Außer ihrem Schulabschluss hatte sie noch keine intellektuellen Meriten vorzuweisen. Und doch hatte auch Selma eine Autorisation erhalten und durfte in Czernowitz bleiben. Wie war sie auf die Liste der Handwerker geraten, die sie als nützliches Glied der Gesellschaft auszeichnete? »Lucrator țesător«[54] – als Weberhilfsarbeiter war sie in die Listen aufgenommen worden. Und damit war sie unentbehrlich. Hatte Selma ihre Autorisation ihrem Stiefvater Leo Eisinger zu verdanken? Hatte sich Leo Eisingers Arbeitgeber auch für Selma verbürgt? Leo Eisinger war als »țesător«, als Weber, für den Wirtschaftsprozess in Czernowitz unverzichtbar[55] und so hatten Leo und seine Frau Frieda Eisinger vorerst Bleiberecht.

28391 andere Menschen nicht. Die wurden in den folgenden Oktober-/Novemberwochen aus ihren Wohnungen durch Matsch und Schnee zum Güterbahnhof getrieben. Wieder wurden jeweils vierzig in einen Waggon gequetscht. Fünfzig Waggons pro Zug. Todeszüge, die ihre Fracht nach Atachi und Marculesti brachten, von wo aus sie über den Dnjestr gesetzt und auf Lager verteilt werden sollten. Immer mehr ihrer Habe, ihrer Papiere und Dokumente beraubt. Selbst Fotos wurden zerrissen, trieben mit den Leichen flussabwärts und spülten Erinnerungen weg. »Wo ihr hinkommt, braucht ihr keine Erinnerung mehr.«

Der Herbst in Czernowitz zeigte sich kalt und verregnet. Die hygienischen Zustände waren verheerend. Typhus war im Getto ausgebrochen. Erst als der Winter die Züge blockierte, wurden die Deportationen nach Transnistrien eingestellt.

Selma und die Mitbewohner von Großmutter Henie waren von Seuchen und Deportationen verschont geblieben. So konnten jene Tage im Herbst 1941 für Selma nicht ganz ohne Trost gewesen sein. Bis Dezember lebten alle bei Großmutter Schrager. Auf engstem Raum, doch in Sicherheit. Die beiden jungen Mädchen werden Zeit für Gespräche und Diskussionen gefunden haben. Sie konnten sich Stütze sein und Pläne über zukünftige Aktivitäten schmieden. Zum Gedichteschreiben schien Selma wenig Zeit gefunden zu haben – erst ab Mitte Dezember sind wieder Verse erhalten geblieben.

Denn der eisige Ostwind brachte im Dezember nicht nur große Kälte und Schneeverwehungen, sondern mit neuen Verordnungen auch Veränderungen: Die Gettoschranken wurden aufgehoben. Deportationen und Seuchen hatten die jüdische Bevölkerung von Czernowitz so dramatisch dezimiert, dass die Verwaltung ein Getto nicht mehr als notwendig erachtete. In die alten Wohnungen zurückkehren konnten dennoch nur die wenigsten: Sie waren ausgeraubt und zerstört, durch Vandalismus unbewohnbar geworden. Auch Bertas ehemaliges Zuhause in der Poststraße war verwüstet worden und die Familie mietete sich deshalb in der Nähe von Selmas Großmutter in der Morariugasse ein, unweit von Rose Ausländers Geburtshaus.

Überlebenskampf strukturierte die Wintertage: Nicht zu erfrieren und nicht zu verhungern, war in diesen Zeiten für alle schon genug Herausforderung. Für die aus der jüdischen Irrenanstalt Entlaufenen und Gejagten jedoch ein ausichtsloser Kampf. Sie waren auf die Straßen getrieben und ihrem Schicksal überlassen worden, irrten ohne Bleibe durch die Gassen und stritten sich mit streunenden Tieren um Abfälle. Starben, wenn sie nicht durch Almosen unterstützt wurden.

»Vor unseren Augen werden sie verrecken,
Wir blicken nicht mal hin, auch wenn sie schrein. [...]
Gell schreckt uns in den Nächten ihr Gezeter
Aus unsrem dumpfen Schlaf; es mahnt uns schrill
Mit Jammerlauten, daß ein irrer Beter
Verhungernd seinen Tod umarmen will.«[56]

Die jüdische Bevölkerung, die noch in Czernowitz verblieben war, gliederte sich in den Arbeitsprozess ein, musste ihre Unentbehrlichkeit beweisen. Auch Selma wird die Bedingungen für ihre Aufenthaltsberechtigung erfüllt haben. Hatte sie als Webereihilfsarbeiterin mit Leo Eisinger in der Czernowitzer Tuchfabrik Zucker in der Bilaergasse gearbeitet? Selmas Mutter durfte vorerst ihren kleinen Laden in der Rapfgasse weiter betreiben.[57] Möglicherweise als Angestellte im eigenen Geschäft unter neuem rumänischen Besitzer? Schwager Josef in Haifa erinnerte sich nicht mehr genau, doch sicher war er sich, dass Frieda den Laden bis zur Deportation weitergeführt hatte. Berta war als Verteilerin in der Versorgungszentrale eingesetzt worden, die das jüdische Kranken- und Waisenhaus mit Brot belieferte.[58] Jeder nährte die Illusion und Hoffnung auf baldige Normalität. Täglich wurde sie durch neuerliche Übergriffe auf Juden zerstört. Bertas Onkel wurde von einer marodierenden Meute Soldaten halbtot geprügelt.[59]

Den Tagen Routine abzuringen – dazu gehörte auch, Kindern wieder Schulalltag zu vermitteln. Zum öffentlichen Schulbesuch waren Juden nicht mehr zugelassen. Illegal war der Privatunterricht jüdischer Lehrer und Universitätsprofessoren, denn sie waren mit Arbeitsverbot belegt worden. Die finanzielle Belastung für die Unterstützung der Lehrer war geringer als das Schmiergeld, das fällig wurde, wenn Beamte der rumänischen

Behörden wieder einmal geheim erteiltem Unterricht auf die Schliche gekommen waren.

Vieles wurde heimlich abgewickelt. Selmas Gruppe Hashomer Hazair war seit der Deportation Abrashas und anderer führender Mitglieder zerschlagen. Ihre Träume hatten überlebt. Berta und noch verbliebene alte Mitstreiter hatten sich für weitere Aktivitäten unter den Deckmantel der rechtsgerichteten Betar-Organisation geflüchtet, die von der rumänischen Regierung geduldet wurde. Unter sowjetischer Herrschaft hatten sie sich mit kommunistischer Literatur getarnt – und überlebt. Auch Betar-Anhänger kämpften für ein Erez Israel. Wollten es aber durch »Pflege eines gesunden Nationalismus«[60] erreichen und waren bereit, militärische Auseinandersetzungen in Kauf zu nehmen, wenn sie sich zu beiden Seiten des Jordans ansiedelten. Sie setzten auf körperliche Ertüchtigung, denn sie erwarteten die Einsetzung einer jüdischen Armee. Ihre Leiter waren schon nach Bukarest übergesiedelt. Von dort ließen sich illegale Ausreisen nach Israel einfacher organisieren. Sie rekrutierten marode Schiffe, die ihre Fracht nach Palästina bringen sollten.

Genau darauf hoffte Selmas Freund Leiser. Bei erstbester Gelegenheit wollte er eines dieser Schiffe besteigen. Hauptsache weg von den immer wieder aufflammenden Aggressionen gegen Juden. Leiser meldete sich freiwillig zum Arbeitsdienst, denn so kam er raus aus der Bukowina ins Altreich Rumänien, in die Nähe der zionistischen Organisatoren, die Ausreisen ermöglichten. Dann konnte es weitergehen Richtung Meer und Freiheit. Leisers Einberufung kam dann so schnell, dass er sich von Selma nicht verabschiedete. Das kränkte sie mehr, als dass sie es ihm übel nahm, denn dazu hatten sie zu »viel unvergeßlich Schönes« miteinander geteilt.

Wenn Selma sich schon nicht von Leiser verabschieden konnte, so wollte sie ihm etwas mit auf den Weg geben, das ihr lieb und teuer war und sie beide verbunden hatte: ihre Gedichte. »Meinen Freunden schenke ich meißtens meine eigenen Arbeiten«, hatte sie Else bei einer ihrer ersten Begegnungen erklärt und ihr ein Gedicht geschenkt. Leiser hatte Selmas dichterischen Werdegang von Anfang an begleitet. Mit Selmas Gedichten waren sie durch die Jahreszeiten gewandert, hatten darin die wechselvolle Geschichte gelesen. Die Freunde hatten rumänischen, sowjetischen und wieder rumänischen Machthabern gemeinsam widerstanden, das Getto überlebt. Weil ihnen eine gemeinsame Heimat geblieben war: das Wort. Die Sprache. Nicht ausschließlich die deutsche Sprache. Selma hatte das rumänische Motto für ihren Gedichtband gleich neben den Titel *Blütenlese* gesetzt – ein Zitat aus dem Roman »Lorelei« des rumänischen Schriftstellers Ionel Teodoreanu: »cânt răguşit pe sub ferestrele casei tale, cum cântă copiii italieni pe străzile oraşelor noastre, in mizeria frumuseţii lor cu ochii mediteranieni … (Ich singe mit heiserer Stimme unter deinem Fenster, so wie italienische Kinder auf unseren Straßen singen, inmitten des schönen Elends, mit mediterranen Augen …)«[61]

Ionel Teodoreanu (1897–1954) war studierter Rechtsanwalt, doch seine Liebe galt der Literatur. Ins Gedächtnis und in die Herzen seiner Leser schrieb er sich mit Romanen, in denen er sich mit den Nöten Heranwachsender auseinandersetzte. Bei der Jugend erreichte er Kultstatus, denn seine Sprache traf ihren Ton. Protagonistin seines Romans «Lorelei« ist die achtzehnjährige Luli, die sich in ihren Lehrer Catul verliebt und ihn heiratet. Catul lebt nur für seine Schriftstellerei, vernachlässigt seine Frau, die ihn über seine Liebe zur Literatur wieder für sich gewinnen will. Sie schreibt unter dem Pseudonym »Lorelei« Gedichte, die sie von ihrer Freundin Gabriela abschreiben und ihrem Mann überbringen lässt. Catul ist von den Versen begeistert – und von Gabriela, weil er sie für die Autorin hält. Lilu stirbt, ohne dass sie ihren Mann über den Irrtum aufklären kann. Catul heiratet Gabriela, doch entdeckt bald deren falsches Spiel. Er verliert dadurch jegliche Inspiration und macht Gabriela für den Musenabfang verantwortlich. Als er erfährt, dass seine verstorbene Frau Luli die »Lorelei« war, bringt er sich um.

Warum setzte Selma ihrer *Blütenlese* dieses Motto voran? Gerade Else wusste, dass nichts, »was Selma sagte … banal oder belanglos«[62] war. Hatte sich Selma mit Else auf ein ähnliches Spiel eingelassen?

Als Else viele Jahre später Selmas Lehrer Hersch Segal in Israel Gedichte ihrer Freundin übergibt, war darunter auch das Gedicht »Nachtschatten« – in Elses Handschrift. Segal übernahm es zwar in der ersten Ausgabe der *Blütenlese*, vermerkte jedoch ausdrücklich, dass es nicht in Selmas Handschrift vorlag:

»Dem Schatten der Nacht
sie öffnen ihre Pracht,
dem jungen Morgengrau,
dem frischen Morgentau.

Noch schläfrig blickt und fahl
der erste Sonnenstrahl
auf ihren kühlen Wangen,
wo Rot und Blau gefangen,
wo Morgentau sie küsst,
der Wind so froh sie grüsst.

Doch wenn die Sonn' ihre Flammen entfacht
und stechend auf sie niederlacht,
so kehren traurig sie in sich.
Dem Feinde der Nacht sie fliehen
und trotzig sie verblühen.«[63]

Gegen Selmas Lyrik fällt dieses Gedicht ab. Die überarbeitete zweite Ausgabe von *Blütenlese* aus dem Jahr 1979 nimmt die Verse deshalb nicht mehr auf – aber der Herausgeber Adolf Rauchwerger lässt in dieser Ausgabe auch das Motto weg, unkommentiert – wie alle folgenden Ausgaben dann auch.

1983 veröffentlichte Else Schächter unter ihrem angeheirateten Namen Else Keren im Eigendruck den Gedichtband »Dann ging ich über den Pont des Arts« und widmete diese Sammlung »Dem Andenken von Selma, Lejser und Paul«.[64] »Über die Gedichte von Selma bin ich zu meinen eigenen gekommen«[65], erläutert Else im Nachwort, die Vertrautheit mit Selmas Versen ist augenfällig.

Selma	Else
und auf dem schwarzen kleinen Tische liegt still das Deckchen dünn und zart wie Duft. […] Die rote Nelke dämmert in den Raum, als wäre sie dort Königin.[66]	Die Decke lag rund auf dem kleinen Tisch […] und entzündete die Flamme im Rot der Vase[67]

Wie sehr ließ sich Else auf Selmas Gedichte ein? Wieso ist das Motto aus der Sammlung getilgt worden? Widersprach es dem Bild eines romantisch verklärten Mädchens, das man sich von Selma machte?

Selma jedenfalls wollte Leiser etwas Besonderes mit auf den Weg geben: eine Auswahl ihrer besten Gedichte. An ein Florilegium, eine Blütenlese, dachte sie, in der man sprachlich Erlesenes und ausgewählte Kostbarkeiten festschreibt. In denen sich ihr Wesen so ablesen ließ wie der Sommer in den gepressten Blumen für das Poesiealbum. Konserviert und damit der Vergänglichkeit entrissen.

Mit Sorgfalt und Tinte und mit Buchstaben im »rumänisch-gotischen Stil«[68] zeichnete Selma den Titel ihres Gedichtbandes auf die erste Innenseite: *Blütenlese*. Zeit zur Muße hatte sie, nachdem die Scherzers aus der Wohnung der Großmutter ausgezogen waren. Ohne die Freundin könnten Selma die Abende lang geworden sein. So widmete sie sich mit Sorgfalt der Komposition ihrer Gedichte. Die Auswahl schien groß zu sein: »Der Blütenlese erster Teil« stand »ganz klein, rechts oben aufgeschrieben« und »Der Blütenlese zweiter Teil«[69] war schon auf der letzten Seite angekündigt. Ihrer Anfangsgedichte schämte sich Selma nicht – sieben hatte sie aus dem Jahr 1939 ausgewählt, neun stammten von 1940. Zu besonderer Produktivität hatte das Jahr 1941 herausgefordert: Siebenunddreißig Gedichte wählte Selma aus dieser Zeit für die *Blütenlese* aus. Die beiden letztgeschriebenen datieren vom 23. und 24. Dezember 1941. Beim Lesen ihrer Manuskripte muss Wehmut in Selma aufgestiegen sein:

Das ist das Schwerste: sich verschenken
und wißen, daß man überflüßig ist,
sich ganz zu geben und zu denken
daß man wie Rauch ins Nichts verfließt.[70]

Selma wird den *Rauch* in ihrem Gedicht *Tragik* nicht als die Todesmethapher gesehen haben, die ihr später als prophetische Vorausschau der Shoa zugesprochen worden ist. Auch Rose Ausländer war der Rauch in ihren Anfangsgedichten nichts anderes als Sinnbild der Flüchtigkeit, als sie »Des Geliebten Nächte zu entzünden«[71] versuchte.

Und doch geht die Tragik jener Tage über die persönliche Dimension hinaus. Sie besteht in mehr als in dem Kummer, dass Else mit Leiser womöglich mehr als Freundschaft verband. Und geht auch über die Enttäuschung hinaus, dass das Engagement und der Zusammenhalt von Hashomer Hazair beendet worden war, in die sie so viel Energie gesteckt hatten. Selma reflektiert die menschliche Existenz und die Flüchtigkeit ihres Daseins, ihre Furcht, sich *verschenkt* zu haben und zu verschwinden, ohne Spuren hinterlassen zu dürfen. Zu verfließen *wie Rauch ins Nichts*.

Als am 24. Dezember 1941 die Christen in Czernowitz Weihnachten feierten, Glocken läuteten und Weihnachtsglanz durch die erleuchteten Fenstern schimmerte, schrieb Selma ihr Gedicht *Stefan Zweig*, in dem sich die Erschütterung über ihr *Sehnen nach Menschen*[72] liest. Mehr als bloße Begeisterung für Stefan Zweigs Wortgewaltigkeit und Brillanz seiner glasklaren Worte bricht sich in diesen Versen Bahn. Selmas eigener Dichter- und Lebensatem schaffte sich Raum. Temperament und Lebensfreude schäumen auf: leuchtend, glühend, rauschend. Das Gedicht ist eine Ode an das Leben, ein Bekenntnis zum Leben mit seiner facettenreichen Vielfalt. Aller Elemente bediente sie sich, um schließlich dem Leser zuzurufen: »*… das bin ich!*«[73]

Leuchtendes, glühendes, rauschendes Leben
springt an und reißt mit und läßt keinen mehr loß,
macht heiß und macht kühn und macht freudig und groß,
rüttelt auf und macht wacher mit kraftvollem Stoß
läßt die Fluten von Glanz nie und nimmer verebben –

packt dich und hält dich und sprudelt dich an
Sturzflut erfaßt dich und rast mit dir fort –
was kein Wildbach, kein Wirbel, kein Hochwaßer kann
hat dies Atmen vieltausende Mal schon getan,
dieses heiße, verzerrende, glasklare Wort.

Kühl dann und still wie ein nordischer See,
glitzernd und weich wie frischfallender Schnee,
sieht es uns an wie viel uraltes Gold
das altrot und schwer durch die Finger rollt
und schön ist wie sonst nur unsagbarer Traum
der dich ansieht, tiefleuchtend, aus dunkelndem Raum –

und bäumt sich dann auf als besinne es sich,
und packt wieder an und reißt wieder mit,
schreit dich an, lacht dich an, weint dich an: das bin ich!
Und es packt dich ein Sehnen das süß ist und zieht,
ein Sehnen nach Menschen, ein heißes: »versprich«
und dann, klingt es aus wie ein Nachtigallied.[74]

Das Umschlagpapier für ihren ersten Gedichtband *Blütenlese* entsprach der Botschaft ihrer Gedichte und ihrem Lebensgefühl: den Himmel mit Händen fassen. Wildes Erblühen im Leben. Auf himmelblauem Untergrund sprießen Rosengewächse aller Art. Weiße Blüten der Eberesche dominieren kleine Wildrosengewächse, Heckenrose und Hundsrose. Und alle tragen sie nach dem Verblühen rote Früchte und neues Leben in sich. Blühendes und Gedeihendes wie auf Selmas Haushügel, der Habsburghöhe.

Vom Winter bis in den Frühling hinein wird sich Selma nach der Arbeit dem Arrangement ihres Gedichtbands gewidmet haben. Jeder einzelne Vers war ihr lieb und teuer. Nicht nur deshalb räumte sie jedem Gedicht seine eigene Seite ein, sondern auch weil es ihrem Sinn von Ästhetik entsprach – selbst wenn Papier ein rares Gut in jenen Tagen war. Die Gedichte hatte Selma mit Füllfederhalter in bester Schönschrift übertragen, jede Überschrift sorgfältig mit einem Punkt abgeschlossen. Ihre Schrift ist klein und regelmäßig, mit deutlichem Schwung in die Unterzeilen. »Sie sind eine Blüte, deren Duft noch die Welt erfreuen wird«[75], prophezeite der Czernowitzer Graphologe Hammerling Selma, nachdem er ihre Schrift analysiert hatte.

Ab 1942 sind keine Gedichte mehr von Selma erhalten. Was mag ihre Zeit beansprucht haben? Hatte sie womöglich doch der geheimen Zelle angehört, in der sich Berta politisch engagiert hatte? An eine kleine Fünfer-Gruppe erinnerte sich Berta, die aktiv geblieben war und im Untergrund mit bescheidenen Mitteln subversiv arbeitete. Die Zweiundneunzigjährige wusste die einzelnen Teilnehmer nicht mehr zu benennen. Nur dass Leiser nicht dazu gehört hatte, konnte sie mit Bestimmtheit sagen.[76] Leiser war zu dieser Zeit schon im Arbeitslager.

Wenn sich die kleine Truppe versammelte, dann immer unregelmäßig, immer nur privat bei einem der Mitglieder. Jegliche Art von Versammlung wurde von Nachbarn misstrauisch beäugt, politische zionistische Aktivitäten waren verboten. Berta und ihre Freunde diskutierten zur Tarnung mit den Mitgliedern von Betar über deren Ziele, doch sobald sich die Gelegenheit ergab, tauschten sie Flugblätter aus: Jede abgehörte Meldung von britischen und sowjetischen Radiosendern hatten sie notiert. Kriegsmeldungen, Berichte von Partisanenkämpfen und den barbarischen Zuständen in den Lagern Transnistriens. Den Betar-Mitgliedern hatten sich drei Polen angeschlossen, die aus deutschen Konzentrationslagern geflohen waren. Shmuel war einer von ihnen und Berta so sympathisch, dass er später ihr Ehemann wurde. Beide erreichten getrennt, nach abenteuerlicher Flucht, 1944 Palästina.

Fast hatte sich eine neue Alltags-Routine eingeschlichen, als im Frühjahr 1942 ein Ereignis mit weitreichenden Folgen die jüdische Bevölkerung erschütterte: Dr. Trajan Popovici wurde seines

Amtes enthoben. Er hatte die Erwartungen der antisemitischen Hardliner nicht erfüllt. An Gerechtigkeitssinn und Menschlichkeit gegenüber Juden hatte König Carol nicht gedacht, als er Dr. Trajan Popovici am 8. Juni 1935 mit dem höchsten rumänischen Orden ausgezeichnet hatte: dem Ferdinand-Orden im Rang eines Kavaliers für »außerordentliche Verdienste«[77] für das rumänische Volk. Advokat Popovici hatte sich aber schon früher in Iaşi als umsichtiger Verteidiger von politischen jüdischen Häftlingen gezeigt.[78] Durch seine eigenmächtige Rettung von viereinhalbtausend zur Deportation bestimmter Czernowitzer war er bei der rumänischen Regierung in Ungnade gefallen.

Die Gerüchteküche brodelte deshalb seit Ende Mai: Die Verwaltung arbeite neue Listen aus mit den Namen derer, die ihr Bleiben einer Popovici-Autorisation verdankt hatten. Diese Genehmigungen seien von der Regierung in Bukarest annulliert worden.

Wieder versuchten die Vertreter der jüdischen Gemeinde zu beschwichtigen. Doch wer bislang im Schutz des Bürgermeisters gelebt hatte, bangte nun um sein Leben.

Kapitel 6

Die Tage lasten schwül und schwer,
voll wildem, bangem Weh[1]

Im Juni 1942 erblühte die Natur, die Tage wurden wieder heller. Für Selma nicht. Ein verschärftes Ausgehverbot hielt Juden weitgehend in ihren Wohnungen gefangen. So konnten die Polizisten sichergehen, die Bewohner anzutreffen, wenn sie von Haus zu Haus gingen und sich erkundigten, ob Juden ihre Miete bezahlt hätten. Was steckte hinter dieser seltsamen Aktion? Der junge Turi Landmann ahnte Schlimmstes. Er warnte seine Eltern vor drohendem Unheil. Fliehen sollten sie, sich verstecken. Doch sie verharrten. Wie viele andere auch.[2]

Die ungewöhnliche Betriebsamkeit steigerte sich zum Wochenende. Dann wurden überall in der Stadt die eisernen Flaggenhalter an den Hauswänden mit patriotischen Fahnen der rumänischen Trikolore bestückt. Ganz offensichtlich rüstete sich die Stadt für ein Ereignis, von dem ihre Bewohner nichts wussten. Dass die Beflaggung administrativ verordnet worden war, steigerte die Nervosität vor allem innerhalb der jüdischen Bevölkerung und wuchs sich zur Angst aus, als am Abend des 6. Juni die großen Bogenlampen in den Straßen nicht erloschen. Wozu diese Festbeleuchtung? Juden, die neugierig Erkundigungen einholen wollten, wurden von allgegenwärtigen Patrouillen wieder in ihre Häuser gescheucht. Dort wachten sie die Nacht hindurch angespannt und voller Sorge hinter verschlossenen Fenstern und Türen.

Apokalyptischer Glockenklang am Sonntag: Alle Kirchenglocken läuteten in Feiertagsstimmung, lockten die nicht-jüdische Bevölkerung auf die Straße, als ob es etwas zu feiern gäbe. Gegen Abend hatten sich die Schreckensmeldungen verbreitet: Etwa tausendfünfhundert »Popovicijuden«[3], darunter sechsundsechzig Insassen aus der »Irrenanstalt«[4], waren im Morgengrauen von der Securitate aus ihren Wohnungen und Unterkünften geholt und zum Makkabi-Sportplatz im Süden der Stadt getrieben worden – auch Turi Landmann und seine Eltern. Zusammenraffen durften sie, was ihnen lieb, aber nicht teuer war. Wertgegenstände waren an Ort und Stelle konfisziert worden. Glücklich die, die in weiser Voraussicht Schmuck und Geld bei vertrauenswürdigen Nachbarn untergebracht hatten. Von bewaffneter Miliz eskortiert, apathisch, geschockt, schoben sich die Menschen an Schaulustigen vorbei Richtung Sportplatz. Andere waren per Lastwagen wie Schlachtvieh angekarrt und dort abgeladen worden. Die es nicht getroffen hatte, versteckten sich, verbrachten jede Nacht in den Abwasserrohren der Kanalschächte. In die stinkigen Kloaken verirrte sich die Polizei nicht.

Die Woche über wurden Rucksäcke vorsichtshalber gepackt und viele suchten Verstecke. Doch Denunzianten lauerten überall. Christliche Nachbarn zeigten ihre jüdischen Nachbarn an, die, aufgescheucht und verzweifelt, in verwilderten Gärten Schutz gesucht hatten. Am 14. Juni gingen die Aushebungen weiter. Die bereitstehenden Waggons mussten voll, das vorgegebene Soll erfüllt werden. Geiseln wurden genommen und untergetauchte Familienmitglieder damit unter Druck gesetzt. Sie meldeten sich am Makkabi-Sportplatz, um ihre Angehörigen zu retten – und wurden dann oft genug ebenfalls abgeführt. Deportiert wurde, bis alle Waggons besetzt waren. Es traf selbst die, die sich mit einer Calotescu-Autorisation bisher sicher gewähnt hatten.

Von den beiden ersten Deportationen am 7. und 14. Juni waren Selma und ihre Eltern verschont geblieben. Hatten sie bei Verwandten Unterschlupf gesucht? Hatten sie sich mit den Rones zusammengetan – Tante, Onkel und Cousine Edit von Paul Celan? Oder sich versteckt gehalten wie Cousin Paul? Dem hatte eine Freundin einen Unterschlupf genannt bei einem »rumänischen Industriellen, der schon etlichen Juden dazu verholfen hatte, in der Stadt zu bleiben«[5]. War Paul der »krasse Egoist«, den die Jugendfreundin Ilse Goldmann in ihm auch viele Jahre später noch sah?[6] Denn Paul war letztlich ohne seine Eltern untergetaucht. Als er nach einem der beiden Wochenenden im Versteck zur Wohnung seiner Eltern zurückkehrte, war die Tür versiegelt. Leo und Fritzi Antschel waren abgeholt und deportiert worden. Paul Celan war untröstlich. Schuldgefühle quälten ihn sein Leben lang.

»Was wär es, Mutter: Wachstum oder Wunde
versänk ich mit im Schneewehn der Ukraine?«[7]

Er wird später an den eigenen Vorwürfen zerbrechen, seine Eltern im Stich gelassen zu haben, während es seinem Schulfreund Immanuel Weißglas gelungen war, »seine alte Mutter zu retten«[8]. Er wird leiden, dass »er lebte, während seine Eltern einen grausamen Tod erlitten«[9].

Die nächste Aushebung wurde für den 21. Juni befürchtet. Selma wird mit ihren Eltern wie alle Gefährdeten die Nacht von Samstag auf Sonntag durchwacht haben – doch nichts passierte.

Bleierne Ungewissheit lastete schwer über den kommenden Tagen. Vereinzelt begann schon wieder Hoffnung aufzukeimen. Könnte der Schrecken ein Ende haben?

Doch die Schicksalslisten waren geschrieben und längst die erfasst, die es treffen sollte.

Mit hellem Grün und schwungvollen Anfangsbuchstaben begannen die Listen. Taubengrau dokumentierte akribisch Name, Geschlecht und Herkunft jedes Einzelnen. Das nahm Zeit in Anspruch und die Zeit drängte. Dunkelgrüne Tinte fertigte deshalb großzügig ab: Statt gemeinsamer Familiennamen – Wiederholungszeichen, statt Wohnort – durchgezogene Balken, die das Schicksal aller noch in Czernowitz Verbliebenen besiegelten.

Die Deportationsliste vom 28. Juni führte »Advocat Moritz Bergher« mit der Nummer 1 an. Der Älteste war der siebenundsiebzigjährige Hersch Talisman. Neben vielen Jugendlichen unter zwanzig Jahren befanden sich die Namen von fast hundert Babys auf der Liste, keines älter als neun Monate. Das Gros der Deportierten allerdings war zwischen fünfzig und sechzig Jahre alt. Intellektuelle, Künstler, Rabbiner, Ärzte, Kaufleute – weil sie das Schicksal teilten, Juden zu sein. Etliche von denen, die nun

nur noch eine Nummer waren, haben in Selmas Leben eine Rolle gespielt und werden ihr in die Deportation folgen:
Nummer 355 – Nathan Segal, neunundvierzig. Der Kompagnon des Vaters von Selmas Klassenkameradin Margit Bartfeld war mit Familie und Verwandtschaft erfasst worden. Nummer 356 – seine Frau Lotti, fünfundvierzig Jahre alt. Nummer 357 – Selmas Klassenkameradin Ruth Segal, die so außerordentliches Zeichentalent hatte und Menschen gekonnt portraitierte. Die mit ihrem Gesang begeisterte. Ruth war im gleichen Alter wie Selma, achtzehn Jahre alt. Nummer 357 – Ruths jüngere Schwester Livia, die Apartere der beiden mit ihrem olivfarbenen Teint.[10] Sie war gerade sechzehn Jahre alt geworden. Nathan Segal hatte dafür gesorgt, dass auch seine verwitwete Schwägerin Bertha Breitner, neunundvierzig, mit ihren Söhnen Dolfi (David), zweiundzwanzig, und Fredy (Manfred), achtzehn, bei ihnen bleiben konnten.

Eine intellektuelle Gruppe scharte sich um die Nummer 995: Dr. Isak Weißglas. Der dreiundfünfzigjährige Czernowitzer Rechtsanwalt war mit Frau Leonora und den Söhnen Theodor und Immanuel auf die Liste gesetzt worden. Die Begründung schien an den Haaren herbeigezogen. Sein Sohn Immanuel habe die Frist für die Verlängerung seiner Arbeitserlaubnis um einen Tag überzogen. Seine Familie ließ ihn nicht im Stich und ging freiwillig mit in die Verbannung.

Selma wird Immanuel gekannt haben, denn er war Cousin Pauls Klassenkamerad gewesen und schrieb auch Gedichte. Zudem spielte er begnadet Klavier. Mitschüler und Freunde waren scharenweise zu seinen Konzerten gepilgert. Sein Bruder Theodor war ein Geigenvirtuose. Dass er sein Instrument ins Lager mitnehmen durfte, sollte ihm und seiner Familie das Leben retten. Dr. Isak Weißglas wird überleben und zu einem der wichtigsten Zeitzeugen des Lagerlebens im Steinbruch werden. Immanuel aber wird das kommende Grauen in Gedichten festhalten: authentisch und berührend – und damit auch den späteren Dichter Paul Celan beeinflussen.[11] Sie alle werden ihr Schicksal in der Gruppe mit Alfred Kittner und seiner Frau Ilse teilen. Sie alle werden die Zeit im Steinbruch mit Selma zusammenleben. Kittner, »Nummer 1006«, sollte für Selma zum »Postillon d'amour« werden und ihr literarisches Überleben sichern.

Weit unten auf der Liste erst stoßen wir auf Selma und ihre Eltern. Nummer 1172: »Eisingher Leo«, ţesător, zweiundfünfzig Jahre. 1173: »Eisingher Frieda«, ohne Beruf, fünfzig Jahre. »Meerbaum Zelma«, Nummer 1174. Dynamisch wurde das »S« gesetzt und deshalb wohl als »Z« gelesen. Unmittelbar vor Selmas Familie ist Verwandtschaft mütterlicherseits aufgelistet: Mordco Rones, Nummer 1169, zweiundfünfzig Jahre alt, »pălărier«, Hutmacher, von Beruf. Eigentlich aber war Max, so wurde er gerufen, Verwaltungsangestellter gewesen. So wie auch seine fünfzigjährige Frau Ruchel Rones, Regina gerufen, die mit der Nummer 1170 als »modistă«, Putzmacherin, aufgelistet wurde. Tochter Edit, Selmas Cousine, war siebzehn und ohne Beruf. Ihren achtzehnten Geburtstag würde sie am 23. August im Lager Ladijin feiern, dann aber schon nicht mehr mit Selma zusammen sein. Rund tausendfünfhundert Menschen werden in das »Lagărul ›Cariera de piatră‹, Ladejini«, das Internierungslager im Steinbruch, deportiert, mehr als dreihundert Kilometer östlich von Czernowitz.[11a]

Wieso standen die Rones unmittelbar vor Selma und ihren Eltern auf der Liste? Die Aushebungen erfolgten straßenzugweise, lesen wir in Chroniken. Listen vom letzten gemeinsamen Wohnort sind nicht erhalten geblieben. Hatte sich die Verwandtschaft angesichts des drohenden Unheils doch zueinander geflüchtet?[12]

Wieder läuteten die Glocken Sturm. Dieser 28. Juni war ein besonderer Sonntag, denn genau ein Jahr zuvor hatte Rumänien an diesem Tag die Bukowina von den Sowjets wieder zurückerobert. Das sollte gefeiert werden. Deshalb waren die Straßen besonders üppig beflaggt. Deshalb drängten sich die Menschen festlich gekleidet auf den Straßen und besonders viele erlebten diese letzte Aushebung.

Die Lastwagen kamen erneut im Morgengrauen. Selma wird gehört haben, wie sie über das Kopfsteinpflaster ratterten. Wie sie mit quietschenden Bremsen auch vor ihrem Haus Halt machten. Wie schwere Stiefel über die Stiegen polterten. Dann das Klopfen und Rütteln an der Tür und die Polizisten mit ihren Listen, die die Namen der Gesuchten ausriefen. Selma, Mutter und Stiefvater werden in Vorahnung ihre wenigen Habseligkeiten bereitgehalten haben. Ob die Familie mittlerweile wieder zusammenlebte, ist nicht überliefert. Großmutter Schrager ist auf keiner der Deportationslisten zu finden. Sie überlebte den Krieg und starb 1946. Doch Selma, Mutter und Stiefvater wurden am 28. Juni 1942 abgeholt.

Was hatte Selma in ihren Rucksack gepackt? Ihre Freundin Else war überzeugt, dass »Selma immer, bis zu ihrem Tode, geschrieben hat«[13]. Selma wird keines ihrer Gedichte zurückgelassen und sich auch mit ausreichend Papier und Stiften versorgt haben. Und wir kennen das Buch, das Selma in die Verbannung begleitete: Rabindranath Tagores »Das Heim und die Welt«. Trost für viele verzweifelte Stunden. »Einst war ich so zuversichtlich in meinem Glauben, daß ich meinte, ich würde alles tragen können, was mein Gott mir auferlegte. Ich wurde nie auf die Probe gestellt. Jetzt, glaube ich, ist die Stunde gekommen.«[14]

Tagores Texte sprechen auf unterschiedliche Weise an: Hoffnung, Anregung und Denkanstoß zugleich. Und das in einer Sprache und mit Versen, die Selmas dunkle Reise erleuchteten: »Die Sterne sagen: Ich entzünde mein kleines Licht. Ob das Dunkel schwindet, das frag mich nicht.« Hinter Tagores lyrischer Diktion verbergen sich politische und philosophische Grundgedanken, die Selma mit ihren Freunden von Hashomer Hazair intensiv diskutiert hatte.

Wieder und wieder versenkte sich Selma in das Buch, verschlang Tagores Sätze, bis sie sie auswendig kannte und sie ihr niemand mehr nehmen konnte.

Doch geistige Nahrung allein sicherte nicht das Überleben. Mütter sind pragmatisch und so wird Frieda Eisinger darauf gedrängt haben, Essensvorräte einzupacken. Und auch wenn sich der Sommer gerade erst entfaltete – Selma nahm ihren Mantel mit. Dass die Reise gen Osten ging, wussten mittlerweile alle.

»Nimm warme Kleidung mit ja ja ja,
Stopf alles Löchrige,
Und richte dir das Wärmste, das du hast.«[15]

Den Gedichtband für Leiser wird Selma nicht verstaut haben. Er musste griffbereit sein. Bei der erstbesten Gelegenheit wollte sie die unersetzbare Sammlung jemanden zustecken. Ihre Abschiedsworte hatte sie wohl schon rechtzeitig unter die letzten Verse gesetzt, denn ihr Gruß an Leiser sieht nicht nach überstürztem Aufbruch aus. Ihre Worte sind nicht »gekritzelt«[16], sondern in Ruhe, schwungvoll und offenbar sorgsam formuliert mit rotem Stift unter das Gedicht *Tragik* auf Seite 159/172 gesetzt:

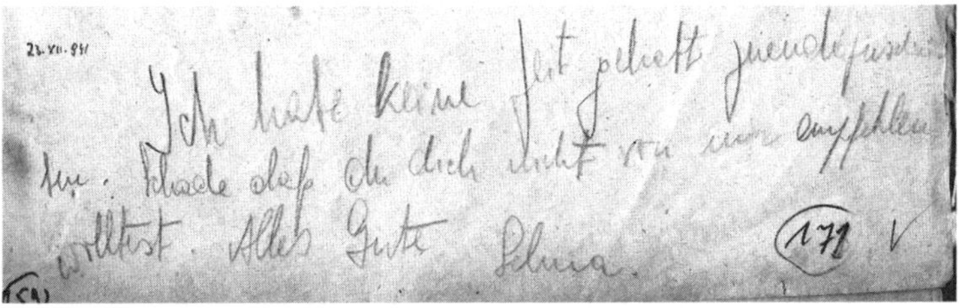

»Ich habe keine Zeit gehabt zuende zu schreiben. Schade daß du dich nicht von mir empfehlen wolltest. Alles Gute Selma.«

Haben Nachbarn Worte des Trostes gefunden? Ihnen noch ein Andenken zugesteckt? Berta war nicht auf der Straße gewesen. Niemand aus der jüdischen Gemeinde wagte sich auf die Straße. Jeder hoffte, verschont zu bleiben. Doch hinter den Fenstern sah man Freunde und Verwandte entschwinden.

Irgendwann auf ihrem Weg zum Sammelplatz am Makkabi-Sportplatz musste Selma ein bekanntes Gesicht in der Menge ausgemacht haben. Da war ein junger Mann, dem sie vertraute und dem sie hastig ihren Gedichtband *Blütenlese* zustecken konnte. »Bitte, bring das zu Else Schächter. Sie soll es Leiser geben.«

Else kannte den jungen Mann nicht, der an ihrer Wohnungstür klopfte. »Ich soll Ihnen das von Selma geben. Sie hat es mir zugesteckt, als man sie heute mit ihren Eltern abholte. Sie möchten das Album an Selmas Freund Fichman weiterleiten.«[17]

Else erfüllte Selmas Wunsch. Als Leiser aus dem Arbeitslager zum Heimaturlaub nach Czernowitz kam, übergab Else ihm Selmas Album *Blütenlese*. Leiser nahm Selmas Gedichte mit zur Zwangsarbeit und verwahrte sie im Lager unter seinen Habseligkeiten. Bis 1944. Als absehbar war, dass die Rote Armee Czernowitz kampflos einnehmen und junge jüdische Männer für ihre Armee rekrutieren würde, verabredete sich Leiser ein letztes Mal mit Else auf der Habsburghöhe. Else wusste, wo sie ihn treffen würde. Sie kannte diesen Platz nur zu gut. Sie hatte sich auf Leiser gefreut, hatte lange auf ihn gewartet.

»Ich hab auf dich gewartet
lange
bevor die Sonne ihre Vorbereitungen traf
[…]
Ich lege den Kopf
auf mein Kissen
und warte
auf deine Hand
Sie wird mein Haar streicheln«[18]

Das letzte Treffen zwischen Else und Leiser war von Trauer überschattet. Leiser hatte alle Hebel in Bewegung gesetzt, um sich einen Platz für eine Überfahrt nach Palästina zu sichern. Er wusste um die Gefahren der Reise und hatte seine Zweifel nicht vor Else verborgen. »›Auf Wiedersehen‹ hatte er leise gesagt und es lag Zweifel und Trauer in seiner Stimme.«[19] Zum Abschied schenkte er Else ein Foto von sich. »Auf Wiedersehen« stand auch auf der Rückseite[20] und war Wunsch und Versprechen zugleich. Und dann vertraute Leiser Else das Album mit Selmas Gedichten an: »Wer weiß, wie es unter den Russen wird. Ich will nicht noch einmal von Palästina abgeschnitten sein. Aber ich will auch nicht, daß die Gedichte Selmas verlorengehen, wenn ich es nicht schaffe.«[21]

Else war nach diesem Abschied wie vor den Kopf gestoßen: »Wie von unsichtbarer Hand gestossen«[22] stolperte sie den Abhang der Habsburghöhe hinunter, Selmas Album fest umklammert. Bei dem großen Baum machte sie Halt. Dieser »grosse Baum« hatte für sie und Leiser immer eine besondere Bedeutung gehabt. Else besuchte diesen Baum wieder und wieder und widmete ihm Jahre später sogar ein Gedicht:

»Ich kam
bei deinem Haus vorbei
es lag da
alt
Der grosse Baum gefällt
und faul zum Frass
der Ungeziefer«[23]

Leisers Hoffnungen auf Ausreise standen nicht schlecht. Ministerpräsident Antonescu hatte mittlerweile sanftere Töne gegenüber Juden angeschlagen, nachdem sich ein Scheitern der deutschen Vorstöße abzeichnete. Der rumänische Beauftragte für Judenfragen leitete daraufhin für fast achtzigtausend Juden die Auswanderung nach Palästina und Syrien in die Wege.[24] Kräftige junge Männer im wehrfähigen Alter sollten bevorzugt nach Palästina eingeschleust werden – Leisers Chancen standen gut.

Die rumänischen Häfen an der Schwarzmeerküste, Konstanza vor allem, waren favorisierte Ausreisehäfen, denn Auswanderungsschiffe konnten über die Donau ohne großes Aufsehen halb Europa durchqueren. Zionistische Organisationen in der Türkei arbeiteten auf Hochtouren. Mitte Mai trafen vier kleine türkische Schiffe für Flüchtlingstransporte in Konstanza ein: der Dampfer Kazbek und die kleinen Motorsegler Morina, Bulbul und Mefkure. Staatliche rumänische Stellen übernahmen die Organisation und sorgten dafür, dass in erster Linie Waisenkindern aus Transnistrien und politischen jüdischen Flüchtlingen aus anderen Ländern die Ausreise ermöglicht wurde.

Anfang Juli 1944 legte der erste völlig überbelegte Flüchtlingsdampfer ab. Nun liefen die Vorbereitungen zum Auslaufen der drei Motorsegler auf Hochtouren, doch Streit über die Zusammensetzung der Auswanderungsliste verzögerte das Auslaufen stets aufs Neue. Auch die Genehmigung für den 2. August war kurzfristig widerrufen worden, nachdem die türkische Regierung die diplomatischen und wirtschaftlichen Beziehungen zu Deutschland abgebrochen hatte und das rumänische Rote Kreuz, unter dessen Flagge die Schiffe fahren sollten, sich nicht mehr in der Lage sah, den Schutz der Boote zu gewährleisten. Hundertfünfzig wohlhabende Passagiere bekamen kalte Füße und gaben ihre hochbezahlten Plätze frei. Hunderte von Flüchtlingen füllten die Lücken bedenkenlos. Passagierlisten wurden in diesen Turbulenzen unüberschaubar, zahllose Flüchtlinge gelangten ohne Reisepapiere auf das Schiff. Am 3. August 1944 erfolgte endlich die ersehnte Anweisung zum Auslaufen, zeitlich begrenzt bis zum 8. August.

Die Reihenfolge der drei auslaufenden Schiffe war vorgeschrieben: erst die Morina, mit einem rumänischen Lotsen an Bord, dann die Bulbul und zuletzt die Mefkure. Sie sollten Sichtkontakt halten. Zwei rumänische U-Jäger begleiteten die Schiffe auf dem ersten Teil des Weges. Als bedrohlicher Schatten folgte ein U-Boot, das das rumänische Begleitpersonal irrtümlich für ein deutsches Wachboot hielt – es war aber ein sowjetisches U-Boot.[25]

Keine Viertelstunde war die Mefkure auf See, da verlor sie durch Motorschaden schon den Anschluss an die anderen zwei Boote. Als bei Tagesanbruch die Schiffe die bulgarisch-türkische Grenze passierten, drehten die rumänischen Begleiter ab. Die Flüchtlinge waren ihrem Schicksal ausgeliefert.

Am Abend des 4. August hatte keines der Schiffe mehr Sichtkontakt mit den anderen. Die Mefkure fiel immer weiter zurück. Obwohl sie abgeblendet unterwegs war, machte ein feindliches Boot sie aus, das sofort Leuchtraketen abschoss. Der Kapitän ließ vorsorglich Schwimmwesten an die Besatzung und an einige Passagiere verteilen. Dann nahm er die zwei dunklen Schatten wahr: U-Boote. Sie eröffneten das Feuer, der dritte Schuss traf. Die Mefkure hatte schon Feuer gefangen, als auch noch der Beschuss mit Maschinenwaffen einsetzte. Dreißig Minuten trieb das Boot brennend auf dem Meer, etwa vierzig bis sechzig Menschen versuchten vergeblich, sich über Bord zu retten. Der Motorsegler sank und riss viele hundert Flüchtlinge in den Tod.

Außer der Besatzung der Mefkure kamen nur noch fünf Passagiere mit dem Leben davon. Leiser ertrank.[26]

Sein Bruder und seine Eltern retteten sich später nach Israel, doch ihr Schicksal blieb tragisch: Bei einer Feier der Fallschirmspringer stürzte Leisers Bruder in den Tod, sein Sohn fiel im Yom-Kippur-Krieg, die Mutter kam bei einem Autounfall ums Leben.[27]

»Der Feind
hat tausend Gesichter
sie warten auf dich
in der fremden Nacht
[…]
Der Feind
hat tausend Gesichter
sie fassen dich
Geliebter

Schattenblau
wehmutgrün
Wellen
schwarz und kalt
ein Dämmern
ohne Morgen

Kerzen flackern
Lippen beten
Schweigen weint«[28]

Else Schächter widmete dem Schicksal des »Geliebten« ein Gedicht.

Von Leiser hatte Selma nichts gehört, als sie zwischen Tausenden am Makkabi-Sportplatz eingekeilt war. Menschen und Gepäckstücke wurden durchsucht, wieder wurden Wertgegenstände und Schmuck weggenommen – ob Selma sich hier von der Uhr trennen musste, die sie beim Bummel mit Else so stolz getragen hatte? Nur ein geringer Geldbetrag wurde den Flüchtlingen gelassen.

Gruppen zu jeweils fünfzig wurden zusammengetrieben und erhielten die Nummer für ihren Vieh-Waggon. Auf engstem Raum mussten sie sich zusammendrängen. Vierundzwanzig Stunden ohne Licht. Vierundzwanzig Stunden, in denen die Luft immer weniger und der Gestank immer unerträglicher wurde. Ein einziger Eimer für die Notdurft aller. Ein einziger Eimer Wasser gegen den Durst so vieler. Jeder klammerte sich an das mitgeschleppte Bündel Heimat.

Am Ufer des Flusses Dnjestr entledigten sich die Waggons ihrer menschlichen Fracht.

Der Himmel ist vom hellsten Blau
und weiße Wolken lächeln mit ihm.
Und schlanke Bäume, dunkel oder grün,
sehen dich an und sagen lautlos: schau [29]

Schauen tat weh nach vierundzwanzig Stunden Finsternis. Das glänzende Band des Flusses schmerzte und machte blind für die Schönheit der Natur. Die Nacht verbrachte Selma mit allen unter freiem Himmel. Eingekesselt wie Vieh, bewacht von Militär. Verwandte, Freunde, Bekannte – schmerzliches Wiedersehen unter den unwürdigsten Bedingungen. Am nächsten Morgen setzte Boot um Boot, Floß um Floß die Wartenden zum anderen Ufer über. Kurz durften sie sich vor dem Lager von Moghilew-Podolsk aufhalten, wo Hunderte Deportierte den Winter überlebt hatten. Sie waren kaum wiederzuerkennen: ausgehungert, demoralisiert, ihre Kleider in Fetzen. Hier war Transnistrien, die Region, die die Deutschen unter rumänische Verwaltung gestellt hatten. Begrenzt von den zwei Flüssen Dnjestr im Westen und Bug im Osten und dem Schwarzen Meer im Süden: Hierher wurden rumänische Juden verfrachtet, um sie zu vernichten. Bis 1944 werden in Transnistrien mehr als fünfzigtausend Bukowiner Juden sterben.[30]

Mit der aufgehenden Sonne brannten sich den Ankömmlingen die Begrüßungssätze des Kommandanten ein: »Wir haben euch nicht hergebracht, damit ihr am Leben bleibt, sondern damit ihr krepiert.«[31] Und dann wurde wieder registriert, »perlustriert«, geplündert. Diesmal wurden auch persönliche Dokumente jeder Art vernichtet: Papiere, Urkunden, Zertifikate, Fotografien landeten in den großen bereitgestellten Kisten. Zurück blieben Menschen ohne Identität. Verniemandet. Ausgelöscht und dem Tod überschrieben.

Der Anschlusszug wartete schon. Eine weitere Etappe. Wieder zwei Tage ohne Licht, ohne Luft. Hoffnung erstickte.

»Wohin führt unsre Reise?
Wir kennen nicht das Ziel:
Wir drehen uns im Kreise
In einem blinden Spiel.
[...]
Wir wissen nicht den Namen
Und kennen nicht den Ort,
Und flüstern wir das Amen,
So ists ein Abschiedswort:

Ein Wort an fremder Stätte,
In schlummerloser Nacht,
Auf dürftgem Wanderbette
Dem Unstern dargebracht,

Ihm, der uns hergeführt hat,
Wo unser Antlitz bleicht,
An das der Tod gerührt hat,
Der um den Steinbruch streicht.
[...]«[32]

Der Dichter und Journalist Alfred Kittner hat der Unmenschlichkeit in Gedichten Gestalt gegeben. »Viele Gedichte sind als Erfahrungsberichte angelegt und vergegenwärtigen in unbeschönigten Bildern Szenen aus dem Lageralltag.«[33] Authentisch und unprätentiös gehen sie gerade deshalb unter die Haut. Kittners Gedicht »Ankunft im Steinbruch« lässt an Rilkes Grabinschrift »Wo wird einst des Wandermüden ...« und Jochen Kleppers »Die Nacht ist vorgedrungen« denken – doch trägt es keine Hoffnung in sich. Auch Celans Freund Immanuel Weißglas wird schreiben und mit seinen Gedichten Meilensteine legen, »die den schauerlichen Weg bezeichnen, den wir in den Jahren 1941/1942 zwischen Dnjestr und Bug in der Ukraine gegangen sind«[34].

Der Steinbruch hatte schon zu Zeiten des Zaren als Arbeitslager gedient. Die Deportierten vom 7. und 14. Juni waren kurz vor Selmas Ankunft von dort aus auf andere Lager verteilt worden, darunter auch die Eltern von Cousin Paul. Schicksalsort. Selma wird keine drei Monate in dem verlassenen Steinbruch am Bug bleiben.

»Der ferne Fluß schimmert von Licht; die Blätter glitzern; das Morgenlicht gießt sich wie die Liebe des blauen Himmels über die Erde aus, [...]«[35].

Selma hatte trotz des Elends Augen für die Schönheit des weiten Tals und das Schimmern des Flusses unterhalb der Granitfelsen. Doch die Anmut der Natur verfing sich nicht als Trost in ihrem Herzen. »Der Sonnenschein der Welt trifft mein Herz mit seinen Strahlen, doch es wirft sie nicht zurück.«[36] Rabindranath Tagores Worte aus dem fünften Kapitel aus »Heim und Welt« sprachen ihr aus der Seele.

Vor ihr lag ein kahles Felsplateau, zu dem sich ein Weg hinaufschlängelte und wo sich aus der Ferne vereinzelte Gebäude erahnen ließen. Auf Befehl des Lagerkommandanten schlossen sich die Deportierten in Gruppen von jeweils dreißig zusammen und wählten einen Sprecher, über den ab sofort alle Order der Befehlshaber verbreitet wurden. Die eigenen Leute – Vollstrecker der Feinde.

»Deparazitare«, Desinfektion, lautete ihre erste Anweisung. Sie mussten auch weitergeben, dass der Prozedur unbeschadet an Leib und Kleidung nur entstieg, wer ein angemessenes Besänftigungsgeld aufbrachte. Nur dann senkte der Aufseher die heißen Temperaturen, die desinfizieren sollten. Die anderen entstiegen der Hitzekammer mit versengter Haut und verbrannten Kleiderfetzen.

Als sich die Neuankömmlinge dem Berg näherten, schwankten und krochen ihnen die Czernowitzer Irren entgegen. Seit der ersten Deportation vom 7. Juni vegetierten sie am Fuße des

Steinbruchs vor sich hin – verlaust, verdorrt, ausgezehrt. Entmenschlicht durch Not und Dreck, Hitze und Kälte, Hunger und Durst.

»Vor unseren Augen werden sie verrecken,
Wir blicken nicht mal hin, auch wenn sie schrein.
Sie haben nichts, die Blöße zu verdecken,
Das Grauen wehrt dem Ekel nur, zu spein.

Denn ihre Leiber sind besät mit Schwären,
Der Aussatz sprießt aus ihrem kranken Blut;
Sie gehen vorbei, wir lassen uns nicht stören,
Doch nahn sie uns, geraten wir in Wut.

Wir sehn sie in der prallen Sonne hocken,
Die ihre Haut an das Gerippe schweißt;
Sie rutschen winselnd nach verfaulten Brocken,
Die ihnen einer in den Rachen schmeißt.«[37]

Alfred Kittner hat auch ihr Schicksal im Gedicht dokumentiert. Tagsüber irrten sie unbewacht unter den Deportierten, wurden bald jedermann zur Plage. Sie kannten keine Distanz. Sie stahlen hemmungslos, um zu überleben. Nachts wurden sie in ihre Höhlenverliese getrieben – Löcher, in den Berg gehauen und mit Stacheldraht gesichert. Weder lebten sie, noch waren sie tot. So wie die Alten aus dem jüdischen Armenhaus, die überhaupt nicht mehr aus ihren Verschlägen herauskamen. Alles, was sie hatten, trugen sie auf dem Leib. Sie wären verhungert, hätten sich nicht ab und an Lagerinsassen erbarmt, ihnen von der eigenen kargen Ration Bissen zum Überleben zuzustecken.

Selma und die tausendsechshundert Neuankömmlinge sollten sich auf dem Felsplateau einrichten. Vier gemauerte Unterstände waren schnell belegt, mit stallähnlichen Holzbaracken mussten sich die anderen begnügen. »100 – 200 Menschen in einem Raum, Mann an Mann bei seinen an den Wänden aufgestapelten Bündeln, in keinem Raum ein Feuerplatz, eine Sitz- oder Liegegelegenheit, nicht die mindeste Bewegungsmöglichkeit.«[38]

Und selbst dies dürftige Dach über dem Kopf wurde ihnen tagsüber verwehrt: Nach dem morgendlichen Schrubben und Säubern durften die Räume erst abends wieder betreten werden. Zuwiderhandlungen wurden brutal mit Schlägen bestraft.

Dass neue Juden im Steinbruch angekommen waren, hatte sich bei den Bauern der Umgebung schnell herumgesprochen. Sie bevölkerten den Platz in der Nähe des Kommandanten und erhielten Erlaubnis, ihre Waren zwei Stunden am Vormittag anzubieten. Wer noch Geld hatte, konnte »Brot und Milchprodukte jeder Art, Kartoffeln und Gemüse, Obst, Mehl und sogar fertiges Backwerk«[39] kaufen. Doch weil Bares rar war und Geld zusehends an Wert verlor, verlegten sich die Bauern immer mehr auf Tauschgeschäfte. Galoschen gegen Maisfladen.[40] Schlüpfer gegen Brot oder ein Töpfchen Sauerrahm. Gute Ware fand immer Abnehmer, die »Weißware« der Städter – Unterwäsche aus zartem weißen Stoff – war besonders begehrt.

Waren die Bauern weg, lastete die Langeweile schwer zwischen Morgen und Abend. Was das Elend der vergangenen Tage nicht geschafft hatte, drohte die Monotonie zu erreichen: den Verstand zu rauben, die Menschen verrückt werden zu lassen. Selma war es oft, als ob »alle künftigen Tage in eine feste Masse zusammenfrieren u. sich für immer schwer«[41] auf ihre Brust legten. Zwanghaft versuchte jeder, aktiv zu sein. Wer über Papier und Stifte verfügte, schrieb sich aus der Wirklichkeit. Andere rezitierten Gedichte. Aus den mächtigen Worten der bekannten Klassiker erwuchs neue Kreativität. Parodien machten in den Lagern die Runde. Wie die auf Schillers »Die Bürgschaft«, die mit der Czernowitzer Klangfarbe den neuen Ton traf:

»Das Oranienburger Lager
der Führer just inspiziert,
In einer Zelle grad'
Ein Sozialist Schillers Werke studiert.
Drauf bleibt der Führer erstaunt stehn
Und spricht zum Sozialisten:
›Hast endlich doch eingesehn

Dass wir Nazionalsozialisten sind,
Trotz aller Gegner gross Geschrei,
Die einzig richtige Partei.‹
Worauf der Sozialist sich erhebt
Und lacht ihm ins Gesicht:
›Schiller Nazionalsozialist?
Das glaubst Du selber nicht!‹
Darauf der Führer wutentbrand:
›Das wagst Du mir zu sagen!?
Dafür wird dir von Henkers Hand
Der Kopf heut' abgeschlagen!‹
›Ich bin‹, spricht jener, ›zum Sterben bereit,
Doch bitt' ich gewähr mir drei Minuten Zeit,
Bis ich Dich vom Wahne befreit,
Und Dir bewiesen – trotzdem's mir fatal ist
Dass Schiller international ist.
Er schrieb als internationaler Mann
Für Frankreich *Die Jungfrau von Orlean*,
Er schrieb, wie Dir wohl bekannt,
Maria Stuart für England,
Er schrieb, das weiss jedes Kind bereits,
Wilhelm Tell doch für die Schweiz;
Und ist Dir unbekannt geblieben
Was für Italien er geschrieben?
Ich las heut' früh in der Burg von Oranien
Dass Schiller geschrieben *Don Carlos* für Spanien.‹ –
›Halt!‹ schreit der Führer krebsrot im Gesicht,
›Und für Deutschland, Schurke, schrieb
Schiller nichts?‹
›Oh doch, mein Herr, gewährt mir die Bitte,
Für das heilige Deutsche Reich das Dritte,
Wo tausend Gelehrte emigriert,
Wo tausende Menschen sterilisiert,
Wo gottverlassene braune Horden
Tempel schänden und Juden morden,
Wo auf der Flucht erschossen man

Fand ihre Leiber,
Dem Lande schrieb Schiller das Drama
Die Räuber.‹«[42]

Jeder besann sich auf Fähigkeiten, die er einbringen konnte.

Pflanzenkundige durchstreiften das felsige Gelände und suchten in den kargen Grasnarben nach Blüten und Gräsern. »Lagertee« brauten sie daraus und einigen gelang es sogar, damit ein Geschäft zu machen. Hauptsache war, etwas zu tun zu haben, damit man nicht »wahnsinnig werden muß«[43].

Jeder Tag war neue Herausforderung im Sich-Mut-machen. »Macht nichts.« Wie oft Selma mit diesen zwei Wörtern Enttäuschungen beiseiteschob! »Macht nichts« – wenn Anstrengungen wieder ins Leere gelaufen waren. »Macht nichts« – wenn Erinnerungen sie überwältigten und schmerzten. Selma schien sich dann regelrecht nach dem »unsagbar süßen Weh solcher Erinnerungen«[44] zu sehnen. Im Schmerz konnte sie Kräfte mobilisieren und erstarken. »Chasak – sei stark.« Selma hatte den Abschiedsgruß ihrer Gruppe nicht vergessen. Gemeinsam hatten sie vieles durchgestanden. Selma war sich sicher, dass sie gemeinsam mit Renée das Lagerleben leichter ertragen hätte. Wenn sie an ihre eigene Stärke appellierte, beschwor sie »irgendein besonders heißes, lebendiges Bild«[45]: Freunde, Sehnsüchte, Erinnerungen wie an »Berta. Od. – Leiser. Od. – ein Kuß«[46]. In der Öde des Steinbruchs verkümmerte die Kraft zur Fantasie, bis Erinnerung nichts als »ein flüchtiges Vorbeistreifen an einem Gesicht od. einem Wort«[47] war.

Schikanöse Zählappelle durchbrachen die Monotonie des Alltags, zermürbten psychisch und physisch: Alle hatten sich mit Gepäck zu versammeln. Dann wurde in der Sommersonnenglut gezählt. Wieder und wieder gezählt, bis die inspizierenden Offiziere mit dem Ergebnis zufrieden waren und die Anzahl der Personen sich mit den Namen auf ihren Listen deckten. Auch wenn dazu Kranke und Sterbende aus den Baracken geholt werden mussten. Ging das den Aufsehern zu schleppend voran, peitschten sie Tempo mit Gummiknüppel und Revolverknauf durch. Willkürlich ihre Opfer suchend: »Plötzlich drehte sich der Offizier dem Mädchen zu, mit dem er sich erst wohlwollend unterhalten hatte, hob den Revolver und ließ ihn auf ihr Haupt niedersausen.«[48]

Panische Angst hatte die Lagerverwaltung vor dem Fleckfieber, auch Läusetyphus oder Kriegspest genannt. Parasitäre Bakterien suchten sich Läuse und Flöhe als Wirte aus, die diese Krankheit dann übertrugen. Läuse lauerten und wimmelten überall. Fette, schwarze, bedächtige, kleine, fast durchsichtige. Sie nisteten sich in der Kleidung ein. Sie setzten sich in den Schrunden der Haut fest. Sie krabbelten von Mensch zu Mensch und befielen Alte wie Junge. Epidemieartig breitete sich deshalb die Krankheit aus, raffte entkräftete Menschen dahin mit hohem Fieber, Gliederschmerzen, Schüttelfrost und Bewusstseinsstörungen. Stellten sich die typischen Flecken durch Einblutungen am Körper ein, war meist das Endstadium erreicht. Die Wachhabenden inspizierten deshalb die Gruppen regelmäßig in Begleitung eines jüdischen Arztes. Wahllos griffen sie sich »gewöhnlich einen älteren Menschen heraus und unterwarfen ihn einer eingehenden Kontrolle nach Läusen«[49]. Sie wurden immer fündig. Und als könnten sie ihnen die Läuse vom Leib prügeln, knüppelten die Aufseher ihre Opfer nieder.

Das Lagerleben war tröstlicher geworden, seit die Häftlinge die Markttage als Kommunikationsbörse entdeckt hatten. Bauern kamen viel herum. Sie hatten Zugang zu allen Lagern und Gettos der Umgebung. Gegen entsprechende Gegenleistung schmuggelten sie Kassiber und brachten Kunde von Verwandten und Freunden zurück. Man konnte allerdings nie sicher sein, ob man »Gelegenheit haben [würde], diesen Zettel zu befördern«[50]. Doch Selma hatte Botschaften empfangen. »Tunia« hatte ihr schon mehrfach Zettelchen zugesteckt. So hatte Selma von der befreundeten »Familie Gelber« gehört, die ihr wohl sehr lieb und vertraut war. Und sie hatte von ihrem Onkel Josef Meerbaum[51] Nachricht erhalten.

Josef Meerbaum hatte schon im Oktober 1941 mit Frau und Tochter zu den Deportierten gehört und war im Lager

Obodowka gelandet. Wie Renée, die es mit ihrer Familie auch dorthin verschlagen hatte.

Obodowka hatten die Deutschen auf ihrem Sturm nach Osten überrannt, zerstört und dann den Rumänen überlassen, die dort mehr als neuntausend Juden internierten. Der Winter 1941/42 war hart und entbehrungsreich gewesen, doch Josef Meerbaums Familie hatte ihn im Getto überlebt. Josef war zwar zum Skelett abgemagert, doch er hätte sich kräftig genug gefühlt, Selma zu retten. Selma, die Tochter seines verstorbenen Bruders. Von Selmas Mutter Frieda oder Leo Eisinger sprach Josef nicht. Eigentlich war er entschlossen gewesen, »aus Obodowka nach Kariera de Piatra gehen, um Selma zu retten, aber Frau u. Tochter haben [ihn] daran gehindert, da dieses Lager ein Todesgebiet war«[52]. Und so ging Josef nicht. Selma blieb im »Todesgebiet« des Steinbruchs.

Gute zwei Monate war sie schon dort. Mittlerweile war es August geworden. Tagsüber heizten sich die Felsen auf. Kein Baum warf Schatten, die Baracken durften nicht aufgesucht werden. Die boten auch nachts wenig Schutz, hielten die Kälte nicht ab, die von den Felsen in die Behausungen kroch, sodass Raureif morgens nicht nur die Gräser überzog, sondern auch die Tränen der Nacht in den Wimpern gefrieren ließ.

Tagsüber fanden sich zum Zeitvertreib Gleichgesinnte zusammen. Einige Jugendliche hatten schon wenige Tage nach ihrer Ankunft im Steinbruch unterhalb der Felsen eine Badestelle für sich in Beschlag genommen. Es wurde ein kurzes Vergnügen. Die Deutschen jenseits des Bugs verlangten sofortiges Badeverbot im Fluss für Juden. Waren die etwa zum Vergnügen hier? Der rumänische Lagerkommandant von Cariera de piatră machte den jüdischen Intellektuellen daraufhin das Angebot, seine private, vom anderen Ufer nicht einsehbare Badebucht zu nutzen. Aus Solidarität zu den Nicht-Privilegierten verzichteten sie darauf.

Hatte sich Selma auch zu den Dichtern und Intellektuellen um Alfred Kittner und Isak Weißglas gesellt, die im Gras lagerten und Gedichte schrieben? Hatte Selma ihnen ihre Gedichte gezeigt? Selma war Alfred Kittner ein Begriff, als er später mit Selmas Freundin Renée zusammentraf. Cousin Paul war ohnehin überzeugt, »... dass es nichts auf der Welt gibt, um dessentwillen ein Dichter es aufgibt zu dichten, auch dann nicht, wenn er ein Jude ist«[53]. Und deshalb hatte auch die junge Sonja Jaslowitz gedichtet. Sie war drei Jahre jünger als Selma und mit ihr im Steinbruch. Den wird sie überleben. Den ersten Angriff der Alliierten auf Bukarest am 4. April 1944 nicht.

»In dieser steinernen Natur
Wird mein Herz zu Stein
Ich bin eine Verbannte nur
Verurteilt zu Qual und Pein.«[54]

Hat Selma Sonja getroffen? Sonja und Selma sehnten sich beide nach Heimat. Auch in Sonja tobte das »Heimweh heiß und kalt«. Beide jungen Mädchen werden das Gedicht gehört haben, das Selma entzückte, das sie »wunderschön« fand, weil es genau an diese Sehnsucht rührte. »Heimweh«. Den Autor kannte Selma nicht, doch seine Verse bald auswendig. Alle Strophen des Volkslieds der Banatschwaben schrieb Selma in ihrem Brief an Renée auf. »Heimweh« – wird üblicherweise auf dem Akkordeon begleitet. Eine junge Frau im Lager hatte ihr Instrument mitgebracht und spielte allabendlich das Lied mit dem Violinvirtuosen Flohr im Quartier des Lagerkommandanten Leutnant Vasilescu. Sie rettete sich damit ihr Leben. Dass Theodor Weißglas Flohr seine Geige überlassen hatte, sollte sich auch auszahlen. Der verantwortliche Leutnant belohnte das Entgegenkommen, indem er die Familie Weißglas vor der Deportation zur deutschen Organisation Todt jenseits des Bugs bewahrte.

Nicht nur Musik drang aus der Kommandantenbaracke zu den Häftlingen hinauf. Das Wehklagen der jungen jüdischen Mädchen, die allabendlich aus den Baracken gezerrt und der Wollust des Lagerkommandanten und seiner Gäste ausgeliefert wurden, war weithin zu hören. Niemand schritt ein. Im Gegenteil: Aus höchster Verzweiflung und auf Vorteile hoffend, »schickten manche Eltern, höchst ehrenwerte Bürger, ihre Töchter sogar selbst hinauf«[55]. Erst im Morgengrauen kehrten die Mädchen in ihre Baracken zurück.

Wenn wehmütige Akkordeonklänge sich mit Sehnsucht nach Heimat paarten, war es Selma, als ob sie »wahnsinnig werden« würde. »Besonders in diesen unsagbar hellen u. weißen Nächten, die zum Überströmen voll sind mit Sehnsucht.«[56] Nächte, in denen Erinnerungen ans Licht drängten. Dann tauchten auch die Bilder von den berauschenden ersten Begegnungen mit den sowjetischen Soldaten im Sommer 1940 auf: als Selma mit den anderen von Hashomer Hazair abends an den Straßenecken gehockt war und dem Chor der jungen Männer gelauscht hatte, die wehmütige Lieder anstimmten. Akkordeon hatten sie gespielt und mit ihren tiefen Stimmen von Heimat erzählt, die sich in den Weiten der russischen Steppe verlor. Das Volkslied »Polyushka Pole«, das Selma so nachhaltig berührt hatte, brachte in der Verlassenheit des Steinbruchs die Saite der Wehmut zum Klingen. »Singe einmal spät am Abend, wenn du allein bist, Poliuschka. Vielleicht wirst du dann begreifen, wie mir zumute ist«[57], schrieb sie an Renée.

Selma war knapp zwei Monate im Steinbruch, als sie aus Obodowka Nachricht von der Freundin bekam. Der August war glühend heiß und Selma kaum imstande, »den Bleistift zu halten«[58]. Doch keine Hitze der Welt hätte sie abhalten können, der Freundin zu antworten. Beim Schreiben entstieg Selma der deprimierenden Wirklichkeit. Nach mehr als einem Jahr konnte sie Renée endlich wieder nah sein. Sie liebkoste sie regelrecht mit ihren Worten:

»Rena«, »Tatanca«, »Netsel[...]«.

Kosenamen von Renée

Mit immer neuen, zärtlichen Namen holte sie sich die Freundin in ihren Alltag. Es wurde ein langer Brief:

»Rena Tatanca, es ist so heiß hier, daß ich zu faul bin die Augen zu schließen, daß ich nicht imstande bin den Bleistift zu halten u. es mir schwer fällt einen Gedanken durch mein Hirn zu wälzen.

Trotzdem will ich dir schreiben. Eigentlich weiß ich ja nicht einmal ob ich Gelegenheit haben werde diesen Zettel zu befördern – macht nichts. Jetzt wenigstens kommt es mir vor, daß du bei mir sitzt, daß ich nach fast einem Jahr wieder mit dir sprechen kann. Was sage ich nach fast einem Jahr.

Eigentlich war das letzte Jahr in Czernowitz gewesen, so, als ob wären wir beide weit voneinander entfernt. Eigentlich sind ja schon mehr als zwei Jahre vergangen seit der Zeit, in der wir Nachmittage lang zusammengesessen sind, ohne zu reden. Nachmittage an welchen du gespielt hast u. ich zugehört habe u. wir beide genau gewußt haben wie es jeder von uns zumute war.

Es ist vielleicht nicht gut daß ich solche Erinnerungen heraufbeschwöre. Aber macht nichts. Ich weiß nicht wie du es empfindest, ich jedenfalls, sehne mich manchmal schon nach dem unsagbar süßen Weh solcher Erinnerungen. Es gibt Augenblicke in welchen ich versuche, irgendein besonders heißes, lebendiges Bild heraufzubeschwören u. es mir nicht gelingt. Höchstens einmal ein flüchtiges Vorbeistreifen an einem Gesicht od. an einem Wort, ohne es aber zu erfaßen od. zu vertiefen. Ich denke manchmal – Berta. Od. – Leiser. Od. – ein Kuß. Den Sinn dieser Begriffe erfaße ich nicht. Laßen wir das. Ich hab hier ein Gedicht, dessen Autor ich nicht kenne. Es ist wunderschön:

Heimweh
Heute in der Nacht
bin ich aufgewacht
u. habe geweint
Oh, du stiller Stern,
hoch in blauer Fern,
du sei mein Freund!
Hab ich dich so golden und schön
auch in der Heimat geseh'n.

Weißt du was das heißt:
›Heimweh‹?
wie das Herz zerreißt
Heimweh?
Grüß das Städtchen klein,
auch jeden Stein
und jeden Baum.

Steht wohl noch die Bank,
wo die Amsel sang
am Waldessaum?
Wenn du meinen Liebsten siehst,
dann sag ihm nicht wie schwer mir ist.
Weiß du was das heißt:
›Heimweh‹?
wie das Herz zerreißt
Heimweh?
Alles rings umher
ist so kalt und leer,
traurig rauscht das Meer:
Heimweh, Heimweh …
Wenn in dir erwacht
Heimweh,
folgt da Tag und Nacht
Heimweh
Jahr um Jahr verweht,
keiner doch versteht,
u. das Herz vergeht
vor Heimweh … Heimweh … Heimweh …

Netsel[…] wie lange wird das wohl noch dauern? Wie hälst du das noch aus? Ich bin noch nicht einmal 3 Monate hier u. es kommt mir schon vor daß ich wahnsinnig werden muß. Besonders in diesen unsagbar hellen u. weißen Nächten, die zum Überströmen voll sind mit Sehnsucht. Singe einmal spät am Abend, wenn du allein bist, ›Poliuschka‹. Vielleicht wirst du dann begreifen, wie mir zumute ist.

Erinnerst du dich an das fünfte Kapitel aus ›Heim und Welt‹? Ich werde dir paar Sätze abschreiben: ›Warum kann ich nicht singen? Der ferne Fluß schimmert von Licht; die Blätter glitzern; das Morgenlicht gießt sich wie die Liebe des blauen Himmels über die Erde aus, u. in dieser Herbstsymphonie bleibe ich alleine stumm. Der Sonnenschein der Welt trifft mein Herz mit seinen Strahlen, doch es wirft sie nicht zurück: August ist da. Wild schluchzt der Himmel auf. U. Tränenströme stürzen auf die Erde; u., ach mein Haus ist leer.‹

Es ist mir, als ob alle meine künftigen Tage in eine feste Masse zusammenfrieren u. sich für immer schwer auf meine Brust legen wollten.

Rena, Rena. Wenn du wenigstens mit mir wärest, ich weiß nicht, vielleicht, würden wir einander, wenn wir zusammen wären, bald zuviel werden. Vielleicht aber auch nicht. Jedenfalls könnten wir noch gut einen Monat durchhalten wenn wir zusammen wären.

Natürlich hält man es auch so aus. Man hält es aus, trotzdem man immer wieder meint: jetzt, jetzt ist es zuviel. Jetzt halte ich nicht mehr durch. Jetzt breche ich zusammen.

Soeben bringt mir Tunia einen Zettel von Rochzie. Ich benütze die Gelegenheit um dir diesen, wenn auch unvollkommenen, Erguß zu schicken.

An die Familie Gelber sollt ihr bloß schreiben, daß wir hier sind.

Küße, Chasak,

Selma

Grüße von Familie zu Familie.«

Ganz eng und mit kleiner Schrift beschrieb sie ihn, um möglichst viel Text darauf unterzubringen. Und doch war Selma das Gedicht »Heimweh«, das sie für Renée mit allen Strophen aufgeschrieben hatte, so wichtig, dass sie lieber Platz verschwendete, als Verse um ihre Wirkung zu bringen.

Ihren Brief konnte Selma nicht beenden – wieder hatte sie keine Zeit gehabt, zu Ende zu schreiben. Tunia war ins Lager gekommen und konnte nicht warten. Tunia hatte Selma »einen Zettel von Rochzie« gebracht und hatte es eilig. Wollte Selma ihr den Brief mitgeben, so musste sie es bei ihrem »unvollkommenen Erguß« belassen – ihren Humor hatte sich Selma bewahrt. Ihr Pflichtbewusstsein und ihre Rücksichtnahme auch. Sie beauftragte Renée am Schluss des Briefes, der »Familie Gelber« Grüße auszurichten, doch sie nicht zu beunruhigen: Nichts von den Entbehrungen im Lager sollte sie erzählen, die Freunde nur wissen lassen, dass sich Selma mit ihren Eltern zusammen hier aufhielt. Mit dem letzten zärtlichen Abschiedsgruß an Renée beschwor sie alte Zeiten: »Küße, Chasak, Selma.« Kraft und Stärke. Tunia wartete: Hastig setzte Selma noch »Grüße von Familie zu Familie«[59] ganz unten auf die Briefseite, dann faltete sie ihn. Einmal, zweimal, dreimal längs. Und dann noch quer. Wieder und wieder und so oft, bis er als Kassiber in Tunias Hand verschwinden konnte. Tunia konnte Renée den Brief übergeben, die ihn aufbewahrte und sich auf keinem ihrer Fluchtwege von ihm trennte. 1946 schließlich brachte sie ihn sicher nach Bukarest.

Viele Überlebende waren vor den Russen ins rumänische Altreich geflohen. Alte Mitstreiter aus den zionistischen Verbindungen fanden dort wieder zusammen. Erinnerungen und Erlebnisse wurden ausgetauscht. Auch Else und Renée hatten den Krieg überlebt und sahen sich in Bukarest wieder. So konnte sich die Überzeugung von Selmas altem Lehrer Hersch Segal bewahrheiten, dass auch Büchern und Schriften ein Schicksal beschieden ist: »Habent sua fata libelli.« Renée überließ Else ihren Brief, die ihr dafür Selmas Gedichte anvertraute.

Die Gedichte machten besonders auf einen jungen Mann tiefen Eindruck, der Selma schon in der Gruppe Hashomer Hazair verehrt haben musste. Er las Selmas Gedichte. Mit welchem Recht? »Das Recht dazu schöpfte ich aus dem Bilde, das in mir lebt, das ich geliebt habe und lieben werde mit der Tiefe und Andacht der ersten Erschütterung.«[60] Irgendwann wollte er versuchen, »einen Kastanienbaum zu pflanzen an einem so schmerzlich einsamen Grab in der Steppe. Vielleicht wird der

Schmerz dann weniger hart sein, vielleicht werde ich dann weinen können.«[61] Sein Schmerz war auch vier Jahre später nicht weniger geworden. 1950 noch trauerte der Freund weiter um Selma, litt unter der »Sehnsucht, die bohrt unverschämt und unbekümmert um Zeit, Distanz und Menschenherzen? Und es schiebt sich ein lachendes, lebensfrohes Gesicht dazwischen, – ein verlorenes Grab in der ukrainischen Steppe ...«[62]

Leider wissen wir über den unbekannten Fremden nichts. Ob es Yuda Wasser war, der sich auf dem Gruppenfoto der Hashomer Hazair eng an Selma schmiegt?

Renée und Else trennten sich, fanden in Israel aber wieder zusammen. Renée hatte sich quer durch Europa durchgeschlagen, Else kam über Bukarest nach Paris, wo sie von 1947 bis 1950 Englisch und Französisch studierte[63], malte, zeichnete und Kontakt zu Paul Celan aufnahm. Von einer Gesellschaftsreise nach Israel kehrte sie nicht mehr nach Frankreich zurück, wollte in Israel Heimat finden. Während des Golfkriegs 1991 brachen alte Wunden auf und setzten Erinnerungen frei. Sie fühlte sich gefährdet und heimatlos. Else ertrank am 29. Mai 1995.[64]

Selma war im Lager mit ihrer Sehnsucht nicht allein. In einer jener unsagbar hellen weißen ukrainischen Nächte, in der Sterne flimmerten und funkelten, traute Rabbiner Schulsohn auf dem Steinbruch inmitten aller Hoffnungslosigkeit ein junges Paar. Sie machten ein Fest für alle daraus. Es wurde getanzt und gesungen. Es war eine Feier gegen die Verzweiflung. Eine Nacht lang wenigstens wollten sie die Wirklichkeit vergessen. Die bekannte rothaarige Czernowitzer Sängerin Ziegler gab das Soldatenlied »Lili Marleen« zum Besten. Viele hörten es im Steinbruch zum ersten Mal.[65] Irgendwo im Lager kam ein Baby auf die Welt.

Dann übernahm der Lager-Alltag wieder die Geschäfte. Einseitige Geschäfte zumeist, von der die Offiziere profitierten, die ihre Dienste im Tausch für Wertgegenstände anboten. Die Lagerinsassen hatten keine Wahl. Sie gaben für wertloses Geld teuren Schmuck, den sie in Mantelfalten genäht, als Knöpfe getarnt, gerettet hatten, in der Hoffnung, sich und ihrer Familie damit das nackte Leben zu erhalten. Hoffnung, mit der lukrative Geschäfte abgewickelt wurden, die wie Ware verhökert wurde: Hoffnung auf die Rückkehr in die Heimat, auf einen Wechsel in ein anderes Lager, auf Arbeit in einem der Gettos. Hoffnung auf Hoffnung – Geld gegen Hoffnung. Dafür wurden viele Briefe auf den Weg geschickt. Wieder Hoffnung gegen entsprechendes Entgelt. Verzweifelte Briefe flehten um Hilfe. »Unser Dasein hier läßt sich gar nicht beschreiben, es ist ein großes Elend hier und leider sind wir auch drin. – Lange kann man so etwas nicht mitmachen, trotzdem man auch stramm sein möchte ...«[66] Ihnen blieb nur das »Stramm-sein«, denn viele der Briefe erreichten ihre Adressaten nie. Pakete und Geldüberweisungen, die in Transnistrien Not lindern sollten, blieben auf der Strecke und wanderten in fremde Taschen.

Von dem Lager Ladijin waren wahre Wunderdinge zu den Häftlingen im Steinbruch gedrungen: Ladijin sollte eine gute Verwaltung haben. Eine richtige jüdische Gemeinde sollte es dort geben. Und Arbeit. »Und Alt und Jung beschäftigte sich mit Ladijin, dem Paradiese der Juden weit und breit«[67] und konzentrierte Energie und Hoffnung darauf, dorthin überführt zu werden. Dafür war jeder bereit, alles zu geben. Letztlich war die Möglichkeit einer Übersiedlung nach Ladijin wieder eine Frage des Geldes. Vermittlungsgeld für die Unterhändler. Doch kaum einer verfügte noch darüber. Die heißen Tage schleppten sich dahin. Zermürbten. Ließen nach und nach auch die Hoffnung sterben.

»Vor der Abendröte steht ein Mann,
Der sich vor Sonne nicht halten kann
Und auf der Wiese, im letzten Licht,
Ein schwarzer Strich, in den Himmel sticht.
[...]
Das Abendlicht ist bald zu Ende,
Das Rot verdämmert im Gelände,
Verwandelt sich ins Violette
Und schluckt des Mannes Silhouette.«[68]

Dann kam der 14. August. Er durchbrach die Monotonie. Und gleich wieder erwachte Zuversicht. Die Lageraufsicht verfiel in unterwürfige Hektik: Die Häftlinge sollten aufräumen, Feuerstellen säubern, sich mit Sack und Pack nach Gruppen geordnet auf dem Plateau einfinden. Männer und Frauen getrennt. Gäste würden erwartet, die höflich begrüßt werden sollten. Und keiner sollte es wagen, sich zu verstecken.

Jeder hatte die schwarze Limousine mit dem aufgemalten weißen Hakenkreuz und dem Totenkopf gesehen, der drei hochrangige SS-Angehörige entstiegen: Gauleiter Baron von Christoffel mit zwei hochgewachsenen deutschen Begleitern. Herrisch und überheblich traten sie auf. Sonderten mit ihren Reitgerten immer wieder Menschen aus. Inspizierten. Entwürdigten. Stellten Menschen bloß. Und beendeten ihren Rundgang mit der triumphierenden Frage, ob die hier Versammelten nicht alle bei ihnen arbeiten wollten? Bei ihnen, den Deutschen, jenseits des Bugs. Zögerliche Ja-Rufe setzten ein, die dann bestimmter, lauter wurden: JA! JA! War nicht alles erstrebenswerter als dieser Stumpfsinn auf der Felsenplatte? Als in flirrender Hitze langsam zu verdorren und in der Einöde zugrunde zu gehen? Wer Arbeit anbot, musste für Unterkunft und Ernährung sorgen. Also: JA!

Der rumänische Lageroffizier Vasilescu konnte seinen Unmut nicht beherrschen, als die Deutschen abgefahren waren. Er beschimpfte die Lagerinsassen: Ob sie eine Vorstellung davon hätten, was »Arbeitseinsatz« bedeute? Vor allem jenseits des Bugs. »Das Gehen zu den Deutschen bedeute [den] sofortigen Untergang und er erzählte bisher nicht geahnte Schauergeschichten von jenseits des Bugs, wo die endgültige Ausrottung der Juden im Programme der Deutschen gelegen sei.«[69] Wer dorthin ginge, sei verloren.

Die Gruppen waren aufgewühlt. Erregt wurde diskutiert. Selma wird sich in die Diskussionen eingebracht, Für und Wider abgewogen haben.

Selma wollte *Lasten heben, [...] frei sein und atmen und schrein*[70]. Sie hasste Untätigkeit. Hatte sie eine Wahl? Etwas Besseres als den Tod würden sie sicherlich auf der anderen Seite des Flusses finden. Davon waren die überzeugt, die nichts als ihr Leben zu verlieren hatten und auf Erlösung hofften. Die anderen forcierten ihre Anstrengungen, nach Ladijin zu kommen oder sich von dort Hilfe oder Rettung zu erbitten – wer konnte, zu erkaufen.

Die SS hatte auch in den umliegenden Lagern – Ladijin und Obodowka – ähnliche Razzien wie im Steinbruch durchgeführt. Welche Absichten verfolgte sie?

Der 18. August setzte allen Spekulationen ein Ende. Doch auch allen Hoffnungen. Früher als sonst hatte die morgendliche Unruhe eingesetzt, Leutnant Enachiţa aus Ladijin war mit dem Bezirks-Prätor angereist, gefolgt von SS-Leuten in Limousinen und ukrainischer Miliz in Lastwagen. Alle Gruppen wurden mit ihrem Gepäck zum Appell befohlen. Einige aber stahlen sich in die entlegensten Baracken davon, bevor der Platz abgeriegelt wurde. Das waren die, die schon ihr Geld für eine Überführung nach Ladijin gezahlt hatten. Nach einem heftigen Wortgefecht mit den Deutschen sonderte der rumänische Lager-Offizier Vasilescu eine weitere Gruppe als unentbehrlich aus, die im Steinbruch verbleiben durfte.

Selma gehörte nicht dazu. Ihren Namen trug der jüdische Mathematik-Professor Aaron Locker in die großen Register ein, die auf einem Tisch in der Mitte des Platzes ausgelegt worden waren. Locker hatte sich freiwillig zu diesem Dienst gemeldet, sich möglicherweise Vergünstigungen erhofft – doch sein Name schloss die Liste ab. Tausendeinhundertfünfzig Menschen, Mann um Mann, Frau um Frau, trotteten mit ihrem Gepäck an Lockers Tisch vorbei. Tausendeinhundertfünfzig Namen füllten die »Liste der Personen, die sich nicht mehr im Lager am Bug befinden«[71]. Sogar von tausendzweihundert Opfern wurde gesprochen[72], die für die Todeslager jenseits des Bugs ausgesondert wurden. Die deutschen Offiziere schritten die lichter werdenden Reihen immer wieder ab, prügelten mit Faustschlägen und Tritten weitere Opfer hervor und schubsten sie in Richtung der wartenden Lastwagen. Ihr Gepäck werde ihnen nachgebracht, riefen die deutschen Fahrer lachend und schmissen Rucksäcke und Bündel auf die LKWs. Selma musste es trotz strenger Kontrolle gelungen sein, Stift, Papier und ihr Buch »Das Heim und die Welt« an den Wachen vorbei zu retten. Wenig später saß sie auf einem der Lastwagen, die davonratterten und vom gelben Staub verschluckt wurden, der hinter ihnen aufwirbelte. Staub, der *wie Rauch ins Nichts verfließt*[73].

Und dann sahen die Zurückgebliebenen vom Plateau aus, wie die Gepäckbündel wieder von den Lastwagen abgeladen wurden. SS, Miliz und rumänische Offiziere teilten sich die Beute, lachten, sonderten die besten Stücke aus, probierten Mäntel und Schuhe und warfen auch den lauernden Bauern großzügig immer wieder etwas zu. Später erfuhren die Zurückgelassenen, dass die gleichen Aktionen auch in den drei großen Lagern Ladijin, Obodowka und Tschertwetenowka durchgeführt worden waren. Auch dort waren Juden ausgesondert worden, darunter Paul Celans Eltern aus Ladijin.

In Obodowka entgingen Renée und Josef Meerbaum mit ihren Familien dem sicheren Tod.

Mit der untergehenden Sonne versammelten sich vierhundertfünfzig Übriggebliebene auf dem Plateau der Cariera. Jetzt erst fiel ihre Anspannung ab. Jetzt erst wurde ihnen bewusst, dass sie ihrem Verderben entgangen waren. Isak Weißglas und seine Familie verdankten ihre Rettung der Geige ihres Sohnes Theodor. Der rumänische Lagerkommandant Vasilescu hatte sein Versprechen gehalten. Alfred Kittner und seine Frau wurden von Vasilescu als Familienangehörige einer begünstigten Lagerinsassin akzeptiert und blieben von der Deportation über den Bug verschont.

Menschen waren gerettet worden. Aus reiner Menschlichkeit, die einen. Aus purer Berechnung, die anderen. Der Grund war unerheblich. Nur eines zählte: noch einmal davongekommen zu sein.

Selma aber fuhr ihrem Untergang entgegen.

Kapitel 7

Und du weißt: wenn jetzt ein Frost kommt – stirbt sie,
stirbt und hat das Leben nicht gelebt[1]

Haupttruppführer Werner Bergmann machte große Augen. Arbeitskräfte für den Straßenbau waren ihm angekündigt worden. Doch den Lastwagen der Organisation Todt[2] entstiegen Frauen, Kinder, Kranke, Ausgezehrte, Blinde. Einundneunzig Jahre zählte ein Greis, zwei Wochen nur ein Säugling, dessen Mutter außer sich vor Angst war, dass die Lageraufseher ihr Baby töten würden. Eine Großmutter drückte ein wenige Monate altes Baby an ihre Brust. Seine Eltern waren auf einen LKW getrieben worden und nun auf dem Weg in ein anderes Lager.

Sie alle waren am 18. August aus Ladijin, Obodowka und Tschertwetenowka geholt, zum Bug gekarrt und auf improvisierten Fähren über den Fluss zu den Deutschen geschafft worden. Dort übernahm die Organisation Todt das Kommando über sie – nachdem rumänische Grenzposten ihnen Geld und versteckte Wertgegenstände abgenommen hatten: »Wo ihr hinkommt, braucht ihr kein Geld mehr.«[3]

Am Ufer des Bugs hatten sich dann nochmals jammervolle Szenen abgespielt: Mütter waren von ihren Kindern getrennt worden, Männer von ihren Frauen, als sie wahllos auf Laster verteilt wurden, die sie zu unterschiedlichen Zwangsarbeitslagern fuhren: Michailowka, Braclaw, Teplik, Tarassiwka.

Die Nacht hatten sie unter freiem Himmel in Gaisin verbracht, dann ging die Fahrt weiter Richtung Osten. »Teplik« und »Uman« zeigten die Straßenschilder an. Die ersten Lastwagen hielten in Michailowka. Ein Flecken, ein kleines Dorf, eine Kolchose. Nichts weiter als ein paar Häuser, eine verlassene Schule und die Stallungen der Gemeinschaft. Ein erbärmlicher Stall – ein maroder, etwa fünfundvierzig Meter langer Holzschuppen, in dem zum Teil weiterhin die Pferde untergebracht waren. Zum Ärger der Dorfbewohner hausten nun auch Häftlinge darin und deshalb umschloss zweifacher Stacheldraht das Areal. Nur ein enger Durchlass war freigeblieben. Neben dem stand ein Galgen, auf den der Wachhabende die Neuankömmlinge gleich bei der Begrüßung aufmerksam machte: Da würden die aufgehängt werden, die einen Fluchtversuch wagten. Den Letzten hätten sie gerade abgehängt. Sie alle seien zum Arbeiten hier. Ohne Ausnahme.

Unter den nach Michailowka Deportierten war auch der Maler Arnold Daghani.

Seine Frau Anishoara und er waren aus Bukarest gekommen und hielten sich im Juni 1942 gerade in Czernowitz auf, als sie dort den Häschern in die Hände fielen. Am 7. Juni gehörten sie zur ersten Gruppe der Deportierten.

Daghani war Maler und hatte seine Malutensilien in das Lager gerettet. Er malte den Alltag, skizzierte das Grauen, aquarellierte die Unmenschlichkeit. Und er führte ein geheimes Tagebuch – in englischer Stenografie, damit seine Aufzeichnungen im Falle einer Entdeckung nicht ohne Weiteres lesbar wären. So konnte er Zeugnis ablegen, Schicksale und Lageralltag nachvollziehbar machen, das Quälen und Töten dokumentieren. Daghani wird namenlosen Häftlingen Gesicht und Identität geben. Sein »Tagebuch löst die Anonymität des ›Holocaust‹« auf und »dokumentiert mit Daten und Fakten das subtile System der Gräueltaten und der Massenvernichtung«[4].

Ihm ist es zu verdanken, dass Selma Merbaums Weg nach Michailowka nachgezeichnet werden kann. Er erwähnt Selma und ihre Eltern in seinen Aufzeichnungen, er hielt Selmas Sterbetag fest und skizzierte, wie die tote Selma in Tücher gewickelt abtransportiert wurde.

Denn von einem der beiden LKWs, die am Mittwoch, dem 19. August 1942, vor den Stallungen in Michailowka hielten, kletterten Selma, ihre Mutter und ihr Stiefvater. Sie hatten Glück gehabt, waren nicht getrennt worden. Auch die Familie Rones mit Selmas Cousine Edit und Paul Celans Eltern, Fritzi und Leo Antschel, waren aus den Lagern Braclaw und Tschertwetenowka zur Zwangsarbeit nach Michailowka transportiert worden.[5] Welch traurige Gelegenheit für eine Wiederbegegnung zwischen den Schrager-Kindern, den Cousinen Fritzi und Frieda mit ihren Familien. Selma wird auch Nathan Segal unter den Neuankömmlingen erkannt haben, den Vater ihrer Klassenkameradin Ruth. Zum zweiten Mal hatte der kleine Tuchhändler Größe gezeigt und Schwägerin und Neffen erneut nicht im Stich gelassen: Segal hätte »aus verschiedenen Gründen«[6] mit seiner Frau Lotti und den Töchtern Ruth und Livia in Ladijin bleiben können, doch er war der Schwägerin und seinen Neffen mit seiner Familie freiwillig in das Arbeitslager gefolgt. Was Segal in Ladijin nicht gelungen war, erreichte er in Michailowka: Er ernannte sich zum Lagersprecher und machte sich aufgrund seiner Sprachkenntnisse als Übersetzer bei dem Leiter des Bautrupps unentbehrlich. Sein erster Erfolg war, dass die Neuankömmlinge in Michailowka nicht sofort in den Stall zu den ukrainischen Häftlingen gesperrt wurden, die dort schon seit drei Monaten hausten. Ausgezehrt, in Fetzen gehüllt, völlig verlaust und deshalb krank, entsetzten sie die gerade Angekommenen. Segal kommandierte aus seiner Gruppe einige ab, die einen anderen Stall erst einmal ausmisteten. So hatten die meisten ab der zweiten Nacht ein Dach über dem Kopf, manche teilten es sich noch mit den Pferden. Erste Erfahrungen wurden ausgetauscht, Ratschläge erteilt: Bloß keine Schwäche zeigen, sonst droht die sofortige Liquidierung. Wer nicht arbeiten konnte, würde ohne Skrupel erschossen, hieß es. Deshalb versuchten Jüngere älter zu erscheinen und Alte jünger. Vierzehnjährige stellten sich beim Appell auf die Zehenspitzen, um nicht als zu jung für die Arbeit zu gelten – und deshalb erschossen zu werden. Männer rasierten sich die Bärte ab, damit sie nicht alt und arbeitsuntauglich wirkten. Frauen zwickten sich in die Wangen, um frisch und munter auszusehen. Kranke meldeten sich gesund, um zu arbeiten.

Sie alle waren der Remscheider Baufirma Dohrmann AG als kostengünstige Arbeiter zur Verfügung gestellt worden: Sechzehn Pfennig pro Tag erhielt die SS pro Arbeiter. Die Dohrmann

AG rekrutierte ihre Arbeitskräfte neben Michailowka noch aus den Zwangsarbeitslagern Tarassiwka und Braclaw.[7]

Ingenieur Werner Bergmann von Dohrmann[8] war für die Straßenbauleitung verantwortlich. Die Firma hatte sich schon beim Autobahnbau in Deutschland einen Namen gemacht, 1935 war ihr der Zuschlag für den Bau der Strecke Köln-Frankfurt gegeben worden. Als Dohrmann 1936 zum ersten Mal einen großen Bagger einsetzte, war die Organisation Todt auf die Firma aufmerksam geworden und hatte sie zum Bau der Durchgangsstraße IV[9], DG IV, verpflichtet. Was die Zwangsarbeiter für die bloße Verbindungstraße zwischen den Dörfern Gaisin und Uman gehalten hatten, war in Wirklichkeit Teilstück einer tausenddreihundert Kilometer langen Straße quer durch Europa.[10]

Werner Bergmann arbeitete mit dem OT-Vorarbeiter Josef Elsäßer zusammen. Die beiden Ingenieure bemühten sich, die ihnen ausgelieferten Arbeitskräfte nicht als Arbeitssklaven, sondern als Menschen zu behandeln, doch konnten sie das willkürliche Vorgehen der SS-Leute nicht verhindern. Arnold Daghani und seine Frau verdankten ihnen letztlich aber ihr Überleben.

Die Verwaltung des Lagers Michailowka unterstand Lagerkommandant Arthur Kiesel, der den SS-Unterscharführer Walter Mintel und litauische Unteroffiziere befehligte. Das Wachpersonal war ukrainisch. Die niederen Befehle an jüdische Häftlinge gaben ausgesuchte Mithäftlinge weiter. Die alte Taktik: sie zu Handlangern zu machen. »Aufstehen und Ankleiden!« – Segals Neffe Dolfi Breiter war für das morgendliche Wecken abkommandiert worden.

»Zu fünft! Zu fünft!« – täglich trommelte dieser Befehl die vierhundertachtzig neuen Häftlinge zusammen. Morgens, mittags, abends. Inspizieren. Disziplinieren. Arbeit einteilen. Selma gehörte nicht zu den Privilegierten, die zum Küchendienst oder Kochen abgestellt wurden, sondern reihte sich allmorgendlich in die Arbeitskolonne ein. Der Weg bot Gelegenheit, sich ungestraft zu unterhalten. Selma hatte Gesprächspartner zum intellektuellen Austausch gefunden und diskutierte auf dem Weg zur Kiesgrube über den Sinn und Zweck von

Kunst. Nicht mit Daghani, der die Diskussion mit seinen Bildern ausgelöst hatte. Die direkte Auseinandersetzung mit ihm mied sie, seit sie ihm vorgeworfen hatte, seine Aquarelle seien zu harmlos, zu zahm. Sie beharrte auf ihrer Einstellung: Um das Elend und Grauen darzustellen, müsse der Künstler voreingenommen sein. Der Künstler Daghani hatte gekränkt reagiert: »Wäre es ihr lieber gewesen, wenn ich Hinrichtung auf Papier verewigt hätte. Was brächte es, wenn ich die Häftlinge darstellte, wie sie auf dem Weg zum Grab verdroschen und dann erschossen wurden?« Viel Zeit für diese Diskussionen blieb nicht. Die Kiesgrube wartete.

Dort mussten Steine behauen werden. Männer zerteilten Felsbrocken mit Spitzhacken, Frauen und Kinder schaufelten den Kies zu kleinen Haufen. Eine Knochenarbeit, nicht nur in der Augusthitze. Doch auch dem Trupp für den Straßenbau erging es nicht besser, der einige Kilometer weiter arbeitete. Die Häftlinge schufteten unter der Peitsche ihrer Aufseher. Ein Fass Wasser gestand man ihnen zu. Abgestandenes Wasser, das sie trotzdem tranken. Der Wache war der Genuss des Wassers streng verboten. Typhusgefahr.

Von der ersten Epidemie im Oktober war Selma verschont geblieben. Alle aus der Gruppe bemühten sich, die Kranken mitzuschleppen und die Krankheit zu vertuschen. Wachen schwiegen und sahen weg, solange das Bestechungsgeld stimmte. Denn für die Betroffenen bedeutete die Diagnose Typhus den sicheren Tod durch Erschießen.

An das Töten hatten sich die Häftlinge zu gewöhnen. Der Schock über die erste Massenexekution war unbeschreiblich. Nathan Segal hatte eine Woche nach ihrer Ankunft die Erschießungen durch einen Spalt im Gebälk des Dachbodens beobachtet und der Gruppe berichtet, wie der »91-jährige Herr Seidner aus der Gegend von Czernowitz«[11] den blinden siebzigjährigen Shlomo Wohlmann an der Hand zum Rand des Massengrabes führte. Beide sangen unbeirrt ihre Gebete, auch noch, als sie sich ausziehen mussten. Erst mit den Schüssen verstummte der Gesang. Unter den Getöteten waren auch die Mutter und ihr mittlerweile drei Wochen alter Säugling gewesen, die der Maler Daghani am Tag ihrer Ankunft gesprochen hatte. Täglich wurden ermüdete und ausgemergelte, krank oder schwach wirkende Arbeitssklaven schon vor ihrem Weg zur Arbeit ausgesondert. Nicht zur Arbeit zugelassen zu werden, bedeutete den sicheren Tod. Dem Lagersprecher war befohlen worden, Listen mit den Namen derer anzulegen, die er zu schwach für die Arbeit hielt – und die damit zur Exekution bestimmt waren.[12] Aufseher fuhren mit dieser Liste die Arbeitskolonne mit einem Karren ab, selektierten Frauen, prügelten Alte auf den Karren und scherten sich nicht um die Verzweiflung, die sie auslösten – bei denen, die ihr Todesurteil erwarteten und bei denen, die hilflos zusehen mussten, wie Mutter, Großmutter, Vater oder Mann ihnen entrissen wurden. Es reichte schon, dass ein Aufseher mit einem Papier in der Hand auftauchte, um die Menschen in Angst und Panik zu versetzen und die Nerven verlieren zu lassen. Dabei war es manchmal nur der Bericht der Straßenbaufirma über den Fortgang der Arbeiten.

Exekutionen fanden mittlerweile entfernt in einem Feld statt. Anfangs waren die Schwachen an Ort und Stelle gleich in der Kolonne erschlagen, erschossen und dann am Wegrand liegengelassen worden. Aber das senke die Arbeitsmoral der anderen Häftlinge und verlangsame den Arbeitsfortschritt, gab der Lagerkommandant zu bedenken und hatte daraufhin angeordnet, die Exekutionen in das Feld zu verlegen. Dort warteten bereits ausgehobene Massengräber.

Für die Häftlinge waren diese Getöteten Märtyrer. Arnold Daghani dokumentierte Erschießungen und notierte die Namen der Toten: den von Frau Lublin, die von Mann und ihren drei Töchtern weggeholt wurde. Den von Mutter und Tante von Sally Fuchs, die Aufseher Wisotzkas erschoss, weil er sie nicht leiden konnte. Den der Aussortierten, die dem Erschießungskommando Geld und letzte Wertsachen gaben, um keinen qualvollen Erstickungstod im Massengrab erleiden zu müssen. Und er vergaß auch nicht die fünfundzwanzig ukrainischen Jüdinnen, die am 14. September 1942 aus den Fünfer-Reihen gefischt und erschossen wurden.

Die deutsche Wehrmacht drängte auf rasches Vorankommen des Straßenbaus. Wer zu schwach oder zu langsam war, wurde liquidiert.

Die sowjetischen Wege und Straßen hielten dem schweren Gerät der deutschen Baufirmen nicht stand und mussten mit Kies unterfüttert werden, denn der erwartete Regen würde die Straßen weich und tief machen. Dann drohten Versorgungsengpässe für die vordringende Wehrmacht. Bis Oktober sollte deshalb der Straßenabschnitt der DG IV fertig sein. Die Zeit drängte. Und was den einen das Todesurteil war, ließ bei den anderen Hoffnung keimen: Bis Oktober sollte die Straße fertig sein. Bis Oktober. Solange mussten sie durchhalten. Dann könnte ihr Arbeitseinsatz ein Ende finden. Bis Oktober.

»Schneller, schneller!« Der Wortschatz des Litauer Wachpersonals war beschränkt, aber Prügel verliehen den Worten Nachdruck.

Am Ende eines Arbeitstages schleppten sich staubbedeckte Häftlinge zum Stall zurück. Aufrecht hielt sie nur der Gedanke ans Essen: »50 Gramm Hirse und 100 Gramm Erbsen pro Kopf und Tag.«[13] Damit diese karge Ration reichte, wurden die Zutaten zu einer wässrigen, ungesalzenen Suppe verlängert. »Alle 8 oder 9 Tage gab es drei Viertel eines altbackenen, grün gemaserten Brotlaibs.«[14] Den Küchenaufsehern streckten sich an der Öffnung der Küchenbaracke dennoch gierige Hände entgegen: Essen, um zu überleben.

Märkte wie Selma sie noch im Steinbruch erlebt hatte, gab es in Michailowka nicht mehr. Dennoch wurde zu handeln versucht. Zwei Kartoffeln, eine Zwiebel, ein Stückchen Kürbis oder Brot für die, die noch etwas einzutauschen hatten. Es gab immer etwas zu holen – dessen war sich SS-Unterscharführer Walter Mintel sicher. Und wieder musste sich Lagersprecher Nathan Segal zu Mintels Erfüllungsgehilfen machen: Bestechungsgeld einsammeln. Sonst würden alle Babys erschossen werden. Jeder gab, was er konnte, und Segal lieferte die geforderte Summe ab. Sein Neffe Dolfi Breiter war zum zweiten Handlanger der SS-Schergen abkommandiert worden: »Wer nicht folgende Sachen herausrückt, wird sofort mit dem Tode bestraft.« Und dann wanderten »Felle, Pelzmäntel, Pelzhüte, Lederschuhe, Waschbecken, Kocher und Geld«[15] in die großen Säcke für die Lagerkommandanten. Genau die Güter, die in Paketen aus der Heimat zugeschickt worden waren. Als der Winter kam, hatten die wenigsten Häftlinge noch warme Kleidung oder brauchbare Schuhe. Drahtenden hielten statt Gürtel die Hosen. Geflochtenes Zwiebel-Stroh ersetzte die Schuhe. Aschereste statt Seife. Vereinzelt gab es Gesten des Mitleids, wenn eine Bauersfrau den Häftlingen in der Arbeitskolonne am Weg ein Stückchen Brot zuwarf. Oder der Lagerpfarrer dem Maler zwei Bögen Zeichenpapier schenkte.

Wie konnte Selma das ertragen? »Natürlich hält man es auch aus, man hält es aus, trotzdem man immer wieder meint: jetzt, jetzt ist es zuviel, das halte ich nicht mehr durch, jetzt breche ich zusammen.« – Keine zwei Wochen war es her, dass sie Renée diese Sätze aus dem Steinbruch geschrieben hatte. Was hätte Selma aus Michailowka geschrieben?

»Auch ich habe mein Heim verloren und bin verirrt. Ziel und Weg liegen dunkel vor mir. Ich fühle nur, wie mich die Sehnsucht immer weiter treibt. Ach, du unseliger Wanderer durch die Nacht; wenn der Morgen dämmert, wirst du keine Spur eines Weges sehen, auf dem du zurückkehren könntest.«[16]

Selma hatte sich in ihr Buch »Das Heim und die Welt« geflüchtet. Tagore hatte Schrecken, Ängsten und Sehnsüchten der Menschheit seine Stimme geliehen. Selma musste sich darin aufgehoben fühlen: »Mein ganzes Leben lang hatte ich getreulich am Altar meine Opfer gebracht, – aber als sich endlich die göttliche Gnade offenbaren sollte, erschien ein anderer Gott als der, dem ich zu dienen glaubte.«[17] Konnten Selma und ihre Mithäftlinge noch die Kraft haben zu glauben, dass das Schicksal »kein Roß brauchte, sondern daß [es] wie der himmlische Wagen aus eigener Kraft dahinfahren würde«?[18] Hoffnung, »daß all unser Mangel und Elend wie mit einem Zauberschlage verschwinden würde, daß es für uns keine Grenze mehr gäbe zwischen dem Möglichen und Unmöglichen«[19] war schwer zu vermitteln. Bücher und Gebete stützten. Selma wollte andere am Trost ihres Buches teilhaben lassen. Auf der Warteliste war Arnold Daghani der nächste, der sich für Selmas Buch angemeldet hatte – »das einzige Buch, das sie ins Lager mitgebracht hatte«[20]. Sie hatte es schon dem jungen Edi Weiss ausgeliehen. Edi Weiss, der noch so viel Kraft besaß, dass er sogar seine Typhuserkrankung überlebt hatte. Der den weiten Weg zum Brunnen gehen konnte, um Wasser für alle heranzuschaffen. Edi, der Hoffnungsträger. Er wurde ausgesucht, wenn kräftige Schultern gefragt waren, um Lebensmittelsäcke zu schleppen. Eine Extra-Ration sprang immer für ihn heraus, die er mit der Familie teilte. Die Familie war groß geworden, denn Livia, die jüngere Tochter von Nathan Segal, hatte sich in ihn verliebt. »Seit kurzem hegten die beiden Zuneigung füreinander.«[21] Im Jahr darauf hatten sie sich verlobt und die Segals teilten sich mit Edi und seinen Eltern ihr Lagerleben bis zu ihrem traurigen Ende.[22] Ein Professor Henner hatte eine Italienisch- und eine Englisch-Grammatik ins Lager geschmuggelt, mit der er sich in jeder freien Minute zurückzog. Auch eine Lutherbibel machte die Runde. An Sonntagen wurde laut daraus vorgelesen. Selbst der zwölfjährige Nori Steiner suchte darin Trost. Lesen war bis Anfang Dezember ein Sonntagsvergnügen. Dann waren alle Bücher in Rauch aufgegangen. Wilhelm Weiss hatte damit angefangen, Buchseiten als Feueranzünder zu verwenden. Für die anderen gab es danach kein Halten mehr. Aus Selmas Buch »Das Heim und die Welt« wurden Zigaretten gedreht.

Der Sonntag war arbeitsfrei. Häftlinge widmeten sich der Körper- und Kleiderpflege. Maßnahmen zur Hygiene beschränkten sich mittlerweile darauf, dass sich die Frauen die Köpfe scherten, um Läusen weniger Nistmöglichkeiten zu bieten. Aber auch, um sich für Vergewaltiger unansehnlich zu machen und vor Übergriffen der Wachposten zu schützen. Die krochen nachts mit heißem Alkoholatem zu den Frauen, die sie sich tags in der Kolonne ausgeguckt hatten. Von ihren männlichen Mithäftlingen wurden die Frauen als Kameraden angesehen. Hunger, Dreck und Not hatten sie zu geschlechtslosen Wesen gemacht. Deshalb sah niemand hin, wenn sich jemand doch einmal gründlich wusch. Die meisten begnügten sich damit, sich morgens mit dem heißen Tee das Gesicht zu säubern. Kleider wurden gepflegt. Das bedeutete, die Läuse aus den Fasern zu klauben, sie zu zerdrücken oder ins Feuer zu werfen und am kurzen Auflodern oder zischelnden Prasseln Befriedigung zu empfinden. Die anwesenden Mediziner unter den Häftlingen hielten sonntags Sprechstunde ab und gaben tröstliche Ratschläge statt heilende Medikamente.

Lagerleben

Und manchmal wurde auch leise gesungen. Vor allem Frauen konnten sich nicht satthören am Lied der Moorsoldaten. Immer wieder wurde Ruth Segal gebeten, das Lied noch einmal zu singen, das den Häftlingen seelischen Halt gab und Hoffnung auf Befreiung weckte.

Wohin auch das Auge blicket,
Moor und Heide nur ringsum.
Vogelsang uns nicht erquicket,
Eichen stehen kahl und krumm.
Wir sind die Moorsoldaten
  und ziehen mit dem Spaten
  ins Moor!

Hier in dieser öden Heide
ist das Lager aufgebaut,
wo wir fern von jeder Freude
hinter Stacheldraht verstaut.
Wir sind die Moorsoldaten
  und ziehen mit dem Spaten
  ins Moor!

Morgens ziehen die Kolonnen
in das Moor zur Arbeit hin,
graben bei dem Brand der Sonne,
doch zur Heimat steht der Sinn.
Wir sind die Moorsoldaten
  und ziehen mit dem Spaten
  ins Moor!

Heimwärts, heimwärts! Jeder sehnet
sich nach Eltern, Weib und Kind.
Manche Brust ein Seufzer dehnet,
weil wir hier gefangen sind.
Wir sind die Moorsoldaten
  und ziehen mit dem Spaten
  ins Moor!

Auf und nieder geh'n die Posten,
keiner, keiner kann hindurch,
Flucht wird nur das Leben kosten,
vierfach ist umzäunt die Burg.
Wir sind die Moorsoldaten
  und ziehen mit dem Spaten
  ins Moor!

Doch für uns gibt es kein Klagen,
ewig kann's nicht Winter sein.
Einmal werden froh wir sagen:
  Heimat, du bist wieder mein!
Dann ziehn die Moorsoldaten
  nicht mehr mit dem Spaten
  ins Moor!

Kein anderes Lied von Gefangenen jener Zeit vereinte Wut und Trauer und Hoffnung in gleichem Maße. Es war im August 1933 im KZ Börgermoor als Reaktion der Häftlinge auf eine Prügelorgie der SS geschrieben worden.

Hat Selma im Lager Michailowka noch Gedichte geschrieben? Möglicherweise mit ihrem Anspruch von Kunst, voreingenommen zu sein, um die Grausamkeit authentisch zu dokumentieren? Mit ihrer Meinung hatte Selma nicht hinterm Berg gehalten und vor allem mit Professor Moses Gottlieb erbitterte Wortgefechte ausgetragen. Die Mithäftlinge hatten den Eindruck, dass »sie sich Zeit ihres Lebens in den Haaren lagen«[23].

So erbittert Selma diskutierte und ihre Meinung öffentlich ohne Scheu vertrat – persönliche Entscheidungen hatte sie offensichtlich im Alleingang getroffen. Selmas Verhältnis zu Mutter und Stiefvater schien auch in der Extremsituation des Lagers angespannt geblieben zu sein. Selma hatte ihr Lager nicht in der Nähe der Eltern aufgeschlagen. Und nachdem sie nicht mehr daran glaubte, dass »der himmlische Wagen aus eigener Kraft dahinfahren würde«[24], hatte sie ihr Schicksal in die eigenen Hände genommen. Chasak – sei stark. Sie war stark geblieben. Weder Krankheit noch Hunger noch Durst hatten sie in die Knie gezwungen. Ihr Überlebenswille war schon im »blutigen Juli« 1941 unbeugsam gewesen. Deshalb war Selma auch im Lager Michailowka bereit, für ihr Leben zu kämpfen.

und möchte kämpfen und lieben und haßen
und möchte den Himmel mit Händen faßen
und möchte frei sein und atmen und schrei'n.[25]

Frei sein wollte sie und dafür war sie bereit, Risiken einzugehen. Selma kannte den Galgen, unter dem hindurch sie tagtäglich zur Arbeit marschierte und an dem gescheiterte Fluchtversuche endeten. Dass die Drohung der Lagerpolizei, schon den bloßen Fluchtversuch mit Erschießung zu strafen, ohne Zögern wahrgemacht wurde, hatten alle im Steinbruch erlebt. Auch wird Selma Augenzeugin gewesen sein, als »zwei Wachposten ein etwa 18-jähriges Mädchen vom Wagen zerrten. Ihre Kleidung war zerrissen, ihr Haar zerzaust. In ihrem Gesicht stand der Schrecken und dennoch konnte man noch Spuren ihrer Schönheit erkennen.«[26] Sie war auf der Flucht gefasst worden. Während die beiden Aufseher frühstückten, musste das Mädchen sein Grab schaufeln. Sie weigerte sich, hineinzusteigen, wehrte sich und kämpfte um ihr Leben. »Nach einem kurzen Kampf warf man sie in das Grab. ›Gesicht auf den Boden!‹ … Ein Schuss.«[27]

Selma musste Bedenken und Ängste, die sie zu lähmen drohten, weggewischt haben. Sie hatte wohl einer der Dorfwachen imponiert. Mit seiner Hilfe wollte sie fliehen. Vielleicht mit Wanka? Der nie brutal gegen die Häftlinge vorgegangen war und Daghani heimlich Skizzenpapier geschenkt hatte. Der sich nach Selmas Tod für Henia Sporn aus dem Lager eingesetzt hatte und sie mit Hilfe der Partisanen retten wollte. Er war der Verzweiflung nahe, weil Henia ihre Eltern nicht im Stich ließ.[28] Wann konnte Selma mit der Wache unbemerkt über Fluchtpläne gesprochen haben? Auf dem Weg zur Kiesgrube? Selma war auf alle Fälle zur Flucht bereit. Der Abschiedsbrief an ihre Mutter war geschrieben. Sie hatte ihn im Futter ihres Mantels versteckt und wartete nur noch auf den geeigneten Zeitpunkt.

Möglicherweise auf das Signal der Partisanen – das aber erst im August 1943 kam.

Am Abend des 11. September 1942 drängten sich Selma und die anderen Lagerinsassen um ein kleines Licht. Einer aus der Gruppe hatte etwas Kerosin eingehandelt, das in einem ausgedienten Fläschchen Kölnisch Wasser mit einem Baumwollfaden mildes Licht verbreitete. »Schana tova u'metuka« – wie konnte das Jüdische Neue Jahr 5703 versprechen, gut und süß zu werden? Und doch scharten sich alle um das kleine Licht, kosteten vom süßen Honig, den Frau Fany noch aus Czernowitz gerettet hatte. Der täglichen Erbsensuppe versuchten sie den Genuss eines Neujahrsschmauses abzugewinnen. Gebete wurden gemurmelt. Voller Leidenschaft und Inbrunst wurde um Befreiung gebetet und die Klagelieder Jeremias' vorgelesen. Der Prophet, der mit Gott haderte und doch auf Zukunft und Hoffnung vertraute. Jeder ging auf den anderen zu und suchte menschliche Nähe.

Doch je länger das Martyrium andauerte, umso skrupelloser wurden die Insassen untereinander. Sie bestahlen sich. Mittlerweile wurde selbst Brot zur Beute, das bisher als unantastbar gegolten hatte. Jeder kämpfte um das eigene blanke Überleben. Sie schlugen sich um die Essensreste, die die Wachen ihnen zuwarfen, sie nahmen Zigaretten aus der Hand des Aufsehers, die am Vortag getötet hatte: den Freund, die Mutter, die Frau, den Mann. Sie vermieden den Blick auf den Nächsten, um nicht selbst der Nächste zu sein, der die Aufmerksamkeit der Wachen erregte und sich ihrer Willkür aussetzte. Bis zum 20. September hatte Arnold Daghani dreiundvierzig Getötete aus seiner Gruppe dokumentiert.[29] Tägliches Grauen. Tägliche Klage.

»All day I muse, all day I cry,
Aye me
I feel the pain that on me feeds,
Aye me.
My wound I stop not, though it bleeds,
Aye me.«

(Den ganzen Tag grüble ich, den ganzen Tag weine ich,
weh mir!
Ich fühle den Schmerz, der mich erfüllt,
weh mir.
Um meine Wunde kümmere ich mich nicht, obwohl sie blutet,
weh mir.)[30]

Frieda Eisinger hatte diese Verse unter den Unterlagen ihrer Tochter gefunden und sie nach ihrem Tod an sich genommen. Mutmaßungen, dass Selma dies Gedicht verfasst hätte, lassen sich zerstreuen. Nicht nur, weil Selma in der Schule nie Englisch gelernt hatte. »Ay me« – so das Original – ist eindeutig der englischen Renaissance-Dichterin Lady Mary Wroth zuzuordnen, der Schriftstellerin, die als erste Frau in Großbritannien in eine Männerdomäne eingedrungen war und Sonette in großen Zyklen geschrieben hatte.[31] Es ist auch nicht nachvollziehbar, dass Daghani Selma im Nachhinein ein Denkmal als Künstlerin setzen wollte. Schon in der ersten deutschen Ausgabe von 1960 schildert Daghani, dass »Frau Thau das Gespräch auf Selma Meerbaum-Eisinger« brachte und ihm die englischen Verse zeigte. Daghani grübelte, ob die »Reime Selma's Gram über das Lagerleben ausdrücken« oder »von Selma aus dem Gedächtnis wiedergegeben«[32] wurden. Von einer Dichterin Selma Merbaum war 1960 noch keine Rede. Daghanis Bedauern, »dass der Lehrer Henner nicht mehr bei uns ist. Er hätte uns sicher eine Aufklärung geben können«[33] weist darauf hin, dass Selma diese Verse bei dem Englischlehrer Henner gehört und sie sich notiert hat. Worte, die ihr aus dem Herzen gesprochen haben müssen. Klage und Leid der Lagerinsassen Transnistriens, ja aller Geschundenen finden sich in ihnen wieder.

Die Klagen im Lager rissen nicht ab, Suizidversuche nahmen zu, waren oft ein jammervolles Leiden, dem die Lagerpolizisten dann mit einem Schuss ein Ende bereiteten. Ende September setzte starker Platzregen ein, der das Arbeiten schwer machte und die Arbeiter noch mehr auszehrte. Abgebrochen wurde nur, wenn den Wachen das Wetter zu schlecht war. Dann durften die

Häftlinge in ihren Stall zurückkehren, ohne Chance, die nasse Kleidung zu trocknen. Mitte Oktober schon wurde es bitterkalt. Erfrierungen waren an der Tagesordnung. Die Ställe wurden abgedichtet, Fenster verriegelt, Stroh in Risse gestopft, um die Kälte abzuhalten. Doch dadurch war die Luft noch mehr geschwängert von Gestank und Ausdünstungen. Krankheiten verbreiteten sich rasant.

Im Oktober fiel der erste Schnee. Doch mit ihm kam nicht das erhoffte Ende der Zwangsarbeit. Man wolle die Arbeiter über den Winter im Lager behalten, hieß es. Die Arbeiten in der Kiesgrube wurden unterbrochen und stattdessen Gräben entlang der Straße gezogen, in die später der Schnee geschaufelt werden sollte.

Für Selma war der frühe Wintereinbruch niederschmetternd. Durch den einsetzenden Schneefall mussten ihre Fluchtpläne auf den Frühling verschoben werden. Spuren im Schnee hätten sie verraten. Bitterer Kälte wäre sie schnell zum Opfer gefallen. Angesichts der einsetzenden Minustemperaturen forderten die ukrainischen Bauern des Dorfes ihre Stallungen zurück, um ihre Pferde zu schützen.

Jetzt erschloss sich den Häftlingen die Aktion vom 24. Oktober, die sie als Schikane gewertet hatten, als weiteren Versuch, ihnen Todesangst einzujagen.

Im heftigen Regen waren die Männer an diesem Tag zur Kiesgrube geschickt worden, um Werkzeug zu holen. Dann wurden sie zum verlassenen Dorfschulgebäude dirigiert, wo Hacken und Spaten abgelegt werden mussten. Die Männer wurden in die leeren Räume getrieben. »Hinlegen! Mann an Mann!« – »Enger!« Mensch drückte sich eng an Mensch, bis der Boden lückenlos belegt war und die Herzen vor Angst vor einer Massenerschießung fast zersprangen. Die Frauen hörten sie aus dem Anbau der Kirche jammern und klagen. Doch nichts passierte. Es ging wieder hinaus ins Freie und Gruben rund um das Schulgebäude mussten ausgehoben werden. »Für den Stacheldraht« bedeuteten ihnen die Wachen, als sie sich schon wieder auf dem Heimweg zu den Ställen befanden.

Deren Dächer brachen am 8. November unter der Last des Schnees zusammen. Zwei Tage später wurden Häftlinge in das Schulgebäude verlegt. Das Probeliegen hatte dazu gedient, die Zahl derer festzustellen, die dort untergebracht werden konnten. Für alle reichte der Platz nicht und so war es wieder an Nathan Segal, eine Liste mit den Namen derjenigen anzufertigen, die in die Schule übersiedeln durften. Segal wurde bedrängt. Mithäftlinge flehten ihn an, sie aufzunehmen. Welche Kriterien konnte Segal anlegen? »Befreundete rumänische Juden wollte ich retten und musste dafür ukrainische Juden opfern.«[34] Die Zahl der Übersiedler war ihm vorgegeben worden. Selma, Mutter und Stiefvater gehörten wohl zu den »befreundeten rumänischen Juden«. Sie zogen mit ihm ins Schulgebäude. Segal setzte schließlich noch die auf seine Liste, »die wegen ihrer intakten Kleidung die größten Chancen hatten, den Winter zu überleben«[35]. Dem psychischen Druck der Flehenden, sie doch auch auf die Liste zu nehmen, hielt Segal nicht mehr stand und brach zusammen. Hundertsechs ukrainische Juden wurden im Stall zurückgelassen – und später erschossen.

In der Schule drängten sich statt der vorgesehenen hundert Insassen letztlich dreihundertdreißig Männer und Frauen. Mit Einverständnis der Baugesellschaft milderten die Häftlinge die Raumnot, indem sie zwei Zwischenböden einzogen und Abteile festlegten. »Hühnerställe«, die nur über zwei selbstgezimmerte Leitern erreichbar waren, um die ständig gekämpft wurde. Selma hatte einen der begehrten Plätze ganz oben ergattert. Oben lagerten die Beweglichen, die noch Kraft genug hatten, über die primitive Leiter zu kraxeln.

Kippte oben ein Nachttopf um oder es übergab sich jemand, litten die Darunterliegenden. Selmas Eltern waren im ersten Obergeschoss untergekommen. Frieda Eisinger lag permanent mit ihrer Nachbarin im Streit über ein paar Zentimeter Platz. Leo Eisinger schimpfte über Urin, der von oben auf ihn tropfte, weil dort immer wieder ein Nachttopf überlief.

Paul Celans Eltern waren schon nicht mehr dabei. Mitte September war der »Baumeister Antschel« mit dreißig anderen

Lager in der Schule

Handwerkern nach Gaisin abberufen worden und erfüllte dort mehrere Wochen lang Arbeitsaufträge. Über das weitere Schicksal der Antschels gab es unterschiedliche Auskünfte.[36]

Anfang Dezember überrollte eine zweite Typhus-Welle das Lager. Die Krankheit wütete diesmal besonders heftig unter den entkräfteten Häftlingen. Täglich kamen neue Infizierte hinzu. Täglich starben Menschen. Jeden Abend stimmte Nathan Segal mit wehklagender Stimme das Kaddisch an, das zum Totengebet wurde. Die Toten wurden nur noch vor die Tür geschleift und dort von den Wachen abgeholt, die sie ausplünderten und abnahmen, was verwertbar war. Den entblößten Leichnamen wurden schließlich auch noch Goldzähne und -kronen mit Gewalt herausgebrochen. Manchmal mit Hilfe der Spitzhacke.

Mehr als hundert Häftlinge waren Mitte Dezember an Typhus erkrankt. Wieder wurde versucht, es vor den Wachen zu vertuschen. Nachttöpfe wurden heimlich geleert. Untereinander sprachen die Häftlinge vom harmlosen »Lagerfieber«. Diesmal hatte es auch Selma erwischt. Sie kämpfte eisern gegen die Krankheit an. Wollte sich nicht unterkriegen lassen.

Ich möchte leben.
Ich möchte lachen und Lasten heben
und möchte kämpfen und lieben und haßen
und möchte den Himmel mit Händen faßen
und möchte frei sein und atmen und schrei'n.
Ich will nicht sterben. Nein:
Nein.

Daghani bewunderte Selmas eisernen Willen. Sie schleppte sich trotz ihrer Schwäche täglich weiter zum Arbeitseinsatz. Statt Steineklopfen in den Kiesgruben war mittlerweile Schneeschaufeln befohlen worden. Die Straßen sollten für die Fahrzeuge des Militärs schneefrei bleiben und deshalb wurde der Schnee von der Straße in die Gräben geschaufelt, die im Herbst gezogen worden waren. Eine Knochenarbeit.

Fast vierzehn Tage lang war es Selma mit Hilfe der anderen gelungen, ihre Krankheit vor den Wachen zu verbergen. Doch ihre Kräfte schwanden von Tag zu Tag. Am 16. Dezember flammten Diskussionen unter den Häftlingen auf. Neue Gerüchte kursierten und schürten sofort wieder Hoffnung: die Deutschen und Rumänen hätten enorme Verluste erlitten. Vierundneunzigtausend Offiziere und Soldaten seien seit November in Gefechten gefallen.[37] Könnte das nicht eine baldige Rettung bedeuten?

Für Selma nicht mehr. Seit dem Nachmittag war aus ihrer Koje in der dritten Etage ihr zarter Gesang zu hören. Sie sang sich aus dem Leben. Sie entträumte sich der Wirklichkeit.

Am Abend verstummte Selma.

Für immer.

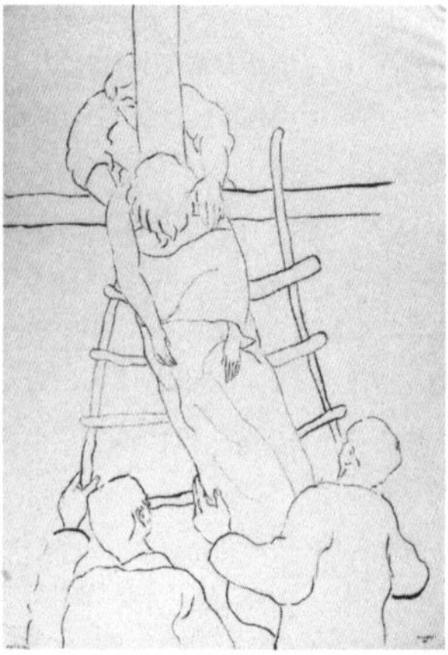

Selmas Grablegung

Epilog

Haupttruppführer Werner Bergmann von der Dohrmann AG hatte Arnold Daghani und seine Frau aus dem Lager Michailowka in sein Hauptquartier nach Gaisin geholt. Dort sollten sie im Garten ein Mosaik gestalten und bis zu dessen Vollendung vor Ort bleiben. Die Nächte verbrachten sie in einer Garage – die Bergmann nicht verschloss.

Als das Mosaik im Juli 1943 kurz vor dem Abschluss stand, entschlossen sich die Daghanis zur Flucht. Sie konnten sich in das Getto Bershad jenseits des Bugs retten.

Die Geschichte des Lagers Michailowka endet mit einem Partisanenüberfall am 6. August 1943.

Der Ukrainer Wanka hatte für die Untergrundkämpfer Uniformen besorgt und ihnen Einlass in das Gelände von Michailowka verschafft. Zwei Wachen wurden getötet, Waffen erbeutet und das Lager so zerstört, dass alle Häftlinge noch am selben Nachmittag in das benachbarte Lager Tarassiwka verlegt wurden.

Im Tumult der Evakuierung konnten sich einige Häftlinge absetzen. Sie trafen mit Daghanis im Getto Bershad zusammen. Darunter Philipp Kelmer, der sich nach dem Krieg zu seiner Schwester nach Paris retten und Einzelheiten zum Tod von Paul Celans Mutter berichten wird und Henie Sporn und ihre Eltern, die nach dem Krieg nach Czernowitz zurückkehrten, bevor sie über Bukarest nach Südamerika emigrierten.

Nathan Segal hätte im November 1943 die Chance zur Flucht gehabt. Mitarbeiter der Dohrmann AG wählten ihn als Begleitung aus, um in Czernowitz Winterkleidung für die Häftlinge zu organisieren. Unterwegs ließen sie Segal unbewacht in einem Getto zurück – und konnten es kaum fassen, ihn bei ihrer Rückkehr dort immer noch anzutreffen. Segal war geblieben, weil er seine Familie im Lager nicht im Stich lassen wollte.

»Am Freitag, dem 17. Dezember 1943, schrieb der OT-Mann Werner Bergmann an seinen Vorgesetzten in der Firma Dohrmann folgenden Brief:

›Am 10. Dezember liquidierte der SD[1] unsere Juden. Jegliche Versuche seitens der Bauleitung oder der SS, das Leben der Arbeitskräfte zu schützen, waren vergeblich …‹«[2]

Fünfhundert jüdische Häftlinge wurden im Morgengrauen »in einer großen Kolonne zu zwei großen Gruben geführt, wo sie sich entkleiden mussten. Dann mussten sie gruppenweise in die Gruben steigen und sich niederlegen, wo sie anschließend von vier der zuletzt eingetroffen SD-Angehörigen mit den Maschinenpistolen erschossen wurden.«[3]

Solange, bis die Gruben bis oben hin gefüllt waren. Selmas Mutter und ihr Stiefvater waren darunter. Und auch Nathan Segal und seine Verwandtschaft.

Die Familie Rones mit Selmas Cousine Erika überlebte im Lager Braclaw und konnte später nach Israel auswandern.

Arnold Daghani und seine Frau landeten nach einer Odyssee schließlich bei Verwandten in England.

Die Aufklärung der Verbrechen von Michailowka und die Verfolgung der Täter wurde für Arnold Daghani zur Lebensaufgabe.

II.

SELMA MERBAUM
GEDICHTE

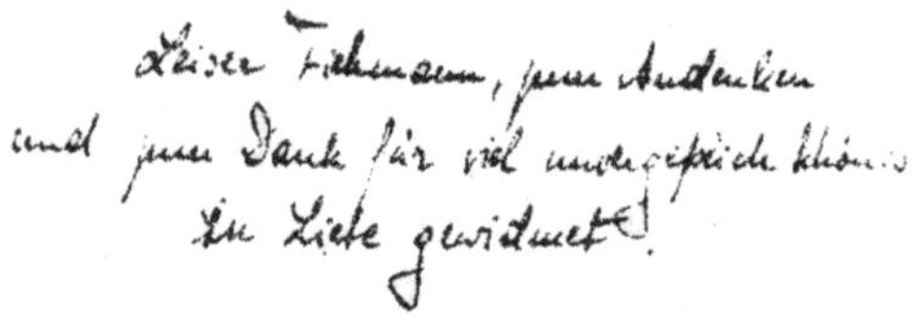

Diesen [illegible], zum Andenken
und zum Dank für viel unvergeßlich Schönes
in Liebe gewidmet!

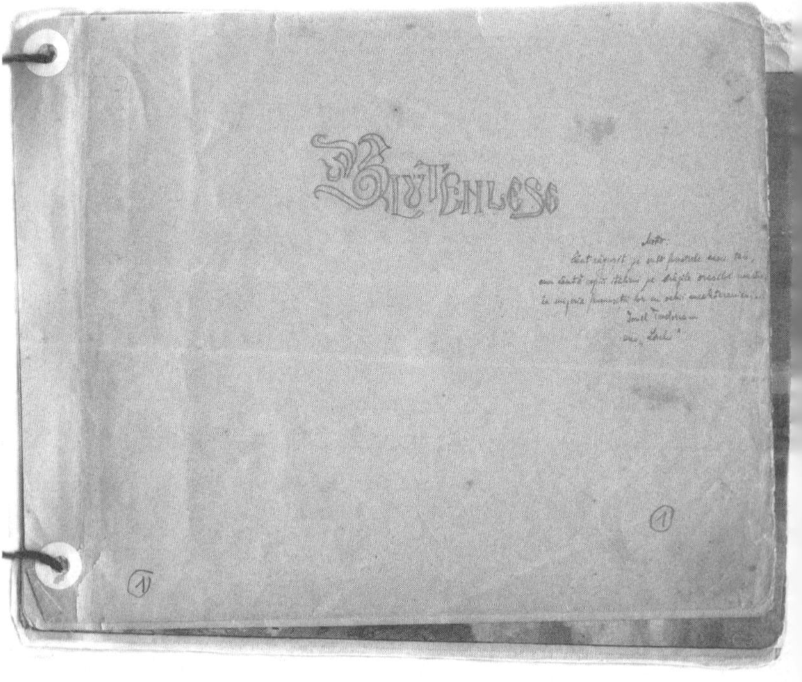

Motto:
Cânt răgușit pe sub ferestrele casei tale,
cum cântă copiii italieni pe străzile orașelor noastre,
in mizeria frumuseții lor cu ochii mediteranieni …
Ionel Teodoreanu
aus »Lorelei«

Lied

Heute tatest du mir weh.
Rings um uns war Schweigen nur,
Schweigen nur und Schnee.
Himmel war, nicht wie Azur,
blau jedoch und voll mit Sternen.
Windeslied erklang aus fernsten Fernen.

Heute warst du mir ein Schmerz.
Häuser waren da, so weiß verschneit,
alle in des Winters Kleid.
Ein Akkord in tiefer Terz
war in unsrer Schritte Klang.
Bahnsirenen heulten lang …

Heute war es wunderschön.
Schön wie tiefverschneite Höh'n,
eingetaucht im Abendglutenring.

Heute tatest du mir weh.
Heute sagtest du mir: geh.
Und ich – ging.

25. XII. 1939

Der Blütenlese erster Teil

Farben

So blau liegt es über dem schneeweißen Schnee
und so schwarz sind die grünen Tannen,
daß das ganz leise hinhuschende Reh,
so grau ist wie nie beendbares Weh
das man doch so gern' möchte bannen.

Schritte knirrschen in Schneemusik
und Winde stäuben die Flocken zurück
auf die weiß überschleierten Bäume.
Und Bänke stehen wie Träume.

Lichter fallen u. spielen mit Schatten
unendliche Ringelreihen.
Die fernen Laternen blinken mit mattem
Schein den vom Schneelicht sie leihen.

18. XII. 1939

Kristall

Ganz still. Und viele welke Blätter liegen,
wie braunes Gold, in Sonne eingetaucht.
Der Himmel ist sehr blau
und weiße Wolken wiegen.
Ein heller Frost den Reif auf Bäume haucht.

Die Tannen stehen frisch und grün
und ihre Wipfel zeigen in die Luft.
Und rote Buchen, schlank und kühn
hör'n auf den Adler dessen Flug sie ruft
und steigen immer höher himmelan.
Einsame Bänke stehen dann und wann
und auch ein bischen Gras, schon halb erfroren
die Sonne hat's zu ihrem Liebling auserkoren.

8. XII. 1940

Den gelben Astern ein Lied

Sie blicken durch den Regen hell mich an,
so licht, daß sie die Sonne mir ersetzen.
Und garnichts von des Regens Trauer kann
die leuchtend gelbe Freude mir verletzen.
Auflachend neigen sie sich in dem Grün,
das rein und frisch ihr Lachen mir begleitet –
ich leg ihnen mein Lied zu Füßen hin,
weil sie mir eine Freude heut' bereitet.

30. VI. 1941

Dunkler Flieder

Kastanien

Auf dem glatten hellen Wege,
liegen sie, verstreut und müde,
braun und lächelnd wie ein weicher Mund,
voll und glänzend lieb und rund,
hör' ich sie wie perlende Etüde.

Wie ich eine nehme und in meine Hand sie lege,
sanft und zärtelnd wie ein kleines Kind,
denk ich an den Baum und an den Wind,
wie er leise durch die Blätter sang,
und wie den Kastanien dieses weiche Lied,
sein muß wie der Sommer der unmerklich schied
nur als letzten Abschied lassend diesen Klang.

Und die eine hier in meiner Hand,
ist nicht braun und glänzend wie die andern
sie ist matt und schläfrig wie der Sand,
der mit ihr durch meine Finger rollt.
Langsam, Schritt für Schritt, wie ungewollt
laß ich meine Füße weiter wandern.

23. IX. 1939

Welke Blätter

Plötzlich hallt mein Schritt nicht mehr,
Sondern rauschet leise, leise,
wie die tränenvolle Weise,
die ich sing, von Sehnsucht schwer.
Unter meinen müden Beinen,
die ich hebe, wie im Traum,
liegen tot und voll von Weinen,
Blätter von dem großen Baum.

24. XII. 1939

Stille

Im Zimmer schwebt die Stille und die Wärme,
ganz wie ein Vogel in durchglühter Luft,
und auf dem schwarzen kleinen Tische
liegt still das Deckchen, dünn und zart wie Duft.
Das Glas mit klarem Wasser, wie ein Traum,
wacht, daß das Glöckchen neben ihm nicht lärme
und wartet scheinbar auf die kleinen Fische.
Die rote Nelke dämmert in den Raum

als ob sie wäre dort die Königin.
Die ganze Stille scheint für sie zu sein,
und nur die Flasche mit dem süßen Wein
blinkt still und wie befehlend zu ihr hin.
Sie aber schwebt auf ihrem grünen Stengel,
dünn wie im Kindertraum das Kleid der Engel
und ihr betäubend süßer Duft lullt ein,
als wollt' er aus dem Märchenschlaf Dornröschen rauben.

Die Fenster blicken auf die Straße und sie glauben,
daß dort sei alles nur für sie getan.
Der Spiegel glänzt und in ihm tickt die Uhr,
ganz weit im fernen Dorfe kräht ein Hahn,
und die Gardinen bändigt eine blaue Schnur.
Die Nelke mit den zarten roten Spitzen
harret des Sonnenstrahls, der durch die Ritzen
ihr heut' ein Kleid aus Goldstaub angetan.

24. X. 1939
Original lag nicht vor

Spaziergang

… so viele Hühner und ein kleiner weißer Hund
und Himmel der so farbenfroh und bunt –
der kahle Baum wirkt so gespensterhaft
und graue Häuser, wie ganz ohne Kraft …
Ganz kleine Regenperlen hängen an den Zweigen
und ferne Berge sind getaucht in großes Schweigen.

Die Felder sind nur dunkelbraune Schollen,
und hie und da ein bischen gelbes Grün
und kleine Spatzen, dumm und frech und kühn,
laufen darüber hin, wie Kinder welche tollen …
Ganz fern die Stadt mit ihren vielen Türmen,
mit Häusern welche licht und froh hinstürmen,

ist wie ein altes Bild aus einem Märchen.
Die Luft ist leis u. voll von Sehnen,
so daß man wartet auf die blauen Lerchen
und fahren möchte in ganz schlanken Kähnen.

Hier stehen weiße Astern, weiß und rein,
und da ein Krautkopf – jung und klein –
sie sind wie ein vergeß'ner Sonnenschirm
mitten auf tief verschneiten Straßen.
Ein Hase der vorbeiläuft kann sich gar nicht faßen:
Es scheint es würde Sommer wieder sein!

29. XI. 1939

Welkes Blatt

Auf der halbvergilbten Seite
liegt das dünne, gelbe Blatt
liegt es traurig zart und matt
wie ein Tränenblick ins Weite.
Und der Stengel ist so biegsam zart,
daß man fast des dünnen Kleides harrt
das diese Gestalt bekleiden soll.

Und das Blatt ist wie ein Lied in Moll,
weil es an den Herbst gemahnt,
wie ein Kind das traurig ahnt
daß es krank ist und bald sterben soll,
ganz so süß und voll verhaltnem Weh …
So ist auch der letzte Schnee …

1. II. 1940

Der Kelch

So steht er da: so blitzend und so schlank,
wie eine nackte Jungfrau die dem Meer entstiegen
und seine Lichter tanzen, drehen, wiegen
so hell wie Tausendschlittenglöckleinklang.
Das Glas ist kühl und glatt wie Frauenhände,
die, über Tasten schwebend, spielen die Legende
vom Prinzen, welcher mit dem Drachen rang.

1. II. 1940

Frühling

Sonne. Und noch ein bischen aufgetauter Schnee
und Wasser das von allen Dächern tropft
und dann ein bloßer Absatz welcher klopft
und Straßen die in naßer Glattheit glänzen
und Gräser welche hinter hohen Fenzen
dastehen, wie ein halbverscheuchtes Reh …

Himmel. Und milder, warmer Regen welcher fällt
und dann ein Hund der Sinn- und Grundlos bellt,
ein Mantel welcher offen weht,
ein dünnes Kleid das wie ein Lachen steht,
in einer Kinderhand ein bißchen naßer Schnee
und in den Augen, Warten auf den ersten Klee –

Frühling. Die Bäume sind erst jetzt ganz kahl
und jeder Strauch ist wie ein weicher Schall
als erste Nachricht von dem neuen Glück.
Und morgen kehren Schwalben auch zurück.

7. III. 1940

Nachmittag

Dünne Zweige wie weltferne Schleier
ranken sich aus schlanken Birkenstämmen
und die Stille, wie bei einer Feier,
ist, als wollte sie den blauen Himmel dämmen,
daß er nicht zu weit ins Vogelsingen sich ergieße.
Braune naße Wege. Und ein jung erblühter Baum
ist so, als ob die Erd' er neu erschließe.

Grüne Gräser sprießen kaum.
Alle Tannen sind ganz neu ergrühnt
und ein dünner, gelber Falter sich erkühnt
sich auf eine sonnentrunk'ne Bank niederzulaßen.
Einer grünen Fliege will das gar nicht paßen:
ist die Sonne nicht für sie allein?
Nur die Schlehdornspitzen wispern leise: Nein.

16. IV. 1940

Spätnachmittag

Lange Schatten fallen auf den hellen Weg
und die Sonne schickt noch letzte Abschiedswärme
und das dünne Zwitschern eines Vogels ist als ob es lärme
und als stehl' es etwas von der Stille weg.
Menschen auf zehn Schritt Entfernung
sind wie aus ganz andern Welten
und fast möchte man die welken Blätter schelten,
daß sie rascheln und die letzten Sonnenstrahlen stören.
Und man möchte nur die Veilchen wachsen hören.

16. IV. 1940

Regen

Du gehst. Und der Asphalt ist plötzlich naß
und plötzlich ist das Grün der Bäume neu
und ein Geruch wie von ganz frischem Heu,
schlägt dir in dein Gesicht, das, heiß und blaß,
auf diesen Regen wohl gewartet hat.

Die Gräser welche staubig, müd und matt
sich bis zur Erde haben hingebeugt,
sehen beglückt die Schwalbe welche nahe fleugt
und scheinen plötzlich stolz zu sein.

Du aber, gehst. Gehst einsam und allein
und weißt nicht, sollst du lachen oder weinen.

Und hier und da sind Sonnenstrahlen welche scheinen,
als ginge sie der Regen gar nichts an.

Mai 1940

Abend

Der Himmel ist vom hellsten Blau
und weiße Wolken lächeln mit ihm.
Und schlanke Bäume, dunkel oder grün,
sehen dich an und sagen lautlos: schau.

Alles ist eingehüllt in weiche Luft,
die still ist, so als ob sie einem Märchen lausche.
Und alle Vögel horchen wie im Rausche –
man hört nur Duft.

Die weißen Wolken blinken wie der Schnee,
der auf Vergissmeinnicht gefallen ist.
Und ganz so blau liegt auch das weiche Weh
das sich über die Bäume gießt.

Und – sind die Bäume dunkel oder grün?
Sie wißen es wohl selber nicht genau.
In einem Fenster, zittert aus dem Blau
ein Tropfen Rot. Sie blühen.

14. VII. 1941

Abend

Wie eine Linie dunkelblauen Schweigens
liegt fern der Horizont, von weichem Rot umsäumt.
Die Wipfel schaukeln leis, wie'm Banne eines Reigens,
das Licht ist wie im Märchen, sanft und blau verträumt.
Der Himmel ist noch hell, noch sieht man kaum die Sterne,
die Luft ist kühl und weich wie eine Frauenhand
und süße Melodie dringt aus der fernsten Ferne:
Musik einer Schalmei, zauberhaft unbekannt.

12. XII. 1941

Nachtschatten

Sehnsuchtslied

Leise schlägst in deinem Lied du einen Ton an –
und dir ist, als fehlte noch etwas.
Und du suchst verwirrt bei allen Tönen,
ob sie dir nicht sagen können,
wo's zu finden, wo und wie und wann …
Doch der Eine ist zu blaß
und zu lüstern ist der Zweite
und der Dritte ist voll mit Weite –
viel zu voll.

Du suchst lange – Moll und Dur und Moll
werden lebend unter deinen Händen
Und dann – schlägst plötzlich eine Taste an,
und – es kommt kein Ton.
und das Schweigen ist dir wie ein dumpfer Hohn,
denn du weißt es plötzlich ganz genau:
Dieser fehlt dir. Wenn ihn deine Hände fänden,
fiele ab von deinem Lied der Bann,
wär' das Ende nicht mehr leer und grau.

Und du rührst und rührst die Taste –
frägst dich, wo hier wohl die Hemmung liegt,
suchst, ob nicht doch deiner Hände Weiche siegt,
deine Augen betteln voll Verlangen.
Kein Ton kommt. Einsamkeit bleibt nun zu Gaste
in dem Lied, das dir so schwer und süß gereift.
Um den ungespielten Ton wirst du nun ewig bangen,
bangen um das Glück, das dich nur leicht gestreift,
in den leisen Nächten, wenn der Mond dich wiegt
und die Stille deine Tränen nicht begreift.

9. I. 1941
Original lag nicht vor

Trauer

Lichter spiegeln sich in schmutzig-naßen Pfützen,
gelb und fettig, schmutzig auch, und schwer.
Helle Häuserfenster können gar nichts nützen.
Tore hallen hehr und leer.

Liegt der Nebel müde auf den Straßen
und der Regen rinnt und rinnt.
Menschen sind zu traurig um sich noch zu haßen
und es hüstelt irgendwo ein Kind.

In den Gärten liegen halbverfaulte Blätter,
stehen Bänke, traurig, naß und grau,
kommt die Sonne immer seltener und später,
nimmt's der Mond mit scheinen nicht genau.

Dringt das halbe Tageslicht noch durch den Nebel,
trüb und grau und klebrig schwer.
Klirrt die Wache schläfrig mit dem Säbel
und ein naßer Vogel zittert sehr.

Stehen dürre hungerige Pferde
dampfend da, mit müden Augen.
Ganz durchweicht, verstreut auf naßer Erde,
kann der Hafer nicht mehr taugen.

An der moderigen Mauer,
eine naße Katze schleicht.
Mit hervorgekehrtem Pelz ein Bauer,
schaut ob ihm das Geld noch reicht.

6. XII. 1940

Schlaflied für mich

Ich wiege und wiege und wiege mich ein,
mit Träumen bei Tag und bei Nacht
und trinke denselben betäubenden Wein,
wie der, der schläft wenn er wacht.

Ich singe und singe und sing' mir ein Lied,
ein Lied von Hoffnung und Glück,
ich sing es wie der, der geht und nicht sieht
daß er nimmermehr gehn kann zurück.

Ich sage und sage und sag' mir die Mär,
die Mär vom Liebesgeflecht,
ich sage sie mir und glaub doch nicht mehr
und weiß doch: das Ende ist schlecht.

Ich spiele und spiele mir die Melodei
der Tage die nicht mehr sind
und mache mich von der Wahrheit frei
und tue als wäre ich blind.

Ich lache und lache und lache mich aus,
ob dieses meines Spiels.
Und spinne doch Träume, so wirr und so kraus,
so bar eines jeden Ziels.

Jänner 1941

Du, weißt du …

Du, weißt du, wie ein Rabe schreit,
und wie die Nacht, erschrocken bleich,
nicht weiß, wohin zu flieh'n?
Wie sie verängstigt nicht mehr weiß:
Ist es ihr Reich, ist es nicht ihr Reich,
gehört sie dem Wind oder er ihr,
und sind die Wölfe mit ihrer Gier
nicht zum Zerreißen bereit?

Du, weißt du, wie der Wind schrill heult,
und wie der Wald, erschrocken bleich,
nicht weiß, wohin zu flieh'n?
Wie er verängstigt nicht mehr weiß:
Ist es sein Reich, ist es nicht sein Reich,
gehört er dem Regen oder der Nacht,
und ist der Tod, der schauerlich lacht,
nicht sein allerhöchster Herr?

Du, weißt du, wie der Regen weint,
Und wie ich geh', erschrocken bleich,
und nicht weiß, wohin zu flieh'n?
Wie ich verängstigt nicht mehr weiß:
Ist es mein Reich, ist es nicht mein Reich,
gehört die Nacht mir, oder ich, gehör' ich ihr,
und ist mein Mund, so blass und wirr,
nicht der, der wirklich weint…?

4. III. 1941
Original lag nicht vor

Märchen

So. Und das ist wahrscheinlich der Schluß.
Der Regen weint und es weint die Nacht
und es weint mein Mund um einen Kuß
und weint, und weint – und lacht.

So geht wohl jedes Märchen aus –
denn sonst – ist es nicht wahr:
einer allein in den Wind hinaus
und die Nacht ist sein Altar.

Und die Sehnsucht ist seine Priesterin:
in einem großen, blauen Kleid,
kniet sie zu seinen Füßen hin
und sie ist so weit ... so weit ...

So weit wie meine Augen sind –
verloren in einem Wald,
spielen sie blind und tot mit dem Wind,
und ich – bin müd' und kalt.

Die Wege sind so endlos lang.
Und meine Tage sind es auch
und allen Bäumen wird so bang.
Ver[r]egnet jeder Strauch.

Ich gehe mit der Nacht vereint
und bin so einsam sowie sie.
Der Regen weint und der Wind weint –
um mich – oder um sie?

7. III. 1941

Ich bin der Regen

Ich bin der Regen und ich geh
barfuß einher, von Land zu Land.
In meinen Haaren spielt der Wind
mit seiner schlanken, braunen Hand.

Mein dünnes Kleid aus Spinngeweb
ist grauer als das graue Weh.
Ich bin allein. Nur hie und da,
spiel ich mit einem kranken Reh.

Ich halte Schnüre in der Hand
und's sind auf ihnen aufgereiht
alle die Tränen welche je
ein blaßer Mädchenmund geweint.

Sie alle habe ich geraubt,
bei schlanken Mädchen, spät bei Nacht,
wenn mit der Sehnsucht Hand in Hand,
sie bang auf langem Weg gewacht.

Ich bin der Regen und ich geh
barfuß einher, von Land zu Land.
In meinen Haaren spielt der Wind
mit seiner schlanken, braunen Hand.

8. III. 1941

Ja

Du bist so weit.
So weit wie ein Stern den ich zu faßen geglaubt.
Und doch bist du nah –
nur ein wenig verstaubt
wie vergangene Zeit.
Ja.

Du bist so groß.
So groß wie der Schatten von jenem Baum.
Und doch bist du da –
nur blaß wie ein Traum
in meinem Schoß.
Ja.

6. V. 1941

NACHTSCHATTEN

POEM

Die Bäume sind von weichem Lichte übergoßen,
im Winde zitternd, glitzert jedes Blatt.
Der Himmel, seidig-blau und glatt,
ist wie ein Tropfen Tau, vom Morgenwind vergoßen.
Die Tannen sind in sanfte Röte eingeschloßen
und beugen sich vor seiner Majestät, dem Wind.
Hinter den Pappeln blickt der Mond auf's Kind,
das ihm den Gruß schon zugelächelt hat.

Im Winde sind die Büsche wunderbar:
bald sind sie Silber und bald leuchtend grün
und bald wie Mondschein auf lichtblondem Haar
und dann, als würden sie auf's neue blüh'n.

Ich möchte leben.
Schau, das Leben ist so bunt.
Es sind so viele schöne Bälle drin.
Und viele Lippen warten, lachen, glüh'n
und tuen ihre Freude kund.
Sieh nur die Straße, wie sie steigt:
so breit und hell, als warte sie auf mich.
Und ferne, irgendwo, da schluchzt und geigt
die Sehnsucht die sich zieht durch mich und dich
Der Wind rauscht rufend durch den Wald
er sagt mir daß das Leben singt.
Die Luft ist leise, zart und kalt,
die ferne Pappel winkt und winkt.
Ich möchte leben.
Ich möchte lachen und Lasten heben
und möchte kämpfen und lieben und haßen
und möchte den Himmel mit Händen faßen
und möchte frei sein und atmen und schrei'n.
Ich will nicht sterben. Nein:
Nein.
Das Leben ist rot.
das Leben ist mein.
Mein und dein.
Mein.

Warum brüllen die Kanonen?
Warum stirbt das Leben
für glitzernde Kronen?

Dort ist der Mond.
Er ist da.
Nah.
Ganz nah.
Ich muß warten.
Worauf?
Hauff um Hauff
sterben sie.
Steh'n nie auf.
Nie und nie. –
Ich will leben.
Bruder, du auch
Atemhauch
geht von meinem und deinem Mund.
Das Leben ist bunt.
Du willst mich töten.
Weshalb?
Aus tausend Flöten
weint Wald.

Der Mond ist lichtes Silber in Blau.
Die Pappeln sind grau.
Und Wind braust mich an.
Die Straße ist hell.
Dann …
Sie kommen dann
und würgen mich.
Mich und dich
Tot.
Das Leben ist rot
braust und lacht.
Über Nacht
bin ich
Tot.

Ein Schatten von einem Baum
geistert über den Mond.
Man sieht ihn kaum.
Ein Baum.
Ein
Baum.
Ein Leben
kann Schatten werfen
über den
Mond.
Ein
Leben.
Hauff um Hauff
sterben sie.
Steh'n nie auf.
Nie
und
Nie.

7. VII. 1941

August

Es ist so kalt –
Geistergestalt
Sitz ich da.
Der Regen weint
Mit mir vereint
Fern und nah.

Die Sehnsucht blaut
Mir nah' vertraut
Und bekannt
Sie ist in mir
Und blickt zu dir,
Wie gebannt.

Von Tränen schwer
Gespenstisch leer
Ist mein Blick.
Er sieht dich an
Voll Leid und kann
Nicht zurück

30. VI. 1941

Herbst

Der Regen spinnt
Sein graues Lied
    Von Sehnsucht und
    Von schwerem Weh.
Von Träumen blind,
Alleinsein's müd
    Bin ich ein Hund
    Und – geh.

Verlosch'nes Gold
Und toter Traum
    Von Liebe sieht
    Mich an und schweigt.
Und um mich rollt
Schillernder Schaum –
    Die Sehnsucht zieht
    Und – geigt.

Der Herbst ist da
Und weint mich an
    Mit Augen die
    Erloschen sind.
Ich weiß, er sah:
Das Glück verrann,
    Zwang mich in's Knie
    Und – ging.

30. VI. 1941

Lied

Nimm hin mein Lied –
Es ist nicht froh,
Der Regen weint und weint.
Und wer ihn sieht,
Weiß sowieso,
Wie es das Glück gemeint.

Es ist vorbei
Die helle Zeit,
Die lachen uns gelehrt.
Sie ging entzwei,
Zwiespalt gedeiht –
Wenn auch die Welt sich wehrt.

Kehrt sie zurück?
Ich weiß es nicht.
Vielleicht wüßt es der Wind.
Er kennt das Glück,
Wenn's nicht zerbricht,
So sagt er's uns geschwind.

Doch sieh, der Wind
Verbirgt sich doch –
Er ist ja gar nicht da.
Ganz wie ein Kind,
So glaubt er noch:
Nur er wüßt was geschah.

Nimm hin mein Lied.
Vielleicht bringt es
Das Lachen einst zurück.
Und wer es liest,
der sagt: Ich seh's.
Und meint damit das Glück.

30. VI. 1941

Herbstregen

Ich starr hinaus
Und seh' – versteh'! –
Dabei der Trauer in's Gesicht.
Und so wie ich den Regen seh' –
Oh, so siehst du ihn nicht.

Er ist für mich dem Weinen gleich
Das mich wiegt – Nacht um Nacht.
Und auch der Rauch
Ist ganz so bleich
Wie **mich** dein Bild gemacht.

30. VI. 1941

Rote Nelken

Hände

Kraftvoll schön, gemeißelt wie aus weißem Stein
dem ein Sonnenstrahl hat Leben eingehaucht
und der von den schönsten Rosen zarte Blätter hat geliehen,
sprechen sie im schlanken Spiel der Finger,
mit den Händen die sich ihnen anvertraut.

Sehnen spielen wie ganz ranke, na[c]kte Ringer
und sind doch kosender Laut,
der betäubend süße Worte braut
für die Lippen die verängstigt fliehen …

Und die Finger die verhalten zärtlich ziehen
über seidenweiche warme Haut,
sind wie Menschen die, als sie das Glück geschaut
fast vergeßen hätten es zu faßen
und es doch im letzten Augenblick gefaßt
Ganz so ängstlich wollen sie die Anderen nicht laßen
und sie flattern über sie in wilder Hast
die bei der Berührung weich in Liebe sich verwandelt.

Plötzlich aber klammern sie sich an,
und sie zucken nur noch leise, dann und wann,
wie ein Kind nach langem Weinen
nur noch manchmal lautlos schluchzt.

Doch schon ist's als würden Sonnen scheinen –
ganz von Ferne noch und noch ganz zag –
doch schon kündend neuen hellen Tag.

17. X. 1941

Haar

Spiel von Lichtern. Weiche, volle Locke mitten in die lodernd weiße Stirn.
Spröde, lockend nur zum in die Höhe streichen.
Goldig braun der Grundton, ganz wie bei den schweren weichen
Früchten die auf hohen Kerzen sprießen.
Abendlichter die sich lächelnd gießen,
machen hier, noch einmal aufglüh'nd, halt.
Hier und da ein Strähn ist rostrot, als ob bald
hier der Herbst wollt Einkehr halten.
Kleine korngoldblonde Spitzen walten,
daß der ganze Reichtum aufrecht stehe,
auf das jeder es bestätigt sehe,
daß der König dieser Schätze aufrecht steht.
Ganz von Fern, sieht's aus, als ob das Glück dir weht.

18. X. 1940

Ich bin die Nacht

Ich bin die Nacht. Meine Schleier sind
viel weicher als der weiße Tod.
Ich nehme jedes heiße Weh
mit in mein kühles, schwarzes Boot.

Mein Geliebter ist der lange Weg.
Wir sind vermählt auf immerdar.
Ich liebe ihn und ihn bedeckt
mein seidenweiches, schwarzes Haar.

Mein Kuß ist süß wie Fliederduft –
du Wanderer weißt es genau.
Wenn er in meine Arme sinkt,
vergißt er jede heiße Frau.

Meine Händ sind so schmal und weiß,
daß sie ein jedes Fieber kühlen
und jede Stirn die sie berührt
muß leise Lächeln, wider Willen.

Ich bin die Nacht. Meine Schleier sind
viel weicher als der weiße Tod.
Ich nehme jedes heiße Weh
mit in mein kühles, schwarzes Boot.

6. V. 1941

Rote Nelken

Ich habe Angst. Es drückt auf mich das Dunkel jeder schwülen Nacht. Es ist so still und mich erstickt des großen Schweigens schwere Pracht.

Warum, warum bist du nicht da? Ich hab gespielt, ich weiß – verzeih. Ich hab mit meinem Glück gespielt – es ging entzwei – verzeih.

Es tut so weh allein zu sein. Drum komm, ich warte ja. Wir lachen uns ein neues Glück, so glaub es doch und komm zurück – es ist ja so viel Lachen da.

Schau mich doch an. Ist wohl mein Bild noch da in deinem fernen Blick? Ich will dich, wie die Traube will, daß man sie, wenn sie reif ist, pflückt.

Mein Haar, es wartet. Und mein Mund will daß du wieder mit ihm spielst. Sieh – meine Hände bitten dich, dass du sie in die deinen hüllst.

Sie sehnen sich nach deinem Haar und sehnen sich nach deiner Haut, wie nach dem Traum sich sehnt ein Kind, das ihn auch nur einmal geschaut.

Schau, es ist Frühling. Doch ist er blind – er weint ja immerfort. Solange wir nicht beisammen sind, so lange weint er, wie der Wind, dem der liebste Wald verdorrt.

Sieh, alles wartet nur auf uns: es warten alle Wege, alle Bänke. Es warten alle Blumen nur, daß ich sie pflücke und dir schenke.

Du hälst die Sterne die auf unsrer Schnur noch fehlen, in der Hand. Du hast sie keiner andern umgehangen. Und findest du für sie nicht bald ein neues Band, so hast du mit den vollen Händen nicht was anzufangen.

Sieh – unsre Schnur, sie wartet noch. Ich hab sie zärtlich aufgehoben. Es fehlt auch nicht ein einz'ger Stern und s'ist kein fremder mit verwoben.

Wir müßen nicht um neue Schnüre fragen. Die alte ist noch schön und lang. Und hast du auch noch tausend Sterne in der Hand – sie kann noch zehnmal tausend tragen.

Du bist so stark. Ich möchte mich so gern in deine Arme lehnen. Wenn du mich führst so geh ich schnell.
Entsinnst du dich noch jener Nacht, der Schnee war weich und klingend hell, in der dein Arm mich stark umfing und ich so schnell und sicher ging, als wär ich groß, wie du?

O, komm und führe mich so gut von Hinderniß zu Hinderniß. Ich will gewiß nicht müde sein, ich bin dann sicher nicht mehr klein und brauche keine Ruh.

Und dann – in unsrem Liebeszelt, o dann, dann werfen wir der Welt das hellste Lachen zu.

Nicht wahr, du kommst? Ich wein nicht mehr. O nein, ich bin ja nicht mehr leer, du kommst gewiß, du kommst geschwind – oh du mein starker, schöner Wind – du wirst zum Sturm und reißt mich mit in deinem heißen, wilden Ritt. ———

Ich bin noch hier. Der Traum ist aus. Ich bin allein – wie roter Wein, so kocht mein heißes Blut. Du bist nicht da – und warst so nah, und warst so süße, wilde Glut.

Der Frühling weint. Er weint um uns. Wirst du ihn ewig weinen laßen? Du bist so gut. Drum komm zurück – du sollst mich um die Schultern faßen – wir wollen glüh'n so wie im Traum, wir wollen blüh'n wie Baum nach Baum aufblühen werden dicht bei uns.

Ich will dann lachen. Und dann klingt die ganze Luft – die Sonne klingt. Das Wasser klingt, es klingt die Nacht – so hör, ich hab für dich gelacht!

ohne Datum

Sterne

Schlaflied

Schlafe mein Kindchen, so schlaf schon ein,
so schlaf doch und weine nicht mehr.
Sieh nur, im Schlaf ist die Welt ja dein,
so schlaf schon und wein nicht so sehr.

Schließe die Augen und schlafe schon,
hör' nur, es rauschet der Wald.
Im Schlafe da gibt es nicht Haß, nicht Hohn,
im Schlafe, da ist es nicht kalt.

Schlafe mein Liebling und lächle, Kind,
höre der Fluß singt sein Lied.
Schlafe, dann singt dir von Glück der Wind
und singt dir vom Frühling der blüht.

Schlafe mein Kind und vergiß was dich schmerzt,
dunkel ist für dich der Tag.
Hell ist die Nacht wenn der Traum dich herzt,
so schlafe mein Kindchen, so schlaf.

Jänner 1941

Wiegenlied

Hör' doch die Schüße dort in der Nacht –
ach vielleicht ist dein Vater schon tot!
Ist tot und du siehst ihn nicht mehr wenn er lacht
und siehst ihn nicht mehr wenn er droht …

Sieh doch, das Grauen dort in dem Wald –
vielleicht stirbt dein Vater jetzt!
Vielleicht bist du eine Waise bald
und sein Körper ist bald zerfetzt …

Zerfetzt seine Lippen, zerfetzt sein Haar,
zerfetzt seine Hände auch –
und das alles schon nach einem Jahr
und Glück ist verwandelt in Rauch …

Sieh die Araber in weißem Gewand –
sie schleichen von Rückwärts sich an.
Bald steht das Zelt, bald die Wiege in Brand,
bald schrieen Kranke im Wahn! –

Doch nein. Dein Vater und viele mit ihm,
sie hüten ja dein Glück.
Sie geben für dich ihr Leben hin
und ihren letzten Blick.

Sie kämpfen bei Tag mit dem Pflug in der Hand
und sie hüten dir deine Nacht.
Sie kämpfen bei Tag mit Sümpfen und Sand
und stehen bei Nacht auf der Wacht.

Jänner 1941

Fahnen

Gilu

Eine Kette von glühenden, hingerissenen Menschen, die
nichts wollen als sich austoben –
Gilu …
Alle in uns aufgespeicherten Energien verausgaben wir in
diesem Jauchzen, Singen, Stampfen …
Für den Außenstehenden mag dieser Tanz nichts mehr als ein
ungeordnetes Schreien und
Trampeln bedeuten – für uns ist es das Symbol unseres Lebens,
unserer Wünsche:
»Freiheit auf allen Gebieten!«
Und wie sich aus dem anfangs sanften Wiegen – hin und her,
hin und her – plötzlich der Tanz
löst, stürmisch alles mit sich fortreißend …
Alle lachen wir und alle singen und jubeln wir mit – und
tanzen, tanzen – als gälte es unser
Leben …
Endlich löst sich die Verschlingung und wir sind müde und
heiser und atemlos – aber wir sind
glücklich!

Mai oder Juni 1939

Lied der Freude

Liegt das Eis so schwer und weiß
und es hinder[t] jede Regung.
Ist der Fluß so still – ohne Bewegung,
möchte doch gern schäumen, wild und heiß.
Und es können keine Wellen rauschen,
können nicht dem Lied des Windes lauschen,
schlafen, eingekrümmt in tiefem Kummer
einen bösen, schweren Winterschlummer.

Müde hängt die Sonne in der grauen Luft,
weiß und müde liegt der Schnee.
Alles tot und müd' und ohne Duft
und es weint ein eingeschneiter Baum vor Weh.
Zerrt der Fluß an seinen Feßeln, will kein Eis,
bäumt sich auf, verzweifelt, wild und heiß,
schäumte gerne noch verrückt ins Blau hinein,
ist noch viel zu feurig um schon tot zu sein.

Eines Tages hört man einen Kuckuck
und die Sonne leuchtet plötzlich auf
und der Schnee verschwindet, Hauf nach Hauf,
und der Fluß, er macht den letzten Ruck
bricht des Eises schwere, weiße Decke –
flutet strömend über sie hinaus,
sieht erfreut die noch ganz kahle Rosenhecke,
schäumt und braust und lacht die weißen Schollen aus.

Lacht und lacht und will sich gar nicht halten –
klingt und fließt und ist voll Übermut –
scheint die Sonne doch so warm und gut,
brechen Frühlingsblumen aus in allen Bodenfalten
und die kleinen Hecken sind schon dünn belaubt.
Schwämmt der Fluß die Ufer weg – wäscht die Erde -
grüßt erfreut die altbekannte weiße Herde
die zu seh'n er nicht mehr hat geglaubt.

11. II. 1941

Der Sturm

Steht ein Rosenstrauch in deinem Garten
und er ist noch gar nicht grün.
Und du kannst es kaum erwarten
daß die erste Knospe komme, zart und dünn
und daß sie verkünde neues Leben.
Wartest, wartest voller Angst und Beben –
bis ein Morgen kommt – und sie ist da.

Und sie ist so fein und schlank und hell,
ganz geschloßen noch und kaum gesehn
und du möchtest daß sie aufbricht, ganz, ganz schnell,
da du weißt wie rasch die Zarten untergehn.
Doch es enteilt ein Tag und es enteilt ein zweiter
und die Himmel werden blauer, werden weiter
und die Knospe bricht nicht auf.

Und du weißt: wenn jetzt ein Frost kommt – stirbt sie,
stirbt und hat das Leben nicht gelebt.
Möchtest gerne helfen und weißt doch nicht wie,
fürchtest sehr daß nicht ein Wind sich hebt
der sie dir vom Stamme bricht,
in der Nacht, du schläfst und siehst es nicht,
und sie ist bei Tag schon tot.

Kommt dann eine Nacht und Stürme brausen um dein Haus,
um dein Haus mit den verschloßnen Toren.
Und du bäumst dich auf und willst und willst hinaus
und dir klingts wie Wimmern in den Ohren.
Endlich bist du draußen – und du siehst den Rosenstrauch dir an –

Sieh – 's ist die Knospe aufgebrochen.
Was die Sonne nicht vermocht in langen Wochen,
Hat ein einz'ger Sturm getan.

März 1941

Fremdländische Orchideen

Ich bin der Weg ge'n Untergang

Ich bin der Weg ge'n Untergang,
der blonde Sonnentod,
der braune Hirtenpfeifenklang,
das müde Abendrot.

Mein Bruder, geh' du mir nicht nach,
mein Geh'n ist nur Vergeh'n –
häng deinen jungen Glauben nicht
an meine blaue Trän'.

Meine Schönheit ist ein Meßer,
sie stößt dir durch das Herz.
In Wein getaucht, zwei Lippen:
mein ewig blauer Schmerz.

Meine Sehnsucht – ein Zigeuner
in wildem Wind-Gebell –
eine tote weiße Mutter
auf dunkler Abendschwell'.

Mein Bruder, geh du mir nicht nach,
mein Geh'n ist nur Vergeh'n –
häng deinen jungen Glauben nicht
an meine blaue Trän'.

Meine Lust – eine junge Nonne,
sie steht nackt beim Altar,
und ihre heißen Brüste
blühn ihrem blonden Narr.

Mein Glück – ein Regenbogen,
der im Sonnengolde blitzt
und immer bereit ist zu sterben,
noch eh' man ihn besitzt.

Mein Haß – ein wilder Reiter
der hält in der Hand ein Seil.
Nur, statt des Feindes würgt er
das eigene Glück in der Eil'.

Mein Bruder, geh du mir nicht nach,
mein Geh'n ist nur Vergeh'n –
häng deinen jungen Glauben nicht
an meine blaue Trän'.

5. III. 1941

Aus dem Jiddischen übersetzt.
Itzig Manger: Ech bin der weg ken marev

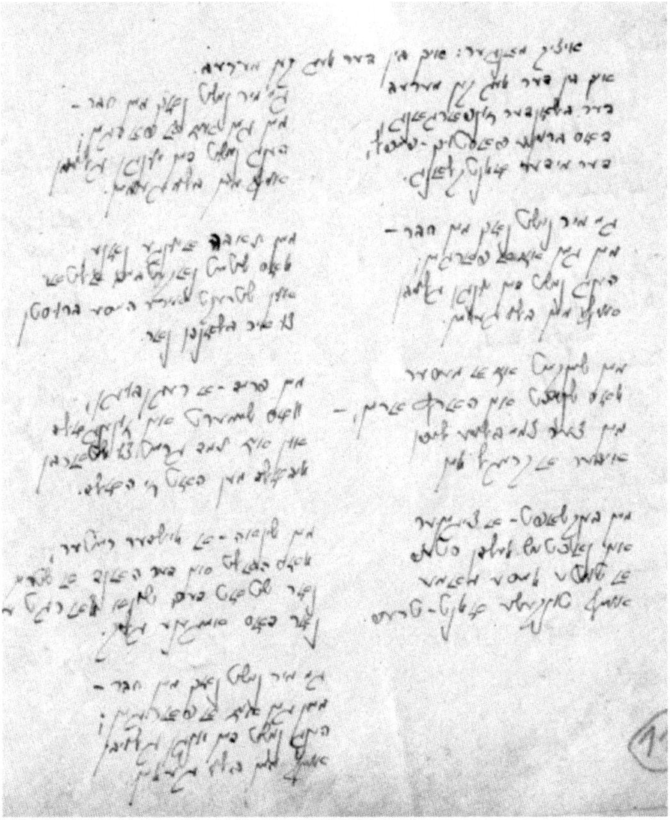

Jiddische Fassung

Herbstlied

Schluchzen so lang,
So ewig bang –
  Herbstgeigen.
Rührt an mein Herz
Mit dunklem Schmerz
  Schweigen.

Alles erstickt
So bleich bedrückt,
  Schlägt die Stund,
Tauchen mir auf,
Tage wie Rauch,
  Weint mein Mund.

Ich geh geschwind,
Mich trägt der Wind
  Müd und matt,
Lullt er mich ein
Ganz sowie ein
  Totes Blatt.

5. III. 1941

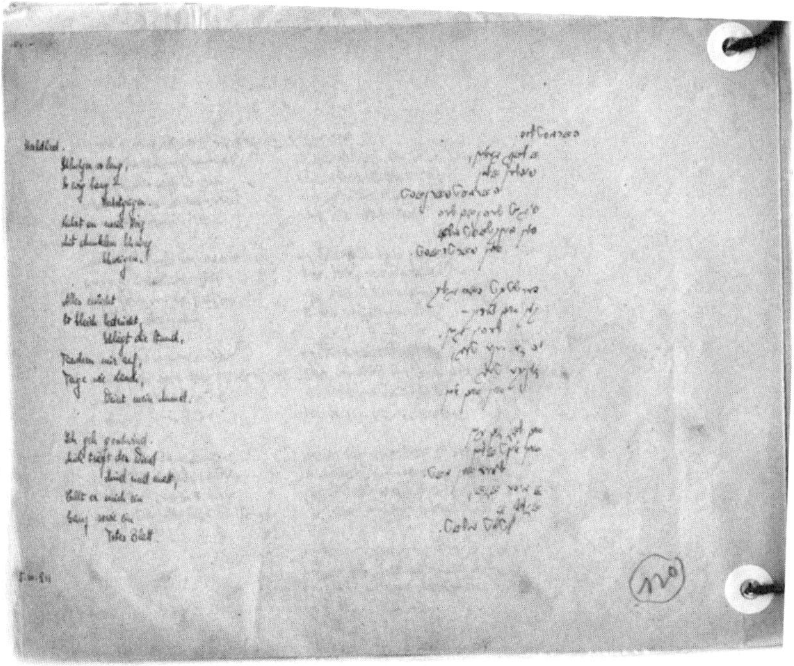

Herbstlied, deutsch und jiddisch

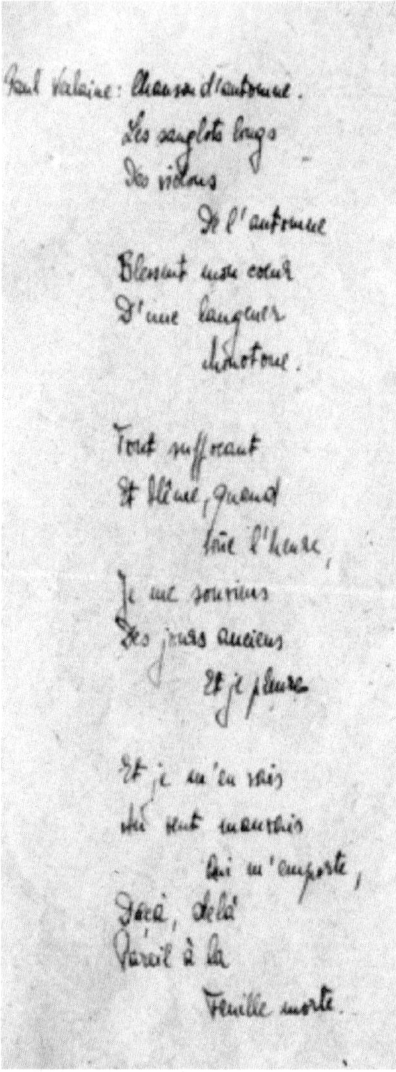

Paul Verlaine: Chanson d'automne.

Les sanglots longs
Des violons
De l'automne
Blessent mon cœur
D'une langueur
Monotone.

Tout suffocant
Et blême, quand
Sonne l'heure,
Je me souviens
Des jours anciens
Et je pleure.

Et je m'en vais
Au vent mauvais
Qui m'emporte,
Deçà, delà
Pareil à la
Feuille morte.

Paul Verlaine: Chanson d'automne

harbstlid

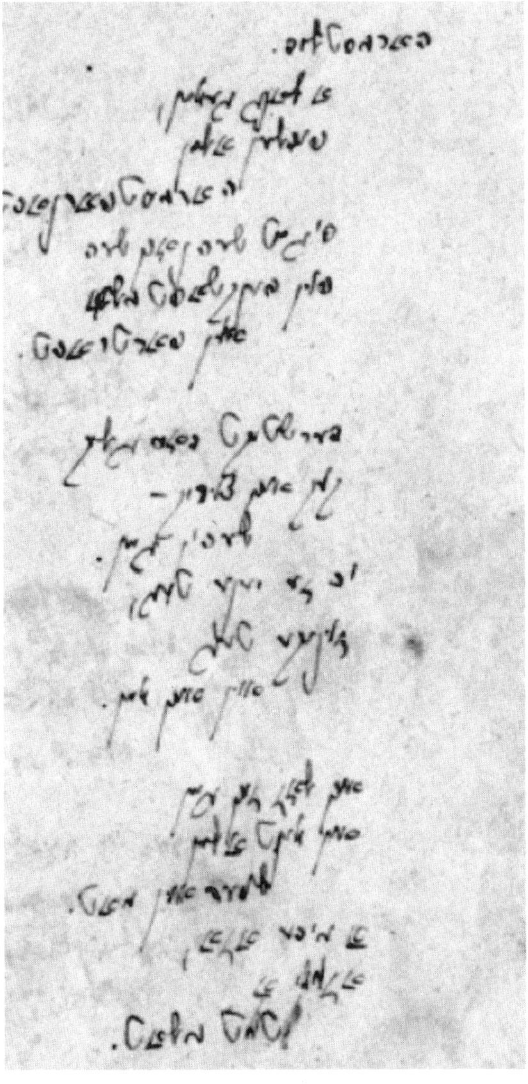

Paul Verlaine: Chanson d'automne,
aus dem Französischen ins Jiddische übersetzt

Schlaflied

Leg' den Kopf auf meine Knie,
so ist es gut liegen.
Kleine Kinder schlafen schon,
große muß man wiegen.

Kinder haben Spielzeug viel,
spielen wann sie wollen.
Große sind sich selbst zum Spiel,
müßen ewig wollen.

Mußt nicht fürchten, ich bin da,
werd' dich nicht verstoßen.
Hast heut' schon genug geweint,
ganz wie alle Großen.

Hast geweint und hast geklagt,
nun will ich dich wiegen.
Leg' den Kopf auf meine Knie –
so ist es gut liegen.

11. VII. 1941

Halper Lejwik »Schluflid«,
aus dem Jiddischen übersetzt

*
* *

S'weint der Regen in mir
Wie er weint auf die Stadt.
Ist's die Sehnsucht, die irr
Weint, verlaßen in mir?

Süßes Regengeräusch,
Über Dächer und Welt
Für ein Herz das enttäuscht.
Süßes Regengeräusch.

Es weint ohne Sinn
Mir im Herzen der Tod.
Jede Tollheit ist hin
Und das Lied ohne Sinn.

S'ist der bitterste Lohn,
Nicht zu wissen: warum?
Ohne Liebe und Hohn,
S'ist der bitterste Lohn

2. VIII. 1941

Paul Verlaine: »Il pleure dans mon cœur«,
aus dem Französischen übersetzt

Dämmerung

Die Dämmerung schafft eine Welt von Legenden
und Schweigen schauert herab.
Die Fernen verlöschen mit blutenden Händen,
Nord-Nebel werden ihr Grab.

Ein Duft von Geheimniß fällt auf die Lider
und Kühle atmet das Gras.
Aus Waldwiesen tönen die rythmischen Lieder
der Rehe, schemenhaft blaß.

Es löschen die Eichen mit rufendem Rauschen
das Leben in sterbendem Schein.
Vergeßen träumt schweigend an Quellen die lauschen,
wie roter, verschütteter Wein.

Am Ufer der sehnsüchtig blauenden Teiche
schläft atmend der Jungfrauen Traum.
Im Mondlicht verzittern die Tropfen wie bleiche
Phantasmen aus tänzelndem Schaum.

1. VIII. 1941

Discipol Mihnea: »Crepuscul«,
aus dem Rumänischen übersetzt

Der Blütenlese Zweiter Teil

Teeblüten

Vormittag

Der Wind singt sein Schlaflied
mit träumendem Rauschen,
die Blätter umschmeichelt er weich.
Ich laß' mich verführen dem Liede zu lauschen
und fühl' mich den Gräsern gleich.

Es schauern die Lüfte
und kühlen mein heißes
in Sehnsucht gehülltes Gesicht.
Die ziehenden Wolken verstreuen ihr weißes
der Sonne gestohlenes Licht.

Die alte Akazie
verrieselt ihr Schweigen
in zitterndem Blättergewirr.
Die Düfte der Erde erheben sich, steigen
und fallen dann nieder zu mir.

1. VIII. 1941

Regenlied

Des Regens starker Gesang wird zum Rauschen,
Das voller und voller erklingt.
Es schweigt selbst der Wal um dem Liede zu lauschen,
Das der strömende Himmel ihm singt.

Es schäumen mit wuchtendem Anprall die Wasser
Vom Himmel zur Erde herab.
Es rasen die Ströme des Regens in naßer
Wild stürzender Wut, die der Blitz ihnen gab.

Es duckt sich und beugt ihren Rücken die Erde
Unter dem peitschenden Sausen.
Wie vom Hufschlag einer hinrasenden Herde
Ist die Luft erfüllt von dem Brausen.

Dann wird das Rauschen zum raunenden Schallen
Zum Murmeln von müder Süße.
Auf die Dächer vereinzelte Tropfen fallen,
Wie ferne, glückstrunkene Küße.

1. VIII. 1941

Weisse Chrysanthemen

Bleistiftskizze

Ein Haarsträhn wie ein feiner Schatten in die Stirn,
Darüber seidig weich die dunkle Fülle.
Der Mund – ein trutz'ges Zeugniß stolzer Kühle,
betont durch leichten schwarzen Flaum.
Das helle Braun der Augen mildert kaum.
Die Zähne scheinen stark und weiß nach vorne sich zu drängen
und ganz so störrisch wild die schwarzen Brauen.
Doch wenn die Augen in die Ferne schauen,
dann will ein Zug von Sehnsucht in den Stolz sich mengen.
Darüber wölbt die Stirne sich in leicht gewölbtem Bogen,
die feine Nase setzt sie, aufwärtsstrebend, fort.
Der schlanke Hals ist in die Harmonie mit einbezogen –
ein bischen Braun, ein bischen bleich – ein starker Dur-Akkord.

28. IX. 1941

Stefan Zweig

Leuchtendes, glühendes, rauschendes Leben
springt an und reißt mit und läßt keinen mehr loß,
macht heiß und macht kühn und macht freudig und groß,
rüttelt auf und macht wacher mit kraftvollem Stoß
läßt die Fluten von Glanz nie und nimmer verebben –

packt dich und hält dich und sprudelt dich an
Sturzflut erfaßt dich und rast mit dir fort –
was kein Wildbach, kein Wirbel, kein Hochwaßer kann
hat dies Atmen vieltausende Mal schon getan,
dieses heiße, verzerrende, glasklare Wort.

Kühl dann und still wie ein nordischer See,
glitzernd und weich wie frischfallender Schnee,
sieht es uns an wie viel uraltes Gold
das altrot und schwer durch die Finger rollt
und schön ist wie sonst nur unsagbarer Traum
der dich ansieht, tiefleuchtend, aus dunkelndem Raum –

und bäumt sich dann auf als besinne es sich,
und packt wieder an und reißt wieder mit,
schreit dich an, lacht dich an, weint dich an: das bin ich!
Und es packt dich ein Sehnen das süß ist und zieht,
ein Sehnen nach Menschen, ein heißes: »versprich«
und dann, klingt es aus wie ein Nachtigallied.

24. XII. 1941

Das Glück

Schlafen möcht ich,
Der Wind wiegt mich ein
Und die Sehnsucht singt mich zu Ruh.
Weinen möcht ich.
Schon die Blumen allein,
Flüstern Tränen mir zu.

Sieh die Blätter:
Sie blinken im Wind
Und gaukeln mir Träume vor.
Ja und später
Lacht wo ein Kind,
Und irgendwo hofft ein Tor.

Sehnsucht hab ich.
Wohl nach dem Glück?
Nach dem Glück.
Fragen möcht ich:
Kommt es zurück?
Nie zurück.

18. VIII. 1941

Sonett

Schau, dort kommen Melodien
durch den Tag gezogen.
Wie den Sang gespannter Bogen
höre ich ihr Tönen ziehn.

Warum geben sie sich hin
allen die da stehn?
Könnten sie nicht einzig blühn,
nur für die die sehn?

Und so sprechen sie mich an,
mich, die sie nicht tragen kann,
denn ich bin so müd.

Und so steh' und klinge ich,
voll von Sehnsucht die verblich
und die weinend schied.

18. VIII. 1941

Sonne im August

Gleich einer Symphonie in Grün
durchpulst von Licht und Duft und Glanz,
ziehn Wiesen sich und Hügel hin
erfüllt von buntem Blumentanz.

Die Wege liegen lang im Wind
und alle Birken neigen sich.
Und wenn die Gärten verlaßen sind,
dann sind sie es nur für mich.

Die Bänke stehen wartend da,
die Gräser wiegen her und hin
und manchmal scheint der Himmel nah
und lange Vogelschwärme ziehn.

Und alles ist tief eingetaucht
in Lächeln und in Einsamkeit.
Mit Gold ist alles angehaucht
und eine Elster schreit.

23. VIII. 1941

Tränenhalsband

Die Tage lasten schwül und schwer, voll wildem, bangem Weh.
Es ist in mir so kalt und leer, daß ich vor Angst vergeh.
Die Vögel ziehn gen Mittag hin, sie sind schon lange fort. Schon
seh ich keine Aster blühn und auch die letzten Falter fliehn,
die Berge sind mit Herbst umflort.
Ich bin in Sehnsucht eingehüllt, ich sehne mich nach dir. Mein
heißes Sehnsuchtslied erfüllt die Welt und mich mit ihr.
Der Regen der eintönig rauscht, begleitet meinen Sang. Und wer
dem Regenliede lauscht und wer sich an dem Weh berauscht,
der hört auch meines Liedes Klang.
Nur du allein, du hörst es nicht – ach weiß ich denn, warum? Und
wenn mein Lied einst gell zerbricht, du bleibst auch kalt und
stumm.
Dir macht es nichts, wenn jeder Baum mitleidig fleht: so hör! Du
gehst vorbei und siehst mich kaum, als wüßtest du
nicht meinen Traum, und 's fällt dir nicht mal schwer. –
Und doch bist du so bleich bedrückt wie einer der versteht, der
seine Seufzer schwer erstickt und schwer beladen geht. Und doch
ist Weh in deinem Blick, um deine Lippen Leid. Verloren hast du
wohl das Glück, es kommt wohl nimmermehr
zurück und du – du bist »befreit«.
Nun ja, das Glück war dir zu schwer, du hast es hastig-wild verstreut
und nun sind deine Hände leer, es füllt sie nur
noch Einsamkeit.

So stehst du da und wirfst den Kopf mit starrem Trotz zurück – und
sagst, was du ja selbst nicht glaubst – »ich pfeife auf das
Glück!«
Und dann, wenn es schon längst vorbei, stehst du noch da und starrst
ihm nach – dann sehnst du es so heiß herbei, es ist
dir nicht mehr einerlei – dann bist du plötzlich wach.
Zurück jedoch, kommt es nie mehr – denn rufen willst du nicht – und
wäre die Leere so unendlich schwer, daß dein Rücken
darunter bricht.
So tragen wir beide dasselbe Leid, ein jeder für sich allein. Mich krönt
aus Tränen ein schweres Geschmeid und dich
ein Sehnsuchtsedelstein.
Und der Wind singt uns beiden den ewigen Sang von Sehnen und
Verzicht, doch auch wenn es dir zum sterben bang –
du rufst mich trotzdem nicht.

6. 11. 1941

*
* *

Es ist so viel buntes Geschehen
so viel bebendes Leben um mich –
ich könnte atmen und sehen
und könnte das Schönste verstehen
wenn ich eines nicht hätte: dich.

So aber bist du mir das Leben,
und das andre ist stumpf und leer.
Und alle Wellen verebben
und können mir garnichts geben
das so fern wär wie du und so schwer.

ohne Datum

Schlaflied für dich

Komm zu mir, dann wieg ich dich,
Wiege dich zu Ruh.
Komm zu mir und weine nicht,
Mach die Augen zu.

Ich flechte dir aus meinem Haar
Eine Wiege, sieh.
Schläfst drin aller Schmerzen bar,
Träumst drin ohne Müh.

Meine Augen sollen dir,
Blinkend Spielzeug sein.
Meine Lippen schenk' ich dir –
Trink dich in sie ein.

ohne Datum

Träume

Es sind meine Nächte
durchflochten von Träumen
die süß sind wie junger Wein.
Ich träume es fallen die Blüten von Bäumen
und hüllen und decken mich ein.

Und alle diese Blüten
sie werden zu Küßen
die heiß sind wie roter Wein,
und traurig wie Falter die wißen: sie müßen
verlöschen im sterbenden Schein.

Es sind meine Nächte
durchflochten von Träumen
die schwer sind wie müder Sand.
Ich träume es fallen von sterbenden Bäumen
die Blätter in meine Hand.

Und alle diese Blätter
sie werden zu Händen
die zärteln wie rollender Sand
und müd sind wie Falter die wißen: sie enden
noch eh sie ein Sonnenstrahl fand.

Es sind meine Nächte
durchflochten von Träumen
die blau sind wie Sehnsuchtsweh.
Ich träume es fallen von allen Bäumen
Flocken von klingendem Schnee.

Und all diese Flocken
sie werden zu Tränen.
Ich weinte sie heiß und wirr –
begreif meine Träume Geliebter, sie sehnen
sich alle nur ewig nach dir.

8. XI. 1941

Schlaflied für die Sehnsucht
(zu singen nach der Melodie
von Gebirtik's »die zun is fargangen«)

O lege Geliebter
den Kopf in die Hände
und höre, ich sing dir ein Lied.
Ich sing dir von Weh und von Tod und von Ende,
ich sing dir vom Glücke das schied.

Komm schließe die Augen
ich will dich dann wiegen,
wir träumen dann beide vom Glück.
Wir träumen dann beide die goldensten Lügen,
wir träumen uns weit, weit zurück.

Und sieh nur Geliebter,
im Traume da kehren
wieder die Tage voll Licht.
Vergeßen die Stunden, die wehen und leeren
von Trauer und Leid und Verzicht.

Doch dann – das Erwachen
Geliebter ist Grauen –
ach alles ist leerer als je –
o, könnten die Träume mein Glück wieder bauen,
verjagen mein wild-heißes Weh!

ohne Datum

Müdes Lied

Ich möchte schlafen, denn ich bin so müd
und so müd und wund ist mein Glück.
Ich bin so allein – selbst mein liebstes Lied
ist fort und will nicht mehr zurück.

Schlaf ich einmal, so träume ich auch
und Träume sind so wunderschön.
Sie zaubern einen lächelnden Hauch
Auch übers schwerste Geschehn.

Träume tragen Vergeßen mit sich,
und schillernden, bunten Tand.
Wer weiß es – vielleicht auch bannen sie mich
für ewig in ihr Land.

23. XII. 1941

*
* *

Spürst du es nicht, wenn ich um dich weine,
bist du wirklich so weit?
Und bist mir doch das Schönste, das Eine,
um das ich sie trage, die Einsamkeit!

23. XII. 1941

Tragik

Das ist das Schwerste: sich verschenken
und wißen, daß man überflüßig ist,
sich ganz zu geben und zu denken
daß man wie Rauch ins Nichts verfließt.

23. XII. 1941

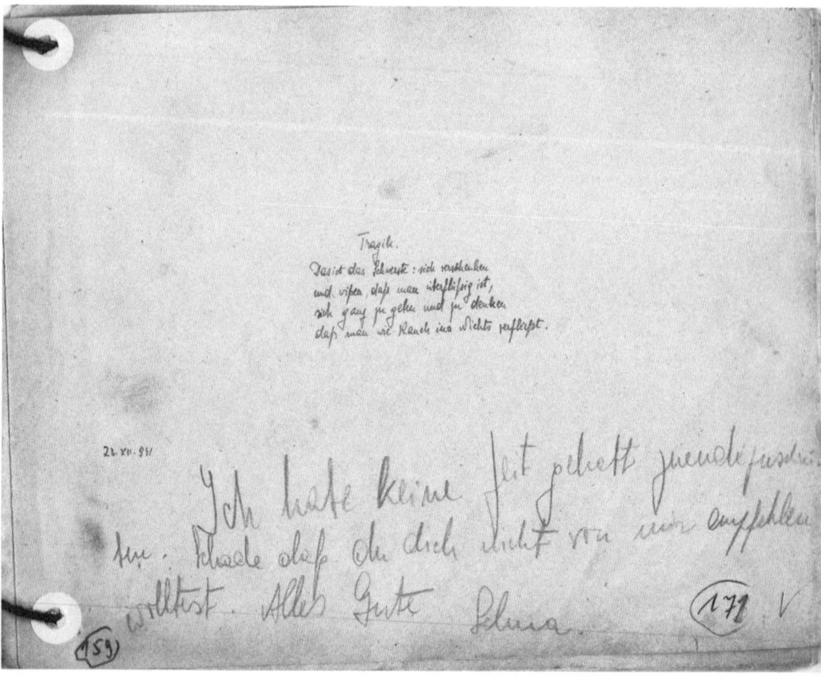
Tragik.
Das ist das Schwerste: sich verschenken
und wißen, daß man überflüßig ist,
sich ganz zu geben und zu denken
daß man wie Rauch ins Nichts verfließt.

23. XII. 941

Ich habe keine Zeit gehabt zuende zuschreiben. Schade daß du dich nicht von mir empfehlen wolltest. Alles Gute Selma.

159

171

Schlafmohn

Editorische Notiz

Selma Merbaums Gedichte habe ich nach ihrem handschriftlich verfassten Band *Blütenlese* transkribiert. Dazu lagen Ablichtungen der Originale vor, die freundlicherweise von Margalit Nefrati und der Stiftung Denkmal für die ermordeten Juden Europas zur Verfügung gestellt wurden.

Der Transkription liegen folgende Richtlinien zugrunde:

- textgetreue Übertragung (Beibehaltung von Groß-, Klein-, Zusammen- und Getrenntschreibung entsprechend ihrer Handschrift)
- Konsonantenverdoppelung da, wo Selma Merbaum über dem entsprechenden Buchstaben nur einen Balken gesetzt hat

Ein Mal wurde in Klammer ein eindeutig fehlendes »t« sowie ein Mal ein »c« und ein »r« eingefügt.

Selmas eigenwillige Gestaltung der Entstehungsdaten der Gedichte – durchaus üblich in der rumänischen Schreibung ihrer Zeit– wurde leserfreundlich aktualisiert: »18.XII.939« liest sich jetzt »18. XII.1939«.

Sinnentstellte Übertragungen habe ich korrigiert: z. B. heißt das in bisherigen Gedichtausgaben zu lesende »tausend Schlittenglöckklingklang« nun wieder »Tausendschlittenglöckleinklang«, »lang gespannter Bogen« wieder »Sang gespannter Bogen«.

Bei drei Gedichten – *Stille; Sehnsuchtslied; Du, weißt Du …* – lag mir das Original nicht mehr vor, sodass sich die Transkriptionen am Erstdruck von Hersch Segal orientieren.

Selma Merbaums sorgfältiges Arrangement ihrer Gedichte wurde wieder hergestellt. Selma hatte die Reihenfolge der Seitenzahlen jeweils oben rechts in winzigen Ziffern notiert. Die vorgenommene Umstellung aus der zweiten *Blütenlese*-Ausgabe von Adolf Rauchwerger wurde rückgängig gemacht.

Selmas Brief aus dem Lager (S. 199 – 201) habe ich nach dem Abdruck des Faksimiles in Jürgen Serkes Ausgabe »Ich bin in Sehnsucht eingehüllt« von 1980 neu transkribiert.

Inhaltsverzeichnis der Gedichte

Gedichte

Inhaltsverzeichnis der Gedichte

DER BLÜTENLESE ZWEITER TEIL

ANHANG

Nachweise und Anmerkungen

Kapitel 1

* Ernst Hofbauer; Lisa Weidmann: Verwehte Spuren. Von Lemberg bis Czernowitz. Ein Trümmerfeld der Erinnerungen. Wien1999, S. 138.

1 Selma Merbaum: Farben. In Teil 2: Gedichte, S. 234.

2 Dies.: Lied der Freude. A.a.O. (Anm. 1/1), S. 275.

3 Jüdisches Geburtenregister 1924: Band XXX, Eintrag 87, S. 330.

4 Bukowina – das Buchenland – war der offizielle Name des östlichsten Landstrichs der österreichisch-ungarischen Monarchie, ein eigenes Kronland mit seiner Hauptstadt Czernowitz.

5 Die Eintragungen im jüdischen Geburtsregister erfolgten erst seit Mitte 1922 immer häufiger in rumänischer Sprache. Bei aller Aversion gegen die deutsche Sprache zwang Sparsamkeit die rumänische Verwaltung, die Urkundenbücher aus der Zeit der österreichisch-ungarischen Doppelmonarchie einfach weiterzuverwenden.

6 Anna Kofer im Austausch mit Marion Tauschwitz vom 22.3.2013.

7 Selma Merbaum: Der Kelch. A.a.O. (Anm. 1/1), S. 242.

8 Edit Rones war Paul Celans Cousine ersten Grades. Ihre Mutter Regina Rones, geb. Antschel, und Celans Vater Leo Teitler waren Geschwister.

9 Hannes Hofbauer: Bukowina 1774 bis 1918: Österreichs Ostererweiterung. In: Cécile Cordon, Helmut Kusdat, (Hrsg.): An der Zeiten Ränder. Czernowitz und die Bukowina. Geschichte, Literatur, Verfolgung, Exil. Wien 2002, S. 14.

10 Helmut Kusdat: Vorwort, S. 3. In: Herrmann Mittelmann: Illustrierter Führer durch die Bukowina. Reprint der Ausgabe von 1907. Hrsg. von Helmut Kusdat. Wien 2008, (ohne Seitenzahl).

11 Martin Pollack: Galizien. Eine Reise durch die verschwundene Welt Ostgaliziens und der Bukowina. Frankfurt 2001, S. 26.

12 Ascher Leschem-Lifschitz: »Waschkoutz«. In: Hugo Gold: Geschichte der Juden in der Bukowina. Ein Sammelwerk. Bd. I u. II. Tel Aviv 1958 u. 1962. Hier: Bd. II., S.119f.

13 Martin Pollack: Galizien. Eine Reise durch die verschwundene Welt . A.a. O. (Anm. 1/11), S. 13.

14 Israel Chalfen: Paul Celan. Eine Biographie seiner Jugend. Frankfurt am Main 1983, S. 25.

15 Karl Emil Franzos: Namensstudien. Études de noms. Zweisprach. Ausg. Hrsg. von Oskar Ansull. Hannover 2012, S. 22.

16 Anna L. Staudacher: Zum Namenswechsel jüdisch-protestantischer Konvertiten in Wien 1782–1914. In: JudentumNet HaGalil vom 3.2.2004. Im Internet unter: http://www.judentum.net/geschichte/namenswechsel.htm. Zugriff: 21.5.2014.
17 Israel Chalfen: Paul Celan. A.a.O. (Anm. 1/14), S. 27.
18 Selma Meerbaum-Eisinger: Ich bin in Sehnsucht eingehüllt. Gedichte eines jüdischen Mädchens an seinen Freund. Hrsg. von Jürgen Serke. Hamburg 1980, S. 102.
19 Josef Meerbaum an Israel Chalfen vom 16.7.1978. DLA.
20 Ebd.
21 Selma Meerbaum-Eisinger: Du, weißt du, wie ein Rabe schreit. Hrsg. von Helmut Braun. Aachen 2013, S. 108.
22 Zvi Yavetz: Erinnerungen an Czernowitz. Wo Menschen und Bücher lebten. München 2007, S. 21.
23 Gabriele Weissmann im Austausch mit Marion Tauschwitz am 2.2.2013.
24 Selma Merbaum: Spaziergang. A.a.O. (Anm. 1/1), S. 240.
25 Dies.: Trauer. A.a.O. (Anm.1/1), S. 251.
26 Zvi Yavetz: Erinnerungen an Czernowitz. A.a.O. (Anm. 1/22), S. 117.
27 Die Bukowina. Eine allgemeine Heimatkunde, verfasst anlässlich des 50jährigen, glorreichen Regierungsjubiläums Gendarmerie des Landes-Gendarmerie-Commandos No. 13. Czernowitz (Universitätsbuchhandlung H. Pardini) 1899. In: Herbert Wiesner (Hrsg.): In der Sprache der Mörder. Ausstellungsbuch. Texte aus dem Literaturhaus Berlin. Bd. 9, S. 20. Berlin 1993, S. 41.
28 »Morgenblatt« vom 25.12.1928. In: Zvi Yavetz: Erinnerungen an Czernowitz. A.a. O. (Anm. 1/22), S. 31.
29 Rose Ausländer: Czernowitz vor dem 2. Weltkrieg. In: Herbert Wiesner, (Hrsg.): In der Sprache der Mörder. A.a.O. (Anm. 1/27), S. 20.
30 Josef Meerbaum an Israel Chalfen vom 16.7.1978. DLA.
31 Ursprünglich stammten die Schragers aus Ostgalizien und waren lange in Iaşi ansässig gewesen, wo Friedas Vater Srul Israel Schrager 1856 auch zur Welt gekommen war. Seit Ende des 19. Jahrhunderts lebten die Schragers in Czernowitz.
Orthodoxes Judentum hatte Srul Israel Schrager und seinen Bruder Philipp von klein auf geprägt; in ihren Familien lebten sie es weiter. Stammvater Abraham Schrager hatte seinen Lebenstraum verwirklicht: Im hohen Alter war er ins Gelobte Land gepilgert und dort auch begraben worden.
In Czernowitz waren die Schragers in die jüdische Gemeinde eingebunden. Selmas Großvater Srul Israel Schrager firmierte bei Hochzeiten immer wieder als »inspector al templului« und unterstützte bei religiösen Zeremonien den Rabbi in der alten orthodoxen Synagoge, der »alten Shil«, in der Synagogengasse. Durch seine Stellung als Kantor in der Czernowitzer Synagoge hatte Srul Schrager bis zu seinem Tode auch Wohnrecht in dem Anbau unmittelbar hinter dem Gebetshaus, in der Bethausgasse 1. Im Adressbuch

las man zwar, dass er Kaufmann von Beruf sei, doch Synagogenkantor war seine Berufung. Nicht nur deshalb spielte Musik eine große Rolle in der Familie. Friedas Mutter Chaje Henie, Tochter des Hauseigentümers Thaler, hatte ein Klavier und die Leidenschaft, auch darauf zu spielen, mit in die Ehe gebracht. Die Liebe zur Musik weckte sie schon früh in ihrer kleinen Enkelin Selma.

Bevor die Familie sich in der Rapfgasse 6 niedergelassen hatte, war die Synagogengasse 18 ihr Domizil gewesen, wo Friederika Schrager am 29. Oktober 1891 auf die Welt gekommen war. Erstaunlicherweise in Czernowitz. Denn eigentlich war Chaje Henie Schrager zur Entbindung ihrer Kinder stets in ihre Heimatstadt Nowosielitza zurückgekehrt, dem kleinen Ort im Osten von Czernowitz, links vom Pruth. Alle vier Söhne der Schragers waren dort geboren worden.

Dem Bruder von Selmas Großvater, Philipp Schrager, war wenig Glück in der Ehe beschieden. Seine ersten beiden Frauen waren sehr jung gestorben. Tochter Fritzi stammte schon aus zweiter Ehe, war vier Jahre jünger als ihre Cousine Frieda. Den verschwisterten und verschwägerten Schrager-Familien bescheinigte man engen Zusammenhalt.

In der Rapfgasse 6 lebte Frieda mit ihren Eltern und ihrem Bruder Leon. Hermann, das jüngste Kind der Schragers, führte schon einen eigenen Haushalt.

Friedas Brüder Karl und Simon hatten der Heimat früh den Rücken gekehrt und ihr Glück in Übersee gesucht. Mit gerade einmal achtzehn Jahren hatte sich Karl von der ersten großen Ausreisewelle in die USA mitreißen lassen, in Cuxhaven die »President Grant« bestiegen. Am 20. Juni 1912 landete er in Ellis Island, der Sammelstelle für Millionen Einreisende in die USA. Bei der Volkszählung von 1920 war der deutsche Karl schon naturalisiert und »Carl« mit Edith Cooper verheiratet. Seine Enkelinnen Helene und Irene Silverblatt lieferten viele Jahre später Puzzleteile zum Bild ihrer Großcousine Selma.

Offensichtlich hatte Carl dem ein Jahr älteren Simon Mut gemacht. Der hatte sich bis Rotterdam durchgeschlagen und kam am 21. Mai 1921 auf der »Ryndam« in Ellis Island an. Simon blieb unverheiratet. Seine Spur verliert sich wie die seines Bruders Hermann, dem die USA nur als Sprungbrett gedient hatten. Einzig seine Sozialversicherungsnummer ist in den USA verblieben. Hermann starb 1978 »in Asien«.

32 Selma Meerbaum-Eisinger: Ich bin in Sehnsucht eingehüllt. Gedichte. Hrsg. von Jürgen Serke. Hamburg 2008, S. 102.

33 Eidel Abisch wurde am 4. März 1923 mit Israel Dauber getraut. Der 65-Jährige und die 53-Jährige werden wohl im kleinen Rahmen gefeiert haben. In diesem Alter sprach man eher nicht mehr von großer Liebe: Man kannte sich, versprach, gut zueinander zu sein und war froh, den harschen Zeiten nicht allein trotzen zu müssen. Eheschließungen hatten alltagstauglich zu sein. Dass Hausbesitzer Dauber obendrein ein ehrbarer Bürger war,

bezeugte der Bürgermeister, der sich wegen fehlender Geburtsunterlagen für ihn verbürgt hatte.
In der weitläufigen Verwandtschaft der Schragers wurde in den Zwanzigerjahren eine Hochzeit nach der anderen gefeiert: Friedas Cousine Fritzi Schrager hatte Anfang 1920 mit Leo Antschel-Teitler den Reigen eröffnet. Das war ein richtiges Hochzeitsereignis gewesen im Saal des Jüdischen Bauhandwerkerverein in der Nähe des Theaters. Kaum Freunde allerdings, die weitläufige Verwandtschaft blieb gern unter sich. Pünktlich neun Monate später kam Sohn Paul Pessach Antschel zur Welt, der als Dichter Paul Celan Weltruhm erlangen würde.
Im Oktober 1923 heiratete in der Linie des Bruders von Friedas Vater Ruchel Antschel, Regina gerufen, Mordko Rones, als Max bekannt. Ihre kleine Edit kam 1924 fast zeitgleich mit Selma zur Welt. Keine zwanzig Jahre später sollte das Schicksal von Frieda und Selma und von Mordko, Ruchel und Edit aufs Furchtbarste verknüpft werden.
Im November 1923 war Friedas Bruder Hermann die Ehe mit Haika Handelmann eingegangen. September 1922 hatte sich Friedas Bruder Leon Schrager in der Rapfgasse 6 mit seiner Anna Klein trauen lassen. Wenig glücklich offenbar. Denn schon 1927 wurde die Ehe wieder geschieden.

34 Jüdisches Heiratsregister 1923: Band XIV, Eintrag 9, S. 9.

35 Ebd.

36 Ebd.

Kapitel 2

1 Selma Merbaum: Spaziergang. A.a.O. (Anm. 1/1), S. 240.

2 Edgar und Gabriele Weissmann im Austausch mit Marion Tauschwitz vom 2.2.2013.

3 Jüdisches Sterberegister von 1924: Band XXI, Eintrag 473, S. 16.
Schrager Israel: ebenda: Eintrag 530, S. 31.

4 Josef Meerbaum an Israel Chalfen vom 16.7.1978. DLA.

5 Jüdisches Sterberegister von 1924. Buch XXI, Nr. 530, S. 31.

6 Helen Silverblatt im Austausch mit Marion Tauschwitz vom 4.1.2013. 1936 wanderte David Schrager mit seiner Familie aus. Auf dem Weg nach Palästina wurde er in Zypern festgehalten, überlebte dort den Krieg und fand schließlich Heimat in Israel. Er entging mit seiner Familie der Vernichtung.

7 Das fünfte Buch Mose (Deuteronomium), 5. Mose 25, 5.

8 Josef Meerbaum an Israel Chalfen vom 28.6.1978. DLA.

9 Einer der Abzüge gelangte zu Friedas Bruder Carl in die USA. Dort wurden Fotos aus der Heimat gehütet, bewahrt und weitergegeben von Familie zu Familie. Von Carls Tochter Hilda Silverblatt an ihre Kinder, die Zwillinge Helene und Irene Silverblatt. Selmas Cousinen zweiten Grades überließen 1980 das Foto von Josef und Frieda dem Journalisten und Autor Jürgen

Serke für sein Exil-Museum in Solingen. Serke hatte 1980 nicht nur diese Ablichtung nach Deutschland gebracht, sondern auch die Geschichte von Selmas Gedichten in einer großen Reportage im Magazin STERN veröffentlicht.

10 Jüdisches Heiratsregister 1927: Band XVI, Eintrag 105, S. 226.

11 Selma Meerbaum-Eisinger. Du, weißt du, wie ein Rabe schreit. A.a.O. (Anm. 1/21), S. 110.

12 »Österreich, Niederösterreich, Wiener Meldezettel 1850–1896« index, FamilySearch. Zu finden unter: https://familysearch.org/pal:/MM9.1.1/KMC3-8LM. accessed 21.5.2014. GS_Filmnummer: 1325162. Ordernummer: 004372814.

13 Rose Ausländer: Blinder Sommer. Gedichte. Frankfurt 1987, S. 99.

14 Klara Blum: Der Wunderrabbi von Sadagora. In: ehpes.comBlog. Jewish Bukowina Czernowitz Blog: Three Poems by Klara Blum Aka Zhu Bailan. Posted by Edgar Hauster (June 11, 2013). Im Internet unter: http://ehpes.com/blog1/2013/06/11/two-poems-by-klara-blum-aka-zhu-bailan-aka-%E6%9C%B1%E7%99%BD%E8%98%AD/. Zugriff: 21.5.2014.

15 Paul Celan: Eine Gauner- und Ganovenweise. Gesungen zu Paris Emprès Pontoise von Paul Celan aus Czernowitz bei Sadagora. In: ders.: Die Niemandrose. Sprachgitter. Gedichte. Frankfurt am Main 1980, S. 29.

16 Francesca Paolino: Una Vita. Selma Meerbaum-Eisinger (1924–1942). Trento: Edizioni del Faro, 2013, S. 23.

17 Selma Merbaum: Der Kelch. A.a.O. (Anm. 1/1), S. 242.

18 Selma an Renée Abramovici, August 1942.

19 Harald Jähner: Der Triumph der Kritik über ihren Gegenstand. In: FR (19.9.2013) Nr. 28, S. 32.

20 Selma Merbaum: Stille. A.a.O. (Anm. 1/1), S. 239.

21 Paul Celan: Hawdalah. In: Ders.: Die Niemandrose. A.a.O. (Anm. 2/15), S. 52.

22 Selma Merbaum: Stille. A.a.O. (Anm. 1/1), S. 239.

23 Ebd.

24 Ilana Shmueli: Ein Kind aus guter Familie. Czernowitz 1924–1944. Bukowiner Literaturlandschaft. Bd.29. Aachen 2006, S. 33.

25 Hedwig Brenner: Mein 20. Jahrhundert. Brugg/Schweiz 2006, S. 36ff.

26 Literaturliebhaber aus aller Welt pilgern zu Celans schmuckem Backsteinhaus mit den flankierenden Erkern in Weiß und Hellblau. Sie schießen Erinnerungsfotos und stecken Blumen hinter die Bronzetafel am Eckhaus in der Sagsagans'koho, der ehemaligen Wassilkogasse 5. Die Inschrift auf der stilisierten Buchseite erfordert Geschick beim Entziffern:
»Geburtshaus des Dichters Paul Celan
geboren 23.11.1920
gestorben in Paris 28.4.1970
gestiftet von der Österreichischen
Geselschaft für Literatur«

Licht und Schatten nehmen den Lettern ihre Konturen. Vielleicht hat deshalb bisher noch niemand das fehlende »l« in der letzten Zeile moniert? Ohnehin wird die Plakette demnächst an einem anderen Haus neu montiert werden. Denn dieses Haus ist nicht Paul Celans Geburtshaus, dem er mit seinen Cousinen Selma und Edit durch die Fenster entstieg. Weshalb wurde das falsche Haus ansehnlich hergerichtet, doch das eigentliche Zuhause Celans direkt daneben seinem traurigen Zustand überlassen?
Die Straßenzüge der Altstadt von Czernowitz haben ihre jeweiligen Machthaber mit Gleichmut ertragen. Und die hatten keinen Anlass gesehen, sie tiefgreifend zu verändern. Der Stadtplan von 1907 taugt deshalb auch heute noch bestens dazu, den Czernowitz-Besucher sicher durch das Geflecht der Gassen zu führen. Nur die Nummerierung der Gebäude narrt den Spurensucher: Rumänen, Sowjets, Ukrainer – sie haben nicht nur Kanaldeckel ausgetauscht, sondern nach An- und Umbauten Hausnummern neu gemischt. Identifizierung ist unzuverlässig geworden. Verlässlich bleiben Aussagen von Zeitzeugen: Edit Rones-Hubermann, die Cousine von Paul und Selma, war 2012 zur Einweihung dieser Gedenkplakette für Celan aus Israel angereist. Nur für die dicht bei ihr Stehenden war Edits verhaltener Kommentar zu hören: »Das ist aber nicht das Geburtshaus von Paul.« Denn das Kletterspiel durch die Fenster hatten sie und Selma geliebt. Es blieb ihr unvergessen. Diese ebenerdigen Fenster aber finden sich nur im Hinterhaus der Sagsagans'koho – Nummer drei. Das Haus dort muss nun ordentlich hergerichtet werden. Begonnen hat man damit schon.

27 Paul Celan: Drüben. In: Israel Chalfen: Paul Celan. A.a.O. (Anm. 1/14), S. 76.

28 Selma Merbaum: Spaziergang. A.a.O. (Anm. 1/1), S. 240.

29 Thomas Gerlach, Gert Schmidt: Die Ukraine entdecken. Zwischen den Karpaten und dem Schwarzen Meer. Berlin 2007, S. 176.

30 Rose Ausländer: Erinnerungen an eine Stadt. In: Herbert Wiesner (Hrsg.): In der Sprache der Mörder. A.a.O. (Anm. 1/27), S. 33.

31 Israel Chalfen: Paul Celan. A.a.O. (Anm. 1/14), S. 47.

32 Elieser Steinbarg: Der Spieß und die Nadel. Übersetzt von Anny Silber. In: Helmut Braun (Hrsg.): My dear Roisele. Itzig Manger. Elieser Steinbarg. Jiddische Dichter in der Bukowina. Schriftenreihe der Rose Ausländer-Stiftung. Bd. 6. Köln, 1996, S. 73.

33 Vera Hacker: Kinder- und Jugendjahre. Im Internet unter: http://www.czernowitz.de/pdf/Vera%20Hacken.%20Kinder-%20und%20Jugenjahre%20mit%20Elieser%20Steinbarg.pdf, S. 11. Zugriffsdatum: 23.1.2014.

34 Rose Ausländer: Gedenkfeier für Elieser Steinbarg. In: Czernowitzer Morgenblatt (22. Mai 1932). In: Helmut Braun (Hrsg.): My dear Roisele. A.a.O. (Anm. 2/32), S. 62.

35 Hedwig Brenner: Mein 20. Jahrhundert. A.a.O. (Anm. 2/25), S. 89.

36 Ebd., S. 90.

37 Ilana Shmueli: Ein Kind aus guter Familie. A.a.O. (Anm. 2/24), S. 16.

38 Hardy Breier im Austausch mit Marion Tauschwitz vom 18.6.2013.
39 Margit Bartfeld-Feller im Austausch mit Marion Tauschwitz vom 27.9.2011.
40 Zvi Yavetz: Erinnerungen an Czernowitz. A.a.O. (Anm.1/22), S. 160f.
41 Ebd., S. 170f.
42 Redakteur: Die Eröffnungsfeier der Toynbeehalle. In: Czernowitzer Allgemeine Zeitung (18.11.1913), S. 1. Im Internet unter: http://hauster.blogspot.de/2013/10/toynbee-hall-jewish-educational.html. Zugriff: 21.5.2014.
43 Arthur Kogan im Austausch mit Marion Tauschwitz vom 19.6.2007.
44 Edith Silberman: Deutsch – die Muttersprache der meisten Bukowiner Juden. In: Cécile Cordon, Helmut Kusdat (Hrsg.): An der Zeiten Ränder. A.a.O. (Anm. 1/9), S. 40.
45 Redakteur: unbekannt: »Ego«: Voidas Händedruck. In: Der Tag, Nr. 343, vom 7. Mai 1933, S. 1. Zu finden unter: http://dertag.forenworld.com/viewtopic.php?f=15&t=154&p=520. Zugriff: 21.5.2014.
46 Redakteur: unbekannt: Selbstmord des Professors Jacobsohn. In: Der Tag, Nr. 339, vom 3. Mai 1933, S. 2. Zu finden unter: http://dertag.forenworld.com/viewtopic.php?f=15&t=154&p=520. Zugriff: 21.5.2014.
47 Simon Geissbühler: Blutiger Juli. Rumäniens Vernichtungskrieg und der vergessene Massenmord an den Juden 1941. Paderborn 2013, S. 33.
48 Ebd., S. 41.
49 Margit Bartfeld-Feller: Am östlichen Fenster. Hrsg. von E. R. Wiehn. Konstanz, 2002, S. 25.
50 Gaby Coldewey u.a.: Zwischen Pruth und Jordan. Lebenserinnerungen Czernowitzer Juden. Köln 2003, S. 13.
51 Albers, Bernhard (Hrsg.): Blaueule Leid. Bukowina 1940–1944. Eine Anthologie. Aachen 2003, S. 13.
52 Hermann Sternberg: Das Unterrichtswesen der Juden in der Bukowina. In: Hugo Gold (Hrsg.): Die Geschichte der Juden in der Bukowina. Bd. I. A.a.O. (Anm. 1/12), S. 81ff.
53 Hedwig Brenner im Austausch mit Marion Tauschwitz vom 28.9.2013.
54 Rachel Ampel: Schule. In: Gaby Coldewey u.a.: Zwischen Pruth und Jordan. A.a.O. (Anm. 2/50), S. 5.
55 Regionalarchiv Chernivtsi: Fundus 237 – 1 – 27: Matricola Scolară 1934/35: Selma Merbaum: S. 90.
56 Hersch Segal im Brief an Israel Chalfen vom 23.5.76. DLA.
57 Renée Abramovici: Titel. In: Selma Meerbaum-Eisinger: Ich bin in Sehnsucht eingehüllt. A.a.O. (Anm. 1/18), S. 103.
58 Der Czernowitzer Künstler Jurij Pawljuk hatte am 5. September 2004 – anlässlich des 80. Geburtstags »Selma Meerbaum-Eisingers« – in der Bilaergasse die von ihm geschaffene Plakette enthüllt. Flankiert von einem international besetzten Komitee, das sich sehen lassen konnte: Cécile Cordon, grüne Landtagsabgeordnete aus Wien, die Wiener Historiker Dr. Konstantin Kaiser und Helmut Kusdat, Felix Mitterer, Schriftsteller mit Wohnsitz in Irland, Dr. Sergij Osatschuk vom Bukowina-Zentrum in Czernowitz,

Prof. Dr. Drs. h.c. Erhard Roy Wiehn aus Konstanz und Dr. Peter Rychlo, Professor für Weltliteratur an der Czernowitzer Jurij-Fedkowytsch Universität. Martin Meerbaum, Helene und Irene Silverblatt aus den USA waren stellvertretend für die Familie angereist. Verwandtschaft in der dritten Generation. Und auch Margit Bartfeld-Feller und Ilana Shmueli, die überlebenden Czernowitzer Weggefährtinnen aus Selmas Schulzeit, hatten den weiten Weg aus Israel nicht gescheut. Margit las Selmas Gedichte vor, Freunde und Förderer machten die Einweihung zum Fest. Bei Margit und Ilana mussten auch bittere Erinnerungen aufgestiegen sein: dunkle Bilder einer unbewältigten Vergangenheit.

59 Renée Abramovici über ihre Freundin Selma: A.a.O. (Anm.2/57), S. 104.

60 Margit Bartfeld-Feller im Austausch mit Marion Tauschwitz vom 23.3.2012.

61 Margit Bartfeld-Feller: Aschenblumen. Eine Fotodokumentation aus Czernowitz sowie von der sibirischen Verbannung und danach. Hrsg. von E. R. Wiehn. Konstanz 2008, S. 226.

62 Regionalarchiv Chernivtsi: Fundus 237–1–42: Matricola Scolară 1939/40: Selma Merbaum: S. 1.

63 Margit Bartfeld-Feller: Unverloren. Weitere Geschichten aus Czernowitz und aus der sibirischen Verbannung. Hrsg. von E. R. Wiehn. Konstanz 2005, S. 24ff.

64 Margit Bartfeld-Feller im Austausch mit Marion Tauschwitz vom 23.3.2012.

65 Ilana Shmueli: Ein Kind aus guter Familie. A.a.O. (Anm. 2/24), S. 45.

66 Selma Meerbaum-Eisinger: Ich bin in Sehnsucht eingehüllt. A.a.O. (Anm. 1/18), S. 104.

67 Margit Bartfeld-Feller im Austausch mit Marion Tauschwitz vom 30.12. 2012.

68 Margit Bartfeld-Feller im Austausch mit Marion Tauschwitz vom 23.3.2012.

69 Julius Scherzer: While the Gods were silent. Growing up under Fascists and Communists. Baltimore 2005, S. 103.

70 Hermann Sternberg: Das Unterrichtswesen der Juden in der Bukowina. In: Hugo Gold (Hrsg.): Die Geschichte der Juden in der Bukowina. Bd. I. A.a.O. (Anm. 1/12), S. 81.

71 Margit Bartfeld-Feller: Am östlichen Fenster. A.a.O. (Anm. 2/49), S. 93.

72 Ilana Shmueli: Ein Kind aus guter Familie. A.a.O. (Anm. 2/24), S. 42.

73 Vgl.: Selma Merbaum in ihrem Brief an Renée Abramovici. In: Blütenlese. Gedichte. Hrsg. von Hersch Segal. Rechovot: Privatdruck 1976, S. 76.

74 Margit Bartfeld-Feller im Austausch mit Marion Tauschwitz vom 6.3.2012.

Kapitel 3

1 Selma Merbaum: Rote Nelken. A.a.O. (Anm.1/1), S. 270.

1a Anne Frank: Anne Frank Tagebuch. Fassung von Otto H. Frank und Mirjam Pressler. Frankfurt am Main 2012, S. 135.

2 Josepha Sole im Austausch mit Marion Tauschwitz vom 23.12.2012.
3 Anne Frank: Anne Frank Tagebuch. A.a.O. (Anm. 3/1), S. 138.
4 Selma Merbaum. Spätnachmittag. A.a.O. (Anm. 1/1), S. 245.
5 Dies.: Welkes Blatt. A.a.O. (Anm. 1/1), S. 241.
6 Anne Frank: Anne Frank Tagebuch. A.a.O. (Anm. 3/1), S. 476.
7 Ebd., S. 326.
8 Zvi Yavetz: Erinnerungen an Czernowitz. A.a.O. (Anm. 1/22), S. 188f.
9 Marianne Hausleitner: Die Rumänisierung der Bukowina. Die Durchsetzung des nationalstaatlichen Anspruchs Großrumäniens 1918–1944. München 2001, S. 331.
10 Zvi Yavetz: Erinnerungen an Czernowitz. A.a.O. (Anm. 1/22), S. 62f.
11 Adolf Hitler vor dem Deutschen Reichstag am 30.1.1939. Im Internet unter: http://bio.bwbs.de/bwbs_biografie/Drohung_Hitlers_mit_der Vernichtung_der_juedischen_Rasse__B1376.html. Zugriff: 21.5.2014.
12 Benjamin M. Grilj (Hrsg.) in Kooperation mit Serhij Osatschuk und Dmytro Zhmundyljak: Schwarze Milch. Zurückgehaltene Briefe aus den Todeslagern Transnistriens. Innsbruck 2013, S. 21.
13 Selma Meerbaum-Eisinger: Blütenlese. Gedichte. Hrsg. von Hersch Segal. Rechovot: Privatdruck 1976, S. 93.
14 Margit Bartfeld-Feller: Unverloren. A.a.O. (Anm. 2/63), S. 29.
15 Marianne Hirsch u. Leo Spitzer: Ghosts of home. The Afterlife of Czernowitz in Jewish Memory. Berkeley 2010, S. 86.
16 Der Logik der Chronologie folgend muss es das Frühjahr 1938 gewesen sein. Selma wirkt noch sehr kindlich. Margit Bartfeld-Feller ist ab dem Schuljahr 1938/39 nicht mehr in Selmas Klasse.
17 Margit Bartfeld-Feller im Austausch mit Marion Tauschwitz vom 27.11. 2011.
18 Zvi Yavetz: Erinnerungen an Czernowitz. A.a.O. (Anm. 1/22), S. 117.
19 Selma Merbaum: Gilu. A.a.O. (Anm. 1/1), S. 274.
20 Rose Ausländer: Der Regenbogen. Gedichte. Hrsg. von Helmut Braun Bukowiner Literaturlandschaft. Bd. 63. Aachen 2012, S. 95.
21 Paul Celan im Austausch mit Gespräch mit Ruth Lackner vom 2.12.1951. In: Israel Chalfen: Paul Celan. A.a.O. (Anm. 1/14), S. 155.
22 Selma Merbaum: Vormittag. A.a.O. (Anm. 1/1), S. 290.
23 Dies.: Tränenhalsband. A.a.O. (Anm.1/1), S. 297.
24 Dies.: Sonne im August. A.a.O. (Anm.1/1), S. 296.
25 Dies.: Stefan Zweig. A.a.O. (Anm.1/1), S. 293.
26 Dies.: Regenlied. A.a.O. (Anm.1/1), S. 291.
27 Dies.: Vormittag. A.a.O. (Anm.1/1), S. 290.
28 Kaum hatten Selmas Worte 1980 ihren Weg zur deutschen Lyrik-Leserschaft gefunden, verführten sie zum Vertonen. Die Schauspielerin und Sängerin Ana Fonell sang 1985 als erste Gedichte von »Selma Meerbaum-Eisinger«. Ihr Mann Johannes Conen hatte die Verse in sanfte Klänge gehüllt, in »zarte, schwingende, spröde-schöne Melodien« und auf eine Schallplatte gepresst,

die es der ZEIT wert war, sie in ihrer Rubrik »Die neue Schallplatte« vorzustellen. Immer wieder haben sich Musiker seither Selmas Versen angenommen: Akkordeon, Klavier, Marimbaphon – die Instrumente so vielgestaltig wie die Worte.
Selmas Gedicht *Poem* vertonte Dietrich Lohff 1998 in seinem »Requiem für einen polnischen Jungen«. Der Niederländer Hermann van Veen spielte Selmas Verse ein. Bemerkenswert ist der Einsatz des Schweizer Musikers David Klein: Für die CD »Kol Simcha – The World Quintett« konnte Klein Herbert Grönemeyer dafür gewinnen, die Vertonung des Gedichtes *Trauer* zu interpretieren. Grönemeyers Vortrag von Selmas Gedicht kam beim Publikum an. Kam zu gut an? Auf eine neu aufgelegte CD ließ sich Grönemeyer nicht mehr ein, nachdem er die Begeisterung seiner Fans dämpfen und eingestehen musste, dass weder Lyrics noch Vocals von ihm, sondern von der jungen Dichterin aus der Bukowina und dem Schweizer David Klein waren.
Die neue Synagoge in Berlin war mit tausendzweihundert Besuchern ausverkauft, als Klein 2007 dort seine neue Selma-CD mit zwölf vertonten Gedichten vorstellte: Das Symphonieorchester Basel begleitete Gesangs-Größen wie Sarah Connor, Xavier Naidoo, Yvonne Catterfeld, Reinhard Mey, Jasmin Tabatabai, Thomas D und etliche mehr.
Aus Selmas Gedichten haben sich drei Theaterprojekte entwickelt, die in Wilhelmshaven, Frankfurt und 2001 im Fürther Stadttheater in der szenischen Recherche »Selma oder Die Reise um den Tisch« nach einer Idee von Jutta Czurda aufgeführt wurden.
Iris Berben trug Selmas Gedichte 2011 wieder zu ihren Ursprüngen zurück, als sie die Verse auf Einladung der Ukrainisch-Deutschen-Kulturgesellschaft »Gedankendach« im ehemaligen jüdischen Nationalhaus in Selmas Geburtsstadt Czernowitz las. Iris Berben und der Stiftung Neuhardenberg ist die erste zweisprachige Ausgabe der Gedichte Selmas auf Deutsch und Ukrainisch zu verdanken, von Peter Rychlo übersetzt.

29 Selma Meerbaum-Eisinger: Stille. A.a.O. (Anm. 1/1), S. 239.

30 Dies.: Spaziergang. A.a.O. (Anm.1/1), S. 240.

31 Dies.: Farben. A.a.O. (Anm.1/1), S. 234.

32 Dies.: Lied. A.a.O. (Anm.1/1), S. 231.

33 Pearl Fichman: Before memory fades. A.a.O. (Anm. 3/33).

34 Julius Scherzer: While the Gods were silent. A.a.O. (Anm. 2/69), S. 107.

35 Ebd.

36 Ebd.

37 Martin Kämpchen: Rabindranath Tagore in Deutschland – eine literarische Entdeckungsreise. Vortrag im Rahmen des Workshops zum Thema »Tagore und Einstein«. Einstein-Forum, Potsdam. Im Internet unter: http://vortragstexte.martin-kaempchen.de/?page_id=81. Zugriff: 20.12.2013.

38 Julius Scherzer: While the Gods were silent. A.a.O. (Anm. 2/69), S. 19.

39 Else Keren: Else Keren schreibt über Selma Meerbaum (Ramat-Gan, Febr.

1976). In: Selma Meerbaum-Eisinger: Blütenlese. Gedichte. Hrsg. von Adolf Rauchschwerger. Tel Aviv 1979, S. 82.

40 Josepha Sole im Gespräch mit Marion Tauschwitz vom 18.9.2012.

41 Margit Bartfeld-Feller im Austausch mit Marion Tauschwitz vom 16.10.2012.

42 Selma Meerbaum-Eisinger: Blütenlese. A.a.O. (Anm. 3/13), S. 78.

43 Selma Merbaum: Welke Blätter. A.a.O. (Anm.1/1), S. 238.

44 Else Keren: … dann ging ich über den Pont des Arts. Selbstverlag. Ramat-Gan, Israel 1983.

45 Selma Meerbaum-Eisinger: Ich bin in Sehnsucht eingehüllt. A.a.O. (Anm. 1/18), S. 21.

46 Rose Ausländer: Grüne Kräfte. In: Dies.: Der Traum hat offene Augen. Unveröffentlichte Gedichte. Frankfurt 1987, S. 37.

47 Peter Rychlo: Czernowitz als geistige Lebensform. In: Braun, Helmut (Hrsg.): Czernowitz. Die Geschichte einer untergegangen Kulturmetropole. S. 12.

48 Renée Abramovici: In: Selma Meerbaum Eisinger: Ich bin in Sehnsucht eingehüllt. A.a.O. (Anm. 1/18), S. 62.

49 Selma Merbaum: Welke Blätter. A.a.O. (Anm.1/1), S. 238.

50 Dies.: Kastanien. A.a.O. (Anm.1/1), S. 237.

51 Pearl Fichman: Before memory fades. A.a.O. (Anm. 3/33).

52 Selma Merbaum: Schlaflied für dich. A.a.O. (Anm.1/1), S. 300.

53 Eytan Fichman im Austausch mit Marion Tauschwitz vom 19.5.2013.

54 Selma Meerbaum-Eisinger (1924–1942): Blütenlese. A.a.O. (Anm. 3/39), S. 134f.

55 Ebd.

56 Rose Ausländer: Der Regenbogen. A.a.O. (Anm. 3/20), S. 99.

57 Anne Frank: Anne Frank Tagebuch. A.a.O. (Anm. 3/1), S. 339.

58 Else Keren: A.a.O. (Anm. 3/39), S. 82.

59 Else Keren: … dann ging ich über den Pont des Arts. A.a.O. (Anm. 3/44), S. 67.

60 Selma Meerbaum-Eisinger: Ich bin in Sehnsucht eingehüllt. A.a.O. (Anm. 1/18), S. 14.

61 Jaakow Polesiuk-Padan: Die Geschichte der »Haschomer Hazair« . In: Hugo Gold (Hrsg.): Die Geschichte der Juden in der Bukowina. Bd. I. A.a.O. (Anm. 1/12), S. 147.

62 Julius Scherzer: While the Gods were silent. A.a.O. (Anm. 2/69), S. 142.

63 Selma Merbaum: Rote Nelken. A.a.O. (Anm.1/1), S. 270.

64 Ebd.

65 Ebd.

66 Rose Ausländer: Der Regenbogen. A.a.O. (Anm. 3/20), S. 103–105.

67 Selma Merbaum: Tränenhalsband. A.a.O. (Anm.1/1), S. 297.

68 Dies.: Lied. A.a.O. (Anm.1/1), S. 231.

69 Ebd.

70 Ebd.
71 Josepha Sole im Austausch mit Marion Tauschwitz nach einem Gespräch mit ihrer Mutter Berta vom 23.9.2012.
72 Selma Meerbaum-Eisinger: Stille. In: Dies.: Blütenlese. A.a.O. (Anm. 3/13), S. 10.
73 Julius Scherzer: While the Gods were silent. A.a.O. (Anm. 2/69), S. 194.
74 Else Keren: Else Keren schreibt über Selma Meerbaum-Eisinger. In: Selma Meerbaum-Eisinger. Blütenlese. A.a.O. (Anm. 3/39), S. 125.
75 Selma Merbaum: Rote Nelken. A.a.O. (Anm.1/1), S. 271.
76 Jaakow Polesiuk-Padan: Die Geschichte der »Haschomer Hazair« . In: Hugo Gold (Hrsg.): Die Geschichte der Juden in der Bukowina. Bd. I. A.a.O. (Anm. 1/12), S. 147.
77 Else Keren: Else Keren schreibt über Selma Meerbaum-Eisinger. In: Selma Meerbaum-Eisinger: Blütenlese. A.a.O. (Anm. 3/39), S. 125.
78 Hersch Segal: Nachwort. In: Selma Meerbaum-Eisinger: Blütenlese. A.a.O. (Anm. 3/39), S. 85.
79 Else Keren: Else Schächter-Keren schreibt über Selma Meerbaum-Eisinger. In: Selma Meerbaum-Eisinger: Blütenlese. A.a.O. (Anm. 3/39), S. 82.
80 Ebd.
81 Ebd.
82 Simon Geissbühler: Blutiger Juli. A.a.O. (Anm. 2/47), S. 42.
83 Selma Meerbaum-Eisinger: Du, weißt du, ... In: Dies.: Ich bin in Sehnsucht eingehüllt. A.a.O. (Anm. 1/18), S. 60.
84 Else Keren: Else Keren schreibt über Selma Meerbaum-Eisinger. In: Selma Meerbaum-Eisinger: Blütenlese. A.a.O. (Anm. 3/39), S. 82.
85 Selma Merbaum: Rote Nelken. A.a.O. (Anm.1/1), S. 270.
86 Selma Meerbaum-Eisinger: Sehnsuchtslied. In: Dies.: Blütenlese. A.a.O. (Anm. 3/13), S. 25
87 Selma Meerbaum-Eisinger: Brief an Freundin Renée. In: Dies.: Blütenlese. A.a.O. (Anm. 3/39), S. 115.
88 Selma Meerbaum-Eisinger. Ich bin in Sehnsucht eingehüllt. A.a.O. (Anm. 1/18), S. 105.
89 Julius Scherzer: While the Gods were silent. A.a.O. (Anm. 2/69), S. 110.
90 Selma Merbaum: Welkes Blatt. A.a.O. (Anm.1/1), S. 241.
91 Miriam Taylor im Austausch mit Marion Tauschwitz vom 17.3.2014.
92 Selma Merbaum: Welkes Blatt. A.a.O. (Anm.1/1), S. 241.
93 Ebd.
94 Selma Merbaum: Frühling. A.a.O. (Anm.1/1), S. 243.
95 Selma Merbaum: Nachmittag. A.a.O. (Anm.1/1), S. 244.
96 Dies.: Regen. A.a.O. (Anm.1/1), S. 246.

Kapitel 4

1 Selma Merbaum: August. A.a.O. (Anm.1/1), S. 263.
2 Josef Norbert Rudel: Honigsüß und gallenbitter. Aus dem Leben eines Czernowitzers. Hrsg. von E. R. Wiehn. Konstanz 2006, S. 15.
3 Ebd., S. 16.
4 Hedwig Brenner: Mein 20. Jahrhundert. A.a.O. (Anm. 2/25), S. 159.
5 Matthias Zwilling: Titel. In: Gertrud Ranner u.a. (Hrsg.): »... und das Herz wird mir schwer dabei.« Czernowitzer Juden erinnern sich. Potsdam 2009, S. 174.
6 Simon Geissbühler: Blutiger Juli. A.a.O. (Anm. 2/47), S. 47.
7 Julius Scherzer: While the Gods were silent. A.a.O. (Anm. 2/69), S. 121.
8 Marianne Hausleitner: Die Rumänisierung der Bukowina. A.a.O. (Anm. 3/9), S. 355.
9 Selma Merbaum: Regen. A.a.O. (Anm.1/1), S. 246.
10 Julius Scherzer: While the Gods were silent. A.a.O. (Anm. 2/69), S. 123f.
11 Ebd., S. 125.
12 Klara Blum: Jung-Czernowitz. A.a.O. (Anm. 2/14).
13 Ilana Shmueli: Ein Kind aus guter Familie. A.a.O. (Anm. 2/24), S. 69.
14 Renée Abramovici über Selma Merbaum: Titel. In: Selma Meerbaum-Eisinger: Du, weißt du, wie ein Rabe schreit. A.a.O. (Anm. 1/21), S. 136.
15 Red Army Choir. Im Internet unter: https://www.youtube.com/watch?v=Kd0whUoMSelx. Zugriff: 21.5.2014.
16 Selma Merbaum: Haar. A.a.O. (Anm.1/1), S. 268.
17 Dies.: Sehnsuchtslied. A.a.O. (Anm.1/1), S. 250.
18 Dies.: Schlaflied für mich. A.a.O. (Anm.1/1), S. 252.
19 Pearl Fichmann: Before memory fades. A.a.O. (Anm. 3/33).
20 Ebd.
21 Hedwig Brenner: Mein 20. Jahrhundert. A.a.O. (Anm. 2/25), S. 167.
22 Marianne Hausleitner: Die Rumänisierung der Bukowina. A.a.O. (Anm. 3/9), S. 184.
23 Ebd.
24 Margit Bartfeld-Feller im Austausch mit Marion Tauschwitz vom 27.7.2012.
25 Margit Bartfeld-Feller: Unverloren. A.a.O. (Anm. 2/63), S. 121.
26 Julius Scherzer: While the Gods were silent. A.a.O. (Anm. 2/69), S. 134.
27 Rose Ausländer: Der Regenbogen. A.a.O. (Anm. 3/20), S. 122.
28 Margit Bartfeld-Feller: Am östlichen Fenster. A.a.O. (Anm. 2/49), S. 43.
29 Israel Chalfen: Paul Celan. A.a.O. (Anm. 2/27), S. 94.
30 Hardy Breier im Austausch mit Marion Tauschwitz vom 29.10.2013.
31 Julius Scherzer: While the Gods were silent. A.a.O. (Anm. 2/69), S. 130.
32 Ria Gold: Aber vor dem Krieg war eine schöne Zeit. In: Gertrud Ranner u.a. (Hrsg.): »... und das Herz wird mir schwer dabei.« A.a.O. (Anm. 4/5), S. 62.
33 Selma Merbaum: Trauer. A.a.O. (Anm.1/1), S. 251.
34 Julius Scherzer: While the Gods were silent. A.a.O. (Anm. 2/69), S. 128.

35 Else Keren: Else Keren schreibt über Selma Meerbaum-Eisinger. In: Selma Meerbaum-Eisinger: Blütenlese. A.a.O. (Anm. 3/39), S. 82.
36 Selma Merbaum: Hände. A.a.O. (Anm.1/1), S. 267.
37 Marianne Hausleitner: Die Rumänisierung der Bukowina. A.a.O. (Anm. 3/9), S. 175.
38 Vassyl Chlolodnycki, Sergij Osatschuk: Zur Geschichte der Umsiedlung und Deportation der Bevölkerung der Nordbukowina in den Jahren 1940/1941. In: Cécil Cordon, Helmut Kusdat (Hrsg.): An der Zeiten Ränder. A.a.O. (Anm. 1/9), S. 178f.
39 Ilana Shmueli: Ein Kind aus guter Familie. A.a.O. (Anm. 2/24), S. 70.
40 Margit Bartfeld-Feller: Erinnerungen an Leibu Levin. In: Dies.: Am östlichen Fenster. A.a.O. (Anm. 2/49), S. 163.
41 Margit Bartfeld-Feller im Austausch mit Marion Tauschwitz vom 3.7. 2012.
42 Vera Hacken: Kinder- und Jugendjahre mit Elieser Steinbarg. A.a.O. (Anm. 2/33), S. 26.
43 Ebd., S. 28.
44 Helmut Braun: Der Prinz der jiddischen Ballade. In: Itzig Manger. Der Prinz der jiddischen Balade. Gedichte. Hrsg. von Helmut Braun. Aachen, 2012. S. 101.
45 Vera Hacken: Kinder- und Jugendjahre mit Elieser Steinbarg. A.a.O. (Anm. 2/33), S. 26.
46 Selma Merbaum: Ich bin der Weg ge‘n Untergang. A.a.O. (Anm.1/1), S. 279.
47 Rose Ausländer: Folge mir nicht nach mein Bruder. In: Helmut Braun (Hrsg.): Itzig Manger. Der Prinz der jiddischen Ballade. Gedichte. Lyrik-Taschenbuch Nr. 78. Aachen 2012, S. 74.
48 Manfred Lemm (Hrsg.): Mordechaj Gebirtig – Jiddische Lieder. Wuppertal 1992, S. 23.
49 Ebd., S. 26.
50 Selma Merbaum: Schlaflied für die Sehnsucht. A.a.O. (Anm.1/1), S. 303.
51 Selma Merbaum: Du, weißt du … A.a.O. (Anm.1/1), S. 253.
52 Itzig Manger: Und weißt du wer die Wolke ist? In: Helmut Braun (Hrsg.): Itzig Manger. Der Prinz der jiddischen Ballade. Gedichte. Lyrik-Taschenbuch Nr. 78. Aachen 2012, S.60.
53 Selma Merbaum: Ich bin die Nacht. A.a.O. (Anm. 1/1), S. 269.
54 Dies.: Schlaflied. A.a.O. (Anm.1/1), S. 272.
55 Israel Chalfen: Paul Celan. A.a.O. (Anm. 2/27), S. 105.
56 Marianne Hausleitner: Die Rumänisierung der Bukowina. A.a.O. (Anm. 3/9), S. 376.
57 Simon Geissbühler: Blutiger Juli. A.a.O. (Anm. 2/47), S. 50.
58 Marianne Hausleitner: Die Rumänisierung der Bukowina. A.a.O. (Anm. 3/9), S. 376.
59 Ebd.
60 Manfred Reifer: Geschichte der Juden in der Bukowina (1919–1944). In:

Hugo Gold (Hrsg.): Die Geschichte der Juden in der Bukowina. Bd. I. A.a.O. (Anm. 1/12), S. 11.

61 Tageseinträge für 1941. Im Internet unter: http://www.chroniknet.de/daly_de.0.html?year=1941&month =6&day=13. Zugriff: 21.5.2014.

62 Margit Bartfeld-Feller: Unverloren. A.a.O (Anm. 2/63), S. 43.

63 Margit Bartfeld-Feller im Austausch mit Marion Tauschwitz vom 14.9.2012.

64 Ebd.

65 Hilde Domin: Wen es trifft. In: Dies.: Gesammelte Gedichte. Frankfurt am Main 2002, S. 103.

66 Ebd., S. 104.

67 Ilana Shmueli: Ein Kind aus guter Familie. A.a.O. (Anm. 2/24), S. 72.

68 Ebd.

69 Für Margit und ihre Familie begann eine traumatisierende, fast sechzig Jahre währende Odyssee in die sibirische Verbannung, die eigene Bücher füllt. Zur ideologischen Umerziehung wurde die Familie wie viele Czernowitzer in Krassnojarka, einem Todesnest in der Urlandschaft von Wassjugan, zur Zwangsarbeit ausgesetzt. Umgeben von tödlichen Sümpfen, die ein Entrinnen unmöglich machten. Mit nichts als der Habe, die sie in die Verbannung retten konnten, waren sie alle Kälte, Hunger, Krankheit und Tod ausgeliefert. Margits Vater starb entkräftet schon im ersten Winter in Sibirien. Die zwei Frauen und Margits kleiner Bruder erkämpften sich ihr Überleben mit harter Arbeit: Holzfällen, Wassertragen, Feldarbeit. Sie beugten sich, um nicht zu zerbrechen, und erarbeiteten sich Vertrauen in den Brigaden, denen sie zugeteilt waren. Nach fünf Jahren durften sie nach Nowo-Wassjugan übersiedeln, wo Margit 1948 Kurt Feller heiratete, den sie noch aus Czernowitz kannte. Erst 1956 durfte sie ihm nach Tomsk folgen. Kurt Feller starb 1979 an den Folgen der Entbehrungen. Margit arbeitete zweiunddreißig Jahre lang als Musiklehrerin und wanderte 1999 mit Mutter und Tochter nach Israel aus. Dort lebte und schrieb die Neunzigjährige auch 2013 noch. Vgl.: Margit Bartfeld-Feller: Selma Meerbaum-Eisinger. 1924–1942. Erinnerungen ihrer Schulfreundin. Hrsg. E. R. Wiehn (Hrsg.). Konstanz 2013, S. 74.

70 Alexander Spiegelblatt: Durch das Okular eines Uhrmachers. Salzburg 2003, S. 156.

71 Nathan Getzler: Tagebuchblätter aus Czernowitz und Transnistrien. In: Hugo Gold (Hrsg.): Die Geschichte der Juden in der Bukowina. Bd. I. A.a.O. (Anm. 1/12), S. 53f.

72 Selma Merbaum: Lied. A.a.O. (Anm.1/1), S. 265.

73 Dies.: Herbst. A.a.O. (Anm.1/1), S. 264.

74 Dies.: Den gelben Astern ein Lied. A.a.O. (Anm.1/1), S. 236.

75 Dies.: Herbstregen. A.a.O. (Anm.1/1), S. 266.

76 Dies.: August. A.a.O. (Anm.1/1), S. 263.

77 Dies.: Herbstregen. A.a.O. (Anm.1/1), S. 266.

78 Dies.: Lied. A.a.O. (Anm.1/1), S. 265.

79 Dies.: August. A.a.O. (Anm.1/1), S. 263.
80 Dies.: Lied. A.a.O. (Anm.1/1), S. 265.
81 Dies.: Herbst. A.a.O. (Anm.1/1), S. 264.
82 Dies.: Den gelben Astern ein Lied. A.a.O. (Anm.1/1), S. 236.
83 Ebd.
84 Dies.: Lied. A.a.O. (Anm.1/1), S. 265.
85 Dies: Du, weisst du … A.a.O. (Anm. 1/1), S. 253.
86 Simon Geissbühler: Blutiger Juli. A.a.O. (Anm. 2/47), S. 56.
87 Nathan Getzler: Tagebuchblätter aus Czernowitz und Transnistrien. In: Hugo Gold (Hrsg.): Die Geschichte der Juden in der Bukowina. Bd. I. A.a.O. (Anm. 1/12), S. 54.
88 Julius Scherzer: While the Gods were silent. A.a.O. (Anm. 2/69), S. 163f.

Kapitel 5

1 Selma Merbaum: Poem. A.a.O. (Anm.1/1), S. 262.
2 Simon Geissbühler: Blutiger Juli. A.a.O. (Anm. 2/47), S. 85.
3 Ebd., S. 72.
4 Th. Löwenstein-Lawi: Ereignismeldung Nr. 21. vom 9. Juli 1941. Deutsche Dokumente über die Ausrottung der Bukowiner Juden. In: Hugo Gold (Hrsg.): Die Geschichte der Juden in der Bukowina. Bd. II. A.a.O. (Anm. 1/12), S. 70.
5 Marianne Hausleitner: Die Rumänisierung der Bukowina. A.a.O. (Anm. 3/9), S. 387.
6 Ebd.
7 Andrej Angrick: Besatzungspolitik und Massenmord. Die Einsatzgruppe D in der südlichen Sowjetunion 1941–1943. Hamburg 2003, S. 149.
8 Israel Chalfen: Paul Celan. A.a.O. (Anm. 2/27), S. 115.
9 Th. Löwenstein-Lawi: Ereignismeldung Nr. 22 vom 10. Juli 1941. Deutsche Dokumente über die Ausrottung der Bukowiner Juden. In: Gold, Hugo (Hrsg.): Die Geschichte der Juden in der Bukowina. Bd. II. A.a.O. (Anm. 1/12), S. 71.
10 Selma Merbaum: Gedicht von Paul Verlaine, aus dem Französischen übersetzt. A.a.O. (Anm. 1/1), S. 287.
11 Dies.: Poem. A.a.O. (Anm. 1/1), S. 257.
12 Marianne Hausleitner: Die Rumänisierung der Bukowina. A.a.O. (Anm. 3/9), S. 375.
13 Selma Merbaum: Schlaflied für mich. A.a.O. (Anm. 1/1), S. 252.
14 Ebd.
15 Dies.: Wiegenlied. A.a.O. (Anm. 1/1), S. 273.
16 Felix Rieper, Mollie Brandl-Bowen (Hrsg.): »Lasst mich leben!« Stationen im Leben des Künstlers Arnold Daghani. Lüneburg 2002, S. 160.
17 Ebd., S. 75.

18 Berlins Kulturstaatsministerin Monika Grütters zur Eröffnung der Berlinale 2014 in einer Rede am 6.2.2014
19 Selma Merbaum: Wiegenlied. A.a.O. (Anm. 1/1), S. 273.
20 Ebd.
21 Ebd.
22 Heinz Seydel: Welch Wort in die Kälte gerufen. Die Judenverfolgung des Dritten Reiches im deutschen Gedicht. Berlin 1968, S. 23.
23 Ebd.
24 Ebd., S. 553.
25 Selma Merbaum: Schlaflied für die Sehnsucht. A.a.O. (Anm. 1/1), S. 300.
26 Julius Scherzer: While the Gods were silent. A.a.O. (Anm. 2/69), S. 303.
27 Selma Merbaum in ihrem Brief an Renée Abramovici, Sommer 1942. In: Selma Meerbaum-Eisinger: Blütenlese. A.a.O. (Anm. 3/13), S. 75.
28 Selma Merbaum: Widmung für ihren Freund Leiser: In: Selma Meerbaum-Eisinger: Blütenlese. A.a.O. (Anm. 3/13), S. 2.
29 Julius Scherzer: While the Gods were silent. A.a.O. (Anm. 2/69), S. 175.
30 Alexandru Riosanu: Verordnung Nr. 1344 vom 30. Juli 1941. In: Hugo Gold (Hrsg.). A.a.O. (Anm. 1/12), S. 69.
31 Else Keren erzählt über Selma. In: Selma Meerbaum-Eisinger: Ich bin in Sehnsucht eingehüllt. A.a.O. (Anm. 1/18), S. 105.
32 Ereignismeldungen der UdSSR des Chefs der Sicherheitspolizei, Nr. 40. In: Mirjam Korber: Deportiert. Jüdische Überlebensschicksale aus Rumänien 1941–1944. Ein Tagebuch. Hrsg. von E. R. Wiehn. Konstanz 1993, S. 195f.
33 Benjamin M. Grilj (Hrsg.) in Kooperation mit Serhij Osatschuk und Dmytro Zhmundyljak: Schwarze Milch. A.a.O. (Anm. 3/12), S. 39.
34 Ilana Shmueli: Ein Kind aus guter Familie. A.a.O. (Anm. 2/24), S. 82.
35 Selma Merbaum: Regenlied. A.a.O. (Anm. 1/1), S. 291.
36 Dies.: Das Glück. A.a.O. (Anm. 1/1), S. 294.
37 Selma Merbaum: Gedicht von Paul Verlaine, aus dem Französischen übersetzt. A.a.O. (Anm. 1/1), S. 287.
38 Dies.: Tränenhalsband. A.a.O. (Anm. 1/1), S. 297.
39 Dies.: Bleistiftskizze. A.a.O. (Anm. 1/1), S. 292.
40 Ebd.
41 Dies.: Tränenhalsband. A.a.O. (Anm. 1/1), S. 297.
42 Marianne Hausleitner: Die Rumänisierung der Bukowina. A.a.O. (Anm. 3/9), S. 394.
43 Isak Weißglas: Steinbruch am Bug. Bericht einer Deportation nach Transnistrien. Berlin 1995, S. 19.
44 Julius Scherzer: While the Gods were silent. A.a.O. (Anm. 2/69), S. 184.
45 Isak Weißglas: Steinbruch am Bug. A.a.O. (Anm. 5/42), S. 19.
46 Selma Meerbaum-Eisinger: Ich bin in Sehnsucht eingehüllt. A.a.O. (Anm. 1/18), S. 106.

47 Hersch Segal: Nachwort. In: Selma Meerbaum-Eisinger: Blütenlese. A.a.O. (Anm. 3/13), S. 92.
48 Selma Meerbaum-Eisinger: Ich bin in Sehnsucht eingehüllt. A.a.O. (Anm. 1/18), S. 106.
49 Paul Celan: Engführung. In: Ders.: Die Niemandsrose. A.a.O. (Anm. 2/15), S. 133.
50 Ebd.
51 Benjamin M. Grilj (Hrsg.) in Kooperation mit Serhij Osatschuk und Dmytro Zhmundyljak: Schwarze Milch. A.a.O. (Anm. 3/12), S. 39.
52 Isak Weißglas: Steinbruch am Bug. A.a.O. (Anm. 5/42), S. 20.
53 Julius Scherzer: While the Gods were silent. A.a.O. (Anm. 2/69), S. 196.
54 Auszug aus der Deportationsliste. Im Internet unter: http://czernowitz.ehpes.com/czernowitz14/noemi/trans-deport.html. Zugriff: 31.10.2011.
55 Ebd.
56 Alfred Kittner: Die Irren. In: Ders.: Schattenschrift. Aachen 1988, S. 35/36.
57 Josef Meerbaum an Israel Chalfen vom 28.6.1978. DLA.
58 Julius Scherzer: While the Gods were silent. A.a.O. (Anm. 2/69), S. 216.
59 Ebd., S. 214.
60 Hugo Gold (Hrsg.): Die Geschichte der Juden in der Bukowina. Bd. II. A.a.O. (Anm. 1/12), S. 176.
61 Motto nach Ionel Teodoreanu. In: Selma Meerbaum-Eisinger: Blütenlese. A.a.O. (Anm. 3/13), S. 1.
62 Else Keren schreibt über Selma Meerbaum. In: Selma Meerbaum-Eisinger: Blütenlese. A.a.O. (Anm. 3/13), S. 82.
63 Anonymus: Nachtschatten. In: Selma Meerbaum-Eisinger: Blütenlese. A.a.O. (Anm. 3/13), S. 23.
64 Else Keren: … dann ging ich über den Pont des Arts. A.a.O. (Anm. 3/44), S. 79.
65 Ebd., S. 84.
66 Selma Merbaum: Aus: Stille. A.a.O. (Anm. 1/1), S. 79.
67 Else Keren: … dann ging ich über den Pont des Arts. A.a.O. (Anm. 3/44), S. 81.
68 Hersch Segal: Nachwort. In: Selma Meerbaum-Eisinger: Blütenlese. A.a.O. (Anm. 3/13), S. 88.
69 Ebd.
70 Selma Merbaum: Tragik. A.a.O. (Anm. 1/1), S. 306.
71 Rose Ausländer: Des Geliebten Nächte zu entzünden. In: Dies.: Der Regenbogen. A.a.O. (Anm. 3/20), S. 79.
72 Selma Merbaum: Stefan Zweig. A.a.O. (Anm. 1/1), S. 293.
73 Ebd.
74 Ebd.
75 Graphologe Hammerling: Titel. In: Selma Meerbaum-Eisinger: Blütenlese. A.a.O. (Anm. 3/39), S. 135.
76 Josepha Sole im Gespräch mit Marion Tauschwitz vom 17.12.2013.

77 Anonymus: Society News. In: »Der Tag« vom 13.6.1935. Im Internet unter: http://czernowitzdaily.blogspot.de/p/society-news.html. Zugriff: 21.5.2014.

78 Nathan Simon: »... auf allen Vieren werdet ihr hinauskriechen!« Ein Zeugenbericht aus dem KZ Wapniarka. Hrsg. von Peter von der Osten-Sacken. Berlin 1991, S. 26.

Kapitel 6

1 Selma Merbaum: Tränenhalsband. A.a.O. (Anm. 1/1), S. 297.

2 Felix Rieper, Mollie Brandl-Bowen (Hrsg.): »Lasst mich leben!« A.a.O. (Anm. 5/16), S. 124.

3 Isak Weißglas: Steinbruch am Bug. A.a.O. (Anm. 5/42), S. 24.

4 Ebd., S. 13.

5 Israel Chalfen: Paul Celan. A.a.O. (Anm. 2/27), S. 119.

6 Ilse Goldmann an Israel Chalfen vom 28.1.1975. DLA.

7 Paul Celan: Gesang zur Sonnenwende. In: Israel Chalfen: Paul Celan. A.a.O. (Anm. 2/27), S. 129.

8 Israel Chalfen: Paul Celan. A.a.O. (Anm. 2/27), S. 138.

9 Ebd., S. 129.

10 Margit Bartfeld-Feller im Austausch mit Marion Tauschwitz vom 18.12.2012.

11 Immanuel Weißglas veröffentlichte 1947 den schmalen Band »Kariera am Bug«, in den er ursprünglich auch sein Gedicht »Er« aufnehmen wollte. Der Nähe zu Celans »Todesfuge« wegen nahm er es im letzten Augenblick heraus. In Weißglas' Gedicht sind schon die Elemente von Celans Metaphern angelegt. Nicht ohne Einfluss auf Celan wird auch Konstantin Simonows Bericht »Ich sah das Vernichtungslager« geblieben sein, der auf Russisch schon 1944 erschienen war und in dem der Korrespondent der »Krasnay Zvezda« seine Eindrücke unmittelbar nach dem Besuch des Konzentrationslagers Lublin schildert. Unzensiertes Grauen. Auch dort finden sich alle Bilder, die Celan ästhetisch umsetzte. Pdf. Privatbesitz.

11a Vgl.: Auszug aus den Deportationslisten. Zu finden unter: http://czernowitz.ehpes.com. Ephes Databases. 1942. Deportation from Czernowitz to Transnistria. Zugriff: 13.4.2013.

12 Die Familie Rones wurde auch am 28. Juni mit Selma und ihren Eltern deportiert. Und so kommen Zweifel auf an der bei Israel Chalfen dargestellten Chronologie der Deportation von Paul Celans Eltern, wie sie Celans Jugendfreundin Ruth Lackner schilderte: Celan sei mit seinen Eltern an einem der Deportationswochenenden untergetaucht. Als Pauls Vater »am Morgen nach der im Versteck verbrachten Nacht erfuhr, daß in der gleichen Nacht seine Schwester Regina Rones mit ihrem Mann und ihrer einzigen Tochter deportiert worden war«, brachen seine Eltern völlig zusammen

und weigerten sich trotz Pauls inständiger Bitten, noch einmal ein Versteck aufzusuchen. Paul ließ seine Eltern zurück und versteckte sich. Er beteuerte, dass er bis zum Schluss gehofft hatte, dass sie ihm folgen würden. Als er tags darauf in die Wohnung zurückkam, waren die Eltern deportiert worden. Paul war verzweifelt. Er verkroch sich bei seinem Großvater, wollte keinen Menschen sehen: »Solange die Deportationen andauerten, konnte er das Haus zudem nicht ohne Gefahr verlassen, …«. Rones wurden nicht vor Celans Eltern deportiert. Nach dem 28. Juni 1942 hatten keine weiteren Deportationen aus Czernowitz stattgefunden. Rührte aus dieser Schuld Celans unheilbare Schwermut? Weil er möglicherweise seine Eltern im Stich gelassen hatte?

13 Else Keren: … dann ging ich über den Pont des Arts. A.a.O. (Anm. 3/44), S. 84.

14 Rabindranath Tagore: Das Heim und die Welt. München 1920, S. 51.

15 Sonja Jaslowitz: Abfahrtslied. In: Judith Aistleitner, Marianne Windsperger: Weiterleben in Gedichten. Die Poesie der Sonja Jaslowitz. In: Zwischenwelt (2013), S. 15. Zu finden unter: http://hauster.de/data/SonjaJaslowitz.pdf. Zugriff: 7.3.2014.

16 Ulla Hahn: Sie wollte dabei sein. In: FAZ (02.05.1998), Nr. 101, S. 4.

17 Selma Meerbaum-Eisinger: Ich bin in Sehnsucht eingehüllt. A.a.O. (Anm. 1/32), S. 107.

18 Else Keren: Ich hab auf dich gewartet. In: Dies.: … dann ging ich über den Pont des Arts. A.a.O. (Anm. 3/44), S. 28.

19 Ebd., S. 64.

20 Ebd., S. 67.

21 Selma Meerbaum-Eisinger: Ich bin in Sehnsucht eingehüllt. A.a.O. (Anm. 1/32), S. 107.

22 Else Keren: … dann ging ich über den Pont des Arts. A.a.O. (Anm. 3/44), S. 64.

23 Ebd., S. 70.

24 Jürgen Rohwer: Die Versenkung der jüdischen Flüchtlingstransporter Struma und Mefkure im Schwarzen Meer (Februar 1942, August 1944). Historische Untersuchung. Schriften der Bibliothek der Zeitgeschichte, Nr. 4. Frankfurt am Main 1965, S. 18.

25 Ebd., S. 64.

26 Ebd., S. 98.

27 Selma Meerbaum-Eisinger: Blütenlese. A.a.O. (Anm. 3/13), S. 87.

28 Else Keren: … dann ging ich über den Pont des Arts. A.a.O. (Anm. 3/44), S. 67.

29 Selma Merbaum: Abend. A.a.O. (Anm. 1/1), S. 247.

30 Benjamin M. Grilj (Hrsg.) in Kooperation mit Serhij Osatschuk und Dmytro Zhmundyljak: Schwarze Milch. A.a.O. ((Anm. 3/12), S. 27.

31 Alfred Kittner: Erinnerungen. 1906–1991. Hrsg. von Edith Silbermann. Bukowiner Literaturlandschaft. Bd. 4. Aachen 1996, S. 64.

32 Alfred Kittner: Ankunft im Steinbruch. In: Ders.: A.a.O. (Anm. 5/55), S. 36f.
33 Peter Motzan: Nachwort. In: Alfred Kittner: Schattenschrift. A.a.O. (Anm. 5/55), S. 116.
34 Theo Buck: Eine leise Stimme. Zu Leben und Werk von Immanuel Weißglas. In: Immanuel Weißglas: Aschenzeit. Gesammelte Gedichte. Bukowiner Literaturlandschaft. Bd. 2. Aachen 1994, S. 132.
35 Selma Merbaum in ihrem Brief an Renée Abramovici. In: Selma Meerbaum-Eisinger: Blütenlese. A.a.O. (Anm. 3/13), S. 76.
36 Ebd.
37 Alfred Kittner: Die Irren. In: Ders.: Schattenschrift. A.a.O. (Anm. 5/55), S. 36f.
38 Isak Weißglas: Steinbruch am Bug. A.a.O. (Anm. 5/42), S. 38.
39 Ebd., S. 40.
40 Alfred Kittner: Erinnerungen. A.a.O. (Anm. 6/31), S. 76.
41 Selma Merbaum in ihrem Brief an Renée Abramovici. In: Selma Meerbaum-Eisinger: Blütenlese. A.a.O. (Anm. 3/13), S. 76.
42 Julius Scherzer: While the Gods were silent. A.a.O. (Anm. 2/69), S. 409.
43 Selma Merbaum in ihrem Brief an Renée Abramovici. In: Selma Meerbaum-Eisinger: Blütenlese. A.a.O. (Anm. 3/13), S. 75.
44 Ebd., S. 76.
45 Ebd.
46 Ebd.
47 Ebd.
48 Isak Weißglas: Steinbruch am Bug. A.a.O. (Anm. 5/42), S. 48.
49 Alfred Kittner: Erinnerungen. A.a.O. (Anm. 6/31), S. 67.
50 Selma Merbaum in ihrem Brief an Renée Abramovici. In: Selma Meerbaum-Eisinger: Blütenlese. A.a.O. (Anm. 3/13), S. 76.
51 Josef Meerbaum übernahm nach seiner Auswanderung nach Israel die »Meerbaum«-Schreibung der Verwandtschaft.
52 Josef Meerbaum in einem Brief an Israel Chalfen vom 28.6.1978. DLA.
53 Paul Celan an seine Tante Minna Brettschneider: Titel. Im Internet unter: http://golem.ps.uci.edu/hardy/Segal-Celan.pdf. Zugriff: 6. 5.2013.
54 Sonja Jaslowitz: Transnistrien im Steinbruch. In: Judith Aistleitner, Marianne Windsperger: Weiterleben in Gedichten. A.a.O. (Anm. 6/15), S. 15.
55 Alfred Kittner: Erinnerungen. A.a.O. (Anm. 6/31), S. 67.
56 Selma Merbaum in ihrem Brief an Renée Abramovici. In: Selma Meerbaum-Eisinger: Blütenlese. A.a.O. (Anm. 3/13), S. 76.
57 Ebd.
58 Ebd., S. 75.
59 Ebd.
60 Anonymus aus Bukarest. In: Selma Meerbaum-Eisinger: Blütenlese. A.a.O. (Anm. 3/13), S. 93.
61 Ebd.
62 Ebd.

63 Armin A. Wallas: Titel. In: Else Keren: Im Sand Deiner Gedanken. In the sand of your thoughts. Klagenfurt 1997, S. 8.
64 Siglinde Bolbecher, Konstantin Kaiser: Else Keren. In: Lexikon der österreichischen Exilliteratur. Bearbeitet von Armin Eidherr, Salzburg. Wien 2000, S. 370f.
65 Alfred Kittner: Erinnerungen. A.a.O. (Anm. 6/31), S. 75.
66 Benjamin M. Grilj (Hrsg.) in Kooperation mit Serhij Osatschuk und Dmytro Zhmundyljak: Schwarze Milch. A.a.O. (Anm. 3/12), S. 905.
67 Isak Weißglas: Steinbruch am Bug. A.a.O. (Anm. 5/42), S. 45.
68 Alfred Kittner: Mann im Abend. In: Ders.: Schattenschrift. A.a.O. (Anm. 5/55), S. 36.
69 Isak Weißglas: Steinbruch am Bug. A.a.O. (Anm. 5/42), S. 53.
70 Selma Merbaum: Poem. A.a.O. (Anmerkung 1/1), S. 259.
71 Alfred Kittner: Erinnerungen. A.a.O. (Anm. 6/31), S. 74.
72 Isak Weißglas: Steinbruch am Bug. A.a.O. (Anm. 5/42), S. 60.
73 Selma Merbaum: Tragik. A.a.O. (Anm. 1/1), S. 306.

Kapitel 7

1 Selma Merbaum: Der Sturm. A.a.O. (Anm. 1/1), S. 277.
2 Die »Organisation Todt« war unter der Leitung von Fritz Todt aus einer losen Vereinigung von Bauverwaltung und Firmenverbänden hervorgegangen und entwickelte sich im Krieg zu einer der wichtigsten Organisationen, die schließlich die Struktur einer militärisch gegliederten Bauorganisation angenommen hatte. Ab 1942, nach dem Tode von Fritz Todt, unterstand die Organisation dem Generalbauinspekteur Albert Speer.
3 Felix Rieper, Mollie Brandl-Bowen (Hrsg.): »Lasst mich leben!« A.a.O. (Anm. 5/16), S. 34.
4 Ebd., S. 9.
5 Ebd., S. 175.
6 Nathan Segall: Der Bericht. In: Felix Rieper, Mollie Brandl-Bowen (Hrsg.): »Lasst mich leben!« A.a.O. (Anm. 5/16), S. 180.
7 Ebd., S. 333.
8 Neben Dohrmann waren auch die Münchner Firma Stoehr, die Nürnberger Eras, die Hanauer Karl Kaiser, die Horst & Jüssen und die Basaltwerke Neschen aus Sinzig für den Bau der Durchgangsstraße verpflichtet worden.
9 Die Durchgangsstraße IV (DG IV) führte geradewegs durch das Generalgouvernement in die Südukraine, sollte Lemberg mit dem Kaukasus verbinden. Über Tarnopol und durch Proskurow, Gaisin, Uman, bis nach Stalino als östlichstem Punkt. Vor Ausbruch des Krieges war sie von den Sowjets als Verbindungsstraße zwischen den Großstädten angelegt worden, nach dem Einmarsch der Deutschen sollte sie erweitert werden, weil schwere Fahrzeuge nicht passieren konnten. Wehrmacht und Reichsminister Dr. Todt

wurden mit der Wartung der Straße beauftragt unter der Leitung des Generalbauinspekteurs Professor Albert Speer. Unter den 3000 Deportierten, die über den Bug wechseln mussten, waren viele aus Czernowitz. Auch Selma. Als nach den militärischen Niederlagen absehbar war, dass sich das Straßenprojekt nicht verwirklichen lassen würde, erschossen im Herbst 1943 deutsche Einheiten mehrere Zehntausend Juden. Vgl.: Marianne Hausleitner: Die Rumänisierung der Bukowina. A.a.O. (Anm. 3/9), S. 410f.

10 Felix Rieper, Mollie Brandl-Bowen (Hrsg.): »Lasst mich leben!« A.a.O. (Anm. 5/16), S. 216.

11 Ebd., S. 42.

12 Die Stellung der Vertreter der Judenräte wurde im Nachkriegsdeutschland noch oft kontrovers diskutiert. Etliche verurteilten sie als »Handlanger der Nazis« und warfen ihnen vor, indirekt zur Vernichtung des eigenen Volkes beigetragen zu haben.

13 Felix Rieper, Mollie Brandl-Bowen (Hrsg.): »Lasst mich leben!« A.a.O. (Anm. 5/16), S. 37.

14 Ebd., S. 36.

15 Ebd., S. 46.

16 Rabindranath Tagore: Das Heim und die Welt. A.a.O. (Anm. 6/14), S. 160.

17 Ebd., S. 158.

18 Ebd., S. 154.

19 Ebd.

20 Felix Rieper, Mollie Brandl-Bowen (Hrsg.): »Lasst mich leben!« A.a.O. (Anm. 5/16), S. 63.

21 Ebd., S. 95.

22 Sie blieben zusammen, bis sie nach einem Partisanenüberfall auf Michailowka nach Tarrasiwka verlegt wurden. Niemand dort überlebte: Alle Häftlinge des Zwangsarbeitslagers wurden beim Rückzug der Wehrmacht am 10. Dezember 1943 erschossen.

23 Felix Rieper, Mollie Brandl-Bowen (Hrsg.): »Lasst mich leben!« A.a.O. (Anm. 5/16), S. 79.

24 Rabindranath Tagore: Das Heim und die Welt. A.a.O. (Anm. 6/14), S. 154.

25 Selma Merbaum. Poem. A.a.O. (Anm. 1/1), S. 258.

26 Felix Rieper, Mollie Brandl-Bowen (Hrsg.): »Lasst mich leben!« A.a.O. (Anm. 5/16), S. 45.

27 Ebd.

28 Tagebucheintrag Arnold Daghani vom 18.9.43. In: Felix Rieper, Mollie Brandl-Bowen (Hrsg.): »Lasst mich leben!« A.a.O. (Anm. 5/16), S. 177.

29 Felix Rieper, Mollie Brandl-Bowen (Hrsg.): »Lasst mich leben!« A.a.O. (Anm. 5/16), S. 53.

30 Ebd., S. 100.

31 Ebd. Original von Lady Mary Wroth:
All night I weepe all day I cry, Ay me! – Zu finden im Internet unter : http://wroth.latrobe.edu.au/all-poems.html. Zugriff: 21.5.2014.

32 Arnold Daghani: Lasst mich leben. Tel Aviv 1960, S. 59.
33 Ebd.
34 Nathan Segal: Der Bericht. In: Felix Rieper, Mollie Brandl-Bowen (Hrsg.): »Lasst mich leben!« A.a.O. (Anm. 5/16), S. 183.
35 Ebd., S. 185.
36 Über das weitere Schicksal der Eltern Paul Celans legten Überlebende unterschiedliches Zeugnis ab. Laut Daghanis erster Tagebuchfassung von 1960 kam Leo Antschel wieder zu seiner Frau zurück, war also in Michailowka. Das würde sich nicht mit der Aussage von Phillipp Kellmer decken, der mit Selma und ihren Eltern bis zu seiner Flucht im August 1943 auch in Michailowka war. Kellmer sagte aus, dass Leo Antschel nach Ende des Arbeitsauftrages in Gaisin erschossen wurde. Bei Fritzi Antschels Ermordung war Kellmer als Zeuge zugegen: Sie ging auf dem Weg zur Arbeit zum Straßenbau in der Kolonne direkt vor Kellmer. Fritzi war schon sehr entkräftet und sei deshalb eines Tages von dem SS-Mann Zelinskas mit einem Gewehrkolben erschlagen worden. (Vgl.: Helmut Braun: In: Selma Meerbaum-Eisinger: Du, weißt du, wie ein Rabe schreit. A.a.O. (Anm. 1/21), S.181. Braun führte anlässlich eines Rundfunkfeatures im Oktober 2005 ein vierstündiges Gespräch mit Phillipp Kellmer in dessen Pariser Wohnung). In Daghanis Ausgabe von 2002 holt Leo Antschel seine Frau zu sich nach Gaisin. Nachdem das Lager dort aufgelöst wurde, wurden alle Häftlinge nach Tarassiwka verlegt und bei dessen Liquidierung am 10. Dezember 1943 erschossen.
37 Arnold Daghani: Michajlowka. In: Felix Rieper, Mollie Brandl-Bowen (Hrsg.): »Lasst mich leben!« A.a.O. (Anm. 5/16), S. 78.

Epilog

1 SD war Hitlers »Sicherheitsdienst«.
2 Arnold Daghani: Liquidierung des Lagers Tarassiwka. In: Felix Rieper, Mollie Brandl-Bowen (Hrsg.): »Lasst mich leben!« A.a.O. (Anm. 5/16), S. 191.
3 Hermann Hildebrand: Aussagen der deutschen Zeugen. In: Felix Rieper, Mollie Brandl-Bowen (Hrsg.): »Lasst mich leben!« A.a.O. (Anm. 5/16), S. 231.

Stammbaum Selma Merbaums

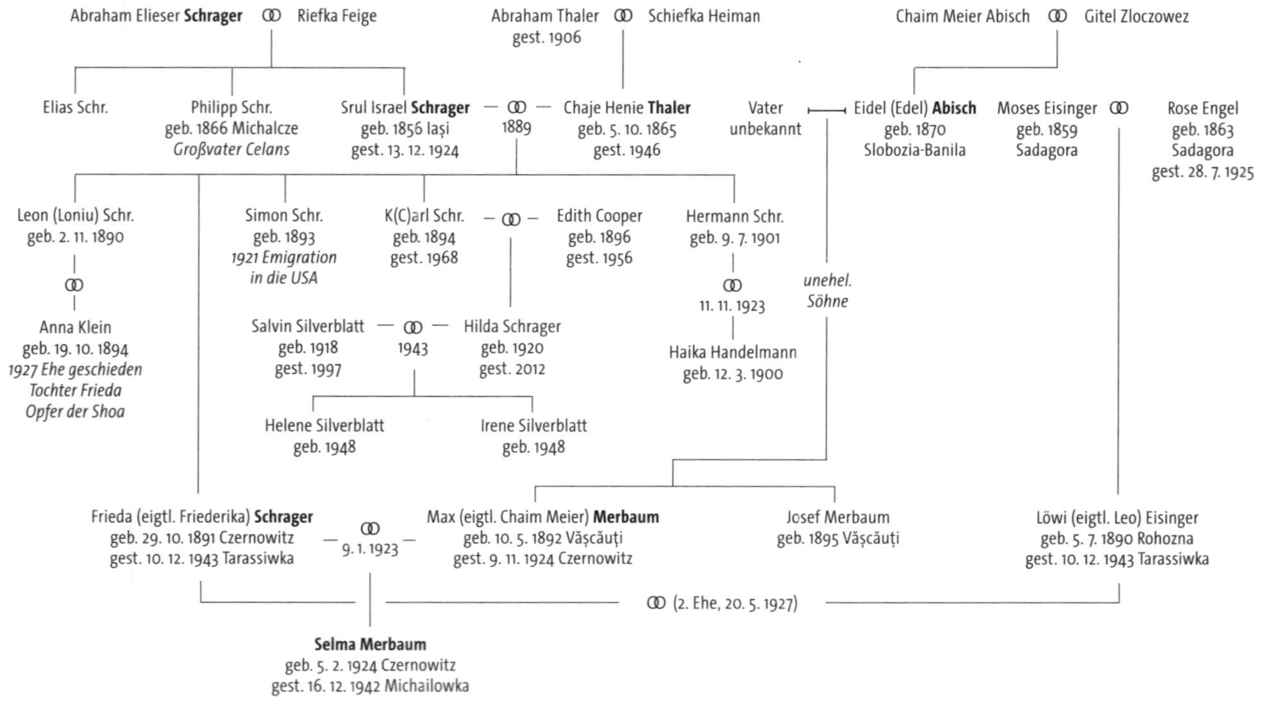

Danksagung

Ich danke sehr:

dem Förderkreis Deutscher Schriftsteller in Baden-Württemberg, der mir mit einem wunderbaren Arbeitsstipendium die Recherche-Reise in die Ukraine ermöglichte;

Angelika und Franz Czubatinski, die mit ihrer großzügigen Einzelspende zum Gelingen des Buches beitrugen;

der Förderung des Beauftragten der Bundesregierung für Kultur und Medien aufgrund eines Beschlusses des Deutschen Bundestages über das IKGS e.V. an der LMU München;

Herrn Dr. Christof Weil, Botschafter der Bundesrepublik Deutschland in Kiew, und Dirk Lechelt, seinem Kulturreferenten, für das Empfehlungsschreiben, das Wege durch das Land und in die Archive ebnete;

Dr. Oxana Matiychuk und Kati Brunner vom »Gedankendach« der Universität Chernivtsi für Kontakte und Unterstützung meiner Arbeit in Czernowitz;

Diana Popova und Natalija Laju für souveräne Begleitung, Dolmetschertätigkeiten und Führung durch Archive und Selmas Geburtsort;

dem Daghani Trust in Sussex und besonders Deborah Schulz für Arnold Daghanis Bildmaterial;

Herrn Dr. Baumann von der Stiftung Denkmal für die ermordeten Juden Europas, der mir in Berlin wichtiges Fotomaterial zur Verfügung stellte;

Gabriele und Eduard Weissmann, Helmut Kusdat, Jürgen Serke und Helmut Braun, Hedwig Brenner, Bianca Rosenthal, Helene Silverblatt, Eytan Fichman, Bruce Reisch, Julius Scherzer, Jane Akerman und Ruth Levin für anregende Gespräche, wertvolle Impulse und Bildmaterial;

Edgar Hauster als Vertreter der außergewöhnlichen Menschen von ephes.com, die mit ihren Erinnerungen zu einem kollektiven Gedächtnis des Czernowitzers Leben gestern und heute beitragen;

Josepha Sole, die mir als »Sprachrohr« für Berta, Selmas engster und bester Freundin innerhalb der zionistischen Jugendgruppe Hashomer Hazair, Schlüsselinformationen zu Selmas Leben und Persönlichkeit mitteilte;

Margit Bartfeld-Feller aus Tel Aviv für ihre große Offenheit, mit der sie mich an ihren Erinnerungen teilhaben ließ. Selmas Klassenkameradin ist mir in unzähligen, jahrelangen Gesprächen zur Freundin geworden. Ihr verdanke ich den unbezahlbaren Schatz der beiden Erstausgaben von Selmas Gedichten;

Dr. Gheorghe Stanomir, Heidelberg, und Colin Huber, Hamburg, für Übersetzungen aus dem Rumänischen, Magdalena Gebeßler von der Hochschule für Jüdische Studien in Heidelberg für Übersetzungen aus dem Jiddischen;

Daniela Leopold vom STERN-Archiv;

ganz besonders Iris Berben für Gespräche, Austausch und das berührende, kluge Vorwort zu meiner Selma-Biografie;

Petra Seitzmayer für die wunderbare Zusammenarbeit und ihr umsichtiges Lektorat;

meiner Familie für Geduld und nie versiegende Unterstützung, meinem Lebensgefährten Klaus Knobloch für Sachlektorat und Begleitung bei der abenteuerlichen Spurensuche durch die Karpaten und in der Ukraine.

Dokumente und Literatur

Archivalienverzeichnis

Die Rekonstruktion der Lebensdaten und -stationen von Selma Merbaum und die Details zu ihrer Biografie beruhen auf zahlreichen Gesprächen mit Zeitzeugen, auf der Auswertung von Zeitzeugenberichten, weiterführender Literatur und auf der Auswertung folgender Dokumente und Briefwechsel:

***Deutsches Literaturarchiv Marbach (DLA)*:**

Josef Meerbaum an Israel Chalfen vom 28.6.1978, vom 16.7.1978, vom 17.8.1978: Bestandssignatur A: Celan Chalfen Israel. Zugangsnummer 90.64.17,1-3.

Ilse Goldmann an Isreal Chalfen von 28.1.1975: Bestandssignatur A: Celan Chalfen Israel. Zugangsnummer 90.64.12.

Briefwechsel Hersch Segal und Hilde Domin von März bis April 1977: Bestandssignatur A: Domin. Zugangsnummer HS:2007.0002.

Hilde Domin an Helmut Heißenbüttel vom 5.1.1979. Bestandssignatur A: Domin. Zugangsnummer HS: 2007.0002.

***Regionalarchiv Chernivtsi*:**

Selmas Schulunterlagen im Regionalarchiv Chernivtsi unter folgenden Registraturen:

Fundus 237 – 1 – 27: Matricola Scolară 1934/35: Selma Merbaum: S. 90.
Fundus 237 – 1 – 29: Matricola Scolară 1935/36: Selma Merbaum: S. 88.
Fundus 237 – 1 – 32: Matricola Scolară 1936/37: Selma Merbaum: S. 130.
Fundus 237 – 1 – 36: Matricola Scolară 1937/38: Selma Merbaum: S. 195.
Fundus 237 – 1 – 40: Matricola Scolară 1938/39: Selma Merbaum: S. 217.
Fundus 237 – 1 – 42: Matricola Scolară 1939/40: Selma Merbaum: S. 1.

***Familiy Research Centre, Utah, bzw. Genealogie Forschungsstelle Heidelberg German Family History Research Centre*:**

»Microfilm of originals at the Chernivtsi State Archive of Civil transcripts of Jewish births, marriages, deaths lists for Czernowitz, Bukowina, Austria; later Cernăuţi, Cernăuţi, Romania; now Chernivtsi, Chernivtsi, Ukraine. Text is mix of Romanian and German Gothic, after 1922 all in Romanian. Chernivtsi State Archive: Fond 1245, opis 15, no. 1-12, 15-29, 31-44, 46-63, 65-74, 76-87, 89-93, 95-97 – Fond 325, opis 2, no. 10, 20-21, 36, 53, 55-56, 76, 120, 131, 266 – Fond 325, opis 3, no. 3-9.«

***Geburts-, Heirats- und Sterbeurkunden der Bücher der Jüdischen Gemeinde von Czernowitz sind auf Mikrofilmen einsehbar und zu bestellen unter folgenden Registraturen*:**

Geburten:

Volume 1245-15/1: 1860-1866: Film Nr. 2405191, Item 7: Henie Chaje Thaler: Jüdisches Geburtsregister vom 5. Oktober 1865, S. 60b.

Volume 1245-15/8: 1889-1894: Film Nr. 2395737 Item 2: Friederika Schrager: Jüdisches Geburtenregister 1891: Eintrag 496, S. 240.

Volume 1245-15/29 (cont.): 1923-1924: Film Nr. 2395784 Item 1: Selma Merbaum: Jüdisches Geburtenregister 1924: Band XXX, Eintrag 87, S. 330.

Hochzeiten:

Volume 1245-15/50: 1884-1889. Film Nr. 2395729, Item 2: Schrager Israel und Chaje Henie Thaler: Jüdisches Heiratsregister 1889: Band VI, Eintrag 77, S. 26.

Volume 1245-15/60 (cont.): 1922-1923: Film Nr. 2395733 Item 1: Friederika Schrager und Chaim Meier Merbaum: Jüdisches Heiratsregister 1923: Band XIV, Eintrag 9, S. 9.

Leon Schrager und Anna Klein: ebenda: Eintrag 313, S. 93.

Hermann Schrager und Haika Handelmann: ebd.: Band XV, Eintrag 310, S. 101.

Volume 1245-15/62: 1925-1927: Film Nr. 2395733 Item 3: Friederika Merbaum und Löwi Eisinger: Jüdisches Heiratsregister 1927: Band XVI, Eintrag 105, S. 226.

Tod:

Volume 1245-15/89: 1924-1926. Film Nr. 2395775, Item 4: Chaim Meier Merbaum: Jüdisches Sterberegister von 1924: Band XXI, Eintrag 473, S. 16.

Schrager Israel: ebd.: Eintrag 530, S. 31.

Eisinger Rosa: Jüdisches Sterberegister von 1925. Band XXI, Eintrag 312, S. 118.

Aus den Einträgen der Sterberegister ließen sich die Geburtstage ermitteln und erforschen.

Bisherige Ausgaben der Gedichte Selma Merbaums

Alle Ausgaben sind unter dem falschen Namen »Meerbaum-Eisinger« erschienen.

Meerbaum-Eisinger, Selma: Blütenlese. Gedichte. Hrsg. von Hersch Segal. Privatdruck. Rechovot 1976.

Meerbaum-Eisinger, Selma: Blütenlese. Gedichte. Hrsg. von Adolf Rauchwerger. 29. Buch des Diaspora Research Institute. Tel Aviv 1979.

Meerbaum-Eisinger, Selma: Ich bin in Sehnsucht eingehüllt. Gedichte eines jüdischen Mädchens an seinen Freund. Hrsg. von Jürgen Serke. Hamburg 1980.

Meerbaum-Eisinger, Selma: Poesiealbum 166. Lizenzausgabe für die Deutsche Demokratische Republik. Berlin 1981.

Meerbaum-Eisinger, Selma: Ich bin in Sehnsucht eingehüllt. Gedichte. Hrsg. von Jürgen Serke. Sonderausg. Hamburg 2008.

Meerbaum-Eisinger, Selma: Harvest of blossoms. Poems from a life cut short. Hrsg. von Irene und Helene Silverblatt. Evanston 2008.

Meerbaum-Eisinger, Selma: Ich bin in Sehnsucht eingehüllt. Gedichte eines jüdischen Mädchens an seinen Freund. Vorwort Iris Berben. Ins Ukrainische übersetzt und mit einem Nachwort von Petro Rychlo. Czernowitz: Knyhy – XXI 2012.

Meerbaum-Eisinger, Selma. Blütenlese. Gedichte. Hrsg. von Markus May. Stuttgart 2013.

Meerbaum-Eisinger, Selma: Du, weißt du, wie ein Rabe schreit? Gedichte. Hrsg. und mit einem Essay von Helmut Braun sowie Fotos und Dokumenten. Bukowiner Literaturlandschaft. Bd. 71. Aachen 2013.

Weiterführende Literatur

Albers, Bernhard (Hrsg.): Blaueule Leid. Bukowina 1940–1944. Eine Anthologie. Aachen 2003.

Angrick, Andrej: Besatzungspolitik und Massenmord. Die Einsatzgruppe D in der südlichen Sowjetunion 1941–1943. Hamburg 2003.

Ausländer, Rose: Blinder Sommer. Gedichte. Frankfurt am Main 1987.

Ausländer, Rose: Der Regenbogen. Gedichte. Hrsg. von Helmut Braun. Bukowiner Literaturlandschaft, Bd. 63. Aachen 2012.

Ausländer, Rose: Der Traum hat offene Augen. Unveröffentlichte Gedichte. Frankfurt am Main 1987.

Ausländer, Rose: Schweigen auf deine Lippen. Gedichte aus dem Nachlaß. Frankfurt am Main 1994.

Axmann, Elisabeth: Fünf Dichter aus der Bukowina. Aachen 2007.

Bartfeld-Feller, Margit: Am östlichen Fenster. Gesammelte Geschichten aus Czernowitz und aus der sibirischen Verbannung. Hrsg. v. E. R. Wiehn. Konstanz 2002.

Bartfeld-Feller, Margit: Aschenblumen. Eine Fotodokumentation aus Czernowitz sowie von der sibirischen Verbannung und danach. Hrsg. v. E. R. Wiehn. Konstanz 2008.

Bartfeld-Feller, Margit: Mama Cilly. Erinnerungen an meine Mutter in Czernowitz und Sibirien. Hrsg. v. E. R. Wiehn. Konstanz 2005.

Bartfeld-Feller, Margit: Nachhall. Weitere Geschichten aus Czernowitz und aus der sibirischen Verbannung. Hrsg. v. E. R. Wiehn. Konstanz 2011.

Bartfeld-Feller, Margit: Selma Meerbaum-Eisinger 1924–1942. Erinnerungen ihrer Schulfreundin. Hrsg. v. E. R. Wiehn. Konstanz 2013.

Bartfeld-Feller, Margit: Unverloren. Weitere Geschichten aus Czernowitz und aus der sibirischen Verbannung. Hrsg. v. E. R. Wiehn. Konstanz 2005.

Bartfeld-Feller, Margit: Wie aus ganz andern Welten. Erinnerungen an Czernowitz und die sibirische Verbannung. Hrsg. v. E. R. Wiehn. Konstanz 2000.

Braun, Helmut (Hrsg.): Czernowitz. Die Geschichte einer untergegangenen Kulturmetropole. Berlin 2005.

Braun, Helmut; Schultz, Deborah (Hrsg.): Der Maler Arnold Daghani. »Verfolgt – Gezeichnet.« Springe 2006.

Braun, Helmut: »Ich bin fünftausend Jahre jung.« Rose Ausländer – zu ihrer Biographie. Stuttgart 1999.

Braun, Helmut (Hrsg.): My Dear Roisele. Itzig Manger und Elieser Steinbarg. Jiddische Dichter aus der Bukowina. Redaktion Rainer Winkler-Zimmer. Schriftenreihe der Rose-Ausländer-Stiftung. Bd. 6. Köln 1996.

Braun, Helmut: Rose Ausländer. Materialien zu Leben und Werk. Frankfurt am Main, 1997.

Brenner, Hedwig: Mein 20. Jahrhundert. Brugg/Schweiz 2006.

Celan, Paul: Der Meridian und andere Prosa. Frankfurt am Main 1990.

Celan, Paul: Die Niemandsrose. Sprachgitter. Gedichte. Frankfurt am Main 1980.

Chalfen, Israel: Paul Celan. Eine Biographie seiner Jugend. Frankfurt am Main 1983.

Coldewey, Gaby u. a.: Zwischen Pruth und Jordan. Lebenserinnerungen Czernowitzer Juden. Köln 2003.

Corbea Andrei Corbea, Astner Michael (Hrsg.): Kulturlandschaft Bukowina. Studien zur deutschsprachigen Literatur des Buchenlandes nach 1918. Konstanz 1990.

Cordon, Cécile; Kusdat, Helmut (Hrsg.): An der Zeiten Ränder. Czernowitz und die Bukowina. Geschichte, Literatur, Verfolgung, Exil. Wien 2002.

Daghani, Arnold: Lasst mich leben. Tel Aviv 1960.

Domin, Hilde: Gesammelte Gedichte. Frankfurt am Main 2002.

Deutsches Kulturforum Östliches Europa: Mythos Czernowitz. Texte aus der Ukraine, Rumänien, Österreich u. Deutschland. Potsdam 2008.

Evans, Richard J.: Das Dritte Reich. Krieg. Aus dem Engl. von Udo Rennert u. Martin Pfeiffer. Mehrteiliges Werk. Bd. 3. München 2009.

Feder, Richard: Jüdische Tragödie – letzter Akt. Theresienstadt 1941–1945. Bericht eines Rabbiners. Schriftenreihe des Wilhelm-Fraenger-Instituts Potsdam. Bd. 7. Potsdam 2004.

Fichman, Pearl: Before memory fades. Memoirs. Reprint 1995. http://www.ibiblio.org/yiddish/Places/Czernowitz/Fichman/

Frank, Anne: Anne Frank Tagebuch. Fassung von Otto H. Frank und Mirjam Pressler. Frankfurt am Main 2012.

Franzos, Karl Emil: Namensstudien. Études de noms. Zweisprachige Ausgabe. Édition bilingue. Hrsg. von Édité par Oskar Ansull. Übersetzt von Traduit par Ariane Lüthi. Hannover 2012.

Geissbühler, Simon: Blutiger Juli. Rumäniens Vernichtungskrieg und der vergessene Massenmord an den Juden 1941. Paderborn 2013.

Gerlach, Thomas; Schmidt, Gert: Die Ukraine entdecken. Zwischen den Karpaten und dem Schwarzen Meer. Berlin 2007.

Glasberg-Gold, Ruth: Keine Zeit für Tränen. Mein Überleben der rumänischen Shoah. Wien 2009.
Goes, Albrecht: Das Brandopfer. Erzählung. Frankfurt am Main 1974.
Goes, Albrecht: Unruhige Nacht. Hamburg 1950.
Gold, Hugo (Hrsg.): Die Geschichte der Juden in der Bukowina. Ein Sammelwerk. Bd. I u. II. Tel Aviv 1958 u. 1962.
Granach, Alexander: Da geht ein Mensch. Roman eines Lebens. München 1990.
Grilj, Benjamin M. (Hrsg.) in Kooperation mit Serhij Osatschuk und Dmytro Zhmundyljak: Schwarze Milch. Zurückgehaltene Briefe aus den Todeslagern Transnistriens. Innsbruck 2013.
Hacken, Vera: Kinder- und Jugendjahre mit Elieser Steinbarg. Verlag J. L. Perez. Israel 1969. Im Internet unter: http://www.czernowitz.de/pdf/Vera%20Hacken.%20Kinder-%20und%20Jugenjahre%20mit%20Elieser%20Steinbarg.pdf.
Hahn, Ulla: Sie wollte dabei sein. In: Frankfurter Anthologie. Gedichte und Interpretationen. Bd. 22. Frankfurt am Main 1999, S.197–200.
Hausleitner, Mariana: Die Rumänisierung der Bukowina. Die Durchsetzung des nationalstaatlichen Anspruchs Großrumäniens 1918–1944. München 2001.
Hilsenrath, Edgar: Der Nazi & der Friseur. Roman. München 2006.
Hilsenrath, Edgar: Nacht. Roman. München 1990.
Hirsch, Marianne; Spitzer, Leo: Ghosts of Home. The Afterlife of Czernowitz in Jewish Memory. Berkeley 2011.
Hofbauer, Ernst; Weidmann, Lisa: Verwehte Spuren. Von Lemberg bis Czernowitz. Ein Trümmerfeld der Erinnerungen. Wien 1999.
Hollander-Lafon, Magda: Vier Stückchen Brot. Eine Hymne an das Leben. Asslar 2013.
Kastner, Kristina: Selmas Traum vom Glück. Hamburg 2014.
Keren, Else: ... dann ging ich über den Pont des Arts. Selbstverlag. Ramat-Gan/Israel 1983.
Keren, Else: Im Sand deiner Gedanken. In the sand of your thoughts. Klagenfurt 1997.
Kessler, Gerhard: Die Familiennamen der Juden in Deutschland. Mitteilungen der Zentralstelle für Deutsche Personen- u. Familiengeschichte, Nr. 53. Leipzig 1935.
Kittner, Alfred; Silbermann, Edith (Hrsg.): Erinnerungen. 1906–1991. Alfred Kittner. Texte aus der Bukowina. Bd. 4. Aachen 1996.
Kittner, Alfred: Schattenschrift. Gedichte. Aachen 1988.
Klein-Haparash, Jacob: ... der vor dem Löwen flieht. Roman. Berlin 2001.
Korber, Mirjam: Deportiert. Jüdische Überlebensschicksale aus Rumänien 1941–1944. Ein Tagebuch. Hrsg. v. E. R. Wiehn. Konstanz 1993.
Kusdat, Helmut: Mythos Czernowitz. Texte aus der Ukraine, Rumänien, Österreich u. Deutschland. Potsdam 2008.
Lăzărescu, Mariana-Virginia: »Schau, das Leben ist so bunt.« Selma Meerbaum-

Eisinger, Karin Gündisch und Carmen E. Puchianu: drei repräsentative deutsch schreibende Autorinnen aus Rumänien. Berlin 2009.

Lemm, Manfred (Hrsg.): Mordechaj Gebirtig – Jiddische Lieder. Wuppertal 1992.

Levi, Primo: Ist das ein Mensch? Ein autobiographischer Bericht. München 2009.

Manger, Itzik: Der Prinz der jiddischen Ballade. Gedichte. Hrsg. v. Helmut Braun. Bukowiner Literaturlandschaft. Bd. 66. Aachen 2012.

Mittelmann, Herrmann: Illustrierter Führer durch die Bukowina. Reprint der Ausgabe von 1907. Hrsg. v. Helmut Kusdat. Wien 2008.

Paltry, Sonja: Jenseits des Dnjestr. Jüdische Deportationsschicksale aus Bukarest in Transnistrien 1942–1943. Hrsg. v. E. R. Wiehn. Konstanz 1995.

Paolino, Francesca: Una Vita. Selma Meerbaum-Eisinger (1924–1942). Trento 2013.

Pollack, Martin: Galizien. Eine Reise durch die verschwundene Welt Ostgaliziens und der Bukowina. Frankfurt am Main 2001.

Ranner, Gertrud u.a. (Hrsg.): »... und das Herz wird mir schwer dabei.« Czernowitzer Juden erinnern sich. Potsdam 2009.

Rezzori, Gregor von: Ein Hermelin in Tschernopol. Ein maghrebinischer Roman. Hrsg. v. Gerhard Köpf. Berlin 2004.

Rhodes, Richard: Die deutschen Mörder. Die SS-Einsatzgruppen und der Holocaust. Bergisch Gladbach 2006.

Rieper, Felix; Brandl-Bowen, Mollie (Hrsg.): »Lasst mich leben!« Stationen im Leben des Künstlers Arnold Daghani. Lüneburg 2002.

Rohwer, Jürgen: Die Versenkung der jüdischen Flüchtlingstransporter Struma und Mefkure im Schwarzen Meer (Februar 1942, August 1944). Historische Untersuchung. Schriften der Bibliothek der Zeitgeschichte, Nr. 4. Frankfurt am Main 1965.

Rudel, Josef Norbert: Honigsüß und gallenbitter. Aus dem Leben eines Czernowitzers. Hrsg. v. E. R. Wiehn. Konstanz 2006.

Rychlo, Peter (Hrsg.): Czernowitz. Europa erlesen. Klagenfurt 2004.

Rychlo, Peter; Liubkivskyj, Oleg (Hrsg.): Literaturstadt Czernowitz, 2., verbesserte Auflage. Czernowitz 2009.

Scherzer, Julius: While the Gods were silent. Growing up under Fascists and Communists. Baltimore 2005.

Schultz, Deborah; Timms, Edward: Arnold Daghani's Memories of Mikhailowka. The Illustrated Diary of a Slave Labour Camp Survivor. London 2009.

Schultz, Hans Jürgen (Hrsg.): Mein Judentum. 3. Aufl. Stuttgart 1979.

Serke, Jürgen (Hrsg.): Die verbrannten Dichter. Berichte, Texte, Bilder einer Zeit. Frankfurt am Main 1980.

Seydel, Heinz: Welch Wort in die Kälte gerufen. Die Judenverfolgung des Dritten Reiches im deutschen Gedicht. Berlin 1968.

Shmueli, Ilana; Sparr, Thomas (Hrsg.): Briefwechsel. Paul Celan. Ilana Shmueli. Briefwechsel. Frankfurt am Main 2004.

Shmueli, Ilana: Ein Kind aus guter Familie. Czernowitz 1924–1944. Texte aus der Bukowina. Bd. 29. Aachen 2006.
Simon, Nathan: »... auf allen Vieren werdet ihr hinauskriechen!« Ein Zeugenbericht aus dem KZ Wapniarka. Veröffentlichungen aus dem Institut Kirche und Judentum. Bd. 23. Berlin 1991.
Simonow, Konstantin: Ich sah das Vernichtungslager. Berlin, 1946.
Spiegelblatt, Alexander: Durch das Okular eines Uhrmachers. Salzburg 2003.
Stadttheater Fürth: Selma – oder Die Reise um den Tisch. Programmheft Stadttheater Fürth. Fürth 2002.
Tagore, Rabindranath: Das Heim und die Welt. Roman. Übers. von Helene Meyer-Franck. München 1920.
Ury, Else: Nesthäkchen und ihre Puppen. München 1996.
Weißglas, Immanuel: Aschenzeit. Gesammelte Gedichte. Aachen 1994.
Weißglas, Isak: Steinbruch am Bug. Bericht einer Deportation nach Transnistrien. Berlin 1995.
Wenkert, Emil: Czernowitzer Schicksale. Vom Ghetto nach Transnistrien deportiert. Jüdische Schicksale 1941–1944. Hrsg. v. E. R. Wiehn. Konstanz 2001.
Wiesner, Herbert (Hrsg.): In der Sprache der Mörder. Ausstellungsbuch. Texte aus dem Literaturhaus Berlin. Bd. 9. Berlin 1993.
Yavetz, Zvi: Erinnerungen an Czernowitz. Wo Menschen und Bücher lebten. München 2007.

Abbildungsnachweise

S. 18: Jüdisches Geburtenregister 1924: Band XXX, Eintrag 87, S. 330.

S. 21: Originalfoto Marion Tauschwitz.

S. 27, 28, 103: Originalfotos mit Widmung. Mit freundlicher Genehmigung des Archivs der Rose Ausländer-Stiftung, Köln.

S. 33: Jüdisches Heiratsregister 1923: Band XIV, Eintrag 9, S. 9.

S. 34, 36, 79: mit freundlicher Genehmigung von Jürgen Serke aus der Sammlung Jürgen Serke im Deutschen Zentrum für verfolgte Künste der Else-Lasker-Schüler-Stiftung und des Kunstmuseums Solingen.

S. 36: Originalfoto Marion Tauschwitz.

S. 40: Jüdisches Heiratsregister 1927: Band XVI, Eintrag 105, S. 226.

S. 59: Regionalarchiv Chernivtsi: Fundus 237 – 1 – 27: Matricola Scolară 1934/35: Selma Merbaum: S. 90.

S. 60, 217, 225: mit freundlicher Genehmigung des Arnold Daghani Trust: S. 60: Arnold Daghani, Woman wearing headscarf of names (1975) in The Building in which We had a Narrow Escape (1974–8) ink on paper (C45.46v).

S. 217: Arnold Daghani, Doctor at Mikhailowka (1972) in 1942 1943 And Thereafter (Sporadic records till 1977) (1942–77) ink on paper (G2.066r).

S. 225: Camp interior (1943) in 1942 1943 And Thereafter (Sporadic records till 1977) (1942–77) watercolour on paper (G2.063r). All: Arnold Daghani Collection, Special Collections, University of Sussex © Arnold Daghani Trust.

S. 62, 63: Originalfotos Marion Tauschwitz.

S. 64: mit freundlicher Genehmigung von Margit Bartfeld-Feller, Privatbesitz.

S. 66: mit freundlicher Genehmigung von Stephen Winters, Privatbesitz.

S. 89: mit freundlicher Genehmigung von Jane Ackerman, Privatbesitz.

S. 127: mit freundlicher Genehmigung von Ruth Levin, Privatbesitz.

S. 183: Originalfoto aus *Blütenlese*, mit freundlicher Genehmigung der Stiftung Denkmal für die ermordeten Juden Europas.

S. 198: Kopie aus: Blütenlese. Selma Meerbaum-Eisinger. Gedichte. Hrsg. von Hersch Segal. Privatdruck. Rechovot 1976. Privatbesitz.

Die Autorin

Marion Tauschwitz, Jahrgang 1953, studierte Germanistik und Anglistik in Heidelberg. Vor ihrer Schriftsteller-Tätigkeit arbeitete sie als Gymnasiallehrerin und Dozentin. Tauschwitz war engste Vertraute und Mitarbeiterin der Lyrikerin Hilde Domin (1909–2006), deren viel beachtete Biografie »Hilde Domin. Dass ich sein kann, wie ich bin« sie zu deren einhundertstem Geburtstag vorlegte. Marion Tauschwitz lebt und arbeitet in Heidelberg.